CHARLES TODD

Englisches Requiem

Buch

Scotland-Yard-Inspektor Ian Rutledge soll in einem kleinen Dorf in Cornwall drei merkwürdigen Todesfällen auf den Grund gehen. Eigentlich sieht alles danach aus, als habe sich die Dichterin Olivia Marlowe gemeinsam mit ihrem Halbbruder Nicholas das Leben genommen und als sei ein weiteres Familienmitglied kurze Zeit später tödlich verunglückt. Doch Lady Rachel Ashford, eine enge Verwandte der Toten, will nicht an einen Zufall glauben. Inspektor Rutledge hält ihre Zweifel zunächst für unbegründet, macht sich aber dennoch in der Umgebung des herrschaftlichen Anwesens auf die Suche nach Hinweisen. Und bald beginnt ihn die Familiengeschichte der Opfer auch ganz persönlich zu interessieren, denn es stellt sich heraus, dass Olivia Marlowe eine berühmte englische Lyrikerin war, die unter dem Pseudonym O. A. Manning wunderschöne Gedichte geschrieben hat – Gedichte, die Rutledg eüber so manche Lebenskrise hinweggeholfen haben. Anhand von Olivias Texten und den Erzählungen der zum Teil sehr eigenartigen Dorfbewohner dringt Rutledge immer tiefer in die Geheimnisse der Familie ein und stößt auf weitere rätselhafte Todesfälle, die weit, sehr weit zurückliegen ...

Autor

Der Amerikaner Charles Todd ist ein großer Kenner Englands und legt mit *Englisches Requiem* seinen zweiten Roman um den sympathischen Inspektor Ian Rutledge vor. Sein erster Roman wurde von der *New York Times Book Review* zu einem der Besten Bücher des Jahres 1996 gewählt und erhielt eine Nominierung für den *Edgar Award for Best First Mystery*. Charles Todd lebt an der Osküste der USA.

Charles Todd

Englisches Requiem

Roman

Aus dem Amerikanischen von
Markus Knop

GOLDMANN

Die Originalausgabe erschien 1998 unter dem Titel
»Wings of Fire«
bei St. Martin's Press, New York

Umwelthinweis:
Alle bedruckten Materialien dieses Taschenbuches
sind chlorfrei und umweltschonend.
Das Papier enthält Recycling-Anteile.

Deutsche Erstveröffentlichung September 2000

Umschlaggestaltung: Design Team München
Umschlagfoto: Bavaria / Neunhöfer
Satz: DTP Service Apel, Hannover
Druck: Elsnerdruck, Berlin
Krimi: 5378
Herstellung: Max Widmaier
Lektorat: Julia Eisele
Made in Germany
ISBN 3-443-05378-1
www.goldmann-verlag.de

3 5 7 9 10 8 6 4 2

Für D.
Du weißt, warum.

1

Die Leichen wurden von der verwitweten Mrs. Trepol entdeckt, der Haushälterin und Köchin der Verstorbenen.

An diesem Morgen trieben keine Nebelschwaden oder graue Regenwolken landeinwärts, obwohl Mrs. Trepol den Tag später so in Erinnerung hatte.

In Wirklichkeit hatten die Wolken sich während der Nacht verzogen. Das Wasser am Meerufer glitzerte hell in der strahlenden Maisonne, die Villa warf einen langen Schatten über das feuchte Gras, und die Brise, die von den Bäumen hinter dem Gemüsegarten herüberwehte, war für die Jahreszeit ungewöhnlich warm. Mrs. Trepol musterte argwöhnisch die geraden Reihen der Kohlköpfe, verglich sie mit denen in ihrem eigenen Garten und kam zu dem Schluss, dass ihre bereits weiter gediehen waren. So sollte es auch sein! Schließlich hatte sie schon immer den schönsten Garten im Dorf gehabt. Waren die Auszeichnungen, die sie bei unzähligen Erntedankfesten erhalten hatte, nicht Beweis genug dafür? Die Zwiebeln waren zwar etwas dicker als ihre – so dick waren sie doch am Samstag noch nicht gewesen? –, aber Zwiebeln konnte ja jeder züchten. Der Erbsenanbau war eine wahre Kunst – und ihre Erbsen rankten sich bereits an den Stöcken hoch. Hier hingegen, neben diesen traurigen kleinen Stängeln, hatte man noch nicht einmal Kletterstöcke aufgestellt! Ihre Erbsen würde sie kochen, noch bevor an diesen Kümmerlingen die ersten Blüten sprössen. Jedenfalls verstand der alte Wilkins, der für die Gärten und Ställe des Anwesens zuständig war, wesentlich mehr von Pferden als von Gemüse.

Was ihn nicht daran hinderte, sich mit seiner Arbeit zu brüsten.

Immer wenn er einen Blick über die Steinmauer vor ihrem

Haus warf, sagte er etwa: »Ihre Mohrrüben sehen ein bisschen *klein* aus, Mrs. Trepol. Ich meine, verglichen mit meinen.« Oder: »Ihre Bohnen sind aber recht dürr. Haben Sie wohl spät eingepflanzt, wie?«

Neugieriger alter Narr!

Mit diesem Gedanken hatte Mrs. Trepol ihre Unbekümmertheit wieder gefunden, stieg die drei Stufen zur Küchentür hinauf und schloss wie gewöhnlich auf. Heute war zwar nicht ihr Reinemachtag – montags hatte sie normalerweise frei –, aber morgen wollte sie ihre Schwester besuchen. Naomis Mann hatte angeboten, sie beide frühmorgens zum Markt zu fahren, und Miss Livia machte es nichts aus, wenn sie gelegentlich auch an anderen Tagen als den vereinbarten kam.

Im Flur war es wegen der dicken Steinwände kühl und still. An dessen Ende angekommen, streifte sie ihren Mantel ab, hängte ihn wie immer an den Haken, zog ihren Kittel an und betrat ihr Reich. Sofort fiel ihr auf, dass bisher niemand das benutzte Frühstücksgeschirr heruntergebracht hatte, das um diese Zeit gewöhnlich ordentlich übereinander gestapelt auf dem Abtropfbrett stand. Sie sah sich in der Küche um. Sie war noch genauso, wie sie sie am Samstag verlassen hatte. Kein einziger Krümel lag auf dem Boden, den sie gescheuert hatte, und niemand hatte die Vorhänge aufgezogen.

Du meine Güte, dachte sie voller Bedauern, Miss Livia hat sicher wieder eine schlimme Nacht gehabt, sie wird noch schlafen.

Doch auch im Wohnzimmer fand sie die Vorhänge verschlossen vor. Langsam beschlich sie ein leises Gefühl der Angst.

Mr. Nicholas hatte die Angewohnheit, schon bei Morgengrauen die Vorhänge aufzuziehen, um aufs Meer hinauszublicken. Der Anblick des Morgenlichts auf dem Meer, sagte er immer, belebe ihn …

Dann musste Miss Livia ja eine *furchtbare* Nacht durchgemacht haben, wenn er ihretwegen das Morgengrauen verpasst hatte! Das war in all den Jahren, in denen sie, Mrs. Trepol, hier arbeitete, noch nie vorgekommen. Mr. Nicholas war immer bei Tagesanbruch aufgestanden … immer …

Sie trat in die Eingangshalle und blickte die geschwungene Treppe hinauf, die ins obere Stockwerk führte.

»Mr. Nicholas?«, rief sie vorsichtig. »Ich bin da! Kann ich etwas für Sie tun? Möchten Sie eine Tasse Tee?«

Ihre Worte verhallten in der Stille. Jetzt wurde ihr mulmig. Wenn er an Miss Livias Bett saß, würde er sie doch gehört haben und wäre aus dem Zimmer gekommen, um ihr zu antworten!

Es sei denn, mit *ihm* stimmte etwas nicht …

Sie eilte die Treppe hinauf, ging über die Galerie zu Mr. Nicholas' Zimmer und klopfte vorsichtig an. Niemand antwortete. Nach einem kurzen, unschlüssigen Zögern drehte sie den Knauf und öffnete die Tür.

Das Bett war gemacht. Es sah so aus, als hätte niemand darin geschlafen. Mr. Nicholas machte es zwar ganz ordentlich, aber niemals würde es so glatt wie bei ihr aussehen. Dies hier war ihr Werk. Die Arbeit von *Samstag* …

Sie ging zurück über die Galerie zu Miss Livias Tür und klopfte behutsam an. Wieder antwortete niemand. Langsam, um Miss Livia nicht zu erschrecken – oder auch Mr. Nicholas, für den Fall, dass er auf einem Sessel neben dem Bett seiner Schwester eingeschlafen war –, öffnete sie die Tür einen Spalt weit und spähte ins Zimmer.

Auch ihr Bett war unberührt. Die Bettdecke war glatt wie Glas. Genau wie bei Mr. Nicholas. Und in den Sesseln saß auch niemand.

Zutiefst beunruhigt lauschte sie, ob im Haus etwas zu hören war. Wenn man Miss Livia während der Nacht zum Notarzt gebracht hatte, hätte sie doch eine Nachricht in der Küche gefunden! Allerdings hatte Mr. Nicholas nicht wissen können, dass sie kommen würde. Andererseits hätte es doch heute Morgen bestimmt jemand bei der Sonntagsmesse erwähnt. So versessen, wie hier im Dorf alle auf Klatsch und Tratsch waren …

Mrs. Trepol ging weiter zum gemeinsamen Arbeitszimmer von Mr. Nicholas und Miss Livia am Ende der Galerie und wartete einen Moment, bevor sie den Türknauf drehte.

Dann verwandelte sich ihre Angst in Entsetzen. Schnell schloss sie die Tür wieder und zog ihre Hand zurück, die sie sich vor Schreck auf die Brust legte, und fühlte ihr Herz unter ihren Fingerspitzen rasen.

Ein paar Sekunden stand sie so da und starrte auf die geschlossene Tür. Ihre Stimme versagte, als sie versuchte, Mr. Nicholas' Namen zu rufen, und ihre Hand weigerte sich, den Messingknauf nochmals zu berühren.

Was immer hinter dieser Tür war, sie wollte es nicht genauer ansehen, nicht alleine, nicht solange ihr Herz hämmerte, als wolle es aus ihrer Brust springen und am Boden zerschellen.

Sie machte kehrt und flüchtete die Treppe hinab, stolperte über den alten, ausgefransten Teppich und wäre in all der Hast beinahe kopfüber gestürzt. Ihr einziger Gedanke war die rettende Küche, aber dort angelangt, machte sie nicht Halt, sondern lief weiter durch den Flur und hinaus in die Morgensonne, wo sie den Weg einschlug, auf dem sie gekommen war. Sie wollte ins Dorf, zu Dr. Hawkins. Erst jetzt fiel ihr der Mantel am Haken ein, aber nichts um alles in der Welt hätte sie in dieses Haus zurückgebracht. Zitternd, den Tränen nahe und von unbändiger Angst getrieben, rannte sie, ohne auf die Kohlköpfe zu achten, mit schweren, achtlosen Schritten durch den Gemüsegarten bis zu dem Waldstück, wo der Weg zum Dorf begann.

Nachdem die Gäste sich endlich verabschiedet hatten, gingen die hinterbliebenen Familienangehörigen in den Salon, um ein letztes Getränk zu sich zu nehmen. Die Unterhaltung verlief schleppend und gekünstelt wie zwischen Fremden, die sich gerade erst kennen gelernt hatten und nach einem gemeinsamen Gesprächsthema suchten. Tatsächlich kamen sie sich auch vor wie Fremde. Es war die Situation: Jeder fühlte sich verunsichert, unbehaglich, war mit seinen Gedanken allein.

Bis Stephen unvermittelt sagte: »Warum, glaubt ihr, haben sie es getan?«

Eine peinliche Stille folgte. Den ganzen Tag lang hatte Gott sei Dank niemand diese Frage gestellt. Weder beim Gottesdienst, noch bei der Beisetzung, noch beim anschließenden Empfang in der Villa, auf dem sich die Freunde der Familie und die Dorfbewohner mit gesenkten Stimmen unterhalten hatten. Man hatte

Olivias und Nicholas' gedacht und sich kleine Erlebnisse, Begegnungen und Gespräche mit ihnen ins Gedächtnis gerufen – denn all das lag von nun an in ferner Vergangenheit. Man hatte sich stillschweigend darauf geeinigt, das Wie und Warum ihres Todes zu umgehen. Große Neugier lag in allen Blicken, aber man nahm Rücksicht auf die heiklen Umstände: *Selbstmord*. Auch die Gedichte hatte niemand erwähnt.

Susannah antwortete hastig: »Was geht uns das an? Sie sind tot. Lass es dabei bleiben.«

»Großer Gott, Nicholas und Olivia waren deine Geschwister …«

»Halbgeschwister!«, gab sie zurück, als bewahre sie diese Tatsache vor echter Trauer.

»Schön und gut, Halbgeschwister! Stellst du dir denn keine Fragen? Empfindest du gar nichts?«

»Ich empfinde Dankbarkeit darüber, dass wir sie in der Familiengruft neben Mutter beerdigen durften«, antwortete Susannah. »Wir können uns bei dem freundlichen Pfarrer bedanken! Du weißt, früher wäre das nicht möglich gewesen. Selbstmörder bestattete man nicht auf einem *Friedhof*, und erst recht nicht in einer Gruft! Damals wären wir gleich mit geächtet worden. Es ist weiß Gott auch so schon schlimm genug. London wird hart für mich werden. All die Bekannten, die ihr Mitleid hinter aufgesetzter Freundlichkeit verstecken …« Sie hielt inne. Sie wollte ihrem quälenden Schmerz nicht freien Lauf lassen, wollte nicht, dass die Übrigen sich an ihm ergötzten. »Ich will nicht mehr darüber sprechen! Wir sollten lieber darüber reden, was aus dem Haus wird.«

Daniel sagte: »Für mich hat es immer so geklungen, als sollten die Hinterbliebenen es verkaufen.« Er blickte sich im Raum um. Susannah. Rachel. Stephen. Er selbst. Er hatte Susannah geheiratet, war von allen aber immer wie ein vollwertiges Familienmitglied behandelt worden, worüber er sehr froh war. Ohne seine Verbindung zu den Trevelyans hätte man ihn, seit die Irlandfrage die Gemüter so erhitzte, gesellschaftlich, sagen wir, weniger *akzeptabel* gefunden. Nicht, dass die Trevelyans mächtig und einflussreich gewesen wären, aber sie waren *alter* Adel und sehr angesehen. Sein Blick wanderte weiter. Cormac. Olivia und Nicholas hatten Cormac in ihrem Testament nicht bedacht. Daniel hatte sich schon manches Mal gefragt, wer Cormacs irische Mutter gewesen sein mochte – und ob das eine Rolle spielte. Cormac war ein FitzHugh, kein Trevelyan. Kein Kind von Rosamund. Auch nicht mit einem von Rosamunds Kindern verheiratet. Und auch nicht, im Gegensatz zu Rachel, ein Cousin von Seiten der Marlowes.

Rachel sagte: »Ja, so habe ich es auch verstanden. Es sei denn, sie hätten ihre Meinung noch geändert. Vor ihrem Ende.« Wie sie ihre Meinung übers Weiterleben geändert hatten ... Sie atmete tief durch und versuchte, nicht mehr daran zu denken. Stattdessen lauschte sie wieder. Unwillkürlich. Lauschte auf die Geräusche im Haus. Seit sie vor zwei Tagen den Fuß über die Schwelle gesetzt hatte, hörte sie es. Es verschlang sie, nahm ihr den Atem. Erschreckte sie in seiner Geräuschlosigkeit, die keine Geräuschlosigkeit war ...

Stephen, der mit seiner Krücke das Muster im Perserteppich nachzog, sagte: »Nun, mir ist klar, was wir tun sollten. Wir sollten dieses Haus in eine Gedenkstätte umwandeln. In ein Museum für Livia.«

Susannah sah ihn überrascht an.

Cormac warf ein: »Sei nicht albern! Das ist das Letzte, was sie gewollt hätte! Olivia hat sich ein Leben lang vor der Öffentlichkeit versteckt. Glaubst du wirklich, es würde ihr gefallen, wenn *jetzt* Fremde hier herumliefen?« Groß gewachsen und ungewöhnlich gut aussehend, wie er war, schritt er würdevoll und bestimmt durch den Raum.

»Du hast das nicht zu entscheiden«, versetzte Stephen. Er versuchte, Cormac nicht anzusehen. Er wollte sich nichts machen aus Cormacs elegantem Gang. Aber er konnte nicht anders. Im Krieg hatte er einen halben Fuß verloren. Diese verdammte Krücke. Kriegsversehrter, verkrüppelter Heimkehrer und bei Gott, es waren keine ehrenhaften Wunden! Nie wieder würde er ausgedehnte Spaziergänge über die Hügel machen, nie wieder Tennis spielen, nie wieder tanzen, nie wieder ausreiten können.

Beim Kricket konnte er zwar noch werfen, aber er tat es umständlich und mit der beständigen Angst, das Gleichgewicht zu verlieren und flach auf die Erde zu fallen.

»Trotzdem, Cormac hat Recht«, sagte Rachel. »Ich kann mir das Haus unmöglich als Museum vorstellen. Livia würde sich verraten fühlen.«

»Denkt an die Kosten«, fügte Daniel hinzu. »Wir bräuchten Geld für den Unterhalt, die Wartung und das Personal. Irgendeinen Spendenverein. Olivia mag zwar berühmt gewesen sein, aber reich war sie nicht! Zumindest nicht durch ihre Arbeit.«

»*Wir* könnten es bezahlen«, beharrte Stephen. »Vielleicht hätte auch der National Trust ein Interesse.«

»Nicht ohne eine gehörige Schenkung«, entgegnete ihm Cormac, der mit dem Rücken zum Fenster stehen blieb. »Und die würde mehr als drei Viertel deines Erbes schlucken.«

»Was willst du damit sagen? Dass wir die Möbel unter uns aufteilen sollen – die Anrichte für mich, das Klavier für dich – und uns streiten, wer Großvaters Uhr bekommt? Um anschließend das Haus und das Grundstück zu verkaufen? Dass wir so tun sollen, als hätten Olivia und Nicholas nie existiert und die Familie – oder was von ihr geblieben ist – sich einen *Dreck* um sie schert?« Stephen war leicht aus der Fassung zu bringen.

»Du willst doch das Museum nur zu deinem eigenen Ruhm, nicht zu ihrem«, sagte Susannah unvermittelt. »Du willst dich selbst verewigen, tu nicht so, als wäre es anders.«

»Mich selbst?«

»Ja, dich selbst! Der Krieg hat dich verändert, Stephen – und zwar nicht zum Besseren. Als Livia berühmt wurde, habe ich gesehen, wie du dich geziert hast, wenn jemand beim Dinner fragte, an wen ihre großen Liebesgedichte gerichtet seien. Du glaubtest, du seist der Adressat gewesen, ihr Favorit!« Sie klang verbittert und sarkastisch. Auch der Liebling ihrer Mutter war er gewesen. Er war zwar Susannahs Zwillingsbruder – aber von Beginn an waren sie alles andere als gleich behandelt worden.

»Na und wenn schon? Ich habe das gleiche Recht wie alle, zu denken was mir gefällt. Du bist doch nur geldgierig, das ist es doch, jeden Penny willst du aus ihr rausquetschen. Genau deshalb hat sie ihren literarischen Nachlass ja auch mir vermacht. Schade nur, dass das Haus nicht dazugehört!«

»Wer ist denn zuletzt gestorben?«, warf Rachel schüchtern ein, als wäre sie nicht sicher, ob sie es wirklich wissen wollte. »Falls es nämlich Nicolas war, dann feilscht ihr hier um sein Testament, nicht um ihres.«

»Das würde aufs Gleiche hinauskommen. Alles fällt dem jeweils anderen zu, und für den Fall, dass beide sterben, ist vereinbart, dass die Gedichte an Stephen und das Haus zu gleichen Teilen an die vier Hinterbliebenen gehen«, sagte Cormac, ohne sich ihr beim Sprechen zuzuwenden. Seinem ruhigen Tonfall war kein Bedauern darüber zu entnehmen, dass er nicht bedacht worden war.

»Mir ist die Vorstellung, dass Ausflügler hier herumspazieren, zuwider«, sagte Susannah, »wie bei einer öffentlichen Hinrichtung würden sie glotzen und anschließend auf dem Rasen Kuchen essen, Cidre trinken und den Ausblick aufs Meer genießen.« Sie schüttelte sich. »Grauenhaft.«

»Noch grauenhafter wäre es, wenn das Haus in fremde Hände fiele«, erklärte Stephen. »Um Himmels willen, sie war eine der bedeutendsten Dichterinnen Englands!«

»Warst du mal in Stratford? Oder in Wordsworth' Heimatort, Grasmere?«, fragte Rachel. »Das sind miefige, leer stehende Abziehbilder von Häusern. Mumien zur Befriedigung der Schaulustigen. Ich will nicht mit ansehen, wie dieses Haus in Wachs gegossen und zu Tode gepflegt wird. Ich will einen klaren Schlussstrich ziehen.«

»Denkst du dabei nicht in erster Linie an dich?«, fragte Stephen herausfordernd. »Sind es vielleicht auch deine Geheimnisse, die die Leute hier aufstöbern könnten?«

Rachel sah ihn kalt an. »Was soll das heißen?«

»Dass wir alle unser Privatleben haben, und dass die Nachwelt es einst im Namen der Wissenschaft an die Öffentlichkeit bringen wird. Um mehr über Olivia zu erfahren: wie sie gelebt hat, wie ihre Familie war und was sie dazu gebracht hat, Dichterin zu werden.«

»Das wäre ja furchtbar!«, rief Daniel aus, unter dessen verstorbenen Familienmitgliedern sich so mancher befand, der zu Lebzeiten einen durchaus zweifelhaften Ruf genossen hatte.

»Das ist der Preis des Ruhms«, sagte Susannah verdrossen und verzog ihr hübsches, makelloses Gesicht zu einer Grimasse. »Und ein sehr triftiger Grund, sie nicht auf uns loszulassen, indem wir das Haus verkaufen. Niemand von uns würde hier einziehen wollen. Olivia wusste das, und wenn sie wirklich ein Museum für sich gewollt hätte, hätte sie dafür gesorgt. Aber sie hat es nicht getan.«

Wieder trat Schweigen ein. Dann sagte Cormac, der es von seinen Geschäftsleitungssitzungen her gewöhnt war, Kompromisse zu finden und Entscheidungen zu treffen: »Also gut, wie wir sehen, steht es drei gegen einen. Für den Verkauf des Anwesens. Stephen kann über Olivias Dokumente – Manuskripte, Briefe, Verträge usw. – frei verfügen. Das sollte den neugierigen Wissenschaftlern genügen. So traurig es klingen mag, ich bezweifle, dass es einen umfangreichen *literarischen* Nachlass gibt. Sie war noch jung. Und Lyriker sind nicht gerade ... Vielschreiber.«

Das gibt's doch nicht, dachte Rachel. Sie sah ihn an. Du hast doch tatsächlich schon in ihren Notizbücher herumgewühlt, stimmt's? Du warst als Erster hier. Hast du dir schon heimlich was weggenommen? Hattest du Angst um deinen guten Ruf? Oder warst du einfach nur neugierig, etwas Intimes über deine Stiefschwestern zu lesen?

»Livia hat nur wenige Briefe an uns geschrieben«, sagte sie laut. »An andere auch nicht, soweit ich weiß. Vielleicht möchte Stephen unsere Briefe haben? Für die Sammlung?« Nur Nicholas' Briefe würde sie nicht hergeben, niemals.

»Hat sie Tagebuch geführt?«, fragte Daniel und fügte, da ihn alle erstaunt ansahen, hinzu: »Na ja, erstaunlich viele Menschen tun das! Besonders, wenn sie einsam sind. Kranke ...« Er stockte.

»Nein«, sagte Stephen knapp. »Ich bin sicher, dass sie keins geführt hat.«

»Du kanntest sie nicht besser als jeder von uns«, gab ihm Susannah scharf zurück. »Nicht seit du erwachsen bist. Sie hätte zwölf Tagebücher führen können, und niemand hätte davon erfahren.«

»Ich war öfter zu Besuch als ihr alle zusammen!«

»Ach ja? Vier- oder fünf Mal pro Jahr? Es war ungemütlich hier, das weißt du. Sie *wollte* uns nicht hier haben. Sie hat sich zur Einsiedlerin gemacht, ja, und das Gleiche gilt für Nicholas, auf seine Weise war er genauso starrköpfig wie sie. Und dabei waren sie erst Mitte Dreißig ... das war doch nicht normal!«

»Ich weiß noch, wie es beim letzten Mal war, als wir hier waren«, sagte Daniel. »Man merkte ihr deutlich an, dass sie es kaum erwarten konnte, bis wir wieder verschwanden.«

»Wir brachten die Wirklichkeit mit«, pflichtete ihr Susannah bei. »Das Leben. Sie aber lebte in ihrer eigenen, sonderbaren Scheinwelt. Ich habe nie begriffen, warum sie so düstere Gedichte schrieb. Na ja, abgesehen von *Englisches Requiem* natürlich. Aber *Der Duft der Veilchen* und *Luzifer* haben mir eiskalte Schauer über den Rücken gejagt, das könnt ihr mir glauben! Es war sicher auch wegen ihrer Lähmung. Menschen, die körperlich leiden, sind oft trostlos und unglücklich. Ich glaube, sie musste sich einfach mit diesen Dingen beschäftigen.«

»Sie war nicht trostlos«, sagte Rachel plötzlich. »Und sie war auch nicht wirklich behindert. Ich glaube, wir haben sie schlicht gelangweilt.«

»Sei doch nicht albern«, sagte Daniel. »Das ist doch lächerlich. Wir, ihre Familie, sollen sie gelangweilt haben?«

»Ja! Während der letzten sechs oder sieben Jahre hatte ich oft das Gefühl, dass sie uns nicht mehr brauchte. Dass ihr Leben erfüllt war und sie hier alles hatte, was sie wollte.«

»Ich weiß nicht, wie Nicholas damit all die Jahre umgehen konnte«, sagte Susannah und starrte Rachel dabei an. »Ich an seiner Stelle wäre wahnsinnig geworden!«

»Livia hat mir mal erzählt, dass er in ihrer Schuld stünde«, fiel Stephen plötzlich ein. »Hört sich merkwürdig an, nicht? Ich fragte, was für eine Art von Schuld das sei, und sie sagte, eine Blutschuld.« Er stand auf, humpelte zu dem Tisch, auf dem die Getränke standen, und goss sich einen weiteren Whiskey ein.

Cormac sagte: »Ach du meine Güte!« und setzte sich entnervt wieder hin.

»Ich will hier nicht über Nacht bleiben«, sagte Susannah, um das Thema zu wechseln. Sie blickte hoch zu ihrem Mann. »Es gibt bestimmt noch ein Zimmer im Three Bells.«

»Warum so schwermütig?«, fragte Daniel. »Mrs. Trepol hat unsere Zimmer schon hergerichtet.«

»Eigentlich bin ich nicht schwermütig. Aber dieses *Haus* macht mich fertig! Es ist wie ein Gewächshaus, in dem nur Unkraut wächst. So war es hier nicht, als Mutter noch lebte.« Sie schaute zu dem teuer gerahmten Porträt hinüber, das über dem Kamin hing, Rosamund Beatrice Trevelyan, die drei Ehemänner und mit jedem von ihnen Kinder gehabt und sie alle mit derselben Hingabe geliebt hatte, erwiderte ihren Blick mit einem Lächeln, in dem sowohl Erhabenheit als auch Leidenschaft lag. Der Maler hatte in diesem Gesicht mehr als nur seine Schönheit gesehen. »Mutter war so lebendig! So warmherzig! Immer wurde hier gelacht, alles war strahlend hell. Aber es ist vorbei, es ... es ist in dem Moment aus dem Haus verschwunden, als sie starb, und niemand von uns hat es bemerkt. Mittlerweile hasse ich dieses Haus. Das ist mir gerade klar geworden. Nach dem Abendessen gehen wir.«

»Wenn es euch nichts ausmacht, komme ich mit. Ich möchte ... lieber auch nicht hier bleiben«, sagte Rachel, behielt aber ihre Gründe für sich. Hier spukte es. Inzwischen war sie sich dessen sicher. Sie, die nie in ihrem Leben an Gespenster oder an Geister, die in Bettlaken gehüllt mit Ketten rasseln, geglaubt hatte. Mit denen hätte sie umgehen können. Der Spuk hier war ... ein anderer.

»Wir haben immer noch keine Entscheidung getroffen ...«, begann Cormac.

»Verkaufen«, sagte Susannah. Daniel nickte. Nach kurzem Zögern seufzte Rachel und stimmte ebenfalls mit einem knappen Nicken zu.

»Nur über meine Leiche«, drohte Stephen. »Ich werde kämpfen, wenn es sein muss, auch vor Gericht. *Dieses Haus muss der Nachwelt erhalten bleiben!*«

»Es zu verkaufen ist das Vernünftigste, was ihr tun könnt«, sagte Cormac. »Stoßt es ab, ihr werdet den Verlust schon verkraften. Eine Mehrheitsentscheidung also? Morgen, wenn die Testamente verlesen werden, solltet ihr die Kanzlei entsprechend unterrichten. Was die Einrichtung angeht, so sollte jeder von euch eine Liste erstellen mit dem, was er oder sie gerne haben würde. Für den Fall, dass es Streit gibt …«

»Niemand rührt auch nur einen Einrichtungsgegenstand an, bevor alles geregelt ist«, beharrte Stephen. Sein Gesicht glühte vor Anspannung.

»… wird die Kanzlei einen Vergleich ausarbeiten, einverstanden? Was ihr nicht selbst behaltet, sollte zum Verkauf freigegeben werden. Zusammen mit dem Haus, denke ich. Auf diese Weise wird es viel mehr einbringen. Heutzutage haben die Leute, die sich ein Haus auf dem Lande leisten können, nicht mehr das entsprechende Mobiliar.« Nachdenklich blickte er in die Runde. »Ich selbst habe auch schon darüber nachgedacht, aufs Land zu ziehen. Weil …« Er tat den Gedanken mit einem Achselzucken ab und sagte: »Ich denke, aus Nostalgie. So viel Zeit meines Lebens habe ich hier verbracht.«

»Ich hätte gern Mutters Porträt«, beeilte Susannah sich zu sagen. »Und das Wedgwood Kaffeeservice von Großmutter Fitz-Hugh.«

Ihr Mann fügte hinzu: »Ich möchte die Siegerpokale haben, die Rosamunds Rennpferde gewonnen haben. Sie sollten sowieso besser in der Familie bleiben.«

Cormac sagte: »Ich habe zwar kein Recht, darum zu bitten, aber ich hätte gern die Waffen. Ich meine die, die mein Vater aus Irland mitgebracht hat. Und seine Spazierstocksammlung. Vor der Hochzeit mit Rosamund hat sie ihm allein gehört, deshalb möchte ich einen bescheidenen Anspruch darauf anmelden.«

Susannah wandte sich an Rachel: »Gibt es etwas, was du besonders magst?« Rosamund hatte Rachel wie ein eigenes Kind geliebt. Alle liebten sie. Nicholas mochte sie von Herzen gern, und alle sagten, dass Richard – Susannah erschauerte. Sie wollte nicht an Richard denken.

Rachel betrachtete das Sherryglas in ihren Händen. »Ich weiß nicht. Ach, doch!« Sie blickte vom Glas auf und schaute die anderen an. »Ich gehöre zwar nicht zu den Cheneys, aber ich würde gern Nicholas' Schiffesammlung haben. Seine selbstgeschnitzten Schiffe. Natürlich nur, wenn keiner von euch sie haben möchte.«

Ihr Blick streifte Stephens zornige Augen, und ihr wurde bewusst, wie abgebrüht es ihm erscheinen musste, dass hier vier Menschen über den Haushalt ihrer gerade verstorbenen Verwandten verhandelten. Sie errötete.

»Die Beerdigung ist noch keine drei Stunden her!«, sagte Stephen. »Ihr seid Ungeheuer! Es dreht mir den Magen um!«

»Das wär's also im Großen und Ganzen«, antwortete Daniel. »Damit wissen wir alle Bescheid. Was ist mit dir, Stephen?«

»Von mir kommt hier nichts weg.« Er schloss das Glas fester in seine Hand. »Und niemand rührt etwas von Olivias Sachen an. Habt ihr gehört? Niemand!«

»Dann haben wir uns also geeinigt«, sagte Susannah zufrieden. »Und das in aller Freundschaft.« Lächelnd blickte sie hoch zu Rosamunds Porträt. »Mutter wäre stolz auf uns. Ganz ohne Streit!«

»Ist ja auch kaum noch jemand da zum Streiten«, seufzte Rachel. Außer dir und Stephen, ergänzte sie im Stillen. Die Jüngsten, die beiden FitzHughs. An Anne kann ich mich kaum noch erinnern – nur dass sie und Olivia sich so ähnlich sahen, dass die Erwachsenen sie kaum auseinander halten konnten. Aber ich konnte es. Jetzt ist auch Olivia tot. Das Ende der Marlowes. Auch die beiden Cheneys sind tot, Richard … und Nicholas. Rachel zwang sich dazu, Stephen zuzuhören, um auf andere Gedanken zu kommen.

»Nein, wir haben uns nicht geeinigt!« Stephen schäumte vor Wut. »Wenn die Kanzlei euch nicht aufhält, suche ich mir neue Anwälte. Bennet wird mich vertreten –«

»Sei doch nicht dumm, Stephen«, sagte Cormac, scheinbar ohne Groll. »Du würdest verlieren. Genau genommen würde die gesamte Familie verlieren. Das Gericht würde sowieso unserer Mehrheitsentscheidung zustimmen – aber vorher würde die gesamte Presse unsere Familie durch den Schmutz ziehen. Und wer von uns würde das wollen?«

Mrs. Trepol tauchte an der Tür auf und sagte, das Abendessen sei fertig. Müde und traurig sah sie aus.

Stephen stellte sein Glas ab und folgte ihr hinaus.

»Würde es das? Euch zustimmen?«, fragte er über die Schulter zurück. »Sie war O. A. Manning, erinnert ihr euch? Das werden die Richter mit Sicherheit nicht außer Acht lassen. Auch nicht die Tatsache, dass niemand von uns auf das Geld wirklich angewiesen wäre. Man zerstört ein nationales Kulturerbe nicht einfach so.«

Auch Rachel stellte ihr Glas auf den Nussbaumtisch und blickte den anderen nach, wie sie den Salon verließen und durch die Halle zum Speisesaal gingen. So wütend und entschlossen hatte sie Stephen noch nie erlebt. Sie ahnte, dass es zu einer Gerichtsverhandlung kommen würde. Und dass er am Ende gewinnen würde. Stephen.

Irgendwie gewann Stephen immer. Schon als Kind hatte er am meisten Glück von allen gehabt. Cornwallsches Glück, hatte Rosamund es genannt. Aus vier Jahren Kriegsdienst war er mit einem halben Dutzend Tapferkeitsmedaillen zurückgekehrt und genoss seitdem in der Gegend den Ruf, ein Held zu sein. An der Front hatten sie ihn FitzHugh, den Teufel, getauft. Glück.

Schwarze Magie, hätte die Alte aus dem Wald es genannt …

2

Als Ian Rutledge Ende Juni nach London zurückgekehrt war, hatte Scotland Yard ihn nicht gerade freundlich empfangen. Warwickshire war kein voller Erfolg gewesen – einige behaupteten sogar, der Prozess habe sich eher auf politische Überlegungen als auf eine stichhaltige Beweislage gestützt, während andere vermuteten, er habe mit dem Fall nur seinen lädierten Ruf wiederherstellen wollen. Chief Superintendent Bowles persönlich hatte dieses Gerücht in Umlauf gebracht. »Nicht gerade ein *sauberer* Abschluss des Falls, was meinen Sie? Natürlich ist es ein Großereignis für die Presse, Rutledges Name steht auf allen Titelseiten. Mir persönlich würde das zwar nichts bedeuten … aber manch anderer legt auf sowas anscheinend viel Wert.«

Rutledge, den die Ereignisse in Upper Streetham sowohl körperlich wie auch geistig ziemlich mitgenommen hatten, war es nur recht, sich wieder mit Problemen von dieser Welt konfrontiert zu sehen, und versuchte, sich zu erholen.

Dieser Zustand sollte jedoch nicht lange währen. In London trieb seit einiger Zeit ein brutaler Messerstecher sein Unwesen. Die Presse versuchte, die Jack-The-Ripper-Geschichte wieder aufleben zu lassen und stellte, um die Auflagen zu steigern, weit hergeholte Vergleiche mit dem alten Fall an. Die Bevölkerung ihrerseits hatte den Frieden inzwischen satt, weil er ihnen trotz Englands glorreichem Sieg nur Elend beschert hatte. Sie waren die mangelnde Nahrungsversorgung, die Arbeitslosigkeit, die Aufstände und Streiks leid. Die ständigen Aufrufe, aus England wieder das blühende Land zu machen, das es gewesen war, bevor Kaiser Wilhelm sich anschickte, sich Europa untertan zu machen, entlockte den Leuten höchstens ein müdes Gähnen. Aber jede Nachricht, die nicht um ihre Alltagssorgen kreiste, die effekthascherisch genug aufgemacht war, um sie zu interessieren, nahmen sie mit jener Mischung aus Angst und Neugier auf, mit der man vom eigenen Fenster aus beobachtet, wie ein Tiger vor dem Haus den unliebsamen Nachbarn verspeist.

Superintendent Bowles, in dessen Zuständigkeit die Morde fielen, witterte breites öffentliches Interesse an dem Messerstecher, und da er wie für gewöhnlich keine Gelegenheit auslassen wollte, sich mit Ruhm zu bekleckern, übernahm er die Ermittlungen persönlich.

Eigentlich hätte er Rutledge zu den Nachforschungen hinzuziehen müssen, schließlich brauchte er jeden verfügbaren Polizisten.

An dieser Vorstellung fand Bowles jedoch wenig Gefallen und verschob die Entscheidung vorerst um drei Tage.

Dann griff das Schicksal ein – wobei Bowles sich sagte, dass er auf Grund seiner rechtschaffenen Natur außergewöhnliches Glück auch verdiene – und bot ihm eine Lösung seines Problems. Beherzt packte er zu, bog die Dinge im Handumdrehen zu seiner Zufriedenheit zurecht, und begab sich voller Energie, ja mit wahrem Missionarseifer, zu Inspektor Rutledge.

Es war ein warmer Tag Anfang Juli. Die Sonne schien durch die staubigen Fenster und sprenkelte helle Flecken auf den Boden von Rutledges kleinem Büro.

»Ein herrlicher Tag! Viel zu schade, um ihn drinnen zu verbringen. Aber ich musste in die Stadt und den ganzen Nachmittag mit Besprechungen vertrödeln.«

Rutledge blickte von seiner Zeitung auf und sagte: »Der Ripper?« Eigentlich hatte er nicht erwartet, dass Bowles ihn persönlich aufsuchen würde.

»Ja, inzwischen haben sie ihm schon alle möglichen Namen gegeben, nicht? Haben jede erdenkliche Parallele gezogen, obwohl der Kerl seine Opfer nicht ausweidet. Immerhin, er häutet sie fast, so viele Schnitte sind in den Leichen. Aber darüber wollte ich gar nicht mit Ihnen sprechen. Sondern hierüber.«

Er warf einen schweren Stoß Papiere auf Rutledges Schreibtisch. Mit der Vorderseite nach unten landeten sie auf der dunkelgrünen Schreibunterlage. Rutledge drehte die Papiere um: »Das Innenministerium.«

»Ja, zumindest haben die es abgeschickt, aber wenn Sie meine Meinung hören wollen, stammt es ursprünglich aus dem Kriegsministerium. Oder Außenministerium. Lesen Sie.«

Rutledge überflog die Schreibmaschinenzeilen.

In blumigen Formulierungen wurde Scotland Yard höflich ersucht, sich dreier Todesfälle in Cornwall anzunehmen, die bislang für einen Doppelselbstmord und einen Unfall mit Todesfolge gehalten worden waren. Die Beamten vor Ort, schrieb der Verfasser, hätten es nicht für wert erachtet, die Fälle weiter zu verfolgen, aber mittlerweile seien neue Informationen ans Tageslicht gekommen, die die Vermutung nahe legten, dass die Dinge anders lagen, als es zunächst den Anschein gehabt hatte. Falls Scotland Yard einen Polizisten entbehren könne, der, nur um sicherzugehen, dass alles seine Richtigkeit habe, nach Cornwall fahren und sich in aller Sorgfalt noch einmal des vorhandenen Beweismaterials annehmen könne, wäre der Unterzeichnende dem Scotland Yard äußerst dankbar.

Rutledge las den Brief ein zweites Mal, dann sah er zu Bowles.

»Was sind das für Fälle? Was meint er mit ›neuen Informationen‹?«

»Es sieht ganz so aus«, sagte Bowles, während er es sich auf einem Stuhl bequem machte, »als glaube eine gewisse Lady Ashford, die auf die eine oder andere Weise mit allen drei Verstorbenen verwandt war, dass die Polizei vorschnell geurteilt und der Möglichkeit nicht genügend Beachtung geschenkt habe, dass Mord im Spiel sein könnte. Klingt, als habe irgendjemand die alte blaublütige Schachtel in seinem Testament nicht berücksichtigt – woraufhin sie mit Hilfe irgendeines Lords aus ihrem Bekanntenkreis Himmel und Hölle in Bewegung setzt. Der Lord wälzt es auf einen anderen Lord im Innenministerium ab, und der wälzt es auf *uns* ab. Pech gehabt!«

Bowles' gelbe Ziegenaugen weiteten sich, als ihm bewusst wurde, was er da gesagt hatte. In seiner Erregung war er weit übers Ziel hinaus geschossen. Um den Schaden wieder gut zu machen, ergänzte er rasch: »Das heißt natürlich trotzdem, dass, wer immer dahin fährt, sich gegenüber den Ortsansässigen gut benimmt und Lady Ashfords Zweifel zerstreut. Oder aber, falls ihre Zweifel *nicht* unbegründet sein sollten, die Fälle so schnell wie möglich nochmal von vorne aufrollt, bevor man uns wegen unserer Unfähigkeit zur Verantwortung zieht.« Er zeigte auf den Brief. »Er ist einflussreich, dieser Minister. Wenn wir den nicht zufrieden stellen, können wir uns auf etwas gefasst machen.«

Rutledge las den Brief noch einmal. »Im Außenministerium gibt es einen Henry Ashford«, sagte er grüblerisch. »Er bekleidet einen ziemlich hohen Posten.« Rutledge selbst war mit dem Bruder dieses Henry Ashford zur Schule gegangen.

Bowles Miene verfinsterte sich. »Tja, das mag wohl sein.«

»Und Sie wollen, dass ich nach Cornwall fahre?«

»Sie können mit der Sache umgehen. Bennett wäre zwar auch frei, aber wenn es darum geht, eine alte Lady zu beruhigen, stellt er sich bestimmt mehr als ungeschickt an, ganz gleich wie gut er in Whitechapel arbeitet. Harrison könnte ich zwar auch entbehren, aber er hat einfach nicht die nötige Geduld, um fremde Ermittlungen weiterzuführen. Bevor er überhaupt dort wäre, würde er schon wissen, dass alle außer ihm auf dem Holzweg sind. Bevor man bis drei zählen kann, würde ihn der Chief Constable wieder zurückpfeifen! Und das Innenministerium würde uns dann löchern, was wir uns dabei gedacht haben, einen Typen wie *den* loszuschicken.« Er seufzte. »Von all meinen Männern sind Sie der Beste. So einfach ist das.«

»Und was wird aus der Londoner Mordserie?«, fragte Rutledge. Mittlerweile kannte er seinen Vorgesetzten zu gut. Bowles wollte ihn aus dem Weg haben …

»Nun, ich denke nicht, dass wir die über Nacht aufklären! Wenn Sie nicht länger als eine Woche fortbleiben, können Sie danach ohne weiteres in die hiesigen Ermittlungen einbezogen werden.«

Eine Woche. Man braucht keine Woche, um von der Dorfpolizei erledigte Fälle zu überprüfen. Hieß das etwa, Bowles ahnte, dass die Fälle *tatsächlich* wieder aufgerollt werden mussten? Sodass Rutledge so lange London fernbliebe, bis er, Bowles, den Messerstecher gestellt hatte?

Doch Rutledge war es im Grunde egal.

Nach Cornwall zu gehen wäre besser, als unerwünscht bei

Scotland Yard herumzusitzen … Er wandte sich ab und sah hinaus in den Sonnenschein. »Der Bericht, um den Sie mich gebeten haben, ist fertig. Ich könnte schon heute Nachmittag fahren, wenn es Ihnen recht ist.«

Bowles starrte sein Gegenüber an. Ging er nicht zu bereitwillig auf die Sache ein? Wollte er etwa da unten in Cornwall bis zum Wochenende alles über die Bühne bringen? Oder wusste Rutledge mehr über die Londoner Mordserie als er und war froh, nichts mit ihr zu tun haben zu müssen? Das wäre ja noch schöner, er schickte Rutledge in ein sicheres Refugium, während ihm hier das Dach über dem Kopf zusammenstürzte! Misstrauisch geworden, sagte er: »Nun, ich an Ihrer Stelle würde nichts überstürzen. Wenn wir diesen Mistkerl im Innenministerium nicht zufrieden stellen, müssen wir wieder von vorn anfangen!«

»Ich überstürze nichts.« Rutledge blickte weiterhin zum Fenster hinaus, in Gedanken war er schon auf der Straße nach Westen. Hamish, seine innere Stimme aus der Vergangenheit, rührte sich und meldete sich zu Wort: »Es ist ein herrlicher Tag. Mir ist nicht nach vier Wänden zu Mute.«

Fröstelnd drehte sich Rutledge zu Bowles um. »Was haben wir über die Fälle?«

»Ziemlich wenig. Seine Lordschaft hielt es für angebracht, uns nur das hier zu schicken.«

Er reichte ihm mehrere Seiten Papier. Kopien von Todesurkunden. Olivia Alison Marlowe, ledig. Nicholas Michael Cheney, Junggeselle. Beide von eigener Hand gestorben. Dasselbe Datum. Im Frühjahr. Und Stephen Russel FitzHugh, Junggeselle, verstorben nach einem Unfall. Ein Sturz. Vor drei Wochen.

»Klingen ziemlich gewöhnlich. Beide Fälle.«

»Sind sie auch. Aber wenn das Innenministerium anderer Meinung ist …«

Um vier Uhr nachmittags hatte Rutledge alles für die Fahrt nach Cornwall vorbereitet. Die Tage waren noch lang. Die Wärme der Sonne tat ihm gut. In den Schützengräben hatte er die Sommerhitze gehasst, da sie den Gestank von Urin, Leichen und ungewaschenen Soldaten so sehr verstärkte, dass einem die Sinne schwanden. Decken, Mäntel, Hemden, Hosen, Socken – alles stank schon im Sommer unaussprechlich, noch schlimmer wurde es allerdings im Winter, wenn die Wolle nicht mehr trocknete …

Hamish gluckste: »Du vermisst es, was?«

»Nein«, sagte Rutledge matt, »aber ich kann es nicht vergessen.«

»Tja«, frohlockte Hamish in den dunklen Ecken von Rutledges Geist, »so läuft die Sache nun mal, Mann, du kannst dich nicht drücken.«

Die Ärzte in der Klinik hatten ihm gesagt, es sei durchaus normal, dass er die Stimme Corporal MacLeods hörte, den sein Erschießungskommando just in dem Moment exekutierte, als eine Bombe neben ihnen runterkam. Die Wucht der Detonation hatte alles in die Luft geschleudert. Dann lag Rutledge unter Schlamm und Leichenteilen begraben. Man brauchte Stunden, um die wenigen Überlebenden – unter ihnen Rutledge – freizuschaufeln. Er hatte ein Schädeltrauma und heftige Anfälle von Klaustrophobie davongetragen. Trotzdem diagnostizierten die Lazarettärzte lediglich Übermüdungserscheinungen. Sie flickten ihn wieder zusammen, gaben ihm, zum Ausschlafen, vierundzwanzig Stunden frei und schickten ihn zurück an die Front. Erfahrene Offiziere waren Mangelware. An das folgende Jahr konnte Rutledge sich kaum erinnern, außer, dass ihn fortan Hamishs Stimme begleitete und so lange verfolgte, belästigte und quälte, bis er glaubte, die anderen hörten ihn auch.

Doch irgendwie musste er es trotzdem geschafft haben, seinen soldatischen Pflichten ordnungsgemäß nachzukommen … denn niemand beschwerte sich über ihn. Seine Männer ließen ihn in Ruhe. Sie waren selbst ausgelaugt und zu sehr mit ihren eigenen Sorgen beschäftigt, um an etwas anderes zu denken als ans nackte Überleben. Ein langer Krieg …

Auf der Straße nach Salisbury war fast kein Verkehr. In der Landluft, die in sein Automobil hereinwehte, lag der süße Duft von Wildblumen, reifem Korn und frischem Heu. Mit dem Zug wäre er zwar schneller gewesen, aber er verabscheute die engen Abteile, in denen man dicht gedrängt, Wange an Wange mit anderen Menschen zusammensaß. Allein die Vorstellung, so eingeengt zu werden, ohne die Möglichkeit, sich zum Ausgang vorkämpfen zu können, ließ sein Herz schneller schlagen und seine Hände feucht werden.

Er übernachtete zwanzig Meilen hinter Salisbury in einem Gasthof. Er aß überbackenes Hammelfleisch mit Kartoffeln und grünen Bohnen und schlief in einem kleinen, sauerstoffarmen Zimmer mit niedriger Decke. Am nächsten Tag an der Grenze zu Devon empfingen ihn Sturm und wolkenbruchartiger Regen. Zweimal hätte er in dem strömenden Regen beinahe seine Abfahrt verpasst, doch schon eine halbe Stunde später brach die Sonne durch die Wolken und ließ die Nässe auf der Fahrbahn verdampfen. Hamish redete in einem fort, während sie an Dörfern, Blumen, die am Straßenrand prächtig um die Wette blühten, und abgeschiedenen, strohgedeckten Landhäusern mit ihren üppigen Gärten vorüberfuhren. Einmal war es eine Herde Kühe, die auf dem Weg zur nächsten Weide seine Strasse kreuzte, ein anderes Mal watschelten fette Graugänse über die Regenpfützen zum nächsten Dorfteich, und wieder ein anderes Mal blockierte ein Pferdefuhrwerk seinen Weg, dessen Besitzer wie auch die geduldigen Gäule neugierig Rutledges Automobil musterten. Niemand schien es hier eilig zu haben. Oft war er der einzige Mensch weit und breit. Vögel flatterten vorbei. Schmetterlinge tanzten auf seiner Kühlerhaube. Die tröstliche, friedliche Stimmung nahm ihn ganz und gar in Besitz.

Am Abend erreichte er Borcombe. Es lag in einem tiefen Tal, das sich bis zum Meer hin erstreckte. Der Regen hatte zwar aufgehört, aber noch hingen schwere Wolken am Himmel. Obwohl es erst kurz nach neun war, spiegelten sich auf den feuchten Bürgersteigen bereits die Lichter der Wohnhäuser und der gutbesuchten Dorfkneipe. In dem kleinen Ort hatte er keine Mühe, das Haus, das er suchte, zu finden. Constable Dawlish wohnte am Ende der Butcher's Lane. Er parkte vor einem weißen Lattenzaun, stieg ungelenk aus und war zunächst damit beschäftigt, seine Beine zu strecken und sich die schmerzenden Schultern zu massieren. Am oberen Ende der Steintreppe öffnete ein Mann in Hemdsärmeln die Tür und blickte hinaus.

»Inspektor Rutledge?«

»Ja.« Er stieß das Tor auf und schritt die gefliesten Stufen hinauf.

»Constable Dawlish?«

Nachdem sie einander die Hand gereicht hatten, führte Dawlish ihn über den Flur in ein kleines warmes Zimmer. »Geben Sie mir Ihren Mantel, Sir. Für Juli ist es ein wenig zu kühl, finden Sie nicht? Das liegt wohl am Regen. Haben Sie schon zu Abend gegessen?«

»Ja, vielen Dank. Aber eine Tasse Tee könnte ich vertragen.«

»Der Kessel steht schon auf dem Ofen, Sir.« Dawlish deutete auf das dunkelrote Rosshaarsofa. »Machen Sie es sich bequem. Auf dem Tisch liegt der Ordner mit den Notizbüchern. Inspektor Harvey lässt sich entschuldigen, er musste nach Plymouth; dort ist ein Mann gesehen worden, dessen Beschreibung auf die eines Heiratsschwindlers zutrifft, nach dem wir schon lange suchen. Hat drei Witwen um ihre Ersparnisse gebracht.«

»Wir kommen vorerst ohne Harvey aus«, sagte Rutledge, während er Dawlish musterte. Er war groß und dünn. Ein junger Mann mit einem früh gealterten Gesicht. »Sie waren an der Somme* dabei, nicht wahr?«, erriet er.

»Nicht die ganze Zeit. Drei Jahre war ich drüben. Kamen mir wie dreißig vor.«

»Ja. Mir auch.«

Mrs. Dawlish, klein und untersetzt, trug ein Tablett mit Tee, dicken Sandwiches und köstlich aussehendem Kuchen herein. Schüchtern lächelte sie Rutledge an, während sie das Tablett auf einem zweiten Tisch am Kamin absetzte, den man gut vom Sofa aus erreichen konnte, und sagte: »Bedienen Sie sich, Herr Inspektor. Ich habe noch mehr in der Küche.«

Und damit huschte sie aus dem Zimmer, die perfekte Polizistengattin.

»Ich lese die Berichte später«, sagte Rutledge nach der ersten Tasse Tee, die Dawlish ihm eingeschenkt hatte. »Vorher will ich Ihre Meinung hören.«

* Fluss in Nordfrankreich, der in den Ärmelkanal mündet und im 1. Weltkrieg, v. a. von Juni bis November 1916, schwer umkämpft war; Anm. d. Ü.

Dawlish setzte sich hin und betrachtete mit ernster Miene die Tasse in seiner Hand. »Nun, um die Wahrheit zu sagen, ich persönlich glaube nicht an Mord. Zwei Selbstmorde und ein Unfall. So schien es mir. Und Inspektor Harvey auch. Es gab zwar keine Abschiedsbriefe, aber ich habe die Leichname mit eigenen Augen gesehen, Inspektor, und halte es für unmöglich, einen Mord so täuschend echt nach Selbstmord aussehen zu lassen. Wie sie dalagen, der Raum, ihre Gesichter. Wir kennen ihre Motive zwar nicht, aber Miss Olivia Marlowe war schwer behindert und muss darunter sehr gelitten haben. Die Haushälterin sagte aus, Miss Marlowe habe viele schwere Nächte durchgemacht. Auch Mr. Nicholas Cheney. Er hat in seinem Leben nichts gemacht als für sie zu sorgen. Mit Ausnahme des Kriegs natürlich ... bei Ypres wurde er bei einem Giftgasangriff verletzt und nach Hause geschickt. Ich denke, er fürchtete, seinen Lebensinhalt zu verlieren, wenn sie vor ihm stürbe. Zu spät, muss er gedacht haben, um noch einmal von vorn anzufangen. Mit seiner kaputten Lunge. Vielleicht wollte er es auch gar nicht. Manche Menschen sind eben zufrieden mit dem, was sie kennen, wie schlecht es auch sein mag, und fürchten sich vor dem Unbekannten. Er war jung, vier Jahre jünger als sie, er hätte heiraten und eine eigene Familie gründen können. Aber ich schweife ab ...«

Rutledge schüttelte den Kopf. »Nein, nein, reden Sie weiter. Immerhin kannten Sie diese Leute. Und haben ihre Leichen gesehen.«

Erleichtert, dass der finstere Mann aus London nicht auf sein eigenes Vorgehen bestand, nickte Dawlish. »Nun, jedenfalls glaube ich, dass die Sache so lag, wie sie den Anschein hatte. Es gibt auch keinen Grund, das nicht anzunehmen. Es gibt weder Motive, noch Indizien für einen Mord. Wir benachrichtigten die Familie, sie reiste an und begrub die Geschwister. So einfach war das. Dann haben sie das Haus leergeräumt, um es zum Verkauf freizugeben ... ein schönes Haus, es ist leicht verkäuflich, selbst hier am Ende der Welt. Es gibt schließlich viele Kriegsgewinnler, die ihr Geld reinwaschen wollen.« In seiner ruhigen Stimme lag keine Bitterkeit, höchstens ein Anflug von Ironie darüber, dass die, die gekämpft hatten, andere waren als die, die nun reich waren.

»Ist das Anwesen so viel wert, dass man dafür einen Mord begehen könnte?«

»Wahrscheinlich schon, obwohl der Käufer eine Menge Arbeit reinstecken müsste, bevor er es der Öffentlichkeit präsentieren könnte. Das muss die Familie bedenken, wenn sie den Preis festsetzt. Was immer sie herausschlagen, es wird unter den Überlebenden aufgeteilt. Es hat über zwei Wochen gedauert, das Haus leerzuräumen – allein die Privatsachen und dergleichen. Alle sind dageblieben außer Mr. Cormac, der zwischenzeitlich nach London zurückmusste und erst an jenem letzten Wochenende zurückkam. Am letzten Tag jedenfalls ist der Jüngste, Mr. Stephen, kurz vor der Abreise Hals über Kopf die Treppe hinabgestürzt und hat sich das Genick gebrochen. Soweit wir wissen, trifft daran niemanden eine Schuld. Die anderen standen vor dem Haus, als er aus dem Fenster rief, er käme gleich. Kurz danach stürzte er. Mr. Cormac ging nachsehen, wo er so lange blieb, und schrie lauthals auf. Er hätte keine Zeit gehabt, ihn hinabzustoßen oder irgendetwas anderes zu tun als ihn zu finden … das haben alle übereinstimmend bestätigt. Es ist eine lange, gewundene Treppe, und der Teppich ist ausgetreten. Er muss schlimm gestürzt sein, denn an seiner Leiche fand man schwere Quetschungen. Er starb nicht sofort, erst als er gegen das Geländer prallte. Ich möchte noch einmal betonen, dass er zuvor herabgerufen und alle ihn gehört hatten.« Dawlish war mit seinem ersten Sandwich fertig und griff nach dem zweiten. »Dr. Hawkins meinte, er sei in Eile gewesen und habe mit einem, seinem kranken Fuß – eine Kriegsverletzung – eine Stufe verfehlt. Die anderen waren entsetzt, denn sie waren es, die ihn zur Eile gedrängt hatten.«

»Und wer sind sie? Diese anderen?«

»Die Familienzusammenhänge sind kompliziert, Sir. Zum einen war Cormac FitzHugh anwesend, ein Mann mit hervorragendem Ruf in London, der Sohn von Mr. Brian FitzHugh. Er kam in Irland zur Welt, bevor Mr. Brian Miss Rosamund heiratete. Zum Zweiten wäre da Miss Susannah. Sie war die Zwillingsschwester des Mannes, der gestürzt ist. Miss Susannah und Mr. Stephen waren die Kinder von Mr. Brian und Miss Rosamund, müssen Sie wissen. Auch Miss Susannahs Mann, Daniel Hargrove, war da. Und natürlich Miss Rachel. Sie ist eine Cousine von Seiten der Marlowes. Miss Olivias Cousine, um genau zu sein. Miss Olivias Vater war ein Marlowe. Miss Rosamund, Miss Olivias Mutter, war dreimal verheiratet und hatte mit jedem Mann zwei Kinder. Inzwischen sind alle gestorben bis auf Miss Susannah. Marlowe, Cheney und FitzHugh.«

»Diese Rosamund, die Mutter – und Stiefmutter – all dieser Kinder …«

»Rosamund Trevelyan, Sir. Das Anwesen gehört seit Urzeiten ihrer Familie. Sie war das einzige Kind ihres Vaters. Eine prächtige Lady, Sir, zu ihrer Zeit eine echte Schönheit. In dem Haus hängt ein vorzügliches Porträt von ihr, wenn sie es noch nicht abgehängt haben. Wenn je eine Frau es verdient hatte, ein glückliches Leben zu führen, dann sie. Aber es war ihr nicht vergönnt. Trotz allem, niemand hat bis zum Tag, an dem sie starb, jemals ein böses Wort aus ihrem Munde vernommen. Bei ihrer Trauerfeier sagte der Pfarrer, sie sei eine ›Erleuchtete‹ gewesen, und so war es tatsächlich.« Er lächelte wehmütig. »Es gibt wenige wie sie.«

»Dann war sie … auf die eine oder andere Art … der Mittelpunkt der Familie?«

»Ja. Nun, kommen wir zu Miss Rachel. Sie ist die Nichte von Miss Rosamunds erstem Mann, Captain Marlowe, dem Vater von Olivia. Miss Rachel hat sehr viel Zeit in dem Haus verbracht.

Dann Mr. Hargrove, Miss Susannahs Ehemann. Schätzungsweise kurz vor seinem zwölften Geburtstag kam er zum ersten Mal her. Miss Rosamund nannte eine stattliche Zahl Rennpferde ihr Eigen, fast alle aus irischer Zucht, die sie zum Großteil beim Gestüt Hargrove kaufte. Hervorragende Pferde waren das, die Dutzende von Preisen gewannen. Als junger Bursche habe ich mir manch einen Penny verdient, indem ich auf sie wettete.«

»Wer hat das Haus nach Rosamunds Tod geerbt?«

»Wie ich schon sagte, gehörte das Haus dem alten Adrian Trevelyan, Miss Olivias Großvater. Er hat es ihr vermacht statt ihrer Mutter … nicht um Miss Rosamund zu schaden, verstehen Sie, sondern weil er mit der Wahl ihres dritten Ehemanns nicht einverstanden war. Man munkelt, dass er Miss Olivia das Haus vererbte, damit es nicht in die Hände der FitzHughs fiel. Bedenken Sie auch, dass Miss Olivia schwer behindert war und eines eigenen Hauses mehr als jeder andere bedurfte – unverheiratet wie sie war und voraussichtlich auch bleiben würde. Ich glaube nicht, dass irgendein Familienmitglied – geschweige denn einer der Dorfbewohner – ahnte, dass sie eine berühmte Dichterin werden würde.«

»Eine Dichterin? Olivia Marlowe?«

»Ja. Bekannt unter dem Pseudonym O. A. Manning. Ich selbst habe noch keines ihrer Gedichte gelesen. Na ja, wissen Sie, Gedichte sind nicht ganz mein Fall. Aber meine Frau hat ein paar gelesen und meint, sie seien ausgesprochen hübsch.«

Hübsch, dachte Rutledge, war ein gelinde untertriebener Ausdruck für O. A. Mannings Werk. Beunruhigend, lyrisch, mit Untertönen schwarzen Humors und präzisen, subtilen, kontrastreichen Schilderungen von Menschen und Gefühlen. Einmal gehört, hafteten ihre Verse wie persönlich Erlebtes in der Erinnerung. Auch über den Krieg hatte sie Gedichte verfasst, und von dem Moment an, da er sie in den Schützengräben Frankreichs zu Augen bekommen hatte, hatte er sich gewundert, wie ein Unbeteiligter so deutlich erfassen konnte, was die Soldaten da draußen, in jener blutigen Vorhölle, empfanden. Wie jemand den Mut aufbringen konnte, dafür Worte zu finden. Und dabei wusste er damals nicht einmal, dass es sich bei O. A. Manning um eine Frau handelte.

Der Zyklus *Englisches Requiem* war natürlich etwas anderes, und vielleicht war es dieser, den Dawlishs Frau gelesen hatte. Liebesgedichte, die, im Gegensatz zu Shakespeares Versen an seine Dark Lady, licht und hell waren. Wärme und Schönheit durchdrangen sie mit solch einer Leidenschaft, dass im Herzen jedes Lesers unweigerlich eine herzerweichende Melodie erklang. *Englisches Requiem* hatte ihn auf eine Weise berührt wie nur wenige Dinge zuvor.

Hamish murrte mit tiefer, grollender Stimme in Rutledges Hinterkopf. »Hast wohl beim Lesen an deine Jean gedacht, was? So viel Liebe hat sie nicht verdient. Eher meine Fiona. Sie gab mir das Buch mit, als ich in den Truppentransport nach London stieg.

Später, als sie meine Leiche ausbuddelten, steckte es blutdurchtränkt in meiner Tasche.«

Rutledge verschluckte sich an seinem Tee und sagte hustend: »Lassen wir die Selbstmorde mal beiseite. Hätte an jenem Tag des Unfalls eine der vier anwesenden Personen einen Vorteil von Stephen FitzHughs Tod gehabt?«

»Mr. Cormac FitzHugh nicht. Er hat keine Rechte an dem Anwesen. Miss Rachel und Mr. und Mrs. Hargrove erhalten zwar jetzt durch Mr. Stephens Tod einen größeren Teil des Verkaufspreises, aber der Sache sind wir schon nachgegangen. Ihre Vermögensverhältnisse sind solide. Es gibt keinen Grund anzunehmen, dass sie es auf dieses Geld abgesehen haben könnten.«

»Sobald Geld im Spiel ist, tun die Menschen die merkwürdigsten Dinge. Aber gut, ich denke, für den Moment haben Sie mich ausreichend informiert. Wo werde ich hier wohnen?«

»Ich habe ein Zimmer im Three Bells für Sie reservieren lassen, Sir. Nicht weit von der Kirche. Sie können es nicht verfehlen.«

»Danken Sie Mrs. Dawlish für den Tee.« Rutledge steckte die Notizbücher ein und wünschte Dawlish eine gute Nacht. Es regnete wieder. Er lief zum Auto und sprang hinein, während eine Sturmböe Regen über die Landzunge trieb, der wie Maschinengewehrfeuer gegen den Lattenzaun prasselte.

»Meinst du, die Frau konnte hexen, dass sie so schreiben konnte?«, fragte Hamish, fasziniert von Olivia Marlowe. »Die kannte sich zu gut mit dem Krieg aus, Mann! Das ist nicht normal!«

»Das war keine Hexerei, sondern Genialität«, antwortete er, ehe er sich versah. Er konnte es sich einfach nicht abgewöhnen, Hamish zu antworten.

Rutledge stieg aus, als die Sturmböe vorbei war, kurbelte den Motor an und fuhr schnell durch den jetzt schräg niedergehenden Regen. Der Gasthof tauchte schneller als erwartet vor ihm auf, und beinahe wäre er ins Schleudern gekommen, als er den Wagen in einer Pfütze zum Stehen brachte. Hinter dem Haus sah er den Kirchturm des Dorfs. Wie ein Speer ragte er vor dem Hintergrund der Sturmwolken und windgebeutelten Bäume in den Himmel.

»Bei deinem Glück würdest du einen Autounfall überleben und den Rest deines Lebens im Sitzen verbringen. Niemand außer mir würde sich dann um dich kümmern«, begann Hamish erneut. Rutledge fluchte.

Der Gasthof war ein kleines, windschiefes Haus, aus grauem Stein erbaut, das vom Gewicht des dunklen Schieferdachs beinahe erdrückt zu werden schien. Rutledge wurde bereits erwartet. Der Wirt gab ihm ein Zimmer mit Aussicht auf einen kleinen Hinterhof mit Garten. Genau genommen war es allerdings nur ein kleines Gestrüpp aus wilden Rosen und Rhododendronbüschen, sodass es die Bezeichnung Garten im Grunde nicht verdiente. Rasch packte er seine Sachen aus, legte sich ins Bett und war binnen zehn Minuten eingeschlafen.

Vor dem Schlaf fürchtete er sich nicht. Dorthin folgte Hamish ihm nicht.

Dafür aber Jean.

In der Nacht, Stunden später, drehte sich der Wind. Durch das halb geöffnete Fenster wehte eine sanfte, sommerliche Meeresbrise. Rutledge wälzte sich unruhig hin und her und träumte von der Frau, die er geliebt hatte … und die von den kläglichen Überresten des Mannes, den sie versprochen hatte zu heiraten, nichts mehr wissen wollte. Jean. Auch sie verfolgte ihn auf ihre Weise.

Sie hakte sich bei ihm unter und führte ihn abwärts, auf einem Weg, der ihm seltsam vertraut war. Eine Weile lang schritt sie wieder an seiner Seite und wärmte mit ihrer Hand die seinige. Ihr Lachen erklang silberhell in der Stille, der Saum ihres Rocks streifte ihn sacht. Alles war wie früher …

3

Das Frühstück am nächsten Morgen war herzhaft und der Wirt sehr neugierig. Rutledge wich seinen Fragen aus und verließ den Gasthof nach der zweiten Tasse Kaffee. Auf der Straße sah er hoch zum Himmel, ein Verhalten, das er sich im Krieg angewöhnt hatte, als die Windrichtung darüber entscheiden konnte, ob man einen Giftgasangriff zu erwarten hatte oder nicht. Er schätzte, es würde trotz der Nebelschwaden, die wie Kränze um die Schornsteine und Baumwipfel hingen, ein schöner, warmer Tag werden, und beschloss, zu Fuß zu gehen. In der Mappe, die ihm Constable Dawlish gegeben hatte, befanden sich ein Schlüsselbund und eine skizzenhafte Landkarte ohne jede Entfernungsangabe. Die Karte eines Menschen vom Lande.

Es war noch recht früh, und obwohl schon vereinzelte Dorfbewohner in ihren Gärten den neuen Tag begrüßten, waren die Straßen noch leer. Die einzige Zufahrtsstraße, die zu dem kleinen Dorf führte, verlief an der Kirche und ein paar Geschäften vorbei hinunter zu dem schmalen Fluss Bor, wo sie am Ufer des Meeres endete. Die Häuser standen dicht an dicht an den Hängen, manche lagen so eng beieinander, dass das Dach des einen die Terrasse des nächsten berührte, andere waren durch enge Gassen und Gärtchen voneinander getrennt. Das Glitzern der Wellen markiert das Ende der Straße, dachte Rutledge, aber es mochte genauso gut das Wasser des Baches sein.

Ein Eisenwarenhändler bearbeitete Fässer und Pflüge, irgendwo lachten Kinder, und auf der anderen Straßenseite bewegte sich eine alte Frau schleppenden Schrittes vorwärts.

Er ging zu ihr hinüber.

Von nahem wirkte sie noch älter. Sie ging gebeugt und hatte ihr graues Haar notdürftig zu einem Dutt zusammengebunden. Um die Schultern trug sie einen vormals schwarzen, mittlerweile grau gewordenen Schal und stützte sich auf einen knorrigen Stock, der wie eine Verlängerung ihrer knorrigen, alten Hand aussah.

»Entschuldigen ...«, setzte er an. Er wollte sie nicht erschrecken.

Doch bevor er den Satz beenden konnte, traf ihn ein durchdringender Blick aus ihren hellgrauen Augen. Das ließ ihn verstummen.

»Sie sind fremd in Borcombe, nicht?«, fragte sie, ihn von Kopf bis Fuß begutachtend. »Falls Sie den Constable suchen, der kreuzt hier in den nächsten zwanzig Minuten nicht auf.«

Verblüfft erwiderte Rutledge: »Eigentlich ...«

»Sie möchten den Weg wissen?«

»Zum Trevelyan-Haus. Können Sie mir helfen?«

»Sind Sie gut zu Fuß, mein Junge?«

Seit Jahren hatte ihn niemand mehr *mein Junge* genannt. »Ja.«

»Sollten Sie auch sein. Folgen Sie dieser Straße ungefähr eine Meile weit. Dann kommt eine Weggabelung, da gehen Sie rechts. Auf dem Weg gehen Sie weiter bis zum Ende, dann sehen Sie eine Toreinfahrt und eine Auffahrt zu einem Hügel. Wenn Sie oben sind, können Sie es nicht mehr verfehlen.«

Falls diese Wegbeschreibung richtig war, hätte man sie kaum deutlicher formulieren können. Die Alte kicherte heiser. »Ich lebe hier seit mehr als achtzig Jahren.«

Als hätte sie seine Gedanken erraten. Hamish wollte sich rühren. Der Blick der Alten schien noch durchdringender zu werden. Aber sie humpelte wortlos ihres Weges, als sei damit die Unterhaltung zu ihrer beider Zufriedenheit beendet. Er sah ihr nach, und sie schien es zu merken. Ganz gleich wie alt sie sind, dachte er, Frauen spüren, wenn ein Mann ihnen nachsieht.

Hamish lachte. »Du warst noch nie in den Highlands, Mann.« Das war alles, was er dazu sagte.

Rutledge folgte der Beschreibung der Alten und ging die steile Zufahrtsstraße, auf der er am Vorabend angekommen war, hinauf. Nach der besagten Gabelung, die inmitten von Stoppelfeldern lag, führte ihn der Weg nach rechts, durch hohe Gräser und an mehreren Bauernhäusern und kleineren Äckern vorbei. Nach einer halben Stunde etwa gelangte er an das von den Jahren und der stetigen Feuchtigkeit dunkel gewordene Tor. Hinter großen, regennassen Rhododendronbüschen und ein paar Bäumen lagen dicke Nebelschwaden. Doch kaum hatte er die furchige, kurvige Auffahrt hinter sich gelassen, stand er wieder mitten im hellsten Sonnenschein. Und da, am Ende einer kurzgeschorenen Wiese, lag, umgeben von gepflegten Gärten und beschützt von der im Hintergrund aufragenden Landzunge, das Anwesen.

Es war ein altes Gebäude, an dem sich die Architekturgeschichte der letzten vier Jahrhunderte ablesen ließ. Rutledge erkannte in der Hauptsache den Baustil der Tudors, ergänzt von Einflüssen der Restaurationszeit, aber auch die Epochen König Georgs und Königin Viktorias hatten ihre Spuren hinterlassen. Neben den Stallungen befand sich ein zinnenbewehrtes Tor, das aus noch älterer Zeit stammen musste. Die großen Paläste des englischen Adels, Blenheim und Hatfield, Longleat und Chatsworth, zeugten von Macht und Geld. Dieses Haus sprach von der Langlebigkeit eines uralten Familiengeschlechts. Von Zeitlosigkeit, Stolz und Frieden.

Rutledge versuchte sich die Geschichte des Anwesens vorzustellen und suchte nach Hinweisen auf seine Besitzer. Er empfand ... Traurigkeit? Nein, das war es nicht. Das Gefühl war stärker. Doch irgendetwas an diesem Gebäude zog ihn unwiderstehlich an.

Hamish dagegen fand an ihm weniger Gefallen. »Hier gibt es zu viele Tote«, sagte er unruhig, »die nicht in Frieden ruhen wollen!«

Rutledge unterdrückte ein Lachen. »Wenn es meines gewesen wäre, würde ich das Haus auch heimsuchen. Ich würde mich nicht friedlich auf dem Dorffriedhof begraben lassen. Nicht, wenn ich diesen Ausblick missen müsste.«

Tief unterhalb der Landzunge sah man das Meer. Der Nebel hatte sich verzogen. Es glänzte im Licht der Morgensonne, die weißen Schaumkronen tanzten. Offenbar gab es einen schmalen Weg, der zum Meer hinunterführte. Wenn man sich nach rechts wandte, konnte man in der Ferne die Dächer Borcombes sehen.

Verdammt, das alte Weib hatte ihn auf den längstmöglichen Umweg geschickt! Vom ersten Haus des Dorfes, das er von hier aus sah, wäre er durch ein kleines Wäldchen direkt zum Grundstück der Trevelyans gelangt und somit in – was? – zehn? – höchstens fünfzehn Minuten hier gewesen.

Nachdem ihm einer der Schlüssel, die Dawlish ihm gegeben hatte, die Eingangstür geöffnet hatte, fand er sich in der geräumigen Empfangshalle wieder, von der eine Treppe in lang gezogenem Bogen zur Galerie im ersten Stock hinauf führte. Die Halle machte einen sehr alten Eindruck. Zur einen Seite befand sich ein wuchtiger Kamin. Massive, rauchgeschwärzte Eichenbalken stützten die Galerie.

Hier also war Stephen FitzHugh zu Tode gestürzt. Rutledge ging zur Treppe und untersuchte sorgfältig Stufe um Stufe, den ausgetretenen Teppich, das dunkle Eichengeländer und die ornamentverzierte Balustrade. Er wog die Möglichkeiten ab. Wer von der obersten Stufe linkerhand hinabfiel, stürzte geradewegs hinab, ohne an der Biegung hängen zu bleiben. Fiele er aber nach rechts, so würde das Geländer den Schwung zunächst bremsen – jedoch nicht so sehr, dass er nicht ernsthafte Verletzungen davontrüge. Niemand hatte während der Untersuchung ausgesagt, von wo Stephen gekommen war, ob von der linken oder rechten Seite der Galerie.

Der Untersuchungsbericht, den Rutledge während des Frühstücks überflogen hatte, besagte, dass Stephen FitzHugh gegen das Geländer geprallt war, sich dabei das Genick gebrochen hatte und den Rest der Treppe entweder schon tot, oder zumindest fast gestorben, hinabgerollt war. Der Arzt hatte einen Abdruck des Geländerornaments an Stephen FitzHughs Nacken entdeckt, exakt unterhalb des gebrochenen Wirbels. Hawkins hatte auch FitzHughs Fußamputation erwähnt, auf Grund derer man die Fähigkeit des später Verstorbenen, sein Gleichgewicht zu halten, als bestenfalls unsicher einzuschätzen hatte und die es ihm in jener Situation wahrscheinlich unmöglich gemacht hatten, den üblen Sturz abzufangen. Den Krückstock des Toten hatte man auf Höhe der Kurve gefunden. Dort steckte er im Geländer. Ein Unfall … es schien nahezu ausgeschlossen, dieses Untersuchungsergebnis anzufechten.

Im Inneren des Hauses war es kalt. Da es niemand mehr bewohnte, brannte kein Feuer, sodass Rutledge während seines langsamen Rundgangs den Mantel anbehielt. Ein trautes, wohnliches Heim, kein hochherrschaftlicher Palast. Die Empfangsräume – der Speisesaal, der Salon und die geräumige Bibliothek – waren allesamt geschmackvoll mit Familienerbstücken eingerichtet. Anscheinend aber war schon seit geraumer Zeit kein Gast mehr hier gewesen. Alles befand sich ordentlich an seinem Platz, weder lagen Zeitschriften herum, noch standen Blumen in den großen Vasen. Kein einziger Sonnenstrahl drang durch die geschlossenen Vorhänge, und natürlich schlief auch kein Hund, der gut hierhergepasst hätte, zusammengerollt auf dem Kaminvorleger. Rutledge erinnerte sich, dass er als Kind schon einmal in einem solch vornehmen Haus gewesen war, wo eine schrille Frauenstimme gerufen hatte: »In diesem Raum hat die Familie drei Premierminister, sechs Mitglieder der königlichen Familie und Ihre Majestät die Queen empfangen, die sich insbesondere für diesen blauen Stuhl mit Seidenüberzug erwärmte.«

Und er hatte sich überall nach dem Stuhl umgesehen, vergeblich, bis sein Vater ihm befohlen hatte, stillzustehen und zuzuhören.

Der Salon lag im hinteren Bereich des Hauses. Von ihm blickte man in den Garten und aufs Meer. Wie die an ihn anschließende Küche war er weniger außergewöhnlich, vielmehr wirkten beide Zimmer, als wären sie tatsächlich bewohnt gewesen. Hier hatten sich Menschen aufgehalten, den Teppich mit ihren Schuhen betreten, die Polstergarnitur mit ihrem Gewicht eingedrückt, die Bücher, die auf den niedrigen Regalen standen, gelesen, an dem großen Ofen gekocht, in der Spüle den Abwasch erledigt und sich zum Kartoffelschälen auf einen der alten braunen Stühle gesetzt.

Er wandte seine Aufmerksamkeit wieder der Treppe zu. Wie viele Generationen waren sie hinauf- und hinabgestiegen, ohne sich über sie Gedanken zu machen. Bis zum heutigen Tag. Hamish machte sich in seinem Hinterkopf bemerkbar und flüsterte nervös: »Mir gefällt es hier nicht. Lass die Toten doch in Frieden, Mann!«

Im oberen Stockwerk befanden sich die Schlafzimmer. Sie waren ausgezeichnet aufgeteilt, ein jedes besaß große Fenster und einen gemütlichen Kamin. Und doch wirkten sie altmodisch, als habe sich niemand um den verblichenen Wandschmuck und die ausgetretenen Teppiche gekümmert, als habe man hier über Jahre hinweg das Alte dem Neuen vorgezogen.

Mit Hilfe des Grundrisses, den Dawlish ihm gezeichnet hatte, fand er rasch das Arbeitszimmer, in dem die Selbstmorde verübt worden waren. Es war ein länglicher Raum, von dem man ebenfalls das Meer und den Garten sah, ein Raum voller Wärme und Licht, weder eindeutig einem Mann oder einer Frau zuzuordnen, vielbenutzt, gemütlich und gewöhnlich. Fast nichts in diesem Zimmer ließ darauf schließen, dass hier eine weitgerühmte Dichterin gearbeitet hatte, lediglich die abgedeckte Schreibmaschine, die auf dem Tisch vor dem Fenster mit Meerblick stand, gab darauf einen kleinen Hinweis. Ein Museumsführer hätte auf die Sammlung von Büchern deuten müssen, die in ordentlichen Reihen auf dem Regal neben dem Tisch standen. »Hier fand die Dichterin ihre Inspiration in den Werken von …«

Aber stimmte das? Wer konnte das wissen?

Neben dem Regal befand sich ein weiterer Tisch, an dem jemand an Schnitzereien gearbeitet hatte. Der Rumpf eines großen Schiffsmodells lag, weiß und unfertig, zwischen Holzsplittern und krausen Spänen. Ein maßstabgetreues Modell eines Ozeandampfers, befand Rutledge bei näherer Betrachtung. Unterhalb des Fensters entdeckte er in einer länglichen Schatulle weitere sorgfältig bearbeitete Modelle. Einige Schiffe erkannte er – die *Olympia*, die *Sirius*, die *Lusitania*. Wer hatte sie geschnitzt? Nicholas Cheney? War es ein Hobby wie jedes andere, oder bewies es eine auf die Grenzen dieses Zimmers beschränkte heimliche Liebe zur Seefahrt?

Er ging zum Sofa an der Wand, auf dem das tote Geschwisterpaar gelegen hatte, Hand in Hand, Seite an Seite im Tode vereint, als wollten sie sich in der hereinbrechenden Dunkelheit gegenseitig trösten.

Warum waren sie gestorben?

»Mann, ich mag es hier drin wirklich nicht besonders«, sagte Hamish. »Wenn du unbedingt einen Mord nachweisen willst, dann mach wenigstens schnell.«

»Die Motive für einen Mord findet man zumeist nicht auf den paar Quadratmetern des Tatorts. Trotzdem, warum hier? Warum in jener Nacht?«

»Hallo?«

Der Ruf erscholl von unten aus der Eingangshalle herauf und riss ihn aus seinen Gedanken.

Über die Galerie ging er zum oberen Treppenabsatz und sah hinab. Eine Frau wartete am Fuß der Treppe. Die Eingangstür stand offen. Bang blickte sie hinauf, als fürchte sie, was ihr aus einem der Zimmer im oberen Stock entgegentreten mochte.

»Inspektor Rutledge«, sagte er und stellte sich auf die oberste Stufe. »Ich bin seit gestern im Ort und sehe mich hier um. Constable Dawlish hat mir die Schlüssel gegeben.«

»Oh«, sagte sie und lächelte erleichtert. »Mir war, als hätte ich Stimmen gehört. Ich dachte, irgendein Fremder habe sich Zugang zum Haus verschafft. Schon die Presse hat sich äußerst unverschämt benommen.«

Sie war schlank und … schwer einzuschätzen … etwa Mitte Dreißig. In ihr vom Fußmarsch gerötetes, ovales Gesicht fielen ein paar neckische, hellbraune Locken, die dem Knoten am Hinterkopf entwischt waren. Sie war keine ausgesprochen schöne Frau, war aber dennoch sehr attraktiv. Als er unten bei ihr angelangt war, sagte sie: »Es freut mich, dass endlich jemand von Scotland Yard gekommen ist. Mein Name ist Rachel Ashford. Ich bin diejenige, die sich dafür eingesetzt hat, dass man die … Todesfälle … noch einmal untersucht.«

»Lady Ashford?«

Ihr Lächeln verschwand. »Nachdem mein Mann gestorben war, ist der Titel auf seinen Bruder übergegangen, Sir Henry. Hat er Ihnen etwa gesagt, dass *Lady* Ashford eine zweite Untersuchung wünscht? Typisch für ihn!«

»Sie sind Peter Ashfords Witwe?«, fragte Rutledge erstaunt. »Wir sind zusammen zur Schule gegangen.«

»Peter ist im Krieg gefallen. Bei der Erstürmung des Kilimandscharo in Kenia.«

»Das tut mir Leid. Das wusste ich nicht.« So viel also zu Bowles' ›alter blaublütiger Schachtel‹. Aber dass Peter tot war, schockierte ihn. Noch ein Name auf der langen Liste seiner gefallenen Freunde. Wie oft hatte er schon Schuld darüber empfunden, überlebt zu haben. Es war irgendwie ungebührlich egoistisch, da so viele andere gestorben waren. Er gab sich einen Ruck und fuhr fort: »Sie glauben also, dass Inspektor Harvey und Constable Dawlish bei der Untersuchung Fehler begangen haben?«

»Ja.«

»Warum?«

»Weil ... oh, es ist einfach Intuition.« Sie verzog ihr Gesicht. »Ich kann mir nicht helfen, aber ich glaube einfach nicht an so viele Zufälle. Drei Todesfälle in einer Familie, innerhalb von einem Monat? Ich – ich *kannte* Livia und Nicholas, und sie waren ganz anders, als es in den Zeitungen hieß, sie waren nicht die Kranke und ihr ergebener Pfleger. Dass sie sich beide wegen ihrer Krankheiten umgebracht haben sollen, kann einfach nicht wahr sein!«

»Man sagte mir, Olivia Man ... Marlowe sei schwer behindert gewesen, und Nicholas Cheney habe an den Folgen eines Giftgasangriffs gelitten.«

»Nun ja«, sagte sie abwehrend, »sicher, wenn Sie es so ausdrücken wollen. Olivia hatte in ihrer Kindheit kurzzeitig Muskelschwund und konnte ein Bein nicht mehr bewegen. Lange Zeit saß sie in einem Rollstuhl, bis Nicholas ihr eines Tages eine Schiene schnitzte, mit der sie wieder laufen konnte. Das war so schön! Ich höre sie noch lachen, als sie sie zum ersten Mal anprobierte. Wir anderen standen vor ihrem Schlafzimmer, während unser Kindermädchen ihr half, die Schiene anzulegen – da lachte sie plötzlich, Nicholas sprang neben mir auf und ab und feuerte sie lauthals an, Rosamund weinte, und Richard hämmerte außer sich vor Begeisterung gegen die Tür ...« Ihre Stimme erstarb. Ängstlich blickte sie wieder die Treppe hinauf, als fürchte sie, dass im nächsten Moment ihre Kinderstimmen erklingen könnten. »Wenn sie sich umgebracht hat«, fuhr Rachel fort, »dann nicht wegen ihres Beines! Sie hat es akzeptiert, damit gelebt und sich mit den Schmerzen arrangiert ... sie waren für sie kein Grund, zu verzweifeln und sich umzubringen.«

Die Sonnenstrahlen, die durch die geöffnete Tür herein schienen, reichten nicht bis zu ihnen, noch wärmten sie die hohe Halle. Aber er hörte, wie draußen die Vögel sangen.

»Falls sie sich umgebracht hat ... aus welchem Grund sei dahingestellt«, sagte Rutledge, »warum wollte sie Nicholas an ihrer Seite haben? Warum hat sie nicht dafür gesorgt, dass er weiterlebte? Auch wenn es ihr vielleicht schwer fiel? Warum hat sie sich nicht heimlich und allein in ihrem Schlafzimmer umgebracht?«

Rachel rieb sich die Augen. Vielleicht schmerzten sie vom vielen Weinen. Vielleicht wollte sie ihm ihren Blick verbergen. »Ich habe mich das selbst schon hunderte – tausende – Male gefragt. Sie standen sich sehr nah, Olivia und Nicholas. Wer mich gefragt hätte, dem hätte ich geantwortet, dass sie lieber bei Nacht und Nebel allein ins Meer gegangen wäre, als zuzulassen, dass er ihr in den Tod folgte. Das soll nicht heißen, dass er in seiner ersten Bestürzung nicht vielleicht den *Wunsch* verspürt hat, ihr zu folgen, aber normalerweise hat Nicholas immer einen klaren Kopf behalten. Er war nicht der dramatische, überemotionale Typ, der am nächsten Morgen selbst ins Meer gegangen wäre. Nachdem sie gestorben war.« Sie nahm die Hände wieder vom Gesicht und sagte weinerlich: »Verstehen Sie, was ich damit sagen will?«

Er tat es, obwohl Hamish brummte, dass ihre Sätze keinen Sinn machten. »Aber trotzdem sind sie zusammen gestorben.«

»Ja, und das hat mich von Anfang an stutzen lassen. Ich habe meine Zweifel für mich behalten; die anderen hätten sie, da nun eh nichts mehr zu ändern war, nicht hören wollen. Oder aber sie hätten sich weiter zerstritten und damit alles nur noch schlimmer gemacht. Aber je länger ich über ihren Tod nachdenke, desto überzeugter bin ich, dass etwas daran nicht stimmt ... dass etwas sehr ... Merkwürdiges im Spiel ist.«

»Halten Sie einen ihrer Vettern – einschließlich Stephen – oder ihre Cousine für fähig, Olivia und Nicholas ermordet zu haben? Vom Motiv einmal abgesehen?«

Entsetzt starrte sie ihn an. »O Gott, nein! Weder Susannah noch Stephen könnten jemanden umbringen. Und Daniel ... um Gottes willen, warum?«

Rutledge lächelte. »Wenn es sich um einen Mord handelt, gibt es normalerweise auch einen Mörder.«

»Aber doch keiner von uns!«, rief sie erschrocken.

Wie oft hatte er diesen Ausruf zu Beginn von Ermittlungen schon gehört. Mord, ja. *Aber doch keiner von uns.* Ein Fremder. Ein Verrückter. Ein eifersüchtiger Nachbar oder Arbeitskollege. Die Frau von gegenüber. Aber doch keiner von uns. Erst allmählich begann man danach mit dem Finger aufeinander zu zeigen, und nach und nach kamen Verdächtigungen, alte Ängste, Zweifel und Erinnerungen ans Tageslicht.

»Wer denn sonst?«, fragte er behutsam.

»Deshalb habe ich ja Henry angerufen und ihn angefleht, jemanden von Scotland Yard herzubitten, der die Todesfälle nochmal untersucht. Jemand, der objektiv ist, der Erfahrung genug hat, um herauszufinden, was wirklich passiert ist. Kein Dorfpolizist, der einen Skandal vermeiden will, um die Familie nicht in noch schlechterem Licht erscheinen zu lassen. Ich meine, ein Doppelselbstmord ist heikel genug ... ein Mord wäre gelinde gesagt eine Familienschande.« Zum ersten Mal nahm sie ihn aufmerksam wahr. Das schmale Gesicht. Die leidgeprüften Augen. Intelligenz, ja, und noch etwas anderes. Sie konnte es nicht benennen.

»In den oberen Zimmern hängen keine Fotos an den Wänden. Haben Sie welche von der Familie, die Sie mir eine Weile borgen könnten?« In erster Linie interessierte er sich für Olivia Marlowe, die Frau, die jene außergewöhnlichen Gedichte geschaffen hatte. Aber auch so war es, traf man nachträglich am Tatort ein, in der Regel hilfreich, die Gesichter der Toten zu kennen.

»Wir haben sie mitgenommen. Das Haus wird zum Verkauf freigegeben, und wir wollten nichts ... ich bin hergekommen, um die Schiffe zu holen«, sagte sie verwirrt. »Ich ... ich hatte bis jetzt nicht den Mut, da hineinzugehen. Wo sie ... wo es passiert ist. Ich habe Fotos bei meinen Sachen, die kann ich heraussuchen. Wo wohnen Sie?«

»Im Three Bells«, sagte er, überrascht über ihre Verwirrung.

»Was können Sie mir über den Tod von Stephen FitzHugh sagen?«

Während sie zitternd antwortete, vermied sie es, über seine Schulter hinweg die Treppe anzusehen. »Es war furchtbar. Er lag hier unten vor der Treppe, die Augen aufgerissen, über seine Wange ... ich weiß nicht, ob aus dem Ohr oder aus seinem Mund ... rann Blut. Cormac sagte: er stirbt. Wir standen um Stephen herum, aber nichts geschah, niemand seufzte oder ... ich kniete mich zu ihm, legte meine Hand auf seine Brust und rief ihn beim Namen. Es war so ... ich habe schon vorher Menschen sterben sehen. In London, als die Zeppeline angriffen, habe ich gesehen, wie man die Leute aus den Häusern trug. Aber da lag *Stephen.*« Nur mit Mühe gelang es ihr, sich zusammenzunehmen. Sie wandte sich zur offenen Haustür. »Es ist besser, wenn ich jetzt gehe«, sagte sie traurig. »Männer mögen nicht, wenn Frauen weinen, und mir fällt es schwer ...«

Er ließ sie gehen und sah ihrer schlanken Gestalt nach, wie sie die Auffahrt hinabging und dann zum Meer hin verschwand.

Das war also Lady Ashford, geborene Rachel Marlowe. Die Cousine der Menschen, die in diesem Haus gelebt hatten. Peters Frau. Witwe. Er dachte an Peter. Groß, geschickt bei jeder Art von Spielen, sehr bodenständig und erfolgreich bei allem, was er nur anpackte. Er war sehr sprachtalentiert, hatte scheinbar mühelos Fremdsprachen erlernt und sie nach kurzer Zeit perfekt beherrscht. All das, all seine Qualitäten, sein Leben verschwendet in einer einzigen absurden Aktion zum Ruhm von Queen Viktoria, die unbedingt zwei Berge in Ostafrika besitzen wollte, um den Kilimandscharo an Kaiser Wilhelm verschenken zu können, weil dieser, nebenan in Tansania, keinen eigenen besaß. Das war an sich schon sinnlos genug. Doch dann mussten die englischen Soldaten erneut ihr Blut lassen, um den Berg von den Deutschen zurückzuerobern. Denn deren Oberstratege Von Lettow-Vorbeck wusste genau, dass man den Feind in Frankreich dann am wirkungsvollsten dezimierte, wenn man ihn in Schlachten an anderen Fronten verwickelte.

Rutledge ging zurück ins Arbeitszimmer und ließ seinen Blick über die Möbel, die Bücher und die von Nicholas Cheney geschnitzten Holzschiffe schweifen. Letztendlich hatte er mehr als die Dichterin hier hinterlassen ...

Zwei Menschen, die gemeinsam und scheinbar grundlos einen freiwilligen Tod gestorben waren. Kein Wort des Bedauerns, keine Abbitte an die Lebenden. Keine Erklärung für ihre Tat, keine Entschuldigung, keine letzte Beichte oder böse Worte, um die Hinterbliebenen zu verletzen. Nur … Schweigen.

Hamish, der sich in Rutledges unruhigem Geist unwohl fühlte, ermahnte ihn, sich die Hände in diesem Fall nicht schmutzig zu machen und nach London zurückzukehren.

Rutledge gab es auf, dem Schweigen im Haus zu lauschen, trat aus dem Zimmer hinaus auf die Galerie und steuerte auf Olivias Schlafzimmer zu.

Eine tiefe Stimme ertönte aus der Halle: »Was zum Teufel … wer zum Teufel *sind* Sie?«

Rutledge sah erneut hinab und konnte zunächst niemanden entdecken, bis er am Eingang die Silhouette eines hoch gewachsenen Mannes erblickte.

»Inspektor Rutledge, Scotland Yard« , sagte er. »Die Schlüssel habe ich von Constable Dawlish. Ich bin von Berufs wegen hier. Und wer sind Sie?«

»Von Berufs wegen … was ist passiert?«, fragte der andere scharf.

»Die Untersuchungsergebnisse der Fälle Miss Marlowe, Mr. Cheney und Mr. FitzHugh werden von Scotland Yard überprüft«, sagte Rutledge, während er die Treppe herabging. Der Mann am Eingang war so gut aussehend wie er bisher nur wenige Männer gesehen hatte.

Rutledge fühlte sich an eine griechische Statue erinnert, dieselbe Mischung aus makellosem Körper, schönem Antlitz und geistreichen Zügen, wie man sie in der Antike verehrte. Andererseits hatte der Mann auch etwas sehr Irisches. War dies Daniel Hargrove, der Mann von Susannah FitzHugh?

Sein Gegenüber kam der Frage zuvor: »Mein Name ist Cormac FitzHugh, ich gehöre zur Familie. Niemand hat mir etwas von einer Wiederaufnahme der Ermittlungen gesagt! Weder die örtliche Polizei noch die Anwälte unserer Familie. Was suchen Sie hier?«

»Ich sehe mir den Ort an, an dem die Menschen zu Tode

gekommen sind«, gab Rutledge zurück. Auf der letzten Stufe machte er Halt. Er hatte eine Menge Vorgesetzte vom Schlage dieses Mannes gehabt, die ans Befehlen gewöhnt waren und von jedermann unbedingten und sofortigen Gehorsam erwarteten. Typen wie diese hatte er noch nie gemocht.

Hamish brummte: »Arrogante Dreckskerle, alle miteinander!«

»Hiermit beende ich Ihre Untersuchung! Sie geben mir auf der Stelle die Schlüssel und verlassen das Grundstück. Es wird keine Wiederaufnahme irgendwelcher Ermittlungen geben, die mit unserer Familie zu tun haben.«

»Ich fürchte, Mr. FitzHugh, Sie haben in diesem Fall nicht das Sagen. Es handelt sich um eine polizeiliche Angelegenheit unter Anordnung des Innenministeriums. Ihnen bleibt keine Wahl, als mit uns zu kooperieren.« Er wartete. »Es sei denn natürlich, Sie haben bezüglich der drei Todesfälle etwas zu verbergen.«

FitzHugh verzog das Gesicht, als habe Rutledge ihn geschlagen. »Ich habe beträchtlichen Einfluss in London ...«

»Das mag wohl sein«, antwortete Rutledge. »Aber ich fürchte, dass er Ihnen in diesem Fall nichts nützt.«

»Ja, ich habe etwas zu verbergen«, sagte FitzHugh knapp und brachte Rutledge damit beinahe sichtbar aus dem Konzept. »Mein Stiefbruder und meine Stiefschwester haben sich umgebracht. Darüber bin ich zwar nicht glücklich, aber es war allein ihre Entscheidung. Die Gründe für diese Entscheidung waren persönlicher Art, und da kein Zweifel darüber besteht, dass die Todesursache Selbstmord, genauer gesagt, das Laudanum war, das sie sich selbst verabreichten, gibt es keinerlei Anlass, der Presse Material zu liefern, mit der sie ihr Unglück weiter auswalzen kann. Das hätte keinen anderen Effekt, als meine Cousine, meine Halbschwester, ihren Mann und mich zu verletzen. Allein die Öffentlichkeit wäre belustigt, der meine Familie zwar im Grunde gleichgültig ist, die aber gehässigen Tratsch liebt. Mein Gott, sehen Sie sich doch nur an, was sie aus der Londoner Mordserie gemacht haben: sofort ruft man nach Jack the Ripper, als ob man stolz auf ihn sein könnte, statt ihn zu begraben und vergessen!«

Rutledge stimmte ihm in diesem Punkt zwar zu, sagte aber nichts.

Nach einer kurzen Pause seufzte Cormac FitzHugh und fügte in ruhigerem Ton hinzu: »Es besteht demnach keine Möglichkeit, Sie von Ihrer Untersuchung abzuhalten?«

»Nein, tut mir Leid.« Er ließ unerwähnt, dass seine Ergebnisse nicht unbedingt von den vorherigen abweichen mussten, und dass er bisher keine Indizien oder neue Informationen entdeckt hatte, die ihn dazu gebracht hätten, etwas anderes zu tun, als was er tat: allgemeine Fragen zu stellen. Rutledge war jedoch gespannt darauf, wohin die gereizte Stimmung seines Gegenübers noch führen würde.

Cormac rang sich zu einer Entscheidung durch: »Also gut, folgen Sie mir. Wir müssen nicht wie ungebetene Gäste in der Eingangshalle stehen.« Er führte ihn in den Salon und betrachtete missmutig die geschlossenen Vorhänge und die leere Stelle über dem Kamin, wo das Porträt gehangen hatte. »Ich kann mich nicht an diesen Zustand des Hauses gewöhnen. In meiner Kindheit war es hier nie so einsam, düster und deprimierend. Aber meine Kindheit ist Vergangenheit, geblieben sind nur die Erinnerungen, so ist das nun mal. Bitte, nehmen Sie doch Platz.«

Rutledge setzte sich ihm gegenüber in einen Sessel und fragte sich, was ihm der gelackte Londoner derart vertraulich mitteilen wollte.

Es war etwas anderes, als er erwartet hatte.

»Was ich Ihnen jetzt erzähle, habe ich noch nie jemandem gesagt. Wenn Sie es ausplaudern, streite ich alles ab und behaupte, Sie hätten es frei erfunden, um sich in ein gutes Licht zu rücken und Ihre Karriere voranzubringen, oder was immer mir gerade passt. Haben Sie verstanden? Ich habe die Mittel, Ihnen beruflich schwer zu schaden.«

Rutledge erhob sich. »Scotland Yard lässt sich nicht erpressen.«

»Das ist Gott verdammt nochmal keine Erpressung! Ich versuche, meine Familie in Schutz zu nehmen, und dazu habe ich jedes Recht. Was ich Ihnen erzähle, ist beunruhigend und nicht beweisbar, aber es ist die schreckliche Wahrheit. Warum sollten, wenn die Mörderin tot ist, die Überlebenden büßen?«

»Was reden Sie da?«, fragte Rutledge. Hamish stieß eine Warnung aus.

Cormac FitzHugh atmete tief ein. Er glaubte, sein Gegenüber richtig einzuschätzen und wähnte sich auf dem rechten Weg, als er sagte: »Olivia Marlowe … O. A. Manning … war eine brillante Dichterin und eine Frau, für die das Leben etwas war, das in all seinen Tiefen auszuloten, daran fest zu halten, es anzubeten und auszukosten hatte. Aber auf der anderen Seite war sie auch … eine kaltblütige Mörderin.«

4

Rutledge starrte den Mann an, in dessen Zügen sich Selbstgewissheit und Trauer abwechselten. Er selbst war schockiert, und eine große Traurigkeit befiel ihn. Er hatte zwar die Frau nicht gekannt, dafür aber ihre Gedichte. *War es überhaupt vorstellbar, dass in ein und derselben Seele ein Gedicht wie* Englisches Requiem *und ein kaltblütige Mordgedanke heranreifen konnten?*

»Ja«, rief Hamish, *»denn sie kannte alle Höhen und Tiefen, deren ein Mensch fähig ist! Sie ist mir unheimlich – ich will nichts mit ihr zu tun haben!«*

FitzHugh beobachtete Rutledges Reaktion. Seine Augen nahmen in diesem Licht eine feine graublaue Farbe an, klar und geradeheraus blickten sie ihn an.

»Jetzt wissen Sie, warum ich mich zu jeder Form von Erpressung herablassen würde, um Sie daran zu hindern, das Gehörte zu verraten.«

»Ich habe es zwar gehört, das heißt aber nicht, dass ich es auch glaube«, hörte Rutledge sich sagen.

FitzHugh erhob sich, ging zu der Anrichte, die an der Wand zur Eingangshalle stand, und öffnete ein Fach. Nach kurzem Suchen brachte er zwei Gläser und eine Whiskeykaraffe aus fein geschliffenem Glas zum Vorschein und stellte sie auf den Tisch. »Ich weiß nicht, wie es mit Ihnen ist, aber ich kann den jetzt vertragen.« Er hielt Rutledge das zweite Glas hin und hob fragend die Augenbrauen.

Rutledge nickte. FitzHugh goss ihm einen Whiskey-Soda ein und sagte: »Ich glaube, sie hat Nicholas umgebracht. Es war kein Doppelselbstmord, sondern ein Mord und ein Selbstmord. Ich kann mir nicht vorstellen, dass Nicholas einen solch feigen Ausweg gewählt hätte. Sie muss ihn getäuscht haben. Obwohl ich der Wahrheit zuliebe erwähnen muss, dass er seit dem Gasangriff einen chronischen Husten und Narben auf der Lunge hatte. Vielleicht konnte er seitdem die Schmerzen nachempfinden, mit denen Olivia all die Jahre über gelebt hatte. Ich weiß es nicht. Schwer zu sagen. Auch ich sah mich zuerst gezwungen, an Selbstmord zu glauben, aber ich kann mir nicht helfen, im Grunde bin ich überzeugt, dass sie seinen Tod geplant hat. Was immer er letztendlich für sich entschied, sie muss alles darangesetzt haben, ihn mit sich hinüber zu nehmen. Nie in ihrem Leben war sie allein gewesen. Vielleicht konnte sie den Gedanken nicht ertragen, alleine zu sterben. Wer weiß, was sich in ihrem Kopf abspielte.«

Er stellte das Whiskeyglas vor Rutledge, setzte sich hin und nahm einen tiefen Schluck aus seinem Glas, wie um die schmerzlichen Erinnerungen zu betäuben. Rutledge tat einen kleineren Schluck und sah sich abwartend im Salon um. An den Wänden hingen chinesische Seidentücher, und der Kamin war ebenso hübsch anzusehen wie die Stuckverzierungen an der Decke. Einzig der polierte Holzfußboden wirkte dunkel und leblos. So leblos wie Olivia. Nichts von alledem, was hier geschah, ging sie noch etwas an. Aber immerhin galt es, ihren *Ruf* zu verteidigen ...

»Ich weiß mit absoluter Gewissheit, wohlgemerkt mit *absoluter* Gewissheit ... obwohl es keine Beweise dafür gibt ... dass Olivia ihre Zwillingsschwester Anne getötet hat. Anne starb mit acht Jahren bei einem Sturz von einem Apfelbaum. Wir Kinder spielten alle zusammen. Damals gehörte ich noch nicht zur Familie. Mein Vater war gerade mit einigen seiner Pferde hergekommen, um sie Rosamund zu verkaufen. Rosamund Cheney hieß sie damals, nach ihrem zweiten Mann. Zunächst war ihr erster Mann, Captain Marlowe, in Indien an der Cholera gestorben, die er sich zuzog, als er da unten Geschäfte machte. Danach hatte sie einen guten Freund von ihm geheiratet, James Cheney. Jedenfalls war Nicholas damals noch ein kleiner Junge und sein Bruder Richard gerade erst den Windeln entwachsen. Wir spielten im Obstgarten. Ich kletterte auf einen Baum und warf den anderen Äpfel herunter. Die Äpfel reifen hier nicht besonders gut, sie sind klein und sauer, aber uns Kindern war das egal. Olivia rief, sie wolle auch auf einen Baum klettern und sich einen eigenen suchen.«

Er schwenkte sein Glas und betrachtete den Whiskey, als gäbe er ihm weitere Geheimnisse preis. »Ich war noch oben auf meinem Baum, als Anne hinter Olivia her kletterte. Nicholas stand unten, hielt sich am Stamm fest und sah ihnen nach – wahrscheinlich in dem Wunsch, es ihnen gleich zu tun. Aber seine Beine waren noch zu kurz, er kam nicht an den ersten Ast. Anne war manchmal sehr ... dickköpfig. Sie wurde zu sehr verwöhnt, denke ich.

Als sie Olivias Ast erreicht hatte, sagte sie: ›Das sind jetzt meine Äpfel. Du musst dir einen anderen Baum suchen.‹« Nach einem kurzen Blick auf Rutledge fuhr er fort: »Olivia weigerte sich. Sie gab niemals nach, wenn sie sich im Recht fühlte. ›Das ist ungerecht‹, pflegte sie zu sagen und war stets bereit, für ihr Recht zu kämpfen. Ich habe das immer sehr an ihr bewundert ...«

»Was passierte dann?«, fragte Rutledge, da FitzHugh verstummte. »Erzählen Sie weiter!«

»Sie stritten sich. Anne blieb so lange stur, bis Olivia sie vom Ast stieß. Im Fallen schlug sie gegen einen anderen Ast. Das rettete zwar Nicholas, änderte ihre Lage in der Luft allerdings so, dass sie mit dem Kopf auf die dickste Wurzel des Baums fiel, was ihr den Schädel brach.« Er zitterte. »Gott! Als ich Stephen am Fuß der Treppe liegen sah, dachte ich: das ist wie damals!« Er nahm einen Schluck Whiskey. »Ich kletterte so schnell ich konnte von meinem Baum, schürfte mir die Knie dabei auf ... obwohl mir das erst später auffiel ... und war als Erster bei Anne. Sie war tot. Ich sah hoch zu Olivia. Regungslos starrte sie mich an. Ich war damals nur der Sohn des Pferdetrainers. Zwar durfte ich mit ihnen spielen und manchmal sogar zusammen mit ihnen essen, aber ich gehörte nie dazu. Jedenfalls rannte ich los und holte Hilfe. Aber ich erzählte niemandem, was ich gesehen hatte. Ich sagte nur, Anne sei beim Klettern abgestürzt.«

»Sie haben es ihrem Vater nicht erzählt?«

»Zu jener Zeit war er schon vernarrt in Rosamund Cheney. Er hätte mir nicht geglaubt ... eine ihrer feinen Töchter soll die andere umgebracht haben? ... und hätte mich einen Stänker genannt und mir die Ohren lang gezogen. Zum Glück war Anne nicht auf Nicholas gestürzt, sonst hätte es an jenem Tag statt einer zwei Tote gegeben. Sie waren ziemlich weit hinaufgeklettert, sie und Olivia. Es war ein tiefer Sturz.«

»Ich dachte, Olivia sei damals schon gehbehindert gewesen? Wie hat sie dann so hoch hinauf klettern können?«

»Das ist wahr ... sie nahm die Arme zu Hilfe, zog das kranke Bein nach und stützte sich dann damit ab. Wieder hinunter zu klettern war das größere Problem. Aber Olivia ließ sich einfach nicht verbieten, ein ... normales Leben zu führen. In ihrem Rollstuhl mussten wir sie überall hinschieben, ans Meer, in den Obstgarten, auf die Klippen. Manchmal gar bis hinunter ins Dorf.«

»Eine interessante Geschichte. Aber wie Sie bereits sagten, es gibt keine Beweise.«

»Nein. Aber mit dieser Geschichte könnte man auch ohne Beweise viel Schaden anrichten. Und dann war da schließlich noch Richard.«

»Der ganz Kleine?«

»Richtig. Im Alter von fünf Jahren verscholl er im Moor. Während eines Familienausflugs gingen Olivia und er spazieren. Sie kehrte ohne ihn zurück. Obwohl wir bis zum Einbruch der Dunkelheit und während der ganzen Nacht mit Leuten aus der Umgebung nach ihm suchten, fanden wir ihn nicht, weder tot noch lebendig. Er blieb verschollen.«

»Und Sie glauben, Olivia hat ihn umgebracht und seinen Leichnam versteckt?«

»Weiß Gott. Wir stellten die verschiedensten Vermutungen an. Manche glaubten, er sei Zigeunern in die Hände gefallen. Er war ein hübscher Junge. Mit seinem hellblonden Haar sah er Rosamund viel ähnlicher als der dunkelhaarige Nicholas. Andere vermuteten, er sei in einen alten Stollen gefallen. Der Punkt ist, Olivia war mit ihm fortgegangen und ohne ihn zurückgekommen. Möglicherweise ist er von selbst in eines der tiefen Sumpflöcher gefallen. Aber vielleicht hat sie auch nachgeholfen. Man hat das der Picknickstelle am nächsten liegende Sumpfloch ausgebaggert, aber ohne Erfolg. Ich wäre nie auf die Idee gekommen, dass

Olivia ihn umgebracht haben könnte … hätte ich nicht zuvor mit eigenen Augen gesehen, wie Anne gestorben war.

Dann waren nur noch die zwei übrig, Olivia Marlowe und Nicholas Cheney. James Cheney starb kurze Zeit später … beim Reinigen seiner Gewehre. Zumindest kam die anschließende Untersuchung zu diesem Urteil. Ich habe mich häufig gefragt, ob Richards Tod ihm den Lebensmut genommen hatte. Er war völlig fassungslos … man musste ihn auf einem Pferd festbinden, um ihn vom Moor fort zu bekommen.

Rosamund. Rosamund war stets der Fels in der Brandung. Ich werde nie vergessen, wie sie mit der Lampe in der Hand über das dunkle Moor schritt, entschlossen, ruhig, unter Tränen zwar, aber ohne ein einziges Wort zu verlieren. Ich ging neben ihr. Ich dachte, wenn überhaupt jemand den Jungen finden kann, dann sie. Sie besaß ein Übermaß an … wie soll ich sagen … Intuition. Als Olivia alleine zurückkehrte, wollte sie das Picknick sofort abbrechen, aber weil Gäste aus Wells dabei waren, meinte James, das sei unhöflich. Später hat er sich das nie verziehen.«

»Damit haben wir immer noch keinen Beweis«, sagte Rutledge.

»Sie erzählen mir diese Geschichten, aber sie könnten allesamt erlogen sein. Vielleicht hat ein anderer die Morde begangen. Oder es waren keine Morde, sondern wirklich Unfälle, Unglücksfälle.«

FitzHugh leerte sein Glas, stand auf und stellte es auf dem Kaminsims ab. »Wie Sie meinen. Aber vergessen Sie um Himmels willen nicht, was ich Ihnen gerade erzählt habe. Und spielen Sie nicht den Helden. Quälen Sie nicht Olivia Marlowe oder O. A. Manning oder irgendjemand sonst, indem sie unsere Familie unnötig bloßstellen. Auch wenn ich Recht behalte und Olivia Nicholas eigenhändig umgebracht hat, lassen Sie es bei der Selbstmordversion beruhen. Wollen Sie das für uns tun?«

»Was war mit Stephen FitzHugh, Ihrem Halbbruder?«

»Im Krieg hatte er einen halben Fuß verloren und stürzte deshalb die gefährlich ausgetretene Treppe hinab. Wollen Sie die Wahrheit hören? Es war mein Fehler. Als er seinen Kopf zum Fenster heraus streckte und rief, es dauere noch fünf Minuten, wurde ich ungeduldig. Ich musste einen Zug erreichen und rief zurück, er solle sich verdammt noch mal beeilen, oder wir führen ohne ihn. Dann beeilte er sich. Und starb. Wie oft versuche ich im Traum, meine Worte zurückzunehmen und wache schweißgebadet auf.«

»Aber soweit ich weiß, war er der Einzige, der gegen den Verkauf des Anwesens stimmte. Nach seinem Tod steht dem Verkauf jetzt nichts mehr im Wege.«

»Ich selbst werde es wahrscheinlich kaufen«, sagte Cormac FitzHugh, indem er nach Rutledges leerem Glas griff und es neben seins stellte. »Deshalb bin ich heute hergekommen. Schon seit längerem trage ich diesen Gedanken mit mir herum. Ich möchte ein Haus auf dem Land besitzen, allerdings hatte ich ursprünglich an eins gedacht, das näher an London liegt. Ich fühle mich für dieses Haus durchaus verantwortlich und will nicht, dass es der Familie verloren geht. Aber ich werde auf keinen Fall Stephens Plan ausführen und es in ein Museum für O. A. Manning verwandeln ... Gott, was wäre das für ein gefundenes Fressen für die Wissenschaftler, sollten sie eines Tages darüber stolpern, was ich Ihnen soeben erzählt habe! Olivia wäre nicht nur berühmt, sondern zudem berüchtigt.«

Rutledge erhob sich. »Aus welchem Fenster hat Ihr Bruder vor seinem Sturz gerufen?«

FitzHugh sah ihn ausdruckslos an. »Aus welchem Fenster? Es war Vaters früheres Zimmer. Rechts von der Treppe. Wollen Sie es sehen?«

»Nein, nicht nötig. Nicht heute Morgen. Ich habe Sie schon genug beansprucht und muss noch etwas im Dorf erledigen. Wohnen Sie für die Dauer Ihres Aufenthalts hier? In diesem Haus?«

»Falls ich Mrs. Trepol auftreibe und überreden kann, mein Zimmer herzurichten, ja.« Er grinste. »Ich bin in dieser Hinsicht zu nichts zu gebrauchen. Mit Pferden kenne ich mich aus, mit Verträgen auch, und weiß, wie man mit einer Aktionärsversammlung umgeht. Aber Bettdecken und Handtücher sind nicht mein Metier.«

»Was machen Sie beruflich?«

»Ich besitze eine Firma in London. FitzHugh Enterprises. Anfangs habe ich mein Glück mit Eisen und Stahl gemacht und dann meine Fühler in eine andere Richtung ausgestreckt – Öl. Die Marine brauchte es in Mengen.« Er lächelte, sehr charmant. Sein irisches Gesicht schien wie verwandelt. »In manchen Kreisen schimpft man mich Kriegsgewinnler, weil ich am großen Abschlachten viel Geld verdient habe. Aber als die ersten deutschen Panzer in ihre Stacheldrahtbarrieren fuhren, fragte niemand danach, wo der Draht herkam und wer ihn bezahlte. In dem Moment fragten sie sich nur, was sie mit den Deutschen anstellen sollten. Im Grunde habe ich damals viele Leben gerettet.«

»Waren Sie jemals selbst im Krieg, oder haben Sie nur von ihm profitiert?«

Das Lächeln verschwand aus Cormacs Gesicht. »O ja, Inspektor, und ob ich dabei war. Jeder, dem ich das erzähle, ist überrascht. Ich war beim Nachrichtendienst und entschlüsselte die Codes der Feinde. Ich war in Mathematik stets so gut gewesen, dass man sich sogar in Cambridge meiner erinnerte. Wahrscheinlich wäre ich kein guter Frontsoldat gewesen … aber an meinem Platz war ich sinnvoll aufgehoben. Langweilige Arbeit. Nie wusste man, ob das, was man gerade entschlüsselte, die wichtigste oder unwichtigste Nachricht des Krieges war. Aber ich tat mein Bestes. Wie jeder andere auch.«

Rutledge schloss die Haustür hinter sich und trat auf die Auffahrt. Die Sonne strahlte, von Nebel keine Spur. Das Meer leuchtete tiefblau, sodass Rutledge beim Anblick die Augen schmerzten. Er ging die Auffahrt hinab und lenkte seine Schritte auf einen ausgetretenen Pfad, der ihn zu einem langen, schmalen, mit Felsen gespickten Strand hinabführte. Er war so schmal, dass er bei jedem Sturm überflutet werden würde. Aber an diesem Morgen nahmen ihn Schwärme von Möwen und Dohlen in Beschlag, dazu zwei Raben, die sich um etwas zankten, was das Meer an Land geschwemmt hatte. Anscheinend die Überreste eines Fisches. Am Wasser war es für diese Jahreszeit außergewöhnlich warm. In der Luft lag eine Ruhe, die ihn an die Momente in Frankreich erinnerte, die dem tosenden Artilleriefeuer vorausgingen. Er stand am Ufer, blickte aufs Meer hinaus und betrachtete eine kleine Rauchwolke am Horizont, die wahrscheinlich von einem walisischen Schiff stammte, das in ferne Häfen aufbrach. Ein friedlicher Anblick. Doch zur Rechten trübten steil aufragende Klippen die Harmonie. Dort, über den sich übereinander türmenden, zerklüfteten und gischtbespritzten Klippen, lag das Grundstück der Trevelyans. Er fragte sich, ob von hier aus wohl früher Strandräuber versucht hatten, Schiffe in Seenot mit falschen Laternensignalen auf den Klippen auflaufen zu lassen.

So oder so, Cornwall hatte schon immer vom Meer gelebt.

Die massive Landzunge zur Linken warf düstere Schatten. Schaumkronen umzüngelten ihren Fuß. Vom Anwesen sah man von hier aus nur den oberen Teil des Daches und einen kleinen Zipfel des gepflegten Rasens.

Hinter sich hörte er Schritte, die auf den Kieseln knirschende Geräusche verursachten. Er wandte sich um und sah Rachel Ashford auf sich zukommen. Er wartete, bis sie bei ihm angelangt war, und sagte: »Ist er schon gegangen?«

»Cormac FitzHugh? Nein, er ist im Haus geblieben.«

Sie biss sich auf die Oberlippe und dachte nach. »Nun, dann muss ich wohl bis morgen warten, nicht wahr? Mit den Schiffen, meine ich.« Sie schaute in sein Gesicht, wobei sie sich mit der Hand die Augen abschirmte. »Ich weiß«, sagte sie wie zur Antwort auf seinen fragenden Blick, »ich bin sowieso noch nicht so weit, sie an mich zu nehmen. Er ist bloß ...« Sie zögerte und fuhr dann in anderem Tonfall fort: »Sie waren im Zimmer. Was haben Sie empfunden?«

Sie meinte das Arbeitszimmer. Er konnte nicht so tun, als habe er nicht verstanden.

Aufs Meer schauend sagte er: »Ich weiß es nicht.«

Hamish sagte laut und deutlich: »Die Kleine will keine Lügen hören!«

Erschreckt drehte Rutledge sich zu ihr um und sagte: »Wieso glauben Sie, dass man dort etwas Bestimmtes empfindet?«

Jetzt war es an ihr, ihm auszuweichen. »Ich ... Verstehen Sie, ich bin nicht über die Maßen irrational veranlagt. Aber wenn ich dieses Haus betrete, kann ich die Stille hören. Und ich kann nicht sagen, was sie mir zuflüstert. Sie macht mir Angst.«

»Möchten Sie, dass ich die Schiffe für Sie hole? Ich könnte sie einfach auf die Galerie stellen, und Sie packen sie ein, ohne das Arbeitszimmer betreten zu müssen.« Später konnte er nicht mehr genau sagen, warum er ihr diesen Vorschlag unterbreitet hatte. Er spürte, wie sie litt. Und mit dem Leiden kannte er sich gut aus.

Überrascht antwortete sie: »Würden Sie das für mich tun? Ich wollte Mrs. Trepol nicht damit belästigen. Oder die anderen bitten, sie hätten mich ausgelacht. Aber wenn Sie das für mich tun würden ... wenn Cormac wieder weg ist? ... das ... das wäre sehr nett von Ihnen.«

Die nächste Frage war zwar unvermeidlich, doch da er sich im Grunde sehr davor fürchtete, sie zu stellen, schoss sie roher aus ihm heraus, als er beabsichtigte: »Halten Sie es für möglich, dass Olivia Marlowe erst ihren Halbbruder und danach sich selbst getötet hat?«

Für einen Augenblick dachte er, sie würde ohnmächtig, so bleich wurde sie. Sie atmete ein paar Mal durch, um sich zu beruhigen. Er wollte nach ihrem Arm fassen, aber sie schüttelte ihn ab.

»Sie ... ist es das, was Sie in dem Zimmer spüren?«

»Nein. Es ist lediglich die Neugier eines Polizisten, der alle Möglichkeiten in Erwägung zieht. Immerhin haben Sie mich hergebeten, um genau das zu tun.«

Ihre Gesichtsfarbe kehrte zurück. Sie schluckte. »Das war sehr grausam von Ihnen«, sagte sie leise, fast tonlos. »Ich kann mir *beim besten Willen* nicht vorstellen, warum Olivia Nicholas das hätte antun sollen. Oder er ihr!«

Und doch hatte diese Frage etwas in ihr aufgewühlt, das sie zuvor mit aller Kraft verdrängt hatte. Bis er es in Worte gekleidet hatte.

5

Schweigend gingen sie zum Dorf zurück. Das Schweigen lastete auf ihnen wie ein Hitzegewitter, das sich langsam und immer dunkler werdend in der Ferne zusammenbraut, aber nicht ausbrechen will. Der wesentlich kürzere Rückweg durch das Wäldchen war nach dem Sonnenschein allerdings angenehm schattig und kühl.

Hamish polterte herum, über Frauen im Allgemeinen, die Launenhaftigkeit dieser speziellen und darüber, wie erleichtert er war, endlich vom Grund und Boden der Trevelyans fortzukommen. Rutledge ignorierte ihn. Er versuchte noch immer, mit der Vorstellung von Olivia Marlowe als Mörderin zurechtzukommen, und verfluchte FitzHugh dafür, sie ihm in den Kopf gesetzt zu haben.

Falsch, nicht Olivia Marlowe bereitete ihm Kopfzerbrechen. Über Olivia Marlowe wusste er so gut wie nichts. Er kannte sie lediglich als O. A. Manning. In den dunkelsten Stunden des Krieges hatten ihre Gedichte ihn getröstet. Selbst im Angesicht Gottes hätte Rutledge geschworen, dass O. A. Manning keine Mörderin war. *Keine sein konnte*. Dennoch, Cormac FitzHugh hatte keinen Grund zu lügen, keinen Grund, die Wahrheit zu verschleiern, keinen Grund anzunehmen, dass er mit seinen Reden bei dem Menschen – nicht beim Polizisten – Rutledge etwas sehr Zerbrechliches berührte.

Als spürte sie Rutledges Verwirrung, griff Rachel nach seinem Arm und blieb stehen. »Was ist los? Was bedrückt Sie?«

»Ich weiß nicht«, sagte er wahrheitsgemäß. »Ich glaube, ich bin mit einem sinnlosen Auftrag nach Cornwall gekommen.« Lieber Londons Langeweile als das hier!

»Sie sind erst seit einem Tag hier«, sagte sie ernst. »Woher wollen Sie das wissen? Oder hat Scotland Yard Sie nur hergeschickt, um Henry Ashford einen Gefallen zu tun … war es also nur eine Geste, hinter der nie die Absicht stand, sich ernsthaft mit den Toten zu beschäftigen?«

Das alte Sprichwort ›Schlafende Hunde soll man nicht wecken‹ schoss ihm durch den Kopf. Trotzdem fragte er völlig ins Blaue hinein: »Wer ist diese Alte, die mir heute Morgen im Dorf begegnet ist? Sieht aus wie mindestens achtzig, geht vornüber gebeugt und hat einen ungewöhnlich stechenden Blick.« Und einen merkwürdigen Humor, wenn man ihn fragte.

Rachel runzelte die Stirn. »Ach, Sie meinen sicher Sadie. Ich kenne ihren Nachnamen nicht. Sie lebt schon so lange hier, dass jeder sie nur … Sadie nennt. Der alte Pfarrer, er lebt inzwischen nicht mehr, meinte einmal zu mir, sie sei als Krankenschwester auf der Krim* gewesen und dabei verrückt geworden. Aber dass sie etwas von einer Geisterseherin und Heilerin hat, stimmt schon. Hebamme, Beichtmutter, Pferdedoktor, Seelentrösterin, Pflanzenheilkundlerin, sie ist alles in einem. Die Dorfbewohner gehen vielleicht häufiger zu ihr als zu Dr. Hawkins.«

»Eine Hexe?«

Sie stieß ein gedämpftes, stimmloses Lachen aus, das gut zu ihr passte – soweit er sie bisher kannte. Beinahe sinnlich, und doch voller Sinn für das Lächerliche. »Ich nehme an, so wurde sie auch schon genannt. Aber, falls sie eine Hexe ist, dann übt sie weiße, keine schwarze Magie aus. Mir ist noch nicht zu Ohren gekommen, dass sie jemanden verflucht hat oder dass irgendwer unter ihren Händen gestorben ist. Na ja, sterben tun schon ein paar, aber wenn, dann an ihren Gebrechen.«

»Verabreicht sie Liebestränke?«

»Nein, leider nicht« sagte sie, plötzlich trauriger. Sie sah, dass er es bemerkt hatte und sagte lächelnd: »Einmal bin ich zu ihr gegangen, um sie darum zu bitten. Ich war sehr verliebt und wusste nicht, wie ich damit umgehen sollte. Ich dachte, vielleicht kann sie mir etwas geben, das ich ihm in die Suppe oder in den Früh-

* In den Jahren 1853–56 führten Großbritannien, Frankreich und die Türkei einen Krieg gegen Russland. Auslöser waren religiöse und koloniale Interessenkonflikte; Anm. d. Ü.

stücksbrei tun könnte, wir waren noch zu jung für vergifteten Wein. Schon als kleines Mädchen liebte ich die Geschichte von Tristan und Isolde und wusste – hoffte zumindest, dass der Zaubertrank helfen würde. Sadie sagte mir sehr schonend, dass man Liebe nicht kaufen kann.«

Er dachte zwar, dass sie sich und das, was tatsächlich passiert war, verharmloste, sagte aber nichts. Ihm fiel ein, nach Anne zu fragen, aber dafür war nicht der rechte Moment. Doch in diesem Augenblick ließ sie selbst diesen Namen fallen.

»Anne hat mir früher immer die Cornwallschen Legenden vorgelesen. Ihr Großvater Trevelyan – Rosamunds Vater – sammelte sie. Seine Sammlung war einst weit und breit berühmt. Im Haus gibt es einen Brief von Tennyson, in dem er beschreibt, wie sehr das Buch seine Fantasie beim Schreiben von *Idylls of the King* angeregt hat. Ich konnte ganze Abschnitte aus dem Brief auswendig. Na ja, wir alle konnten es. Besonders Nicholas. Wenn Sie damals unsere kleinen Privataufführungen gesehen hätten, wäre Ihnen sicher der Gedanke gekommen, dass eigentlich er hätte Dichter werden müssen. So wunderbar konnte er vorlesen.«

»Erzählen Sie mir von Anne.«

»Anne? Du meine Güte, da gibt es nichts zu erzählen. Anne starb mit acht oder neun Jahren. Sie war Olivias Zwillingsschwester, und die beiden sahen sich unglaublich ähnlich. Seltsamerweise waren sie vom Wesen her sehr verschieden. Anne war eins jener Kinder, die nicht mit Außenstehenden in Kontakt treten, und sie konnte jeden überreden, alles Erdenkliche für sie zu tun. Außer Livia natürlich! Stephen erinnert … erinnerte mich sehr an Anne, er besaß den gleichen bezaubernden Charme. Livia war, wie soll ich sagen, einer jener Menschen, die ganz in ihrer überreichen Fantasie aufgehen und keine zusätzlichen Reize benötigen. Sie war zurückhaltend, nachdenklich und ruhte stets in sich selbst, schon als Kind.«

»Wie starb Anne?«

»Sie stürzte in unserem alten Obstgarten von einem Apfelbaum. Den Baum gibt es nicht mehr, denn Rosamund hat den Garten danach sofort abholzen lassen. Er lag noch hinter dem

Gemüsegarten, nach hinten hinaus, eine Ziegelsteinmauer führte um ihn herum. Wir spielten oft darin, Nicholas, Olivia, Anne und ich. Sie beugte sich, um einen Apfel zu pflücken, zu weit nach vorne, verlor das Gleichgewicht und schlug auf einer Wurzel auf. Ich hatte vorher noch nie einen Toten gesehen und war so entsetzt, dass ich fast den Verstand verlor. Ich dachte, sie spielt uns was vor, um uns zu foppen.«

»War Cormac dabei?«

Rachel runzelte die Stirn. »Ich weiß nicht mehr. Kann schon sein. Am deutlichsten erinnere ich mich an Nicholas, er kniete neben Anne, nahm ihre Hand, rief sie beim Namen und weinte, als sie nicht reagierte. Und an Olivia, weil sie nur mit Mühe vom Baum herunterkam. Wegen ihres Beines. Das war, bevor Nicholas ihr die Schiene schnitzte.«

»Anne fiel von alleine herunter? Niemand hat sie gestoßen?«

Sie sah ihn erstaunt an. »Nein, warum hätte sie jemand stoßen sollen? Sie war oben auf dem Baum, wollte Äpfel pflücken und streckte den Arm zu weit aus. Wir waren Kinder, so etwas wäre uns doch im Traum nicht eingefallen!«

Auch Kinder konnten töten. Er hatte das in seinem ersten Jahr beim Yard in London lernen müssen.

Sie traten aus dem Wäldchen heraus und stießen auf einen Weg, der sie zur Dorfstraße führte. Die ersten Häuser kamen ihnen entgegen. Er sah hinauf zu den Schieferdächern, die bei Sonnenschein wie Quecksilber, bei Regen wie Blei glänzten. Hinter jeder Pforte befand sich ein Gemüsegarten voller bunter Farben.

Rachel blieb stehen. »Ich gehe dort entlang. Ich wohne bei einer Freundin am Dorfrand.« Wieder schirmte sie mit der flachen Hand die Augen gegen die Sonne ab und sagte: »Sie haben das nicht ernst gemeint, nicht wahr – dass Sie nach London zurückfahren wollen? Sie werden doch bleiben und schauen, was Sie herausfinden können, oder? Ach, ich werde Henry nie wieder um Hilfe bitten.«

Er lachte. »Wahrscheinlich nicht.« Aber er erinnerte sich an die Hitze in London, an sein voll gestopftes, kleines Büro, an Bowles' Überheblichkeit und die grässliche Mordserie, die die Stadt irgendwie in ihren Bann zu schlagen schien, und sagte für sich selbst unerwartet: »Nein, ich fahre nicht zurück. Ich bleibe ein paar Tage.«

Zuversichtlich schritt sie davon. Rutledge wollte gerade zurück zum Three Bells, als er ein Schild sah, das auf die Praxis des Dorfarztes hinwies. Kurz entschlossen öffnete er die Gartenpforte, ging zum Haus und klopfte an.

Eine junge Frau mit hübschem, rötlichem Haar machte ihm auf. »Ah, wenn Sie zum Herrn Doktor wollen«, sagte sie, »kommen Sie gerade rechtzeitig. Fünf Minuten später, und er wäre zum Mittagessen fort.«

»Mrs. Hawkins?«, tippte er.

»Ja. Wenn Sie sich bitte einen Moment gedulden«, antwortete sie und führte ihn in ein kleines Wartezimmer, das mit alten Stühlen und Sesseln vollgestellt war, für die man offenbar in den anderen Zimmern keine Verwendung mehr fand. »Ich gebe ihm Bescheid. Ihr Name, bitte?«

Rutledge nannte ihr seinen Namen, woraufhin sie durch eine seitliche Tür verschwand. Nur ein paar Sekunden später huschte sie wieder ins Wartezimmer. »Dr. Hawkins kann Sie jetzt empfangen.« Sie hielt ihm die Tür weit auf und machte sie hinter ihm sofort wieder zu.

Rutledge trat in das aufgeräumte und überraschend helle Sprechzimmer. »Dr. Hawkins?«, sagte er zu dem kleinen, gedrungenen Mann, der hinter dem Schreibtisch saß. Er war nicht so jung wie seine Frau, aber schätzungsweise nicht älter als fünfunddreißig.

»So ist es. Und was kann ich an diesem schönen Morgen für Sie tun?« Seine Augen erforschten Rutledge vom Scheitel bis zur Sohle und sahen mehr, als ihm lieb sein konnte. »Sie haben Schlafprobleme, nicht wahr?«

»Nein, zufällig habe ich überhaupt keine Probleme«, entgegnete Rutledge barsch. »Mein Name ist Inspektor Rutledge, ich komme von Scotland Yard … «

»O Gott, was ist denn jetzt wieder passiert?«

»Mich beschäftigt weniger, was jetzt passiert, vielmehr bin ich im Auftrag hier, das Ableben dreier ihrer Patienten zu untersuchen: Stephen FitzHugh, Olivia Marlowe und Nicholas Cheney.«

Hawkins starrte ihn an. Dann warf er seinen Stift mit voller Wucht auf den Schreibtisch, sodass er hochsprang und beinahe vom Tisch rollte. »Die Toten sind Vergangenheit. Die Fälle sind abgeschlossen. Das Ergebnis der polizeilichen Untersuchung stimmte sowohl mit meinen ersten Eindrücken als auch mit meinem Bericht überein. Ein Unfall und ein Doppelselbstmord. Sie haben meinen Bericht doch sicher gelesen?«

»Ja, das habe ich, und er ist sehr gewissenhaft ausgeführt. Dennoch muss ich Ihnen noch ein paar Fragen stellen. Sie haben die Pflicht, sie mir zu beantworten.«

»Ich kenne meine Pflicht *verdammt* gut«, sagte Hawkins wütend, »und habe sie bereits getan.« Seine Augen verengten sich, und argwöhnisch schob er nach: »Sie wollen die Leichen wieder ausbuddeln, stimmt's? Das kann ich jetzt gut gebrauchen!«

»Wieso?«

»Sehen Sie, ich war immer ein guter Dorfarzt. Die Praxis habe ich vom Vater meiner Frau, der inzwischen geistig verwirrt ist, übernommen. Der Krieg hat ihm den Rest gegeben. Es gab einfach zu viel zu tun, und er hatte zu wenig Energie, um es zu bewältigen. Ich habe meine Praxis immer anständig geführt, aber jetzt hat man mir einen Platz in einer Gemeinschaftspraxis in Plymouth angeboten. Mein Handwerk habe ich im Krieg gelernt, als ich plötzlich Sachen machen musste, die mir niemand beigebracht hatte: die Sterbenden aufschneiden, die Überlebenden an die Front zurückschicken, Wege finden, damit die Kriegsneurotiker nicht wegen Feigheit vor dem Feind erschossen wurden ...« Er merkte, dass Rutledge auf seinem Stuhl unruhig hin und her zu rutschen begann und fügte genüsslich hinzu: »... ich habe sogar siebenundvierzig Entbindungen bei Flüchtlingsfrauen durchgeführt. Ich habe meinen Teil geleistet. Ich habe das Recht, andere, bessere Ufer anzusteuern. Wenn aber meine zukünftigen Kollegen davon Wind bekommen, dass drei – *drei* – meiner ehemaligen Patienten unter dem wachsamen Auge von Scotland Yard exhumiert werden, dann bin ich erledigt, dann bleibe ich bis an mein Lebensende an diesen Ort gekettet. Alle Hoffnung, nach Plymouth, irgendwann vielleicht gar nach London zu kommen, wäre dahin.«

»Die Tatsache, dass Scotland Yard sich für diese Toten interessiert, sagt doch nichts aus über Ihre …«

»Zum Teufel damit! Begreifen Sie denn nicht, Mann, ich habe die Totenscheine ausgestellt! Das sagt eine ganze Menge aus über meine Arbeit!«

»Dann gehen Sie also davon aus, dass weder der Doppelselbstmord noch der Unfall einen Anhalt bieten für weitere polizeiliche Ermittlungen?«

»Und ob ich davon ausgehe! Die Sache ist über jeden Zweifel erhaben!«

»Ist Ihnen nie der Gedanke gekommen, dass etwas in der Vergangenheit dieser drei Personen die Vermutung nahe legt, dass der Doppelselbstmord in Wahrheit, beispielsweise, ein Mord und ein Selbstmord war? Von solch einem Fall habe ich kürzlich zufällig gehört.«

Hawkins wirbelte die Arme empor. »*Mord* und Selbstmord? Sie haben getrunken, das rieche ich an Ihrem Atem. So viel, dass Sie schon halluzinieren?«

»Nein, ich bin so nüchtern wie Sie«, sagte Rutledge. Es bereitete ihm Mühe, ruhig zu bleiben.

»Das fällt mir schwer zu glauben, wenn Sie solche Vermutungen in den Raum stellen! Als ich ins Arbeitszimmer kam, lagen zwei Personen auf dem Sofa. Ein Mann und eine Frau. Sie hielten sich an den Händen, er hielt mit seiner linken ihre rechte Hand. In der anderen Hand hielten beide jeweils ein Glas. In den Gläsern fanden sich Spuren von Laudanum, ebenso an ihren Lippen, in ihren Kehlen und Gedärmen. Die Menge hätte ausgereicht, um beide mehrfach zu töten. Miss Marlowe litt an den Folgen einer Kinderlähmung, und anders als Sie vielleicht denken, ist jede Lähmung mit Schmerzen verbunden. Mein Schwiegervater und ich haben ihr so viel Laudanum verschrieben, wie sie benötigte. Bis zum Frühjahr ist sie damit vernünftig umgegangen, keinerlei Zeichen von Sucht oder Missbrauch. Schmerzfreier kann man nicht aus dem Leben scheiden, wenn man keinen Ausweg mehr sieht – ich mache ihr deswegen keinen Vorwurf. Nichts deutete darauf hin, dass einer den anderen zum Trinken gezwungen hat, keinerlei Spuren von Gewaltanwendung an Mund oder Zunge.

Mit Ausnahme des Laudanums fand sich nichts Ungewöhnliches in ihren Mägen. Doppelselbstmord. Genau das war es. Nicht mehr und nicht weniger.«

»Ließ der Zustand ihrer Mägen nicht darauf schließen, dass einer dem anderen heimlich eine Überdosis verabreichte, bevor er oder sie selber trank?«

»Man kann nur schwer heimlich Laudanum zu klarer Brühe, Lammbraten, Gemüse und Kartoffeln hinzugeben.«

»Menschen ihres Standes trinken zum Essen normalerweise Wein und hinterher Kaffee.«

»Der Verdauungsvorgang war so weit fortgeschritten, dass sie noch mehrere Stunden nach ihrem Wein- oder Kaffeekonsum weitergelebt haben müssen. Das Laudanum nahmen sie schätzungsweise um kurz nach Mitternacht, nachdem sie möglicherweise ihren Entschluss noch einmal besprochen hatten. Es ist aber auch nicht auszuschließen, dass sie es erst im Morgengrauen nahmen. Als Mrs. Trepol sie am Montagmorgen fand, waren sie lange tot. Jedenfalls länger als vierundzwanzig Stunden. Aber da auch auf mich jetzt eine Mahlzeit wartet, entschuldigen Sie mich bitte. Ich rate Ihnen, fahren Sie nach London zurück, und tun Sie dort etwas Sinnvolles. In einem Ort wie Borcombe geschehen nur wenige Verbrechen. Die Dienste von Scotland Yard haben wir hier noch nie gebraucht, und ich bezweifle sehr, dass sich daran in den nächsten zwanzig Jahren etwas ändern wird!«

Rutledge verließ das Haus des Arztes und dachte darüber nach, was er an diesem Morgen gehört hatte.

Verflixt wenig, wenn man es recht bedachte!

Kein Verbrechen, kein Mord, kein Anlass für einen erfahrenen Scotland-Yard-Inspektor, seine Zeit zu vertrödeln.

»Nur dazu bist du zu gebrauchen: zu nichts!«, trompetete Hamish. »Was, wenn Warwickshire reines Glück war und du nichts damit zu tun hattest? Was, wenn du auch da versagt hast und nur zu dumm warst es einzusehen? Was, wenn du auch hier versagst, weil du nicht einmal entscheiden kannst, ob Mord im Spiel war oder nicht? Auf dem Anwesen gehen Gespenster um, Mann, und wenn du nicht herausfinden willst, warum, dann liegt das daran, dass du dir in die Hosen machst!«

Nach dem Mittagessen im Three Bells war Rutledge unruhig und nervös, redete sich aber ein, das habe nichts mit Hamishs Spott oder seiner Unsicherheit bezüglich der Frage, was er als Nächstes tun konnte, zu tun. Cormac FitzHugh schien sich seiner Sache so sicher zu sein. Bei Rachel Ashford hatte allein die Andeutung, dass ein Mörder umging, genügt, sie aus der Fassung zu bringen – obwohl sie selbst Scotland Yard gerufen hatte. Hawkins war unkooperativ, und für die Polizei in Borcombe gab es keinen Grund, von neuem nach einem Mörder zu fahnden, da sie ihre Ermittlungen zu einem glaubwürdigen Ende gebracht hatten. Er dachte über diese Dinge nach, während er aus seinem Fenster aufs Meer blickte. Dann nahm er seinen Mantel und machte sich auf die Suche nach dem Pfarrhaus. Der quadratische, graue Bau lag neben der Kirche und war trotz der hellen Verzierungen an Türen und Fenstern eher nach Kriterien der Haltbarkeit denn der Schönheit erbaut.

Der Pfarrer war nicht in seinem Amtszimmer. Seine Haushälterin schickte Rutledge ums Haus herum, wo der Gottesmann in seinem Garten arbeitete. Der Garten war groß, die Blumen gediehen prächtig. In den Beeten nahe der Kirchmauer blühten Rosen, von irgendwo duftete es süß und zum Träumen einladend nach Mauerblumen.

Der Pfarrer, ein Mann mittleren Alters, war, seinem Aussehen nach zu urteilen, öfter damit beschäftigt, den Boden umzugraben, als von der Kanzel zu sprechen. Als er sah, dass Rutledge über den schmalen Grasstreifen zwischen dem Gemüse- und dem Blumenbeet näher kam, richtete er sich auf. »Guten Tag«, sagte er weder überschwänglich noch abweisend, vielmehr in der Art von jemandem, der im Moment lieber seinen als den Angelegenheiten des Herrn nachgehen wollte.

»Inspektor Rutledge aus London«, sagte Rutledge. »Mr. Smedley?«

»Ganz recht«, sagte der Pfarrer und legte seufzend seine Hacke nieder.

»Arbeiten Sie ruhig weiter. Auch mir wäre es lieber, hier draußen statt im Haus mit Ihnen zu sprechen.« Denn falls er sie richtig einschätzte, spitzte die Haushälterin gerne einmal die Ohren. »Es handelt sich weniger um eine kirchliche Angelegenheit als um ein paar Informationen, die ich von Ihnen zu erhalten hoffe.«

»Na dann, wenn es Ihnen nichts ausmacht.« Er nahm die Hacke vom Boden und begann, zwischen Ringelblumen, Astern und etwas, das wie Gartenwicke aussah, Unkraut zu jäten.

»Meine Anwesenheit erklärt sich damit, dass London noch ein paar Fragen bezüglich der Todesfälle im Trevelyan-Haus hat.«

Der Pfarrer lächelte kurz. »Also stimmten die Gerüchte heute Morgen. Dabei sind Sie gerade erst angekommen.«

»Ja, allerdings sind die Fragen, die ich an Sie habe, nicht für den allgemeinen Tratsch bestimmt. Ich möchte mehr über die Verstorbenen erfahren. Die Frau und die beiden Männer. Wie sie waren, wie sie lebten und warum sie gleichzeitig, beziehungsweise kurz nacheinander zu Tode kamen.«

Der Pfarrer kümmerte sich schon ums nächste Beet und wandte Rutledge den Rücken zu. »Ach, wissen Sie, das ist eine lange Geschichte. Wissen Sie viel von der Familie?«

»Man hat mir von dem Großvater erzählt, dem das Anwesen gehörte. Von seiner Tochter, die drei Ehemänner und sechs Kinder hatte, von denen nur noch eines lebt. Von der Cousine und dem Stiefsohn, der in London arbeitet. Das hätte mir jeder beliebige Ladeninhaber am Ort, jede Hausfrau auf dem Weg zum Markt erzählen können. Ich möchte genaueres erfahren. Nur um London ruhig zu stellen, um durchgeben zu können, dass hier alles seine Ordnung hat.«

»Warum sollte London daran zweifeln?«

»Das Innenministerium hat sich die Berichte nochmals vorgenommen. Diese Leute mögen Gründlichkeit. Drei Tote in einer Familie innerhalb solch kurzer Zeit wecken … Verdacht …«

»Jedenfalls nicht hier, das sage ich Ihnen! Mir ist nicht bekannt, dass ein Verdacht aufgekommen wäre, als man Olivia und Nicholas fand, noch gab es seitdem irgendwelche Gerüchte. Und in einem Dorf wie diesem ist das ein sicheres Zeichen, dass alles seine Richtigkeit hatte. Was den Tod von Stephen FitzHugh betrifft: der Mann ist in dem leergeräumten Haus zu Tode gestürzt, zugleich standen alle Verwandten nachgewiesenermaßen im selben Moment vor der Haustür. Solange Sie nicht an Gespenster glauben, gibt es an seinem Tod nichts Verdächtiges, nehme ich an.«

»Merkwürdig, dass Sie Gespenster erwähnen«, sagte Rutledge langsam. »Man sagte mir, auf dem Haus laste ein Fluch, und zwar von der Art, der sich nicht von der Kirche exorzieren lässt.«

Der Pfarrer richtete sich auf und sah ihn an. »Wer hat Ihnen diese Märchen erzählt?«

»Zum einen ein Schotte …«, antwortete Rutledge.

Der Pfarrer lächelte. »Die sind ja bekannt für ihre Hellsichtigkeit, die Schotten. Hat er Ihnen auch verraten, ob ein Mord geschehen ist?«

Touché.

»Ist denn ein Mord geschehen? Jetzt … oder vor langer Zeit?«

»Meines Wissens nicht«, sagte der Pfarrer. »Und dabei schließe ich die Beichte ein. Weder hat mir jemand einen Mord gestanden, noch habe ich Gerüchte darüber gehört. Das Trevelyan-Haus hat schon viel Leid erlebt. Aber zeigen Sie mir ein Haus ohne traurige Vergangenheit. Schon gar nicht nach dem Krieg und der Grippe-Welle. Die Kriegsverletzten haben Sie sicher schon gesehen. Wenigstens von der Seuche wurden wir hier weitgehend verschont, nur drei Seelen hat der Herr zu sich genommen. Aber selbst drei sind noch zu viel für ein Dorf dieser Größe.«

»Sagen Sie, wenn Sie erlauben: Wie konnte eine Frau wie Olivia Marlowe, die so zurückgezogen lebte und so wenig von der Welt kannte, solche Gedichte schreiben?«

Er jätete weiter. »Diese Frage kann Ihnen nur Gott beantworten. Aber wer sagt, dass sie wenig von der Welt kannte? Ich habe ihre Gedichte gelesen. Für mich belegen sie ein erschreckend profundes Wissen um die Seele des Menschen. Sie hat sich mit mir nie über ihre Werke unterhalten. Genau genommen erfuhren wir erst ganz zum Schluss, dass sie O. A. Manning war. Wie ein dunkles Geheimnis hat sie es gehütet. Ich denke, sogar von ihrer Familie wusste nur Nicholas Bescheid.«

»Wenn sie doch über so viel Wissen und Verstand verfügte, warum musste sie ihr Schreiben dann geheim halten?«

»Nun, Inspektor, ich nehme an, Sie haben keine Geheimnisse … quälend oder nicht … die Sie der Welt lieber vorenthalten? Sie mögen nicht unmoralisch oder unaussprechlich sein, aber dennoch brennen sie Ihnen auf der Seele?«

Verflixt ungemütlich, das hatte getroffen. Rutledge revidierte allmählich den ersten Eindruck, den er von dem Priester hatte.

»Was können Sie mir über ihre Lähmung sagen?«

»Sie empfand sie als Einschränkung«, sagte Smedley nachdenklich. »Aber nicht als Kreuz, das sie zu tragen hatte. Ich glaube, am meisten fürchtete sie, eher im Hinblick auf ihre Behinderung statt allein nach ihren Werken beurteilt zu werden. Sie haben wahrscheinlich die Literaturartikel verfolgt, nachdem die Kunde von ihrer Krankheit sich verbreitet hatte, nicht? Jedermann versucht seitdem verzweifelt die Frau statt ihrer Verse zu verstehen. Alles schnüffelt in ihrer Biografie herum, als hielte sie alle Antworten parat, und stellt ihre Krankheit in den Vordergrund.«

»War sie unansehnlich? Linkisch? Wusste sie sich nicht gut zu kleiden, zurechtzumachen und zu unterhalten? Ist sie deshalb von den Menschen fortgelaufen und hat sich hinter ihrem Genie versteckt?«

Mr. Smedley hatte schon zu lachen begonnen, bevor Rutledge seine Auflistung beendet hatte. »Ich erhalte einen sehr schlechten Eindruck von den Frauen, die Sie gekannt haben, Inspektor, wenn das Ihre Art ist, das Schöne Geschlecht zu beurteilen! Sogar als Mann Gottes kenne ich mich da besser aus!«

»Dann beschreiben Sie sie mir«, sagte Rutledge irritiert.

Mr. Smedley stützte sich auf seine Hacke und sah hoch zum Dachgiebel des Pfarrhauses. »Zunächst einmal, ihre Mutter war eine sehr schöne Frau. Rosamund. Bei Olivia suchte sich die Schönheit andere Wege. Wer ihr einmal begegnete, vergaß sie nie wieder, und doch konnte niemand sagen, woran das lag. Sie hatte die wunderschönen Augen ihres Vaters. Ich denke, auch die Strenge hatte sie von ihm, obwohl Rosamund durchaus keine schwache Frau war. Olivia hätten Sie nach London versetzen können, und sie wäre, obwohl sie ihr Bein nicht gebrauchen konnte, unter den jungen Frauen dort nicht aufgefallen. Im Gegenteil, die Verehrer hätten ihr die Tür eingerannt, vorausgesetzt, Männer haben nur halb so viel Verstand, wie ich einmal zu ihren Gunsten annehme! Nein, Olivia war weder hässlich noch ungeschickt. Sie kleidete sich wie alle Frauen vom Land. Ohne wehende Schals, Luxusmäntel oder exotischen Federschmuck. Sie hatte nicht die sprichwörtliche Überheblichkeit der Literaten. Sie verfügte über gute Umgangsformen und es war angenehm, mit ihr zu reden, aber sie wurde dabei nie zu vertrauensselig. Offenheit war ihr nicht gegeben.« Er zuckte die Schultern. »Ihre Haare waren fantastisch. Sie waren dunkler als Rosamunds, von jenem Braun, das in der Sonne glänzt wie Gold. Auch die hatte sie von ihrem Vater geerbt, George Marlowe, ein großartiger Mann. Rosamund betete ihn geradezu an – bis er plötzlich in Indien starb. Alle, die sie kannten, das vertraute sie mir bei Gelegenheit an, fürchteten nach seinem Tod eine Zeit lang um ihren Geisteszustand. Aber schließlich hat ihr Lebensmut sie über seinen Tod hinweggetröstet. Und ihr Glaube.«

Rutledges Verwirrung steigerte sich. Sah denn jeder Olivia in einem anderen Licht? Und wenn dem so war, *wie war sie in Wirklichkeit gewesen?*

»Ihr Selbstmord kam sehr überraschend für mich«, sagte Smedley nach einer Weile. »Olivia. Das hatte ich nicht von ihr erwartet. Dass Nicholas ihr folgte, erschien mir … seltsamerweise … logisch, obwohl ich nicht genau weiß, warum, es war einfach so. Aber dass Olivia sich umgebracht hatte, erschütterte mich zutiefst. Es war, als sei eine Festung, die mir selbst viel Schutz und Kraft gegeben hatte, porös geworden und mit einem Schlag zerfallen. Ich weinte«, sagte er, als sei er noch immer erstaunt und befangen. »Ich weinte, nicht allein um mich selbst und um sie, sondern auch um das, was mit ihrem Tod verloren ging. Sie war die bemerkenswerteste Frau, die ich jemals kennen gelernt habe. Ich denke nicht, dass es so jemanden wie sie noch einmal geben wird.«

»Und Nicholas?«

»Er war mir ein Rätsel«, erwiderte Smedley bedächtig. »In all den Jahren habe ich den Mann nie wirklich durchschaut. Er war ein abgründiger Mensch, voller Leidenschaft. Ein wunderbarer

Denker. Wir spielten oft zusammen Schach und diskutierten über den Krieg und die Politik. Dabei blieb er stets gelassen. Niemals durfte ich hinter seine Fassade blicken.«

Da Rutledge schwieg, fügte Smedley wie zu sich selbst hinzu: »Ich weiß nicht, ob ich bei Nicholas nicht am meisten versagt habe …«

6

Als Rutledge die enge dunkle Eingangshalle des Three Bells betrat, übergab ihm der Wirt ein Päckchen, das für ihn angekommen war.

Rutledge ging damit in die Bar, bestellte ein Bier und saß mehrere Minuten lang untätig herum, bevor er es öffnete.

Wie er erwartet hatte, enthielt das Päckchen die versprochenen Fotos. Und eine Notiz: »Bitte geben Sie mir die Bilder zurück, wenn Sie sie nicht mehr brauchen.«

Der Zettel war nicht unterschrieben, aber es war klar, dass er von Rachel Ashford stammte. Er versuchte sich Rachel und Peter bei der Hochzeit vorzustellen, aber es wollte ihm nicht gelingen. Nicht, weil er meinte, Rachel sei nicht Peters Typ gewesen, sondern weil der Peter, den er aus seiner Schulzeit kannte, sicher ein ganz anderer war als der Peter, der auf dem Kilimandscharo gestorben war. So wie er, Rutledge, nicht der verträumte Junge von einst war, der einmal große Pläne geschmiedet hatte.

Er breitete die Fotografien vor sich auf dem Tisch aus und betrachtete sie. Er wusste nicht, was er sich von ihnen erwartete, er war nicht einmal sicher, ob er sie überhaupt sehen wollte.

Es waren etliche alte Aufnahmen dabei. Rosamund Trevelyan im Alter von zwanzig Jahren (auf der Rückseite der Bilder waren Namen und Daten angegeben). Sie erstrahlte geradezu in ihrer Jugend und Schönheit und verströmte eine Aura inneren Friedens. Er sah sie sich genauer an. Ja, eine gewisse Strenge war unübersehbar, aber ihre Augen funkelten fröhlich und unbesorgt. Anne und Olivia. Sie standen nebeneinander vor den Rosensträuchern hinter der Villa und sahen sich so ähnlich, dass jemand auf der Rückseite des Bildes neben ihre Namen ein Fragezeichen gesetzt hatte. Zwei Mädchen in weißen Kleidern mit Spitzenbesatz, langen Schärpen und Bändern im Haar lächelten schüchtern in die Kamera. Dichte Locken fielen in ihre hübschen Gesichter, die zwar unverkennbar dem von Rusamund ähnelten, aber nicht ganz ihre Schönheit besaßen. Noch einmal dieselben Mädchen, jetzt ein wenig älter. Neben ihnen standen zwei Jungen, der kleinere trug ein langes Gewand. Nicholas und Richard. Nicholas war sehr groß für sein Alter, hatte schwarze, krause Haare und dunkle Augen, wobei man auf dem Foto nicht erkannte, ob sie braun oder dunkelblau waren. Auf dem nächsten Bild war Richard etwa fünf, Nicholas vielleicht sieben oder acht Jahre alt. Sie waren mit der Familie im Moor. Richard trug ein schadenfrohes breites Grinsen zur Schau, seine Augen leuchteten hämisch. Der geborene Unruhestifter, konnte man meinen, zu jedem Unfug aufgelegt. War es leicht gewesen, ihn fortzulocken?

Nicholas hingegen sah ernst, stirnrunzelnd und das Kinn abweisend emporgereckt in die Kamera. Doch schon auf dem nächsten Foto lächelte er – er stand neben Olivia. Anne musste schon ein paar Jahre vor dieser Aufnahme gestorben sein. Außerdem war Rosamund abgebildet, die die Zwillinge auf dem Arm trug. Von den Kleinen sah man nichts außer ihren riesigen Taufkleidern: Susannah und Stephen. Rosamund sah noch fast genauso jung aus wie auf dem Foto, als sie noch zwanzig gewesen war. Sie lächelte auf eine Art, die jeden Mann schwach machen würde. Liebenswürdig, lebendig und klug. Olivia stand neben ihr im Schatten. Ein dünnes Mädchen mit langen Locken, dem Nicholas beschützend einen Arm um die Schulter legte. Rutledge betrachtete Olivia. Dies war die zukünftige Dichterin, dies war die Frau, die sich in Worten verewigen würde, und doch war etwas an ihr, an diesem Gesicht im Schatten, das er nicht ergründen konnte. Er wünschte, die Aufnahme wäre größer und besser belichtet. Unvergesslich, hatte der Pfarrer gesagt. Aber was genau hatte er damit gemeint?

Das nächste Foto zeigte Brian FitzHugh mit seinem erstgeborenen Sohn Cormac und den Zwillingen, den beiden Kindern, die ihm Rosamund geschenkt hatte. Sie umklammerten die Beine ihres Vaters und lächelten schüchtern in die Kamera. Brian war nicht gerade gut aussehend, aber sein Lächeln machte ihn auf eine Weise attraktiv. Cormac dagegen sah schon damals ungewöhnlich gut aus. Schlank, mit exzellenter Haltung und einem entschlossenen Blick, der verriet, dass er schon damals wusste, was er im Leben erreichen wollte. Die Zwillinge waren blond und sahen anmutig aus, wie Cherubime. Sie hatten Rosamunds Schönheit geerbt und erinnerten, ein wenig stämmig wie sie waren, nur entfernt an ihren Vater. Doch ihre Züge waren lebhaft wie die ihrer Mutter.

Auf den letzten beiden Fotos waren nur Männer abgebildet. Ein älterer Mann mit Bart. Aufrecht und breitschultrig stand er neben einem jüngeren Mann in Uniform. Das waren Captain Marlowe, Rosamunds erster Mann, und ihr Vater, Adrian Trevelyan. Wie die meisten Leute seiner Generation machte Trevelyan für die Kamera ein ernstes Gesicht. Marlowe jedoch lachte aus vollem Halse. Das Funkeln in seinen Augen verlieh seiner gesamten Erscheinung Ausdruckskraft. Rutledge verstand, warum sich Rosamund in ihn verliebt hatte. Sicher waren sie ein schönes Paar gewesen. Auf dem letzten Foto sah man einen großen Mann vor einem Pferd. James Cheney, Nicholas' Vater. Rutledge brauchte das Foto nicht umzudrehen, um sich dessen zu vergewissern, Sein Sohn war sein Ebenbild. Ein ruhiger, in sich gekehrter Mann von einer geheimnisvollen Attraktivität.

Nachdenklich ging Rutledge die Fotos ein zweites Mal durch. Bis auf zwei waren alle Abgebildeten inzwischen tot. Susannah und Cormac. Die eine war eine Blutsverwandte, der andere nicht.

Der greisenhafte Wirt trat an Rutledges Tisch und fragte, ob er ihm nachschenken dürfe. Sein Blick fiel auf die Fotos. »Die Trevelyans«, sagte er. »Eine großartige Familie. Ich erinnere mich noch an den alten Herrn. Ließ nicht mit sich scherzen, war aber der gerechteste Mann, dem ich je begegnet bin. Liebte seine Tochter abgöttisch – wen wundert's, war ja auch eine Schönheit, keine Frage, und eine echte *Dame* dazu. Da hat man sich manierlich benommen, wenn sie in der Nähe war! Sagte Bitte und Danke, als tue man ihr einen Gefallen und keinen Dienst. Der da …«, sein schrumpeliger Finger zeigte auf den Captain, »… starb in Indien an der Cholera. Mr. Trevelyan sagte, er habe einen Sohn verloren. Miss Rosamund war so krank vor Kummer, dass der Doktor dachte, sie stirbt. Manche sagen, sie hätte Mr. Cheney nur geheiratet, um die Trauer um den Captain zu vergessen, aber ich sage Ihnen, da war eine ganze Portion Liebe im Spiel. Nur Mr. FitzHugh, das hat alle überrascht, als er und Rosamund heirateten. Er war nicht ... nicht von altem Adel wie sie. Irischer Adel, behauptete er, aber wer weiß das schon? Trotzdem schien sie zufrieden zu sein in der Ehe. Widmete sich ganz den Zwillingen. Eine gute Mutter.«

»Zwei ihrer Kinder sind früh gestorben ...«

»Ja, den Kleinen fand man nie wieder. Vor ein paar Jahren kam hier ein Fremder durch, der hat mich an Richard Cheney erinnert. Derselbe teuflische Blick. Der Junge hatte einfach vor nichts Angst, hielt Gott und die Welt zum Narren. Ist gleich zwei Mal von zu Hause abgehauen; einmal machte er ein Feuer im Kinderzimmer, da wäre fast das ganze Anwesen abgebrannt. Als sie damals so viele Pferde hatten, hab' ich bei ihnen als Stallknecht gearbeitet. Der Junge musste einfach auf allem reiten, was vier Beine hatte!«

Ein Gast humpelte auf Krücken in die Bar. Ihm fehlte ein Bein. Der Wirt, der sein unregelmäßiges *tack-tack* hörte, sagte, ohne sich umzuwenden, »Komm' gleich zu dir, Will« und wandte sich wieder an Rutledge: »Olivia soll ja Gedichte geschrieben haben, aber, ich weiß nicht. Ist nicht gerade Frauensache, oder? So über den Krieg zu schreiben und das ganze Leiden? Irgendjemand muss da was durcheinander gebracht haben.«

Dann ging er, um den Neuankömmling zu bedienen, und setzte sich kurz darauf zu zwei Fischern auf eine Eckbank. Sie unterhielten sich darüber, was aus den Sardinen geworden sei, die früher Cornwalls ganzer Reichtum waren. Was konnte man schon tun gegen die Eindringlinge, die mit ihren riesigen Booten von Yarmouth herüberkamen und die Küstengewässer Cornwalls überfischten? Rutledge wandte sich wieder den Fotos zu. Er dachte über die Worte des Wirts nach.

War Nicholas deshalb gestorben, weil *er* die Gedichte verfasste, für die O. A. Manning berühmt wurde?

Rutledge schüttelte den Kopf. Er wollte nicht daran glauben.

Am nächsten Morgen löste er sein Versprechen ein und begleitete Rachel Ashford zum Haus der Trevelyans. Die Sonne strahlte. Blendend hell spiegelte sie sich im Meer und tauchte das Land in prächtige, zitternde Farben.

Sie gingen durch das Wäldchen und blieben, als sie wieder heraus waren, einen Moment lang stehen, um das Haus zu betrachten. Wie es glitzerte! Wie ein märchenhaftes Schloss auf einem sagenumwobenen Hügel. Rachel sagte: »Seltsam, nicht? Es ist so beeindruckend. Dabei gibt es hundert andere Häuser in Cornwall, die genauso schön sind. Oder noch schöner. Es ist alt, nicht besonders groß und hat keinen eindeutigen Stil. Und doch liebe ich es von ganzem Herzen. Peter meinte ...«, sie hielt inne, um sich zu räuspern, »Peter meinte, es läge an den Steinen, dass es manchmal so glitzert. Und an dem Winkel, in dem die Sonne darauffällt.«

»Ja, das könnte stimmen«, sagte Rutledge. Als sie ihn im Gasthof abgeholt hatte, hatte er ihr für die Fotos gedankt und versprochen, sie ihr vor seiner Abreise zurückzugeben. Von den Gedanken, die ihm des Nachts durch den Kopf gegangen waren, sagte er ihr nichts.

Sie sah ihn an. »Sie werden abreisen. Ich spüre es. Nichts wird sich ändern.«

»Es gibt keinen Grund, hier zu bleiben«, sagte er. »Sehen Sie, Rachel ...« Ihm fiel auf, dass er sie beim Vornamen nannte. Aber irgendwie wäre er sich komisch vorgekommen, sie Lady Ashford zu nennen. »... Es gibt keine Hinweise, dass an der Sache etwas nicht in Ordnung ist. Das abzustreiten hieße, die Zeit Scotland Yards zu verschwenden.«

Rachel seufzte. »Ja, ich weiß.«

»Würde es Sie denn erleichtern, wenn ich etwas herausfände? Etwa, dass Olivia eine Mörderin war? Oder Nicholas? Vor allem, was Stephen betrifft, sehe ich niemanden, der ihn ermordet haben könnte. Vorausgesetzt, alle sagen die Wahrheit und standen zur Zeit seines Sturzes vor dem Haus.«

»Sie reden immer nur von Olivia und Nicholas«, sagte sie schroff, »was aber ist mit den Überlebenden? Mit mir, Susannah, Daniel und Cormac?«

»Sie selbst haben die Möglichkeit ausgeschlossen, dass einer von Ihnen einen Mord begehen könnte. Oder wollen Sie mir sagen, dass *Sie* eine Mörderin sind?«

»Nein, natürlich nicht! Ich … in Ordnung, wenn Sie es wissen wollen: Cormac war gestern Abend bei mir. Er will das Haus kaufen. Weil er sich schuldig fühlt, sagt er. Er will zwar nicht Stephens Wunsch nachgeben und das Haus in ein Museum verwandeln, aber es soll in der Familie bleiben. Es wäre ein Kompromiss: *Wir* bekämen unser Geld, *er* hätte ein Landhaus, und Stephen wäre nachträglich gewissermaßen auch zu seinem Recht gekommen.«

»Zu seinem Recht gekommen?«

»Stephen hatte die Vermutung, dass er die Inspiration für Olivias Zyklus *Englisches Requiem* … ihre Liebesgedichte … gewesen sei. Susannah warf ihm vor, er habe also seinen und nicht Olivias Ruhm im Sinn. Sie war wütend auf ihn, weil er einen solchen Aufstand machte, weil alle anderen sich auf den Verkauf geeinigt hatten. Das ist der springende Punkt, wissen Sie, wir alle hatten mehr oder weniger fest damit gerechnet, dass das Haus nach Olivias und Nicholas' Tod verkauft werden würde. Allerdings hatte Adrian Trevelyan testamentarisch verfügt, dass Cormac das Haus nicht erben solle. Deshalb hatte er es Olivia, und nicht Rosamund vermacht.«

»Sind Sie ganz sicher?«

»Na ja, ich war zwar noch ein Kind, Inspektor, aber Kinder bekommen einiges mit, wenn sie ruhig in einer Ecke stehen und die Erwachsenen vergessen, dass sie da sind. Sie reden, und die Kinder lauschen. Manchmal ist es nicht von Bedeutung, manchmal aber schon. Ich erinnere mich noch genau, was Adrian zu Rosamund sagte, nachdem James Cheney gestorben war. Gerade war das Testament verlesen worden, deshalb wusste ich schon, was ein Testament ist. Adrian sagte: ›Ich werde sicher nicht mehr erleben, dass du noch einmal heiratest.‹ Sie sagte: ›Auch ich halte es für unwahrscheinlich, dass das noch einmal passiert … ich finde keinen Mann mehr wie George Marlowe, noch werde ich je wieder so glücklich, wie ich es mit James war.‹ Adrian antwortete: ›Du bist noch jung. Du hast Spaß am Leben. Du wirst wieder heiraten, nur, dann werde ich nicht mehr sein. Deshalb ändere ich mein Testament, meine Liebe, und nehme dir das Haus. Hast du etwas dagegen, dass ich es Olivia vermache? Ich liebe sie und alles, was von ihrem Vater in ihr weiterlebt, seit ich sie als Baby in meinen Armen hielt. Mir gefällt die Vorstellung, dass sie, wenn ich tot bin, in meinem Haus herumgeht und sich um alles kümmert. Du hast ja noch Georges Haus, und Nicholas wird James' Haus erben. Olivia hat kein anderes Zuhause und wird vielleicht nie ein anderes haben.‹ Zu meiner großen Enttäuschung antwortete Rosamund nicht sofort, sondern bat um einige Tage Bedenkzeit. Ich erfuhr ihre Antwort erst, als Adrian starb und sein Testament eröffnet wurde. Darum hat mich Cormacs Plan gestern so ... aufgeregt. Ich konnte ihm ja schließlich nicht sagen, was Adrian verfügt hatte, oder? Ach, dieses Haus hier war immer ein Ort voller Wärme und Liebe. Wie konnten wir uns nur bis aufs Messer darüber streiten, was aus ihm werden soll ... und diesen Ort entwürdigen! Jedes Mal, wenn ich an Stephen denke, verfolgt mich die Vorstellung, dass sein letztes Gefühl der Hass auf uns war.«

»Rosamund hatte noch ein Haus?«

»Ja, in Winchester, in Close, um genau zu sein. George Marlowe hat es gekauft. Mein Vater erbte das Haus, in dem George und er aufgewachsen waren. George war der jüngere Sohn und wollte lieber Soldat werden.«

»Auch Nicholas besaß ein Haus?«

»In Norfolk. Ich war mal da, es ist sehr schön.«

»Wenn er gewollt hätte, hätte er also das Trevelyan-Haus verlassen und dort hinziehen können. Oder angenommen, er hätte geheiratet – dann hätte er mit ihr in seinem eigenen Haus wohnen können?«

Sie waren vor der Auffahrt angekommen. Rachel wandte sich ab und betrachtete die Landzunge. »Ich glaube nicht, dass Nicholas geheiratet hätte und von hier fortgezogen wäre.«

»Aber falls doch, hätte er es tun können?«

Sie zögerte, dann sagte sie leise: »Ja.«

Wäre das ein Grund für Olivia gewesen, Nicholas umzubringen?

Er betrachtete Rachel und spürte, dass ihre Stimmung angeschlagen war. »Sie waren in Nicholas verliebt, nicht wahr? Ihr ganzes Leben lang?«

»Nein! Ich mochte ihn sehr, aber verliebt …« Ihre Stimme erstarb, und mit ihr ihre Lüge.

»Haben Sie Peter je geliebt?«, fragte Rutledge schroff, denn er dachte zum einen an den Kummer des Mannes, den er gekannt hatte, zum anderen an seine eigenen Erfahrungen. Peter hatte etwas Besseres verdient!

Sie fuhr herum. »Was wissen Sie von der Liebe! Ja, ich habe Peter geliebt. Er war wunderbar, freundlich und sanft. Seit dem Tag, als er nach Afrika ging, fehlt er mir in jeder Sekunde meines Lebens!«

»Aber ihn zu lieben war nicht dasselbe wie in Nicholas verliebt zu sein, stimmt's?«

»Hören Sie auf!«, schrie sie und rannte die Treppe zum Haus hinauf. Mit Tränen in den Augen versuchte sie vergeblich, die Tür aufzuschließen. »Ich muss mir das nicht anhören! Gehen Sie, ich kümmere mich allein um die Schiffe! Ich brauche weder Sie noch sonst irgendjemanden!«

Er trat zu ihr und half ihr mit dem Schlüssel. »Entschuldigen Sie«, sagte er sanft. »Ich hätte das nicht sagen dürfen.«

»Ich habe Sie ja schließlich hergebeten, nicht?«, sagte sie, während die Tür aufflog und das Haus sie erwartete. »Das war ein großer Fehler, so viel ist jetzt klar. Gehen Sie zurück nach London! Lassen Sie mich in Ruhe!«

* * *

Wenn Cormac die Nacht hier verbracht hatte, hatte er zumindest keine Spuren hinterlassen.

Rutledge bereitete in der Küche Tee zu und brachte ihn Rachel in den kleinen Salon. Als Erstes hatte er alle Vorhänge aufgezogen, um die traurige Atmosphäre aus den dunklen Zimmern zu verscheuchen. Inzwischen weinte sie nicht mehr, aber ihr Gesicht war so ausdruckslos, dass er sich noch schuldiger fühlte. Mit einem Nicken nahm sie die Tasse und trank begierig, während er zum Fenster ging und aufs Meer blickte. Rachel konzentrierte sich mit aller Kraft auf die Teetasse in ihren Händen, aber die Silhouette des großen Mannes dort drüben gab ihr einen Stich ins Herz. Nicholas.

Dann gingen sie nach oben. Aus einem der Schlafzimmer holte sie übrig gebliebene leere Kartons, während er ins Arbeitszimmer ging und Nicholas' Schiffe aus den Schubladen seines Schreibtischs holte. Sie waren perfekt, selbst die kleinsten Details waren deutlich zu erkennen. Er bewunderte Nicholas' Geduld und Handfertigkeit. Schließlich hatte auch der Pfarrer von seiner Geduld gesprochen.

Vor der Tür gab er ihr die *Queen of the Sea*. Sie nahm sie mit zitternden Händen entgegen, als empfinge sie eine Hostie. Er achtete darauf, ihr nicht in die Augen zu sehen. Sie kniete sich hin und wickelte das Modell vorsichtig in Leinentuch, um es dann nicht weniger sorgsam in einen mit Zeitungsschnipseln gefüllten Karton zu legen. Er ging das nächste Schiff holen. Die *Olympic*. Er erinnerte sich noch an ihre Jungfernfahrt, 1910. Das Schwesterschiff der unglückseligen *Titanic*. Dann brachte er die *Deutschland*, ihr Schwesterschiff *Kaiser Wilhelm der Große* und den ältesten aller Ozeanriesen, die *Sirius*. Die *Aquitaine*. Damals wurde sie schon kurz nach ihrer Taufe zum Lazarettschiff umfunktioniert und in die Dardanellen entsandt. Dann kamen die *Mauritania*, die man vor Gallipoli eingesetzt hatte und ihr Schwesterschiff, die *Lusitania*, die 1915 von einem deutschen U-Boot versenkt worden war.

»Was faszinierte Nicholas Cheney mehr, die Schiffe oder das Meer?«, fragte er, als sie das letzte Schiff eingewickelt und verstaut hatte. Er verschwieg ihr, wie leer die Vitrine ohne Schiffe aussah. Als fehle dem Raum nun auch sein letztes lebendiges Interieur.

»Beides, glaube ich. Als Kind wollte er ein berühmter Kapitän werden. Einer seiner Vorfahren mütterlicherseits hatte als Admiral bei der Schlacht von Trafalgar gedient. Ich nehme an, dadurch ist er überhaupt darauf gekommen. Unten am Strand lag ein kleines Boot, mit dem fuhr er gelegentlich hinaus. Mal nahm er

Olivia mit, mal auch mich. Auf dem Wasser wurde er ein anderer Mensch. Ich … weiß nicht genau, wie ich es beschreiben soll, aber man merkte es ganz deutlich.«

Nachdem sie den letzten Karton mit Klebeband verschlossen hatten, trugen sie sie gemeinsam in die Eingangshalle. Am Fuß der Treppe blieb sie stehen und schaute so traurig zurück, dass er die Kartons auf seinen Armen zurechtrückte, um vorzugeben, es nicht zu sehen.

Rachel verließ den Grund und Boden der Trevelyans vor ihm. Als er hinausgetreten war und die Tür hinter sich zugezogen hatte, stand plötzlich die Alte vor ihm, die ihn an seinem ersten Morgen auf den Umweg geschickt hatte. Grinsend blickte sie zu ihm hoch. Wie hatte Rachel sie noch genannt? Es fiel ihm nicht ein.

»Sie haben den Weg gefunden, nehme ich an?«

»Beide Wege, um genau zu sein.«

Sie kicherte. »Ist Miss Rachel noch da?«

»Nein, sie ist schon vor einer Weile gegangen.«

»Sie wissen nicht zufällig etwas von ein paar alten Sachen, die Miss Olivia mir dagelassen hat? Die sind nicht zufällig in den Kartons da drüben in der Halle?«

»Nein. Die hat Mrs. Ashford heute Morgen erst gepackt. Sie holt sie später mit einer Kutsche ab.«

»Auch nicht in der Küche, beim Hinterausgang?«

»Nicht dass ich wüsste.«

Sie seufzte. »Gestern erst hab' ich den Teufel gesehen, und von dem würd' ich keine Lumpen annehmen. Aber Miss Rachel ist eine feine Dame, die würde mir nicht die Tür weisen.«

Rutledge lächelte. Sie mochte ja manchmal scharfsinnig sein, aber ihr Geist war doch wirrer, als er gedacht hatte. »Wenn ich sie sehe, spreche ich sie darauf an.«

Die Alte beugte sich zurück und blickte an dem Haus hinauf. »Ich war hier an dem Tag, als Mr. Stephen stürzte.«

»Sie waren was?«

»Ich war hier«, sagte sie unwirsch. »Ich half Mrs. Trepol bei den Kleidern für den Kirchenbasar … körbeweise Kleider. Da fragte Mrs. Susannah mich, ob ich die Lumpen haben wolle. Für meine Teppiche.«

Er betrachtete ihre knorrigen Hände. »Sie knüpfen Teppiche?«

»Sind Sie denn in Ihrem Alter schon taub?«, gab sie barsch zurück.

»Erzählen Sie mir von Mr. Stephen«, schlug er rasch vor.

»Er suchte irgendwas im Haus. Stellte alles auf den Kopf. Ich weiß nicht, was er suchte, aber er suchte wie verrückt. Sagte, er müsse es finden, sonst geschehe wer weiß was. Er brüllte Mrs. Trepol an, ob sie es umgeräumt habe. Sie weinte fast und sagte, sie würde seine Sachen nie anrühren. Dann ging sie durch die Hintertür raus, und ich hörte Mr. Stephen auf der Treppe, ein Höllenlärm, er schrie ›Verdammter Fuß!‹ Da wusste ich: die Hunde Gabriels sind wieder da, die Dämonen rasen wieder treppauf, treppab über alle Gänge. Ich lief weg, hab' große Angst vor ihnen.«

»Dann hörten Sie ihn also stürzen? War er ganz allein?«

»Bis auf die Hunde. Sie bellten ihn laut an, kläfften wie toll geworden.«

»Haben Sie Mrs. Trepol das erzählt? Oder jemand anderem?«

»Da gab's nichts zu erzählen! Draußen war Mrs. Trepol, den Rücken steif vor Schmerz, drinnen schrie die Familie und machte auch ohne mich genug Wirbel. Mr. Cormac überholte uns. Er wollte den Doktor holen, sagte aber nicht, was los war. Sein Gesicht mochte ich gar nicht leiden, das sage ich Ihnen, so kalt und finster blickte er drein.«

»Aber Sie besitzen doch heilende Kräfte«, sagte er. »Das erzählt man sich zumindest im Dorf. Warum haben Sie nicht nachgesehen, ob Stephen FitzHugh noch zu helfen war?«

Entrüstet schaute sie ihn an. »Wenn Gott will, heile ich, aber von den Toten kann ich niemanden wecken!«

»Aber Sie wussten doch nicht …«

»Ich sagte Ihnen doch, dass die Hunde Gabriels da waren. Mehr brauchte ich nicht zu wissen. Das war ein sicheres Zeichen. Wann immer der Tod übers Land geht, höre ich sie. Im Trevelyan-Haus. Im Wald. Überall, wo das Böse umgeht.« Sie machte kehrt, humpelte auf ihren Stock gestützt davon und überließ ihn Hamish. Wer oder was zum Teufel waren diese Hunde Gabriels?

»Ich will dir sagen, wer oder was sie sind«, bemerkte Hamish finster. »Sie sind die Seelen der ungetauften Kinder. All der Kinder, die nach ihrer Geburt ohne kirchlichen Segen starben, ohne Taufe und letztes Gebet, ohne Aussicht auf Erlösung, verdammt in alle Ewigkeit. Sie wohnen weder bei Gott noch ... beim Teufel.«

»Ich glaub' dir kein Wort. Das ist Highland-Blödsinn!«, sagte er laut, ehe er sich versah.

Die Alte drehte sich um, sah ihn an und bekreuzigte sich schweigend.

Er wurde rot.

Nach dem Mittagessen kam ein älterer Mann ins Wirtshaus. Er trug einen altmodischen, aber feinen Anzug, dessen Kragen und Manschetten im trüben Licht weißlich schimmerten. Mehrere Leute hatten sich um ihn versammelt, redeten leise und nickten bei allem, was er sagte. Vor den schmutzigen Fenstern zeichneten sich die Silhouetten mehrerer Männer ab, die draußen in der Sonne standen. Vier weitere Männer hatten sich vor dem Kamin versammelt und erzählten sich Geschichten vom Krieg. Zweien von ihnen fehlten Gliedmaße – dem einen ein Arm, dem anderen ein Fuß. Ein dritter trug eine Augenklappe. Mit Ausnahme einer Frau, die mit dem Alten sprach, war es eine reine Männergesellschaft.

Der Wirt sagte: »Das ist der alte Arzt, Dr. Penrith, der Schwiegervater von Dr. Hawkins. Alle, die mit den neuen Methoden von Dr. Hawkins nicht einverstanden sind, gehen zu ihm. Aber so langsam verlässt ihn sein Verstand. Traurig, aber wahr. Das Alter kriegt uns am Ende alle.« Der Wirt war sicher genauso alt, wenn nicht sogar älter als Penrith.

Rutledge lächelte hinüber zu dem betagten Arzt. Dann ging er rasch hinauf in sein Zimmer und holte die Fotos, die Rachel ihm geschickt hatte. Als der Arzt schließlich allein war, setzte Rutledge sich neben ihn und bestellte ihm ein Bier, bevor er das Gespräch auf die Familie Trevelyan lenkte.

»Sie haben viel durchgemacht, die Trevelyans«, sagte Penrith und sah Rutledge mit seinen müden alten Augen an. »Fast jedem von ihnen musste ich einmal die Hand halten und ihn in seiner Trauer trösten. Der alte Adrian ist in seinem Bett gestorben, wie es sich gehört, aber keiner der anderen. Traurig, traurig. Ich hab' getan, was ich konnte. Der junge Hawkins hat ja keine Ahnung. Er kommt nicht aus dem Dorf.«

Rutledge wischte mit seinem Taschentuch über den Tisch und fächerte die Fotos vor ihm auf. »Was können Sie mir über diese Leute sagen?« Das wenige Licht, das durch die schmalen Fenster fiel, tauchte ihre Gesichter in einen sanften Schimmer.

»Ach … so viel Unglück. Ich mag nicht mehr daran denken. Das ist das Tröstliche am Alter, Inspektor. Man beginnt zu vergessen. Und im Vergessen liegt Frieden.«

»Aber ich möchte alles erfahren, möchte ganz sicher sein, dass alles mit rechten Dingen zuging. Dass es … weder in der Gegenwart noch in der Vergangenheit … etwas gibt, das meinen Verdacht erregen könnte.«

Der Alte kicherte. »Verdacht? Ein Arzt hegt immer einen Verdacht, schlimmer als die Polizei. Manchmal liegt im Verschweigen mehr Anstand als in Worten. Wenn man einen Schaden nicht wieder gutmachen kann, ist es manchmal besser, man nimmt das Wissen darum mit ins Grab. Als James Cheney sich umbrachte, behauptete ich, dass sich beim Reinigen seiner Gewehre ein Schuss gelöst habe. Warum hätte ich Rosamund, die schon genug litt, zusätzlich belasten sollen? Gerade erst war ihr Junge verschwunden. Niemand konnte ihr einen von beiden wiedergeben, weder den Vater noch den Sohn. Olivia war ohnehin schon nahe daran, den Verstand zu verlieren. Sie schwor in einem fort, Richard nicht eine Sekunde, außer für einen kurzen Moment, in dem sie sich ein Kibitznest angesehen habe, aus den Augen gelassen zu haben. Nicholas gab sich selbst die Schuld, weil er wider besseres Wissen nicht nach den beiden Ausschau gehalten hatte. Die Diener trauerten, und außer Brian FitzHugh war niemand da, der sich um die Beerdigung hätte kümmern können.«

»FitzHugh war da, als Cheney starb?«

»Ja, sicher war er da, er kam und ging ständig, wegen der

Rennpferde von Miss Rosamund und ihrem Vater. Das waren Siegläufer, alle. Gutes Gestüt. Wie die Trevelyans. Jetzt ist nur noch Miss Susannah übrig. Und deren Wurzeln liegen – mit Verlaub gesagt – eher in Irland als in Cornwall!«

»Was wissen Sie über Cormac FitzHugh?«

»Nichts«, sagte der alte Mann, während er sein Bierglas leerte. »Er hat mich nie konsultiert. Hat sich weder einen Splitter in den Fuß gerammt noch ist er vom Pferd gefallen. Als sie ihn fortschickten, damit er seiner eigenen Wege ging, war ich erleichtert. Miss Olivia sagte mir eines Tages, dass sie ein paar Gedichte über ihn schreiben wolle. Ich nahm das nicht ernst, hielt es für Kleinmädchen-Geschwätz, romantischen Unsinn.«

Rutledge starrte in die wässrigen Augen, die ihm aus dem alten Gesicht entgegenblickten. Wollte ihm der Doktor etwa sagen, dass Olivia die Liebesgedichte für Cormac FitzHugh geschrieben hatte? Dass sie nichts mit ihrem Halbbruder Stephen zu tun hatten, ganz gleich was dieser geglaubt haben mochte?

Nach einer weiteren unruhigen Nacht saß Rutledge im Sessel vorm Fenster seines Zimmers und hatte die Augen geschlossen. Er befand sich in einem Dämmerzustand zwischen Schlafen und Wachen, als er abgehackte Schritte hörte. Eine Frau eilte auf spitzen Absätzen ungestüm die Treppe herauf. Es folgte ein dumpfes Klopfen. Sie pochte an die Tür.

Erschrocken richtete er seine Krawatte, fuhr sich schnell mit einer Hand durchs Haar und ging zur Tür. Rachel, dachte er benommen. Sie will die Fotos holen.

Aber als er öffnete, stand eine große, schlanke, blonde Frau vor ihm und sah wütend zu ihm empor.

»Inspektor Rutledge?«, stieß sie hervor, indem sie ihn von Kopf bis Fuß musterte.

»Ja«, sagte er. »Mein Name ist Rutledge.«

»Ich muss mit Ihnen reden. Hier, in Ihrem Zimmer, wenn Sie erlauben. In der Gaststube ist man um diese Zeit nicht allein.« Da er zögerte, sagte sie: »Ich bin Susannah Hargrove, die Schwester von Stephen FitzHugh.«

Er trat zur Seite, ließ sie herein und blieb an der Tür stehen.

Auch sie setzte sich nicht, obwohl er ihr den Sessel anbot, sondern baute sich lieber vor ihm auf wie ein Kriegsschiff, das schwere Geschütze in Stellung bringt.

»Mein Bruder Cormac hat im Londoner Büro meines Mannes angerufen und gesagt, dass Sie hier die letzten Todesfälle in unserer Familie noch einmal untersuchen. Seine Sekretärin hat die Nachricht an uns weitergeleitet. Ist das wahr? Oder hat sie das falsch verstanden?«

»Ich fürchte, es ist wahr«, sagte er ernst. »Aber das bedeutet nicht, dass Scotland Yard nicht bei allen drei Todesfällen zu den gleichen Ergebnissen wie bei der ersten Untersuchung kommen kann.«

»Ja, ich bin sogar sicher, dass dem so sein wird … aber dann ist es längst zu spät. Zu spät für uns, die Familie, meine ich. Die Presse wird uns niedermachen und ihre Dreckskampagnen gegen uns aufziehen, und erst danach, wenn Sie sich einigermaßen sicher sind, werden Sie sich bei uns entschuldigen und in den Zug nach London steigen, als ob nichts gewesen wäre! Es ist schon schlimm genug, Inspektor, dass man Leuten zulächeln muss, die genau wissen, dass sich zwei Mitglieder der eigenen Familie das Leben genommen haben. Aber wenn die Polizei erst Mordgerüchte in Umlauf setzt, ist unser Ruf vollends dahin. Im Herbst erwarte ich ein Kind. Es soll nicht in diese unglücklichen Umstände hineingeboren werden!«

Angesichts ihrer übertriebenen Heftigkeit verkniff er sich ein Lächeln und sagte: »Ich habe nichts von Mord gesagt. Weder Ihnen gegenüber noch Ihrem Halbbruder.«

»Warum, verflixt noch mal, warum sonst sollte sich Scotland Yard um diese Geschichte kümmern? Von irgendeiner Seite her muss es Anschuldigungen gegeben haben! Liegt es daran, dass Olivia berühmt war? Wollen Sie uns deshalb verleumden?« Nur mit Mühe kämpfte sie gegen die Zornestränen an.

Da Rutledge nicht sofort antwortete, wandte sie sich ab und blickte aus dem Fenster. »Ich wusste es, das ist der Grund. Ich sagte zu Daniel: es kann keinen anderen Grund geben! Warum musste Olivia auch so etwas … Egoistisches tun! Wenn sie allem ein Ende setzen wollte, warum musste sie dann gleich das ganze

Haus beschmutzen ... uns! Auch ich bin darin aufgewachsen, womit habe ich verdient, dass man all meine Erinnerungen, meine *Kindheit*, in etwas Fremdes, Leeres und Groteskes verwandelt? Wenn Sie so weitermachen, kriegen wir diesen Klotz am Bein nie mehr los!« Sie fuhr herum und sah ihm in die Augen. »Wie ich dieses Haus mittlerweile hasse! Ich will es endlich verkaufen, damit der neue Eigentümer ihm seine ganze Vergangenheit aus den Eingeweiden reisst, es braucht jemanden, der nicht weiß ... der sich einen Dreck darum schert, wer wir waren oder sind!« Sie schluckte, konnte ihre Tränen aber nicht länger zurückhalten.

Er zückte sein Taschentuch und bot es ihr an, doch sie nahm es nicht, sondern kramte in ihrer Handtasche nach ihrem eigenen. »Gerade habe ich meinen Bruder verloren«, sagte sie leise. »Und nun so etwas! Und da sagt mir der Arzt, ich soll mich nicht *aufregen?«*

»Wenn Sie nicht an Mord glauben, warum hassen Sie das Haus dann so?«, fragte er in dem hilflosen Versuch, sie auf andere Gedanken zu bringen. »Was hat es Ihnen denn getan ... was ist darin geschehen, das Sie so bedrückt?«

Sie machte eine abwehrende Handbewegung. »Es geht nicht darum, was darin geschehen ist, sondern was wir verloren haben. Rosamund ... meine Mutter ... war so liebevoll, mit ihrer Güte hat sie das ganze Haus erfüllt ... jeden Einzelnen von uns ... beschützt. Aber dann, als sie starb, änderte sich alles, alles war anders, ... ich weiß nicht. Dunkel, Furcht erregend, völlig durchdrungen von Olivias Besessenheit!«

»Wovon war sie besessen?«

»Wie soll ich das wissen? Olivia war eine Frau, die sich ganz in ihren Gedanken und Gefühlen einschloss. So bin ich nicht, ich zeige meine Gefühle, ich weine, ich lache. Sie war schweigsam. Ich habe ... ich konnte sie nicht verstehen. Für eine Frau ist es doch ... unnatürlich, ... so zu schreiben, wie sie es tat. Ich kann sie mir noch immer nicht als Dichterin vorstellen. Ich habe das Gefühl, dass alle irgendwie eine falsche Vorstellung von ihr haben!«

»Glauben Sie, Nicholas Cheney könnte die Gedichte geschrieben haben?«

Sie starrte ihn an. Die Tränen trockneten auf ihren Wimpern. »*Nicholas?* Ich … das ist mir noch nie in den Sinn gekommen … Glauben *Sie*, dass es Nicholas war?«

Abwägend sagte er: »Ich weiß nicht genug über Ihre Familie, um diese Möglichkeit in Betracht zu ziehen. Ich reagiere lediglich auf Ihre Aussagen bezüglich Olivia Marlowe.«

Die Anspannung wich aus ihrem Gesicht. »Oh.«

»Können Sie sagen, warum Olivia und Nicholas sich das Leben nahmen?«

Susannah schüttelte den Kopf. »Nächtelang lag ich wach, weil ich mich wieder und wieder fragte, warum sie, warum überhaupt jemand so etwas tut. Sie war zwar meine Schwester … Halbschwester … aber sie verriet mir nie auch nur ein Wort über ihre Gefühle. Ich kann nicht sagen, ob sie hoffnungslos war oder verzweifelt. Und Nicholas … das ist wie Verrat … einfach so zu verschwinden. Wie Mutter hat er mich verraten … tief im Inneren fürchte ich, dass auch sie sich umgebracht hat!«

In ihren Augen spiegelte sich große Angst. »Was stimmt denn nicht mit meiner Familie? Ich bin die Letzte, die noch lebt … abgesehen von Cormac. Bestimmt wird eines Tages auch mir etwas Schreckliches zustoßen.«

7

Rutledge bemühte sich, Susannah zu beruhigen. Er fragte, ob er Dr. Hawkins anrufen solle.

Susannah schüttelte den Kopf. »Nein, ich will keinen Arzt. Ich will Ruhe. Wenn Sie doch nur nach London zurückgingen und uns alle in Ruhe ließen, dann könnte ich endlich alles vergessen.«

»Sie sagten, Rosamund könne Selbstmord begangen haben. Meinen Sie das im übertragenen Sinn – dass sie sich so sehr ihrer Trauer überlassen hat, dass sie ihre Gesundheit völlig vernachlässigte? Oder meinten Sie, dass sie bewusst und überlegt Hand an sich gelegt hat?«

»Sie starb an einer Überdosis Laudanum. Dr. Penrith meinte, es sei ein Versehen gewesen … sie habe sich in der betreffenden Nacht bei den Tropfen verzählt. Ich fürchte allerdings, dass ihre Kraft sie verlassen hatte. Ihr Lachen. Ich fürchte, sie war zu schwach geworden, sich dem nächsten Tag, der nächsten Nacht zu stellen. Sie hatte Angst, noch einmal zu heiraten, obwohl es viele Männer gab, die sie wollten. Sie aber sagte, sie habe zum letzten Mal einen Mann beerdigt, sie würde es nie wieder tun, von ihrem Herzen sei nichts mehr übrig. Mr. Chambers hatte Ähnlichkeiten mit James Cheney. Er war stark und zuverlässig, ein guter Mann. Mir schien, dass sie ihn mochte. Und ganz sicher mochte er sie. Aber das reichte nicht.«

Susannah seufzte. »Ich will nicht mehr darüber reden! Daniel wartet unten. Er wird sich sehr aufregen, wenn er sieht, dass ich so aufgewühlt bin. Es ist nicht recht von mir, dass er sich jetzt solche Sorge machen muss.« Sie fragte, ob sie sein Waschbecken benutzen dürfe und wusch sich das Gesicht mit kaltem Wasser, während er zum Schrank im Flur ging und ihr ein Handtuch holte. Sie dankte ihm, warf einen prüfenden Blick in den Spiegel und sagte: »Würden Sie mich bitte die Treppe hinunter begleiten? Ich kann sie gut hinaufgehen, aber seit Stephen ... seitdem fühle ich mich beim Hinuntergehen unwohl. Ich will nicht fallen. Manchmal träume ich sogar davon. Mit einem Fuß rutsche ich ab ... das Gewicht des Babys ...« Sie zitterte.

»Bei seinem Sturz standen alle vor dem Haus?«

»Ja, wir waren ungeduldig, trieben ihn zur Eile, ohne an seinen Fuß zu denken. Ich weiß noch, wie ich zu Rachel sagte, Stephen könne manchmal so ermüdend sein. Der ganze Aufwand wegen der paar alten Bücher, die er suchte. Als könne er nicht jederzeit wiederkommen und sie holen! Dann ging Cormac ins Haus und rief im selben Moment, wir sollten kommen, aber da war es schon zu spät. Mir war so elend, dass ich nur noch dachte, bitte keine Fehlgeburt!«

Er begleitete sie hinunter. Als müsse sie das Leben selbst festhalten, krallte sie sich an ihm fest. Aber sobald sie den Flur vor der Wirtsstube erreicht hatten, strich sie erleichtert ihren Rock glatt und schritt absolut selbstsicher durch die Tür, hinter der ihr Ehemann auf sie wartete.

Daniel, der offenbar seine eigenen Ansichten über Rutledges Aufenthalt in Borcombe hatte, deutete an, dass die Regierung Olivias kulturelle Bedeutung bei Lebzeiten nicht beachtet habe und dafür jetzt umso eifriger und besorgter tue.

»Das ist ein schmutziges Geschäft, Inspektor, eine Familie für einen politischen Achtungserfolg zu zerstören!«

Rutledge ließ ihm seine Meinung. Dann fuhr das Paar in einem neu aussehenden Automobil davon, nachdem sie etwas von Freunden gemurmelt hatten, die im Nachbarort mit dem Essen auf sie warteten. Susannah warf ihm noch einen flehentlichen Blick zu, bevor sie sich wieder ihrem Mann zuwandte.

Rutledge konnte bis spät in die Nacht nicht in den Schlaf finden. Schließlich stand er auf, kleidete sich an und verließ, die Taschen mit Kerzen und Streichhölzern aus seinem Zimmer voll gestopft, den Gasthof. Im schwachen Mondschein schlenderte er über die leeren Gassen. Nicht ein Hund bellte. Dafür begrüßte ihn, als er in das dunkle Wäldchen trat, eine Eule mit ihrem Ruf. Vorboten des Todes wurden sie zwar genannt, aber seltsamerweise hatten sie Rutledge mit ihrem einsamen Gesang stets getröstet.

Im Trevelyan-Haus brannte kein Licht. Nichts wies darauf hin, dass Cormac sich darin aufhielt. Rutledge war so sehr mit anderen Dingen beschäftigt gewesen, dass er an diese Möglichkeit gar nicht mehr gedacht hatte. Aber als er aufschloss und die Klinke herabdrückte, sagte ihm sein Gefühl, dass das Haus leer war. Er trat ein, schloss die Tür hinter sich und kramte Kerze und Streichhölzer hervor. Das Aufflammen erschreckte ihn ... im Schützengraben hätte es sicher auf der Stelle die Kugel eines Heckenschützen auf sich gezogen. Um ein Haar ließ er das Streichholz fallen. Hamish wartete missliebig grummelnd, bis er die Kerze angezündet hatte, und sagte dann: »Versuch's in der Bibliothek statt im Arbeitszimmer. Im Arbeitszimmer hat sie sie nicht gelassen.« Dennoch bewegte Rutledge sich aufs Arbeitszimmer zu. Langsam, jedes unnötige Geräusch vermeidend, ging er Stufe um Stufe hinauf. Auf der Galerie glaubte er, hinter sich ein Flüstern vernommen zu haben. Er hielt inne. Aber es war nur das Meer. Trotzdem schauderte es ihn. Er dachte an Rachel und ihre Geister. *Wer hatte dieses Haus verhext?*

Er öffnete die Tür zum Arbeitszimmer und staunte über den Mond, der hell durch die Fenster schien. Hier oben hatte niemand die Vorhänge geschlossen. Er rechnete zurück. Ja, auch jene Samstagnacht war eine Vollmondnacht gewesen. Vielleicht waren Olivia und Nicholas bei diesem Licht gestorben, das den Fußboden in einen See aus Silber tauchte.

Hamishs ungestüme Wortkaskaden legten sich zwar über den Klang der Wellen, die gegen den Fuß der Landzunge brandeten, doch wirkte das Rauschen beruhigend auf Rutledge. Als schrumpften alle Sorgen und Nöte der Menschen angesichts der schier unendlichen Weiten des Meeres auf ein Minimum.

Wer war zuerst gestorben? Erneut stellte er sich diese Frage. Im schwachen Kerzenschein betrachtete er das Sofa. Der Mann oder die Frau? Mörder oder Opfer? Oder waren sie beide ... Opfer gewesen?

Er musterte die Bücher, die im Regal neben der Schreibmaschine standen. Ob sie noch vollzählig waren?

Die Kerze flackerte im Luftzug seines Atems. Da, auf einem schmalen, dunkelblauen Einband prangten die goldenen Buchstaben: *Englisches Requiem*. Rutledge nahm ihn heraus und setzte seine Suche fort. Ganz am Rande des Regals, in der dunkelsten Ecke, entdeckte er ein Buch, dessen Titel ein silberfarbener Schriftzug auf scharlach- (… er dachte: blut-) rotem Grund verriet: *Luzifer*. Einst war es in London das Buch der Saison gewesen. Seine Schwester Frances hatte ihm davon erzählt, und die durfte man getrost eine Expertin für alle *en vogue*-Phänomene der feinen Gesellschaft nennen.

Danach stieß er auf *Licht und Finsternis, Der Duft der Veilchen* und, gerade als er die Suche aufgeben wollte, auf *Schatten*.

Heißes Wachs tropfte von der Kerze auf seine Hand. Er fluchte und stand auf. Plötzlich berührte ihn etwas, während sich im Zimmer der Duft von Sandelholz und Rosen verbreitete. Rutledge stand stocksteif da. Doch dann sah er ihn auf dem Boden liegen, den Seidenschal, mit dem Olivia ihre Schreibmaschine abgedeckt hatte. Durch seine Bewegung war er vom kalten Metall heruntergeweht und hatte dabei seinen Arm gestreift.

Er lachte darüber, wie schreckhaft er war … er, der in Frankreich so viel durchgemacht hatte … legte den Schal vorsichtig an seinen Platz zurück, verließ das Zimmer und schloss die Tür hinter sich.

Auf der Galerie war es still und einsam, in der Eingangshalle ebenfalls. Trotzdem gab es hier etwas, das Hamish dazu veranlasste, erneut sein Geplapper anzustimmen.

Rutledge ignorierte ihn, blies die Kerze aus und trat hinaus in die fahle Mondnacht.

Dort stand jemand auf der Auffahrt und sah ihn schweigend an. Hamish stieß einen lauten Warnruf aus.

Rutledge fasste sich ein Herz und rief: »Wer sind Sie?«

Das Herz klopfte ihm bis zum Hals.

»Ach Sie sind es, Inspektor«, sagte der Pfarrer.

»Was zum Teufel …?«

Mr. Smedley ließ die Decke sinken, die er sich um seinen Pyjama gewickelt hatte, und sagte: »Ich habe Licht im Haus gesehen und bin sofort hergeeilt. Ich musste wissen, wer oder was hier sein Unwesen treibt! Waren Sie das? Oder sind Sie aus dem gleichen Grund hergekommen? Jemand sagte mir, Mr. FitzHugh habe sich entschlossen, doch nicht hier zu übernachten, und deshalb konnte ich mir nicht erklären, woher das Licht kam!«

»Ich habe ein paar Bücher geholt«, sagte Rutledge, wobei er den entschuldigenden Ton in seiner Stimme nicht vermeiden konnte. »Ich dachte, sie helfen mir vielleicht, die Dichterin zu verstehen.«

»Ach so, die Gedichte.« Er seufzte. »Warum begleiten Sie mich nicht ins Pfarrhaus, dort können wir uns wie schuldlose Christen bei Licht unterhalten.«

Rutledge lachte, schloss die Tür und folgte ihm die Auffahrt hinab. »Sie sind ein mutiger Mann, dass Sie sich so auf Leute stürzen, die in ein leer stehendes Haus eindringen«, sagte er, als er ihn eingeholt hatte.

»Pah!«, antwortete Smedley. »Mir macht nichts Menschliches Angst! In meinem Beruf sieht man das Antlitz des Bösen genauso oft wie in Ihrem. Aber Sie werden bemerkt haben, dass ich das Haus nicht betreten habe und nicht unbewaffnet gekommen bin.« Mit diesen Worten zog er ein schweres Schüreisen aus der gefalteten Decke, das im blassen Mondschein dunkel glänzte.

»Was ist nur aus ›So halte ihm auch die andere Wange hin‹ geworden?«, fragte Rutledge amüsiert.

Smedley lachte. »Das hat zwar alles seinen Sinn, aber ich glaube nicht, dass der Herr damit meint, man solle auch Verbrechern die andere Wange hinhalten. Immerhin hat Sein ureigener Sohn die Geldverleiher aus dem Tempel gejagt.«

»Sie gingen also davon aus, dass sich Verbrecher im Haus aufhalten?«

»Zumindest habe ich nicht vermutet, dass Scotland Yard auf dem Grundstück herumschleicht. In dem Haus befinden sich noch eine ganze Reihe Wertsachen, wissen Sie, und hier in der Gegend treiben sich eine Menge Landstreicher und Taugenichtse herum. Die ärmsten unter ihnen finden keine Arbeit und sind zu stolz zum Betteln. Die Gemeinde hat alles in ihrer Macht Stehende getan. Ich glaube nicht, dass ich jemanden verdammen würde, der so verzweifelt ist, dass er zum Dieb wird, um seine Familie zu ernähren. Nicht, dass ich ihm ohne weiteres vergeben würde, verstehen Sie, aber bevor ich ihn verurteilte, müsste ich seine Beweggründe kennen.«

»Sie besitzen viel christliche Nächstenliebe.«

»Na ja, schließlich bin ich der Kirche nicht beigetreten, um meine Taschen zu füllen, sondern weil es mir ein zutiefst seelisches Bedürfnis war.«

»Und ist es gestillt worden?«

»O ja, das ist es. Obwohl ich zugebe, dass auch meine Skepsis eher größer als kleiner geworden ist. Eine Antwort wirft hundert neue Fragen auf. Aber wenn ich Sie jetzt bitten dürfte zu schweigen. Die alte Mrs. Treleth hat einen kleinen Hund. Es bereitet ihm die größte Freude, beim geringsten Anlass die gesamte Nachbarschaft wachzukläffen.«

Schweigend gingen sie den Weg zur Hauptstraße hinab und dann zur Kirche. Mrs. Treleths Hund schlummerte friedlich weiter.

An der Pforte des Pfarrhauses sagte Rutledge: »Ich habe Sie schon genug um den Schlaf gebracht, ich gehe weiter zum Gasthof.«

»Sie haben Recht, ich bin hellwach, und das können Sie nur wettmachen, indem Sie mir Gesellschaft leisten!«, sagte Smedley freundlich. »Seien Sie leise, es wäre unser aller Unglück, die Haushälterin aufzuwecken. Sie ist noch schlimmer als das Hündchen. Verzeih mir, oh Herr!«

Auf Zehenspitzen schlichen sie in seinen Arbeitsraum. Der Pfarrer schlang die Decke um sich und sagte: »Da ich nicht in Amtskleidung bin, können wir bedenkenlos eine kleine ... sagen wir Stärkung zu uns nehmen. Dürfte ich, ein Mann aus Devon, Ihnen ein Glas unseres besten Cidres anbieten?« Seine Augen leuchteten.

Rutledge sagte geradeheraus: »Es wäre mir eine Freude.«

Devon-Cidre konnte einen umhauen wie eine Herde Armeepferde. Täuschend lieblich rann er die Kehle herab und entfachte nur allmählich ein Feuer, das erst den Magen wärmte, um dann schlagartig zu Kopfe zu steigen. In der Normandie hatte er einmal einen Calvados mit ähnlicher Wirkung vorgesetzt bekommen und überlegte, ob einst ein und derselbe Mönch beide Getränke erfunden hatte.

In der Zwischenzeit kam Smedley mit zwei Gläsern und einem gekühlten Krug zurück. Er platzierte sie auf dem Tisch zwischen Rutledges und seinem Sessel und sagte: »Sie können Ihre Bücher ruhig ablegen. Ich werde Ihnen kein schlechtes Gewissen suggerieren. Um die Wahrheit zu sagen, besitze ich selber eine Ausgabe. Ihr nächtlicher Raubzug wäre nicht nötig gewesen.«

»Ja, aber dann hätte ich Sie um sie bitten müssen«, antwortete Rutledge lächelnd, »und das wollte ich nicht tun, um nicht noch mehr Aufmerksamkeit auf meine Ermittlungen zu lenken.«

»Demnach handelt es sich jetzt um Ermittlungen?«

»Nein«, sagte Rutledge knapp. »Ich erwäge … noch immer alle Möglichkeiten.«

Smedley lachte leise, da er merkte, dass er einen wunden Punkt bei Rutledge getroffen hatte, und reichte ihm sein Glas. Dann wurde er wieder ernst. Während er sich in seine Decke schmiegte, sagte er: »Nun, ich habe keine Antworten für Sie. Wenn Sie die Ihrigen gefunden haben, müssen Sie sie mit Ihrem Gewissen vereinbaren.«

»Wie meinen Sie das?«

Smedley zuckte die Achseln. »Jeder muss selbst entscheiden, was er mit dem Wissen, das er im Laufe seines Lebens anhäuft, anfängt. In meinem Beruf, und ganz sicher auch in Ihrem, muss man unliebsame Entscheidungen treffen. Warum wollten Sie plötzlich die Bücher haben?«

»Weil ich, als ich nach Cornwall fuhr, noch nicht wusste, dass eines der Opfer O. A. Manning war. Ich wusste lediglich, dass eine Frau namens Olivia Marlowe gestorben war. Inzwischen glaube ich, dass die Gedichte eine wichtige Rolle in ihrem Leben und vielleicht auch für ihren Tod gespielt haben. Ich möchte beide Frauen … wenn man so sagen kann … möglichst vollständig begreifen.«

»Haben Sie sie früher schon gelesen? Ihre Gedichte?«

»Ja. An der Front las ich *Der Duft der Veilchen*. Meine Schwester hatte mir den Band geschickt. Auf gewisse Weise machte es mir Angst, dass da ein Fremder die Dinge sah und fühlte, die mich quälten und die ich mich in meinen Briefen nicht zu schreiben getraute.« Im Übrigen hätte er Jean oder seiner Schwester den Albtraum Krieg in Worten gar nicht vermitteln können, auch wenn er es gewollt hätte. Seine Briefe waren oberflächlich, sie reihten eine Liste der Leiden aneinander, ohne ihren Ursprung zu berühren. Aber er wusste, dass Frances ihn auch so verstanden hatte.

Jean hingegen hatte seine Lügen vorgezogen …

»Und *Englisches Requiem*? Haben Sie die gelesen?«

»Die Gedichte gehen offenbar jedem zu Herzen. Wieso verstand Olivia Marlowe, mit Verlaub, die Jungfer der Gemeinde, so viel von der Liebe?«

»Eine Frage, die ich mir selbst immer wieder gestellt habe. Cormac war der einzige Mann außerhalb der Familie, den sie häufiger traf. Ich weiss, dass Stephen behauptete, sie habe ihre geschwisterliche Zuneigung für ihn auf die Liebe zwischen Mann und Frau übertragen. Dem mag so sein … denn wenn überhaupt jemand, dann war sie zu einem solchen Sprung fähig. Und Stephen war die Art Kind – die Art *Mann* –, die jeder gern haben muss. Ich vergab ihm Sünden, für die ich andere Burschen übers Knie legte. Ich sagte mir: Er hat keinen Vater mehr, er ist jung, er meint es nicht böse. Ich liebte den Jungen wie einen eigenen Sohn, für seine Güte und die Warmherzigkeit, die er allen zuteil werden ließ. Er war Rosamund sehr ähnlich. Ich weiß um meine diesbezügliche Schwäche.« Er runzelte die Stirn. »Vielleicht war sie es, die Olivia in ihm sah. Rosamund.«

Schweigend saß er da und nahm einen Schluck aus seinem Glas. Sie lauschten auf die Geräusche des Hauses. Ein Knistern, ein Atmen, ein Flüstern. Angenehme Geräusche. Dann sagte Smedley: »Und ihre letzte Arbeit, die *Luzifer* – Gedichte? Haben Sie die gelesen?«

»Noch nicht.« Als sie letztes Jahr erschienen waren, hatte er im Krankenhaus gelegen.

»Sie sind eine hochinteressante Studie über das Böse. Olivia verstand das Thema so gut wie sie die Liebe, den Krieg und die Schönheit des Lebens begriffen hatte. Als Pfarrer fand ich es … verstörend. Wie konnte sie die dunkle Seite des Menschen so viel besser verstehen als ich? Wieso glaubte sie, dass Gott das Böse toleriert, weil es zu Seiner unendlichen Weisheit gehört? Dass es Menschen gibt, die in keiner Weise zum Guten fähig sind? Die Verlorenen, die Verdammten, die Söhne Satans, wie immer sie sie nannte, seien unter uns, sagte sie. Für sie gebe es keine Erlösung, weil sie nicht in der Lage seien, den Sinn des Guten zu erkennen. Wie konnte sie glauben, dass diese Fähigkeit nicht dem Ton beigemischt ist, aus dem Gott uns alle formte?«

Rutledge dachte an die Fälle, an denen er vor dem Krieg gearbeitet hatte. Und an Akte mutwilliger Grausamkeit, die er in Frankreich mitangesehen hatte. Er glaubte an das Böse, und an die Fähigkeit des Menschen, böse zu sein. In einem gewissen Sinn lohnte sich das Böse. Er war nicht so sicher wie Smedley, dass jeder Mensch die Fähigkeit zum Guten in sich trug.

Smedley leerte sein Glas. »Mir gefällt die Vorstellung nicht, dass Olivia Marlowe so einen bösen Menschen, wie sie ihn beschreibt, kannte. *Wirklich* kannte. Mir gefällt die Vorstellung nicht, dass ich ihm auf den Straßen Borcombes, auf einem Feldweg, oder am Markttag in einem der umliegenden Dörfer begegnet sein könnte. Das bereitet mir Kopfzerbrechen.«

Auch Rutledge leerte sein Glas. Er merkte, wie es in seinem Kopf allmählich zu rumoren begann. Eigentlich vertrug er viel Alkohol, aber Cidre wirkte bei ihm immer wie ein Schlag ins Gesicht, vor allem auf nüchternen Magen und wenn er dazu noch müde und verwirrt war. »Sie glauben demnach nicht, dass Olivia selbst des Bösen fähig war?«

Smedley starrte ihn an. »Sie führen sicher ein trostloseres und verzweifelteres Leben in London, als die meisten von uns es sich überhaupt vorstellen können«, sagte er. »Wie können Sie so etwas fragen! Ich antworte Ihnen nicht direkt, sondern rate Ihnen: Lesen Sie ihre Gedichte. Dann können sie selbst entscheiden.«

Er stand auf und zog die Decke über seine breiten Schultern. »Ich denke, ich kann jetzt schlafen«, fügte er hinzu, »und es würde mich überraschen, wenn es bei Ihnen anders wäre. Schauen Sie heute Nacht nicht mehr in die Bücher. Über meinen Rat werden Sie noch froh sein, glauben Sie mir.«

Rutledge nahm seinen Rat und die Bücher mit auf den Weg, ging zu Bett und schlief fast augenblicklich ein. Bevor er ganz einschlief, fragte er sich noch, wie schwer die Kopfschmerzen beim Aufwachen sein würden …

Sehr schwer. Aber ob der Cidre oder der Schlafmangel für das Pochen in seinen Schläfen verantwortlich war, konnte er nicht entscheiden. Das Frühstück und einige Tassen tief schwarzen Kaffees verschafften ihm eine erste Linderung. Es war Sonntagmorgen. Ein Blick hinaus sagte ihm, dass das Dörfchen Borcombe entweder auf dem Weg zur Messe war oder einem geruhsamen Tag entgegensah.

Schlagartig waren Rutledge alle Morde und Gedichte, überhaupt der ganze Auftrag egal.

Er sandte einen Laufburschen zu Rachel Ashford. Obwohl er selbst nicht wusste, wo sie wohnte, vertraute er dem dörflichen Informationsdienst, der rascher und gründlicher zu arbeiten schien als der der Alliierten während des Krieges. Prompt wusste der Junge natürlich, wo sie sich aufhielt und trabte los, nachdem die Münze, die Rutledge ihm zugesteckt hatte, in seiner Tasche verschwunden war.

Zehn Minuten später kam er mit der Antwort zurück und kassierte die dritte Münze dieses Morgens. Zwei vom Gentleman aus London und eine von der Lady.

Rutledge riss den Umschlag auf und las die wenigen Zeilen, die sie unter seine hingekritzelte Bitte geschrieben hatte:

»Aber gerne gehe ich mit Ihnen segeln. Ich komme in zwanzig Minuten. Fragen Sie den Wirt, ob wir sein Boot bekommen. Ich weiß, wo es festgemacht ist.«

Also suchte er den Wirt und erhielt von ihm die Erlaubnis, die *Saucy Belle* für eine Ausfahrt mit Mrs. Ashford zu nutzen. Obwohl er seit seiner Einberufung nicht mehr gesegelt war, vertraute er seiner Erfahrung und … richtigerweise … darauf, dass Rachel es noch besser verstünde.

In wetterfesten Schuhen und einer Hose, die wegen ihres überdimensionalen Gürtels wie eine Männerhose aussah, erschien sie im Gasthof. Als er sie musterte, lächelte sie, verriet aber nicht, ob die Sachen Peter gehört hatten oder jemand anders sie ihr geliehen hatte.

Sie gingen die Straße zum Meer hinab, wo sie von ferne die wenigen Boote an der Anlegestelle sahen. Rutledge trug einen Korb: eine Aufmerksamkeit des Three Bells nach einem ordentlichen Schmiergeld für den Koch. Rachel sagte: »Sie planen sorgfältiger als ich. Ich habe mich so über die Einladung zur Segeltour gefreut, dass ich die Verpflegung völlig vergessen habe. Oder ist das typisch Mann? Auch Peter war bei der Nahrungsbeschaffung bemerkenswert gut; er behauptete immer, er habe das von klein auf gelernt.«

Rutledge lachte. »In der Schule hatte er ständig Hunger. Niemand schnorrte erfolgreicher als er. Seine Mutter schickte ihm großzügige Pakete voll mit Konserven, Kuchen und Keksen. Davon hielt das schottische Shortbread am längsten. Ich weiß noch, wie es manchmal in seiner Truhe den Geruch von Wollsocken annahm, aber das war uns egal. Als wir auch das verputzt hatten, waren wir so lange verzweifelt, bis er irgendeinen anderen Jungen überredete, seine geheimen Rationen mit uns zu teilen.«

Sie erreichten den kleinen Kieselstrand, auf dem die Boote knapp oberhalb der Flutlinie auf dem Kopf lagen. »Das ist die *Belle*«, sagte sie und zeigte auf ein kleines rotes Segelboot, das aussah, als habe es einen frischen Anstrich und, mehr noch, eine gründliche Abdichtung bitter nötig.

Rutledge beäugte es argwöhnisch. »Können Sie mir versichern, dass es nicht unter uns wegsinkt?«

»Aber ja«, versicherte sie, »es ist stabil. Nur wurde es diesen Sommer nicht oft benutzt. Sein Sohn Fred ist von der Marine nicht zurückgekommen. Ein Torpedo im Nordatlantik. Bei den Fischern läuft's eh nicht gut. Wirtschaftlich sieht es in Cornwall düster aus. Alles jammert.«

Das taten auch die hoffnungsfrohen Möwen zu ihren Köpfen. Sie schwebten weiterhin über Rachel und Rutledge, als sie die *Belle* ins Wasser zogen und hineinkletterten. Rachel beobachtete ihn kritisch.

Er grinste sie an. »Sie trauen mir nicht, ich sehe es Ihnen an.«

»Das ist keine Sache des Vertrauens, sondern des Selbstschutzes. Aber falls Sie blutiger Anfänger sind und uns ins Unglück stürzen, kann ich ja noch über Bord springen.«

Aber er wusste, was er tat, und lenkte das Boot sicher hinaus aufs offene Meer. Das Meer war ruhig an diesem Morgen. Nur weiter draußen, dort, wo die Schaumkronen fröhlich tanzten, wurde es von der Brise aufgewühlt, aber in Strandnähe fiel es ihm leicht, am Trevelyan-Haus vorbei die Landzunge zu umrunden, um dann erneut den Strand anzusteuern, wo sie ins seichte Wasser sprangen und das Boot an Land zogen.

Rachel sah ihn an. Sie strahlte, und er wusste nicht, warum, bis sie sagte: »Das habe ich seit Ewigkeiten nicht mehr getan! Es war herrlich, wieder auf dem Wasser zu sein. Peter war eine Landratte und konnte Bug von Heck nicht unterscheiden. Nur Nicholas liebte das Segeln. Bei Wind und Wetter wollte er hinaus, wollte spüren, wie die Wellen das Boot schaukeln ließen und die Brise in sein Gesicht wehte. Als man ihn einzog, wollte er unbedingt zur Marine, aber die lehnten ihn ab … wegen Unerfahrenheit, sagten sie! Nur deshalb kam er nach Flandern, in den Schlamm … und die Gasangriffe.« Ihr Lächeln war verschwunden, und als Rutledge das Boot an einer Klippe vertäute, griff sie nach dem Korb.

»Erzählen Sie mir etwas über Susannah Hargrove, Ihre Cousine.«

Sie richtete sich mit dem Korb in der Hand auf und sah ihn an.

»Deshalb sind Sie mit mir hergefahren?«, fragte sie ruhig. »Sie wollen mein Gedächtnis durchforsten und dann entscheiden, ob Sie morgen nach London zurückfahren, nicht wahr?«

»Nein«, antwortete er. »Sie haben angefangen, von der Familie zu reden, nicht ich. Susannah hat mich gestern aufgesucht. Daher meine Frage.«

Sie wandte sich von ihm ab, stellte den Korb auf die Erde und stieg den flach ansteigenden Hügel hinauf, der vom Strand zur Wiese führte. Er folgte ihr. Oben angelangt, blickte sie hinüber in den Garten des Hauses. »Sie ist Stephen sehr ähnlich. Allerdings ist sie sozusagen die unscheinbarere Ausgabe – weniger hübsch, weniger charmant, weniger lebhaft und weniger … beliebt. Ich glaube, Rosamund liebte ihn am meisten von allen. Sie hoffte, durch ihn weiterleben zu können. In ihm erkannte sie sich selbst wieder, wie sie als hoffnungsvolle junge Frau gewesen war. Vielleicht erinnerte er sie auch an Richard. Ich habe mir über diese Zusammenhänge viele Gedanken gemacht: sie liebte Olivia, weil sie George in ihr sah, und Nicholas, weil er ... weil er seinem Vater so ähnelte. Äußerlich, meine ich. Seinem Wesen nach war Nicholas Rosamund ähnlicher. Rosamund zeigte niemals offen, wen sie bevorzugte, aber tief in ihr ... wer weiß?«

»Erzählen Sie mir von ihren Ehemännern.«

»George war ein wunderbarer Mann, aufregend, sehr männlich. James hatte sehr viel Stil, war abgründig, intelligent und humorvoll. Brian FitzHugh brachte ihr so viel Liebe entgegen, dass sie im Grunde nicht anders konnte, als sie zu erwidern. Aber er war schwächer als seine Vorgänger.« Sie drehte sich zu ihm um. Ihre Anspannung stand ihr ins Gesicht geschrieben. »Beantwortet das Ihre Frage?«

»Susannah erwähnte einen Mr. Chambers, der in Rosamund verliebt gewesen sein soll und sie angeblich heiraten wollte.«

»Ach ja, Tom Chambers, beinahe hätte die Geschichte mit ihm funktioniert. Er hätte sie bestimmt aus ihrer Einsamkeit befreien können. Aber schon zu viele Männer, die sie geliebt hatte, waren gestorben. Sie bekam allmählich das Gefühl, es läge an ihr. Sie fühlte sich *schuldig*. Natürlich hat sie uns das nicht so deutlich gesagt ... aber wir haben es uns Stück für Stück zusammengereimt. Deshalb wäre Mr. Chambers wichtig gewesen. Eine neue Liebe, ein neuer Vertrag mit dem Leben ... bald wäre sie wieder glücklich geworden! Doch dann nahm sie eines Nachts zu viel Laudanum und starb.«

»Susannah befürchtet, ihre Mutter könne sich absichtlich das Leben genommen haben.«

Rachel war überrascht. »So? Susannah hat weder mir noch jemand anderem je davon erzählt, soweit ich weiß. Sind Sie ganz sicher? Ich meine, kann man das nicht auf die überängstlichen Fantasien einer schwangeren Frau zurückführen?«

»Sie war ziemlich verwirrt. Wenn ihre Fantasie weiterhin so mit ihr durchgeht, wird ihr das vor ihrer Entbindung noch schaden. Aber meinem Ermessen nach fürchtet sie tatsächlich, dass es wahr ist. Nur, warum?«

Rachel schüttelte den Kopf »Rosamund war zu lebenslustig, um sich umzubringen. Es fällt mir schwer, das zu glauben.«

»Sie sagten selbst, dass sie Depressionen hatte ...«

»Ja, aber haben wir die nicht alle von Zeit zu Zeit? Jeder macht Phasen durch, in dem es ihm viel schwerer erscheint, weiterzumachen statt aufzugeben. Hatten Sie nie das Gefühl, dass der Tod ein Freund ist, dem man sich leichten Herzens anvertrauen könnte?«

Hamish antwortete für ihn: »Als Freund ist er nicht gekommen! Ich wäre gern am Leben geblieben, wenn man mich nur gelassen hätte!«

Rutledge wandte sich von ihr ab, aus Furcht, sie könnte Hamishs Sätze an seinen Augen ablesen. »Wir sprachen über Rosamund ...«, sagte er schwach.

»Nein«, entgegnete sie fest. »Rosamund hat sich nicht umgebracht! Das hätte Nicholas gewusst! Er hätte es mir erzählt!«

8

Ohne Rutledges Reaktion abzuwarten, fügte Rachel mit gespielter Leichtigkeit hinzu: »Macht es Ihnen etwas aus, wenn ich – da wir nun mal hier sind – nachsehe, ob Wilkins wie abgemacht die Blumen auf der Terrasse gegossen hat? Er vergisst sie manchmal …« Damit ließ sie ihn stehen und ging zum Haus, nicht ohne ihm mit einem missmutigen Blick zu bedeuten, dass sie allein sein wollte. Sie brauchte Zeit für sich. Sie wollte etwas retten von dem, was der strahlende Morgen zunächst versprochen hatte.

Überhaupt hatte sie bisher zu wenig Gelegenheit gehabt, sich ungestört ihrer Trauer hingeben zu können. Der Gedanke, dass auch Rosamund sich das Leben genommen hatte, war zu viel. Nicht diese Frau, die so heiter, so stark gewesen war. Nicht sie, das Vorbild ihrer, Rachels, Kindheit. Unmöglich … ein Widerspruch in sich! Allerdings hatte sie auch Nicholas' Entscheidung, diesen endgültigen Schritt zu tun, nicht nachvollziehen können. Was hatte ihn nur gequält?

Schließlich hatte sie Scotland Yard hinzugezogen, weil sie all die Zweifel, die an ihr nagten, nicht länger ertrug. Aber der Mann aus London machte alles nur noch schlimmer. Redete von Mord. Stellte gar die Frau, die das Herz, die der Mittelpunkt von allem gewesen war, in Frage …

In ihrer Verzweiflung hatte sie sich an Henry Ashford gewandt. Aber dann schickten sie diesen Mann, dem Nicholas gleichgültig war, der nichts für Rosamund und Olivia empfand.

Er ging nicht auf sie ein. Viel zu sehr beschäftigten ihn seine eigenen Vorstellungen. Das hätte sie nicht erwartet. Sie merkte, wie sie Rutledge *hasste*, wie sie ihm Vorwürfe machte. Er konnte auch nichts dafür, natürlich wusste sie das, aber sie konnte sich das sagen, so oft sie wollte, tief in ihrem Innern spürte sie das Verlangen, ihn zu verletzen, wie er sie verletzt hatte. *Denn er hatte* den Keim des Verdachts gesät. Und dieser Keim wuchs in ihr. Unaufhaltsam.

Hamish tadelte ihn dafür, Rachel aus der Fassung gebracht zu haben. Rutledge aber war froh, dadurch selbst etwas Raum zum Nachdenken gewonnen zu haben. Er ging über den Rasen zur Klippe. Sein Kopf schwirrte ihm von diesem Fall, der kein Fall war. Und wegen Rachel. Sie hatte Nicholas Cheney geliebt, ob sie sich das nun eingestand oder nicht. Der Wind blies ihm ins Gesicht, brachte sein Haar in Unordnung und ließ seine Hosenbeine flattern. Unter ihm warfen sich die Wellen in stetem Rhythmus gegen die Felsen. Weiter draußen glitt ein Fischerboot übers Wasser. Ein Schwarm Möwen kreiste um den Mast. Er konnte leise ihre Rufe vernehmen.

Er sah zurück zum Haus. Die Stufen aus italienischem Marmor führten von der Wiese hinauf zum farbenfrohen Garten, von dem wiederum eine Treppe zur Terrasse führte, die die beiden Flügel des Gebäudes voneinander trennte. Auf der Terrasse stand Rachel und ging zwischen den großen, steinernen Blumenkübeln umher, über deren Ränder bunte Blüten und wilder Wein quollen wie aus einem überreichen Bouquet. Ein friedlicher Anblick, nicht großartig, aber schön.

Sein Blick wanderte zum Dorf jenseits des Wäldchens. Von seinem Standpunkt aus konnte er den Kirchturm und den oberen Teil des Pfarrhauses sehen. Im Licht der Sonne nahmen sich seine Fenster wie dunkelblaue Vierecke aus.

Warum war der Pfarrer zu so später Stunde noch wach gewesen? Warum hatte er aus dem Fenster gesehen? Konnte man von dort aus tatsächlich das Trevelyan-Haus sehen bzw., was noch unwahrscheinlicher war, den Schein einer Kerze im Arbeitszimmer? Irgendetwas hatte den Mann veranlasst, in aller Eile sein Haus zu verlassen und durch den dunklen Wald zum Haus zu laufen. Er hatte sich nicht einmal die Zeit genommen, sich eine Hose oder einen Mantel überzustreifen. In eine Decke gehüllt, mit einem schweren Schüreisen bewaffnet, war er losgezogen.

Rutledge erklomm die Klippen noch weiter nach oben. Von hier aus sah man in der Ferne eine Wiese, vielleicht war das der frühere Obstgarten. Dort mochten die Bäume gestanden haben, bevor sie gefällt und ihre Stümpfe und Wurzeln dem Gras überlassen worden waren, das sie nach und nach überwucherte.

Ja, jetzt entdeckte er auch eine fast unsichtbare Spur: das Fundament der alten Gartenmauer. Dort also war Olivias Zwillingsschwester gestorben, an einem Ort, der weder vom Haus, noch den Ställen oder den anderen Gärten aus einsehbar war, hinter einer mit Efeu bewachsenen Wand aus Ziegelstein.

Hamish versuchte beharrlich ihn auf etwas aufmerksam zu machen, und so blickte er schließlich auf den Boden zu seinen Füßen, wo ein verkohlter Fleck Erde anzudeuten schien, dass jemand an dieser Stelle etwas verbrannt hatte. Und zwar nicht erst vor kurzem – jedenfalls nicht in den letzten Wochen, denn zwischen den versengten Grashalmen waren bereits frische grüne nachgewachsen. Die Asche war fein und gleichmäßig verteilt. Er fand keinen Holzscheit oder Reste von etwas anderem, mit dem man ein Feuer hätte entfachen können. Rutledge scharrte mit einem Schuh in der Asche. Wahrscheinlich hatten hier Papier oder alte Stofffetzen an Stelle von Holz als Brennstoff gedient. Was immer es gewesen war, es war restlos verbrannt. Oder jemand hatte das, was nicht verbrannt war, mit sich fortgenommen.

Er kniete sich hin, fuhr mit den Fingern durchs Gras und entdeckte etwas, das sich in einem der Büschel am Rand der kreisrunden Stelle verfangen hatte: ein Stück verblichenes Band, blau oder blassgrün – die ursprüngliche Farbe ließ sich nach der langen Zeit, in der es Wind und Wetter ausgesetzt gewesen war, nicht mehr eindeutig bestimmen. Dann stießen seine Finger auf etwas Härteres, das sich bei näherer Betrachtung als kleines, stabiles Stück Leder erwies, wie von einem Gürtelende. Er suchte weiter und entdeckte ein silbernes Dreieck aus Metall, auf dem man, obschon es vom Feuer geschwärzt war, eine fein ziselierte keltische Gravur erkennen konnte. Woher stammte es? Von einem Bilderrahmen? Einem Buch? Einem Medaillon? Seltsam, so etwas verbrennen zu wollen!

Rutledge, der noch immer im Gras hockte, stellte fest, dass man von hier gerade noch den Giebel des Trevelyan-Hauses, außer den Kirchturmzinnen aber vom Dorf nichts sah.

Zur anderen Seite nur Felder, Wiesen, Wälder. Hinter ihm das Meer.

Wer immer sich hier zu schaffen gemacht hatte, konnte sicher sein, dass sein – oder ihr – Treiben den Blicken neugieriger Beobachter verborgen blieb.

Warum, dachte Rutledge, benutzt jemand, der im Trevelyan-Haus wohnt und etwas verbrennen will, nicht den Kamin? Oder den Küchenofen? Oder den Behälter im Gemüsegarten, in dem der Hausmüll verbrannt wurde?

Es war sicher mehr als mühsam, hier oben auf dem Kamm, wo unaufhörlich ein starker Wind wehte, ein Feuer zu entfachen. Zudem musste man, brannte es einmal, die Flammen eindämmen und verhindern, dass die glühenden Papier- oder Stoffreste in alle Himmelsrichtungen auseinander stieben oder man sich beim Schüren des Feuers die Brauen oder Fingerkuppen versengte. Zu guter Letzt hätte die Person sich noch bemühen müssen, es vollständig und möglichst ohne Spuren zu hinterlassen, zu löschen.

Das bedeutete ... dass dieser jemand unbedingt unbeobachtet hatte sein wollen. Niemand durfte die Asche im Kamin finden oder den Rauch im Haus bemerken, der wie ein verräterisches Geständnis in den Fluren gehangen hätte.

Wer hier Feuer gelegt hatte, der hatte etwas zu verbergen, so viel stand fest.

Rachel kam zurück. Sie schloss die zweite Gartenpforte. Da er nicht wollte, dass sie die Feuerstelle sah, lief er ihr entgegen.

»Haben Sie Hunger?«, rief er, als sie stehen blieb und wartete.

»Ich bin halb verhungert!«, rief sie mit einem etwas gezwungenen Lächeln zurück. »Was haben Sie da oben so gewissenhaft betrachtet? Ich habe Sie gerufen, und Sie haben nicht reagiert.«

»Tatsächlich? Der Wind muss ihren Ruf übertönt haben. Ich habe mich gefragt, ob die Wiese da drüben früher der Obstgarten war.«

»Ja, so ist es.« Sie beachtete seine Frage nicht weiter, sondern sagte: »Es macht mich so traurig, dass wir das Haus verkaufen und hier bald Fremde wohnen werden.«

»Ich dachte, bis auf Stephen hätten sich alle auf den Verkauf geeinigt?«

»Ja, und ich meine immer noch, dass wir es verkaufen müssen. Nichts ist mehr da von dem, was wir als Kinder an dem Haus liebten; und unsere Erinnerungen künstlich am Leben zu erhalten, indem wir ein Museum daraus machen, wäre noch schwerer zu ertragen als die Aussicht, dass Fremde einziehen. Mir tut es Leid um die Vergangenheit, das ist alles.« Sie warf, während sie wieder zum Strand hinabgingen, einen Blick zurück, als hoffte sie, das Haus selbst möge ihr widersprechen. Nach einer Weile fügte sie mehr zu sich selbst als zu ihm hinzu: »Am besten wäre es, Cormac würde das Haus kaufen. Indirekt bliebe es damit in der Familie, und keiner von uns müsste sich schuldig fühlen, weil wir Olivias Lebensraum an Fremde weggegeben haben. Das hört sich jetzt fast so an, als müsse der arme Cormac sich für die Familie opfern!« Ein wehmütiges Lächeln huschte über ihr Gesicht. »Ist Ihnen schon aufgefallen, wie häufig Schuldgefühle den Entscheidungen der Menschen zu Grunde liegen? Statt Liebe, Mitleid, meinetwegen auch Habgier, oder was immer sie noch empfinden? Eine ziemlich armselige Art, sich durchs Leben zu schlagen, nicht wahr?«

Er lächelte. »In meinem Beruf sind Schuldgefühle von großem Nutzen – oft waren sie es, nicht ich, die zur Aufklärung eines Verbechens führten.« Aber er hätte ihr genau so gut von Fällen berichten können, in denen Reue und Schuld überhaupt keine Rolle gespielt hatten. Von Mördern, denen jede menschliche Regung fremd war, denen nur die kleinen Fehler, die sie bei der Tat begangen hatten, zum Verhängnis geworden waren. Aalglatte, kaltblütige Täter.

Der Picknickkorb war prall gefüllt: Gebäck, Bier für Rutledge, Tee für Rachel, eine Blechdose Kekse, Käse, frisches Brot und Pflaumen.

Gierig machten sie sich über die Vorräte her, was Rutledge nicht davon abhielt, weiter zu grübeln; und Rachel suchte angestrengt nach Themen, die keine Verbindungspunkte zum Trevelyan-Haus und seinen Bewohnern hatte.

Nachdem sie ein wenig über Funde römischen Altertums in England parliert hatten, fragte sie ihn, warum er Polizist und nicht wie sein Vater Jurist geworden sei.

»Ich weiß noch, wie mein Vater mir eines Tages die Prinzipien von Gerichtsprozessen erklärte: Ein Rechtsanwalt übernimmt die Verteidigung, ein Staatsanwalt vertritt die Anklage. Wenn das Opfer noch lebt, schildert es seine Sicht der Dinge, den Raubüberfall, die Köperverletzung oder was sonst. Wenn es aber bei einem Verbrechen gestorben war, wurde es selbst zum Verhandlungsgegenstand, zum Beweisstück eines Verbrechens.« Er grinste. »Das erschien mir, der wie jedes Kind ein ausgeprägtes Gerechtigkeitsempfinden hatte, ungerecht. Ich fand, man müsse das Opfer doch auf jeden Fall selbst sprechen lassen. Aber mit seinem Leben hatte es auch seine Stimme eingebüßt. Dabei ging es doch um die Wahrheit, und darum, die Schwachen und Unschuldigen zu beschützen. Ich dachte, wenn sich schon die Gerichte nicht darum kümmern, muss es die Polizei tun. Aber leider habe ich mich da getäuscht.«

»Warum?«

»Weil«, sagte er, ihrem Blick ausweichend, »ich bald einsehen musste, dass die Aufgabe der Polizei nicht darin besteht, die Unschuld eines Verdächtigen zu beweisen, sondern seine Schuld.«

Etwas in seiner Stimme hielt sie davon ab, das Thema zu vertiefen. Sie sah auf. Cormac FitzHugh kam den Hügel herab und steuerte auf sie zu.

Sie begann das verbliebene Essen im Korb zu verstauen und fragte: »Fahren Sie morgen früh nach London zurück?«

»Nein«, antwortete er, »ich fahre noch nicht. Ich muss noch einigen Dingen auf den Grund gehen. Aber ich verspreche, dass ich Ihnen Bescheid sage, sobald es so weit ist.«

»Das hoffe ich«, sagte sie, erhob sich und klopfte den Sand von ihrer Hose. Als Cormac am Ort ihres Picknicks ankam, hatte sie schon ein paar Meter zwischen sich und die Männer gebracht und lief nun den Strand entlang.

Cormac hatte Rutledge schon von weitem gegrüßt und sagte, als er bei ihm angelangt war, mit einem Blick aufs Boot: »Wie ich sehe, haben Sie dem Wirt für einen Tag seine Schaluppe entwendet. Wäre ich nur selbst auf diese Idee gekommen.« Sein Blick folgte Rachel, die bereits außer Hörweite war. »Ich mache mir

Sorgen um sie. Nicholas' Selbstmord hat sie schwer getroffen. So kurz nach Peters Tod. Ich glaube, sie hat Schwierigkeiten, die entstandene Leere zu füllen. In letzter Zeit geht sie mir … und Susannah … sogar aus dem Weg. Als fühle sie sich durch die Lebenden zu sehr an die Toten erinnert.« Er schüttelte den Kopf. »Ich weiß, was sie durchmacht. Ich selbst vergrabe mich in meiner Arbeit und warte, dass die Zeit meine Wunden heilt.«

»Sie wohnen nicht im Haus?«

»Ich habe Mrs. Trepol zwar gebeten, mir ein Bett herzurichten«, sagte er bitter, »aber dann konnte ich die Stille doch nicht ertragen und bin zu Freunden nach Pervelly gezogen.«

»Wohnen dort auch Mrs. Hargrove und ihr Mann?«

Cormac sah Rutledge verwundert an. »Susannah ist hier? Daniel hat geschworen, er wolle ihr vor der Geburt nicht mehr erlauben, London zu verlassen. Aber sie war schon immer sehr eigensinnig. Wenn sie sich etwas in den Kopf setzt, kann er sie nicht zurückhalten. Wahrscheinlich wohnt sie bei den Beatons. Jenny Beaton ist eine Schulfreundin von ihr. Damals hieß sie noch Jenny Throckmorton.«

»Auch Ihre Schwester wollte nicht, dass man die Untersuchungen wieder aufnimmt. Ein Doppelselbstmord sei Schande genug, sagt sie, und sie wolle nicht, dass ihr Kind einer Familie angehört, auf der ein Mordverdacht lastet.«

Cormac lächelte. »Schwangere sollen nervöser als nicht schwangere Frauen sein, habe ich gehört.«

»Waren Sie nie verheiratet?«

Er lief ein paar Schritte, hob, mit dem Rücken zu Rutledge, einen Kiesel auf und ließ ihn über die Wellen hüpfen. »Nein«, sagte er schließlich, »ich war nie verheiratet. Wie bei Rachel sind Narben auf meiner Seele, die nicht verheilen wollen.«

Rutledge wechselte das Thema. »Ich habe zwar keinen Beweis für ein Verbrechen gefunden. Dennoch möchte ich herausfinden, warum Nicholas Cheney gestorben ist. Ich möchte es vielmehr *verstehen*«, verbesserte er sich. »Ich kann mich Ihrer These, dass Olivia nicht allein in den Tod gehen wollte, nicht so leicht anschließen.«

Cormac kam zu Rutledge zurück. Das Rauschen der Wellen,

die sich am Strand brachen, wurde lauter. Die Flut setzte ein. »Gott weiß, warum sie es getan hat«, sagte er matt. »Vielleicht hing es mit ihren Gedichten zusammen. Oder damit, was Nicholas über sie wusste. Oder mit ihrer Angst vor dem, was Nicholas tun würde ... nach ihrem Tod. Vielleicht war es auch reine Mordlust.«

»Wenn sie ihre Geheimnisse nicht preisgeben wollte, warum vermachte sie dann Stephen ihre literarischen Notizbücher? Außerdem: Sicher wussten Sie ähnlich gut über ihre Vergangenheit Bescheid wie Nicholas. Wenn nicht sogar besser. *Ihn* umzubringen hätte nicht ausgereicht, wenn sie ihre Geheimnisse mit in den Tod hätte nehmen wollen.«

»Ja, aber sie wusste, dass ich mir in London einen Namen machen will. Dass ich auf jeden Fall versuchen würde, einen Skandal zu vermeiden. Sie konnte nicht annehmen, dass ausgerechnet ich ihr Geheimnis verraten würde. In einem ihrer Gedichte heißt es:

›So nimm denn das Schweigen
Mit in Dein Grab
Wo Sklave wo Herrscher
Stets Rechenschaft gab
Wo Himmel und Hölle
Die Bänder zerrissen
Wo Seelen von Fesseln
Befreit lassen wissen
Was ehmals die Angst
Trotz der Hoffnung verbot
Wo niemand sollt hören
Von drängender Not.‹«

Er zuckte die Achseln. »Ich trage hohe unternehmerische Verantwortung. Ich schließe wichtige Verträge, genieße das volle Vertrauen aller Banken und Investoren. Auf mein Wort ist Verlass, man glaubt mir. Ich hätte mehr zu verlieren gehabt als sie. Sie hätte mein Leben viel einfacher ruinieren können als ich das ihrige.«

»Sie hätten immerhin O. A. Manning vernichten können.«

»Hat O. A. Manning ihr wirklich so viel bedeutet? Schließlich hat sie auch ihr ein Ende gesetzt.«

»Es sei denn, sie hätte alles gesagt, was sie sagen wollte, und wusste, es würde auf ewig zwischen den Buchdeckeln stehen. Niemand konnte ihr die Gedichte je wieder nehmen.«

Cormac versuchte in Rutledges Gesicht zu lesen. »Meinen Sie in der Art einer Beichte? So gut kenne ich die Gedichte nicht. Ich könnte nichts über ihre Intentionen sagen. Vielmehr glaube ich, dass sie sich selbst nicht bis ins Letzte im Klaren darüber war – ihr Schreiben war überschüssige Energie, die einen Ausweg suchte. Es kümmerte Olivia nicht, welcher Hand und welchen Geistes sie sich bediente. Sie war die vielschichtigste Person, die mir je begegnet ist.«

Rachel hatte eine Stelle erreicht, wo ihr ein Felsvorsprung, an dem die Gischt im Sonnenlicht funkelnd zerstob, den Weg versperrte. Sie blieb stehen, zögerte, und wandte sich zu ihnen um. Eine kleine, zerbrechliche Figur auf der Nahtstelle zwischen dem Festland und der Weite des Meers. Nach einer Weile entschloss sie sich, in ihre Richtung zurückzugehen. Sie bewegte sich anmutig, mit ausgreifenden, sicheren Schritten. Ihr Haar flatterte im Wind.

Während er sie betrachtete, sagte Rutledge: »Ich halte Nicholas' Tod für den Schlüssel zur Lösung der Fälle. Ich würde den Rest all dessen, was Sie mir erzählt haben, gern glauben, wenn ich nur in diesem einen Punkt Klarheit hätte.«

Cormac sagte: »Derjenige, der klare Aussagen dazu machen könnte, liegt unter der Erde. Von mir können Sie nicht mehr erwarten.«

»Vielleicht hängt sein Tod mit dem Haus zusammen. Wenn Nicholas am Leben geblieben wäre, hätte er das Haus geerbt. Dem wenigen nach zu urteilen, was ich über ihn weiß, hätte er es nicht verkauft.«

Überrascht zog Cormac seine hellen Augenbrauen hoch. Zögernd sagte er: »Dann hätte sie doch schlicht ihr Testament ändern können ... und ihn vom Erbe ausschließen. Das Haus gehörte ihr, sie konnte damit tun und lassen, was sie wollte. Warum hat sie es dann nicht Stephen vermacht? Er hielt sich für ihren Liebling, und damit mochte er Recht gehabt haben.«

»Auch Stephen hätte das Haus behalten.«

»Er hätte nicht darin gewohnt, sondern es zur Gedenkstätte gemacht. Darin liegt ein kleiner, aber feiner Unterschied, würde ich sagen.«

Rutledge schüttelte den Kopf. »Wie auch immer, ich werde der Sache auf den Grund gehen.«

»Wie Sie wollen, aber haben Sie bitte die Güte, mir mitzuteilen, was ich zu erwarten habe«, sagte Cormac, »wenn Sie Ihre Antworten gefunden haben. Ich möchte nicht, dass mir am Frühstückstisch aus der Zeitung eine Skandalschlagzeile entgegenspringt!«

»Ich werde sehen, was sich machen lässt«, sagte Rutledge. Es war nicht das gleiche Versprechen wie das, das er Rachel gegeben hatte.

Nach einer Weile sagte Cormac: »Ich muss gehen. Sagen Sie Rachel bitte, es täte mir Leid, sie nicht gesprochen zu haben.« Er schmunzelte. »Aber warnen Sie sie vor: Ich bin nicht bereit, jetzt schon aus Cornwall abzureisen.«

Eleganten Schrittes ging er in Richtung Trevelyan-Haus davon. Rutledge fragte sich, ob Cormac es tatsächlich wie angekündigt kaufen würde – oder ob am Ende auch bei ihm die bitteren Erinnerungen die schönen überwiegen würden.

Cormac befand sich, ob er es wollte oder nicht, im Bann Olivia Marlowes. So wie Rachel in Nicholas Cheneys …

Sie war inzwischen bei ihm angelangt, sah Cormac hinterher und sagte: »Er sieht nicht sehr glücklich aus. Welche Neuigkeit hatten Sie denn für ihn parat?«

»Ich wüsste nicht, dass ich heute irgendwelche Neuigkeiten überbracht hätte«, konterte er.

Rachel sah Rutledge an. »Macht es Ihnen etwas aus – als Mensch, meine ich -, wenn Sie in die Privatsphäre anderer Menschen eindringen und sie mit Ihren Fragen aus der Fassung bringen? Haben Sie jemals Gewissensbisse … oder Albträume …?«

Hamish antwortete: »Und ob wir Albträume haben, Mädchen, du würdest sie wahrscheinlich nicht aushalten!«

Sie sah, dass sich Rutledges Miene veränderte, und hielt das für eine Reaktion auf ihre Frage. Ohne seine Antwort abzuwarten, sagte sie: »Nun, ich denke, wenn man muss, gewöhnt man sich selbst an das schlechteste Gewissen!«

Als er Rachel in Borcombe abgesetzt, das Boot an der korrekten Stelle vertäut und den leeren Picknickkorb zum Gasthof zurückgebracht hatte, besuchte Rutledge Mrs. Trepol, die Haushälterin und Köchin der Familie. Sie arbeitete gerade in ihrem Garten. Über ihrem Kleid trug sie einen Kittel, und die Haare hatte sie unter ein Kopftuch gesteckt. Als sie ihn an der Pforte sah, runzelte sie die Stirn. »Ich habe geahnt, dass Sie früher oder später zu mir kommen würden. Schon seit ich Sie vor ein paar Tagen mit Mrs. Rachel gesehen habe.«

»Inspektor Rutledge. Ich möchte mit Ihnen über die Todesfälle im Trevelyan-Haus reden.« Er öffnete die kleine, in der Gartenmauer verankerte Eisenpforte.

»Als Christin ist es meine heilige Pflicht, Ihnen Rede und Antwort zu stehen. Aber sobald ich an die Geschichte denken muss, raubt sie mir den Schlaf. Deshalb versuche ich das möglichst zu vermeiden.« Sie legte ihr Gartenwerkzeug in eine Kiste, die neben ihr stand, und zog die alten Männerhandschuhe aus, die sie zum Schutz ihrer Hände getragen hatte. »Wie wär's, möchten Sie eine Tasse Tee?«

Er folgte ihr in das dunkle Wohnzimmer. Gerade, als er sich setzen wollte, sah er einen Kater auf dem Sessel liegen, den er gewählt hatte, ging stattdessen zum Fenster und blickte in den Garten hinaus. Ohne großes Aufheben scheuchte sie den Kater aus dem Sessel und wischte das Sitzpolster mit ihrer Schürze ab. »Er weiß genau, dass er da nicht liegen darf«, sagte sie, »aber es ist sein Lieblingsplatz. Ich bin gleich wieder da. Nehmen Sie doch bitte Platz, Sir.«

Das tat er. Der Kater blickte ihn mit seinen schläfrigen Augen argwöhnisch an. Der Raum war zwar klein und vollgestellt, aber man sah nicht ein Staubkorn. Fotos in Silberrahmen, die ihm unbekannte Menschen zeigten, standen auf den Tischen, daneben lagen Mitbringsel aus den Küstenorten Truro und Penzance. Den Ehrenplatz des Zimmers hatte ein Silberteller erhalten, auf dem die Krönung Edward VII dargestellt war. Daneben standen zwei kleinere Teller zum Andenken an George V und Queen Mary. Ein aus einer Zeitschrift ausgeschnittenes Bild, das eingerahmt über dem Sofa hing, zeigte den Prince of Wales in seinem Garter-Gewand.* Es hätte das Wohnzimmer jedes beliebigen Landhauses in Westengland sein können, dachte Rutledge, dem die friedliche Atmosphäre sehr behagte.

»Oder in Schottland«, sagte Hamish traurig. »Nur dass der Brautstrauß meiner Schwester unter einer Glasglocke stünde. Und die Souvenirs kämen aus Bannockburn und Edinburgh statt von der Seaside. Ein Foto von mir in Uniform mit Fiona an meiner Seite …«

Mrs. Trepol brachte ein Tablett mit einem Kännchen Tee, Tassen und etwas Gebäck, stellte es auf den Teetisch vor dem erloschenen Kamin und schenkte ihm eine Tasse ein. Danach seufzte sie, da sie die Befragung nun nicht länger hinauszögern konnte. Sie richtete sich auf, reichte ihm seine Tasse und sagte: »Ich habe schon bei der Polizei ausgesagt, als es passiert ist …«

»Ja, ich weiß, und Ihre Aussage ließ nichts zu wünschen übrig«, versicherte er. »Ich bin nur gekommen, um für Scotland Yard jeglichen Zweifel auszuräumen, dass die Ermittlungen … äh … ordnungsgemäß durchgeführt wurden.«

Sie nickte. »Ja, die Familie hatte einen guten Ruf. Ich bin sicher, dass man alles Menschenmögliche getan hat. Das war vielleicht ein Schock für mich, das kann ich Ihnen sagen! An meinem freien Tag ins Haus zu kommen und Mr. Nicholas nicht zu sehen … Manchmal, wenn Miss Olivia schlecht schlief, hatte er bei ihr gewacht, bis das Schlimmste vorbei war. Nach Miss Rosamunds Tod – Mrs. FitzHugh hieß sie damals – war das Personal verringert worden. Dr. Penrith zeigte Nicholas, wie man Olivia den Rücken und die Gelenke mit schmerzlindernder Salbe einreibt. Das Haus war ziemlich verlassen, nur selten schaute jemand aus der Familie vorbei, jedenfalls wäre eine komplette Dienerschaft Verschwendung gewesen! Aber dass es am Ende so

* Garter: der angesehenste englische Ritterorden, 1348 gegründet von König Edward III; Anm. d. Ü.

kommen musste … ich weiß gar nicht, wie lange ich noch brauche, um über den Kummer hinwegzukommen. Ich mache mir … ich denke, ich hätte da sein müssen.« Sie reichte ihm die Milch, eine kleine Zuckerdose und ein Stück Gebäck.

»Um es zu verhindern? Glauben Sie, Sie hätten ihr Vorhaben erraten?«

»Es gab keine *Vorzeichen*, Sir, nichts, das Leben ging seinen gewohnten Gang«, sagte sie ernst. »Aber ich dachte, wenn ich es an jenem Samstag nicht so eilig gehabt hätte zu gehen, hätte ich vielleicht gemerkt, dass etwas anders war, und hätte Mr. Smedley heraufschicken können. Er hätte mit ihnen reden und sie vielleicht beruhigen können!« In ihrer Stimme schwangen Trauer und Gewissensbisse mit. Unbewusst hatte sie ihre eigenen Worte aus dem abschließenden Untersuchungsbericht zitiert.

Selbstmord war noch immer ein Verbrechen gegen Gott. Mrs. Trepol hatte das ehrliche Bedürfnis verspürt, die Seelen ihrer Arbeitgeber zu retten … und auch ihre irdischen Hüllen. Nicht aus Glaubenseifer, sondern aus Zuneigung. Sie war zutiefst betrübt.

»Aber wenn Sie nichts bemerkt haben – wenn an ihrem Verhalten nichts ungewöhnlich war –, dann muss es, was immer sie dazu gebracht hat, sich das Leben zu nehmen, passiert sein, nachdem Sie gegangen sind.«

»Was hätte denn *passieren* sollen? Meines Wissens erwarteten sie keinen Besuch, und da die Post schon morgens gekommen war, hätte ich von schlechten Nachrichten gewusst. Ich kann mir den Tag so oft ins Gedächtnis rufen, wie ich will, im Haus hatte sich nichts verändert! Schon gar nichts, was sie so gequält hätte, dass sie plötzlich sterben wollten!«

»Menschen bringen sich nicht grundlos um«, sagte er, während er sich eine Frage zurechtlegte, die sie noch mehr aufbringen würde. »Nehmen wir einmal an, Miss Marlowe hatte große Schmerzen. Mr. Cheney verabreichte ihr zu viel Laudanum, erkannte dann, was er getan hatte, und brachte sich dann aus Verzweiflung selbst um.«

Sie setzte ihre Tasse ab und sah ihn fassungslos an. »So etwas Schreckliches hätte Mr. Nicholas nie getan! Er hätte ihr nie zu viel Laudanum gegeben! Nein, Sir, dazu war er nicht der Typ, dass er solch einen Fehler begangen hätte!«

Er ging darauf nicht weiter ein, sondern änderte seine Taktik: »In dem Haus gab es eine Menge trauriger Vorfälle. Zwei früh verstorbene Kinder. Mrs. Rosamund, die ihre Ehemänner frühzeitig verlor. Dann Mr. Cheney und Miss Marlowe, und schließlich Stephen FitzHugh.«

»Wir alle haben unser Kreuz zu tragen«, sagte sie tonlos. »Manchmal durchzieht ein roter Faden der Gewalt die Geschichte einer Familie. Und manchmal steckt eine einzige Person hinter allem.«

»Und wer, glauben Sie, steckt hinter dieser Familientragödie, Sir?«, sagte sie aufbrausend. »Mr. Cormac, der in London wohnt? Oder Mrs. Susannah, die letzte noch lebende Trevelyan? Sie sind die einzigen, die dafür in Frage kämen!«

»Miss Marlowe war eine außergewöhnliche Frau. In ihren Gedichten behandelte sie für eine Frau sehr ungewöhnliche Themen. Wie hat sie so viel über das Leben erfahren?«

»Ich habe sie nicht gefragt, Sir! Vor ihrem Tod wusste ich nicht, dass sie Gedichte oder sonst etwas schrieb. Nur Mr. Nicholas, der wird es gewusst haben. Er schnitzte schließlich in ihrem Arbeitszimmer an seinen Schiffen, ging zur Bibliothek, um ihr Bücher auszuleihen, und redete oft stundenlang mit ihr. Ich hörte immer, wie sie ruhig und gleichmäßig miteinander sprachen, während ich sauber machte. Ich denke, ihm wird sie es wohl gesagt haben. Sie erzählte ihm alles, was ihr auf dem Herzen lag.«

»Außer dem Namen des Mannes, den sie liebte?«

Der Mund stand ihr offen. »Und wer, bitteschön, soll das gewesen sein? Sie hatte keine Verehrer. Sie ging auch so gut wie nie aus, also konnte sie auch niemand einfach in Plymouth oder London auf der Straße ansprechen und ihr Herz erobern! Mr. Nicholas und Mr. Stephen waren ihre Brüder, und der alte Wilkins kriegt nicht einmal im Kamin ein Feuer an!«

»Cormac FitzHugh war nicht ihr Bruder. Er war weder mit ihr noch mit ihrer Mutter verwandt. Wenn er überhaupt zur Familie zählte, dann als ihr Stiefbruder.«

Mrs. Trepol blickte Rutledge befremdet an. »Wie kommen Sie

darauf, dass Miss Marlowe etwas für Mr. Cormac empfunden haben könnte? Oder er für sie?«

»Weil einer ihrer Gedichtbände von Liebe handelt, und keine Frau – übrigens auch kein Mann – könnte so einfühlsam über die Liebe schreiben, wenn er oder sie keine Erfahrung mit ihr gemacht hätte.«

Mrs. Trepol lachte. »Tja, aber im Haus gab es genügend Liebe, um ein Dutzend Bücher darüber zu schreiben! Mrs. Rosamund liebte ihre Männer und Kinder geradezu abgöttisch. Es reichte schon, dort zu arbeiten, wie ich es als junges Dienstmädchen tat, um den Glanz ihrer Liebe zu spüren. Miss Olivia liebte Mr. Stephen über alles; er verschönerte ihr den Alltag wie zuvor ihre Mutter. Mr. Nicholas zog Miss Olivia oft damit auf, dass sie ihn, Mr. Stephen, als Kind zu sehr verwöhnt habe, und Olivias Antwort darauf war: ›Er war einfach dazu geschaffen, verwöhnt und geliebt zu werden. Manche Menschen sind so.‹«

Rutledge schloss daraus, dass Mrs. Trepol *Englisches Requiem* nicht gelesen hatte …

»Auch Mr. Cormac FitzHugh hat eine Zeit lang in dem Haus gelebt. Könnte Miss Marlowe nicht auch ihn geliebt haben?«

»Auch wenn dem so war, er hat sie jedenfalls nie geliebt, Sir, das würde ich auf die Bibel schwören! Mr. Cormac stand ihr auf eine merkwürdige Weise nahe, als kenne er sie gar besser, als Mr. Nicholas sie kannte. Aber Liebe, die gab es zwischen ihnen nicht. Jedenfalls nicht von seiner Seite aus.«

Weil Cormac FitzHugh wusste, dass Olivia Marlowe eine Mörderin war?

»Glauben Sie, Miss Marlowe wäre fähig gewesen, jemanden umzubringen?«

»Jemanden umzubringen? Miss *Marlowe?* Wer oder was bringt Sie dazu, solch gemeine Sachen zu denken? Jedenfalls niemand aus Borcombe, da würde ich meine Hand für ins Feuer legen!« Die Empörung in ihrer Stimme war echt.

»Könnten Sie vor Gericht schwören, dass niemand in dem Haus – niemand aus Miss Rosamunds Familie – in der Lage gewesen wäre, einen Mord zu begehen?«

Sie sah ihn streng an. »Ich weiß nicht, was sich London dabei denkt«, sagte sie unwirsch, »jemanden wie Sie hierher zu schicken, der anständigen und gesetzestreuen Bürgern diese Fragen stellt. Ich kann Ihnen nur sagen, dass, wenn in der Nacht, als Miss Olivia und Mr. Nicholas starben, ein Mord begangen wurde, er von einer grausamen und gottlosen Person verübt wurde, die niemals zuvor in Borcombe war, noch jemals wieder herkommen wird. Wenn Sie also keine weiteren Fragen haben ... werde ich jetzt zurück in den Garten gehen und meine Blumen gießen!«

Nachdem er auf sein Zimmer im Three Bells zurückgekehrt war, saß Rutledge in dem Sessel vorm Fenster. Vor ihm lagen die Gedichtbände O. A. Mannings. Während er die dünnen Bände betrachtete, schweiften seine Gedanken zur Dichterin selbst. Er dachte an die Frau, die über so großartige Menschenkenntnis verfügt und sich angeblich doch am Ende umgebracht haben sollte, weil ihre Kraft nicht mehr ausreichte. War es möglich, dass jemand zugleich die Geheimnisse der menschlichen Seele kannte und eine grausame Kindermörderin war? Wie hätte sie mit dieser Schuld weiterleben und zugleich Gedichte von unvergleichlicher Schönheit schaffen können? Hatte sie sich deshalb umgebracht?

Wie schrieb man Gedichte? Wie viele Worte brachte man zu Papier, wie viele verwarf man wieder, weil sie nicht die Vision ausdrückten, die man im Kopf hatte? Wie viele Gedichte scheiterten, wie viele Verse waren flach und uninspiriert, wie viele banal, nichts sagend und leer? Wie viele Seiten Papier zerknüllte man und warf sie weg, bevor dann überraschend ein paar Worte die Melodie erklingen ließen, die einem das Herz öffneten und die Seele weit machten?

Wie leicht war ihr das Schreiben gefallen – oder wie schwer? Wie anstrengend und wie überwältigend war es, die richtigen Worte zu finden? Er dachte an die ersten Verse eines ihrer Liebesgedichte:

Liebe
Fliegt mit Feuerflügeln,
Und setzt
Dein Herz in Flammen.

Zurück bleibt
Weiße Glut.

Und steigt sie auf,
Ist Frieden nie mehr, nur
Narben, Grausiger
Trost, das
Ende der
Unschuld.

Wie oft hatte sie diese Zeilen umgeschrieben, bis sie zufrieden gewesen war?

Er war in dem Arbeitszimmer gewesen, in dem sie gelebt und ihr Werk verfasst hatte.

Es war bemerkenswert ordentlich gewesen.

An dem Platz, an dem Nicholas an seiner Flotte von Ozeanriesen geschnitzt hatte, lagen noch Holzsplitter und Späne, Sägemehl und Farbspritzer, die vom letzten Anstrich eines Bugs, Bullauges oder Schornsteins stammen mussten. Er hatte sie nicht beseitigt, nichts gereinigt oder weggeräumt, bevor er das Laudanum geschluckt hatte. Alles sah aus, als habe er erwartet, seine Arbeit am nächsten Morgen fortzusetzen.

Auf dem Schreibtisch der Dichterin aber stand nur die mit einem Tuch abgedeckte Schreibmaschine. Keine zusammengeknüllten Seiten, kein Füller oder Bleistift, mit dem sie einen vorläufigen Vers aufgeschrieben hätte. Sie hatte geahnt, dass sie dort nie wieder sitzen und schreiben würde. Sie hatte alles für ihren Tod vorbereitet.

Er schlug mit der Handkante auf den ledernen Buchrücken und traf ihn so hart, dass er vor Schmerzen laut fluchte. Olivia Marlowe hatte *O. A. Manning* – all ihre Notizbücher, Briefe und Rechte – ihrem Halbbruder Stephen vermacht. Doch Stephen war tot.

Wo waren die Notizbücher jetzt? Was stand darin?

9

Weder Rachel noch der Pfarrer konnten Rutledge sagen, was aus Olivia Marlowes Notizbüchern geworden war.

»Ich ... ich glaube, Olivias Testament ist noch beim Nachlassverwalter, und Stephens auch«, sagte Rachel. »Die Notizbücher haben mich nie interessiert. Ich meine, in gewissem Sinn schon, soweit sie vonnöten sind, um Livias Gedichte besser zu verstehen, aber nicht persönlich. Wenn Sie glauben, ein Karton ›Notizbücher für Stephen‹ habe in ihrem Zimmer gestanden, liegen Sie falsch. Ich nahm an ... nun, da sie sie ihm hinterlassen hatte, nahm ich an, er wüsste schon, wo er sie suchen müsse.«

Sie stand im Eingang des Landhauses, in dem sie für die Dauer ihres Aufenthalts in Cornwall wohnte. Rutledge hörte jemanden im Haus umhergehen und einen Vogel, der in seinem Käfig trällerte. Es war ein hübsches Häuschen. Wilder Wein rankte sich vom schmalen Vordach herab, und in den Beeten vor der Hauswand wuchsen hohe Malven.

»Wer verwaltet die Testamente?«

»Chambers & Westcott für Olivia und Nicholas. Bei Stephen weiß ich es nicht. Er hatte einen befreundeten Anwalt in London.«

Das ließ sich leicht herausfinden.

Er bedankte sich und ging weiter zum Pfarrhaus, in der Erwartung, Smedley bei der Gartenarbeit anzutreffen, aber die grimmig dreinschauende Haushälterin teilte ihm mit, dass er ein Nickerchen halte und nicht gestört werden wolle.

Rutledge wollte sich zum Gehen wenden, als Smedley die Treppe herunterkam. Die Haare standen ihm zu Berge, und sein Hemd hing ihm aus der Hose.

»Guten Tag, Inspektor«, sagte er verschlafen. »Geben Sie mir noch zwei Minuten, dann gehen wir in den Garten.«

Rutledge schlenderte an den gepflegten Gemüse- und Blumenbeeten vorbei zu einem kleinen, trüben Teich, in dem früher sicher Fische gelebt hatten, da trat Smedley auch schon durch die Hintertür ins Freie und kam zu ihm. Sein Haar hatte er gekämmt, das Hemd steckte wieder in der Hose, und die Manschetten waren auch da, wo sie hingehörten.

Er blickte kurz zum Himmel und sagte: »Heute war ein herrlicher Tag. Ich habe gehört, Sie und Rachel haben eine Bootstour gemacht.«

Rutledge lächelte. »Haben wir. Und überlebt haben wir sie auch, obwohl sie anfangs ihre Zweifel hatte. Wer war die Klatschtante?«

»Mrs. Hinson hat auf dem Weg zur Messe Mr. Trask vor dem Gasthof getroffen und später meiner Haushälterin ein Glas selbst gemachter Marmelade vorbeigebracht. Mich erreichte die Nachricht, zusammen mit der Marmelade, beim Tee.«

»Was sagt die Borcomber Gerüchteküche über die drei Todesfälle im Trevelyan-Haus?«

»Ganz einfach: Die Frauen glauben, Olivia habe beim Schreiben den Verstand verloren. In Borcombe ist man nicht gerade an berühmte Dichter gewöhnt. Ich denke, sie empfinden es als mehr oder weniger gerechte Strafe dafür, dass sie über Dinge schrieb, über die man ihrer Meinung nach besser schweigt, beziehungsweise die zu empfinden einer Frau nicht zustehen.«

»Und die Männer?«

Smedley runzelte die Stirn und bückte sich, um ein gelb gewordenes Blatt von einer Mohrrübe zu pflücken. »Die Männer spalten sich in Bezug auf Olivia Marlowe in zwei Lager. Sie war eine Trevelyan, von daher stand sie in den Augen der meisten über anderen Frauen. Einer Trevelyan verzieh man so manches, was man dem Gemüsehändler und dem Nachbarn von gegenüber nicht verzieh. Gleichzeitig bedeutete ihr Selbstmord auch, dass sie zugab, Grenzen verletzt zu haben, wie man so sagt, und es schließlich bereut hat. Die Ordnung, so denkt diese Fraktion, ist nun wieder hergestellt.«

»Was erzählt man sich über Stephen FitzHugh und Nicholas?«

»Stephens Tod war ein herber Verlust für alle. Das halbe Dorf betete ihn an – zumindest jede Frau unter sechzig, und dazu nicht wenige ältere! Auch die andere Hälfte, die Männer, bewunderte ihn. Er war einer, den man auf seiner Seite haben wollte, der wusste, wie man mit Anstand und Humor gewinnt und verliert. Nach dem Krieg genoss er den Ruf, heldenmütig zu sein, schließlich war er für seine Verwundung ausgezeichnet worden. Ein Sportsmann, erfolgreich als Bankier und Liebling der Frauen. Ja, er wurde bewundert ... von manchen beneidet, aber das ist normal.

Nicholas wurde respektiert – als Sohn Rosamunds wurde er in Dorfangelegenheiten befragt, er war der Mann, an den man sich mit seinen Problemen wandte. Ein Fels in der Brandung, von dem als allerletztes ein Selbstmord erwartet wurde. Die Leute gehen davon aus, dass er Olivia tot oder im Sterben liegend vorfand und sich in seiner Bestürzung selbst das Leben nahm. Das ist zwar romantischer Unsinn, aber damit fühlen sie sich wohler als mit der Tatsache, dass er sehr wahrscheinlich sterben wollte. Aber deshalb sind Sie nicht zu mir gekommen, nicht wahr?«

»Ich will in Erfahrung bringen, was aus Olivias Notizbüchern geworden ist. Diejenigen, die sie Stephen als ihrem literarischen Erben vermacht hat.«

»Sie sind wahrscheinlich noch irgendwo im Haus. Stephen wollte es ja nicht verkaufen, sondern zum Denkmal für seine Schwester machen. Die übrigen nahmen ihre persönlichen Sachen mit, aber er beharrte mit aller Macht darauf, dass nichts von Olivias Sachen von seinem Platz entfernt wurde. Dafür hätte er mit allen Mitteln gekämpft. Haben Sie sich Olivias Zimmer angesehen? Oder ihren Schreibtisch?« Er versuchte, in Rutledges Gesicht zu lesen. »Nein, natürlich nicht. Nun, ich will es Ihnen erklären: Es ist unwahrscheinlich, dass Olivia ihre Notizbücher zu ihrem Anwalt geschickt hat, nicht wahr? Er hätte argwöhnen können, dass etwas nicht stimmt, und das wollte sie nicht. Außerdem wissen wir nicht, wie viel Zeit zwischen ihrem Entschluss, sich umzubringen, und der Tat selbst gelegen hat. Ein Tag? Ein Monat? Fünf Jahre? Ein paar Stunden?«

»Sie hat ihren Schreibtisch aufgeräumt. Nicholas hat seine Schiffe nicht weggeräumt.«

Smedley sah ihn an. »Das beweist nichts.«

»Vielleicht verrät es etwas über ihren Geisteszustand?«

»Sie wollen behaupten, sie wusste, was sie tun würde, und Nicholas nicht?«

Rutledge betrachtete die Licht- und Schattenspiele in den oberen Fensterscheiben des Pfarrhauses. Ein Vogel spiegelte sich im Flug, ebenso die oberen Äste des Apfelbaums. Sie schaukelten im Wind. »Ich sage nur, dass sie offenbar auf ihren Tod vorbereitet war. Und er nicht.«

»Oder aber ihre Gedichte waren ihr wichtig, ihm seine Schiffe aber nicht. Er konnte sie getrost dalassen.«

Es half alles nichts, Rutledge war auf ihre Notizen angewiesen.

Nach dem Essen ging er zum Trevelyan-Haus. Die Sonne stand schon tief und tauchte das Gemäuer in rotgoldenes Licht. Die Seevögel riefen. Der lyrische Gesang einer Dohle drang zu ihm herauf. Vor seinem geistigen Auge erschienen die Menschen, für die das Haus ein Zuhause gewesen war. Vergnügt lachten sie, riefen sich etwas zu und tollten sich auf der Wiese. Die Szenerie füllte sich mit Leben.

Hinter ihm sagte eine Stimme: »Sie sind nicht fort …«

Er fuhr herum und blickte in das Gesicht der Alten. Diesmal erinnerte er sich an ihren Namen: Sadie. So hatte Rachel sie genannt.

»Nein«, sagte er und beschloss, auf ihr Spiel einzugehen. »Wen sehen Sie? Ist Anne dabei?«

»Anne war sehr eigensinnig. Alles musste nach ihrem Willen geschehen, sie fiel den Kindermädchen in einem fort zur Last. Zuerst schoben es alle auf den kindlichen Trotz. Aber was Hänschen nicht lernt, lernt Hans nimmermehr. Hätte ihr Vater noch gelebt, alles wäre anders gelaufen. Stattdessen wurde sie von den Fräuleins verwöhnt und durfte tun und lassen, was sie wollte. Bei jedem wollte sie sich beliebt machen, sogar beim alten Mr. Trevelyan, Miss Rosamunds Vater. Nur selten ließ sie ab von ihrer stürmischen Art. Dann konnte sie plötzlich still dasitzen, mit einem

Buch in der Hand, und wenn er dann in ihr Zimmer kam, verwechselte er sie natürlich mit ihrer Schwester. Man konnte sie nur daran auseinander halten, dass Miss Anne meist ungezogen war. Sie verbreitete gern Lügenmärchen über die anderen. Einmal erwischte es Mr. Cormac: sie behauptete, er habe ein Pferd geschlagen. Dabei würde er keiner Fliege etwas zu Leide tun. Ein anderes Mal stritt sie mit Mr. Nicholas, der sich weigerte, ihr die Zinnsoldaten zu geben, die er zum Geburtstag bekommen hatte. Sie holte sie sich später doch und vergrub sie im Garten. Er fand sie nie wieder. Kurze Zeit später starb sie.«

Rutledge erstarrte. Das wäre ein Motiv für Olivia gewesen, ihre Schwester umzubringen, ein kindliches zwar, aber ein Mordmotiv. Etwas in ihm sträubte sich dagegen, mehr über Anne zu erfahren.

»Wie starb Richard?«

»Man weiß bis heute nicht, ob er damals im Moor wirklich gestorben ist, denn seine Leiche wurde nie gefunden. Miss Olivia sagte, sie sei in der Sonne liegend eingeschlafen, und als sie die Augen wieder geöffnet habe, sei er fort gewesen. Sie dachte, er wäre zu den Moor-Ponys gelaufen. Er war ein umtriebiges Kind, besaß Energie für zwei. Hatte den Teufel im Blick. Miss Rosamund nannte ihn immer ihren kleinen Soldaten. Sie hielt ihn für auserkoren, eine Uniform zu tragen. Wie ihr erster Mann.«

»Und Nicholas?«

»Ach, der wusste immer mehr, als er zugeben wollte. Aber er war so verschlossen. Ich konnte ihn nicht erkennen. Niemand wusste, wie tief seine Seele war. Ein Bücherwurm, dachte man, aber wenn Sie meine Meinung hören wollen: Er wartete einfach geduldig darauf, erwachsen zu werden. Als ob ihn etwas erwartete. Falls es so war, haben wir es nie erfahren. Ihm reichte es, an Miss Olivias Seite zu sein und sie über ihre Schmerzen hinweg zu trösten. Aber wenn man sah, wie er aufs Meer hinausblickte, erkannte man, dass er im Grunde rastlos war. Nicht auf Richards Weise, eher wie jemand, der die Ferne im Herzen trägt.«

»Wie kommt es, dass Sie die Trevelyans so gut kannten?«

Ein schlitzohriges Lächeln lag in ihrem Blick, das ihren Worten eine seltsame Zweideutigkeit verlieh. »Es gibt Orte, wo selbst der König zu Fuß hingeht«, sagte sie. »Wenn nötig, heile ich die

Lebenden und begrabe die Toten. Dr. Penrith schickte nach mir, als Miss Olivia Kinderlähmung hatte. Fast wäre sie daran gestorben. Er hatte kein Vertrauen zu den Krankenschwestern aus London.«

Heute schien sie bei klarem Verstand zu sein. Um sicher zu gehen, wiederholte er: »Sie haben die Verstorbenen begraben?«

Düstere Falten gruben sich in ihr ohnehin runzeliges Gesicht. Er sah eine Chance und ergriff sie beim Schopfe: »War ein Mörder in diesem Haus?«

»Ich sagte Ihnen schon, Inspektor, ein Hund Gabriels lebte in dem Haus. Immer, wenn etwas Schlimmes passierte, lief er durch die Nacht. Er rannte und rannte, kreuz und quer, durch alle Zimmer, auf der Suche nach seiner Seele. In jenen Nächten heulte der Wind in den Bäumen und rüttelte an allen Fensterläden. Ich zog mir die Bettdecke über den Kopf. Miss Olivia warnte mich vor ihm, und ich wusste, dass ich ihre Warnung ernst nehmen musste. Auch ich würde sterben, sagte sie, wenn ich erzählte, was ich hörte und sah. Nur deshalb habe ich alle bis auf die beiden überlebt. Miss Susannah lebt in London, sie braucht nichts zu fürchten.«

»Was ist mit Cormac FitzHugh?«

»Der ist doch kein Trevelyan, oder?«, fragte sie. »Kein Hund Gabriels will, was *er* hat.«

Bevor er fragen konnte, was sie an dem betreffenden Abend ins Haus geführt hatte, oder ob sie etwas von einem Feuer auf den Klippen wusste, ging sie davon. Aber da ihr Verstand sie anscheinend wieder verlassen hatte, hielt er sie nicht zurück.

Was hatte sie gesagt? »Miss Olivia warnte mich vor ihm, und ich wusste, dass ich ihre Warnung ernst nehmen musste.«

Miss Olivia.

Er ging langsam weiter und näherte sich dem Haus, als käme er als Gast, nicht als Eindringling.

Wo mochte Olivia ihre Notizbücher versteckt haben? Jedenfalls nicht in der Empfangshalle, so viel stand fest. Dort hätte sie jeder zufällig entdecken können. Aber hatte sie sie überhaupt versteckt, oder hatte sie sie an eine Stelle gelegt, von der sie wusste, dass Stephen sie finden würde?

Er öffnete die Eingangstür und betrat das Haus. Jemand hatte die Vorhänge aufgezogen. Cormac? Die Sonne hatte die Halle erwärmt, und selbst im schwindenden Licht war es heller als bei seinem ersten Besuch, sodass er an Rosamund dachte.

Er ging hoch ins Arbeitszimmer und ließ seinen Blick über die Einrichtung schweifen. Es gab keinen Platz, an dem sie ohne weiteres etwas hätte verstecken können. Die Regale ... aber für eine einzelne Frau waren sie schwer von der Stelle zu bewegen, zudem hätte sie vorher die Bücher – oder Nicholas' Schiffe – abräumen müssen, was wiederum Zeit in Anspruch genommen hätte, die sie selten gehabt haben dürfte – schließlich hatte sie das Zimmer mit Nicholas geteilt.

Er schloss die Tür und ging, nachdem er einen Blick auf Constable Dawlishs Grundriss-Skizze geworfen hatte, hinüber zu Olivias Schlafzimmer, das er allerdings auch so gefunden hätte.

Er blieb kurz in der Tür stehen, ging hinüber zum Fenster und zog die Vorhänge auf, sodass die letzten Sonnenstrahlen das trübe Grau des Zimmers verscheuchten.

Wieder stieg ihm der flüchtige Parfümduft in die Nase, den er schon an dem Tuch wahrgenommen hatte, als es von der Schreibmaschine gerutscht war. Als er Olivias Ankleidekammer öffnete, schlug er ihm verstärkt entgegen. Er betrachtete die Kleider, die zu beiden Seiten des länglichen Raums hingen: Röcke, kurze Kleider, Abendkleider, Roben, Mäntel, Schals – alles hing ordentlich an seinem Bügel, die Mäntel vorne, die Abendkleider hinten. Am Ende der Kammer stand ein Regal voller Hutschachteln und etwa einem Dutzend Handtaschen. An den seitlichen Haken hingen Regenschirme und ein Krückstock mit silbernem Knauf. Unterhalb der Kleider standen Schuhe in Zweierreihen. Am jeweils rechten Schuh befand sich unterhalb des Rists eine kleine Metallplatte – etwa in der Art eines Steigbügels – sowie zwei Schnüre. Damit hatte sie ihre Schiene an den Schuhen befestigt.

Ohne sie zu berühren, betrachtete Rutledge ihre Kleider Sie hatte knallige Farben bevorzugt: Rosa, Königsblau, Grasgrün, aber auch Dunkelrot und Schwarz für den Winter, Weiß und Beige für den Sommer. Maßgeschneiderte, zwar modische, aber nicht zu extravagante Abendkleider. Seiner Schwester Frances hätten sie sicher gefallen. Einen bemerkenswert guten Geschmack hätte sie

Olivia Marlowe attestiert. Wie schon der Pfarrer. Aber gab es keinen Hinweis auf ihre andere Seite? Und falls ja, wo?

Die Ankleidekammer befand sich im hinteren Teil dessen, was in früheren Zeiten als Toilette gedient haben musste. Er ging zum Regal an der hinteren Wand und streifte ihre Kleider, aus denen wie aus Protest gegen sein unbefugtes Eindringen in ihre Privatsphäre eine Parfümwolke aufstieg. Wo hatte sie diesen prägnanten Duft gekauft, der die Sinne betäubte, sich dem Atmenden ins Gedächtnis grub und das Bild, das Rutledge von Olivia hatte, erneut durcheinander brachte? Er war flüchtig, wie sie selbst. Und hatte sie überlebt.

Mit der obersten beginnend, öffnete er nacheinander alle Hutschachteln. Aus einigen stieg der herbe Zederduft eines Rasierwassers und vermischte sich mit Olivias Parfüm. Pullover in allen Farben. Wollsocken, Schals und Handschuhe. Ledergürtel, weiche, italienische Handschuhe und eine gewagte Pelzmütze mit riesiger Krempe. Frances hätte sie geliebt – und umwerfend mit ihr ausgesehen.

Sonst nichts.

Die Schachteln standen sorgfältig gestapelt vor Rutledge auf dem Boden. Eins nach dem anderen hob er die schweren Holzregale aus ihrer Verankerung und prüfte, ob an der Vertäfelung dahinter eine der Latten lose oder abnehmbar war. Da Olivia ihr Schreiben über so viele Jahre hatte geheim halten können, musste sie einen Weg gesucht – und gefunden – haben, ihre Arbeit vor der Neugier der Angestellten und Familienmitglieder zu verbergen. Und da es in ihrem Arbeitszimmer keinen Ort gab, um ihre Notizbücher wegzuschließen, war das Schlafzimmer der wahrscheinlichste Aufbewahrungsort. Die geräumige Ankleidekammer, die ohne Vorwand sicher nur ihr Dienstmädchen hatte betreten dürfen, war Rutledges erste Wahl.

In der Kammer war es zu dunkel, als dass Rutledge hätte sicher sein können, dass sich die Vertäfelung nicht irgendwie lockern ließ. Daher hängte er auch das mittlere und das untere Regal ab, um die gesamte Rückwand abtasten zu können.

Nichts.

Aber gerade als er das untere Regal zurücklegen wollte, brach die linke Winkelstütze ab. Es fiel zu Boden. Und noch etwas anderes fiel klimpernd herunter und rollte über das harte Holz. Ein Schlüssel? Auf Knien kroch er über den Boden und suchte es, zunächst vergebens. Verärgert tastete er sich bis zur Tür weiter, und es dauerte fast fünf Minuten, bis er den Gegenstand fand. Er war in einem ihrer Schuhe gelandet.

Es war ein kleines Goldmedaillon, von der Sorte, wie sie junge Mädchen oft tragen. Er ging zum Fenster, um es bei Licht zu betrachten. Auf dem Medaillon waren in Schnörkelschrift Initialen eingraviert – die er mühsam als MAM entzifferte. Margaret Anne Marlowe? Er drückte auf den zierlichen Verschlussknopf, klappte den Deckel auf und entdeckte zwei in Öl gemalte Miniaturporträts, niedliche kleine Porträts von einem Mann und einer Frau. Es dauerte eine Weile, bis er sie erkannte: es waren Rosamund und ihr erster Mann, Captain George Marlowe. Annes Eltern. Ein kostbares Geschenk, wie man es einem Kind zum Geburtstag oder zu Weihnachten macht, mit der Anweisung, es nur zu besonderen Anlässen zu tragen und es besonders sorgfältig zu hüten.

Wie war es zwischen Olivias Sachen geraten? Hatte Olivia es von ihre Schwester geerbt und es mit den Jahren in seinem Versteck vergessen?

Rutledge ging wieder in die Ankleidekammer und untersuchte die Regale von neuem. Dann die Hutschachteln und die Schuhe. Erst auf Händen und Knien, dann im Stehen, tastete er jeden Zentimeter Boden und Wand ab.

Nichts. Mit Ausnahme des kleinen Holzsplitters, der durch seine Ungeschicktheit vom unteren Regalbrett abgesplittert war. Er nahm das Regal in die Hand und sah nach, wo der Splitter abgebrochen war und ob er ihn wieder befestigen konnte.

Aber der Splitter stammte von einer längeren Holzleiste, die in das Regalbrett eingesetzt worden war. Er hob die Leiste mit seinem Taschenmesser vorsichtig aus ihrer Einfassung, und prompt fiel ihm aus dem Hohlraum dahinter ein weiterer Gegenstand vor die Füße.

Zusammen mit dem Regalbrett ging er damit zum Fenster. Es war ein vergoldeter Pfeifenreiniger. Vom langen Gebrauch blank geworden, waren die eingravierten Initialen dennoch noch lesbar: JSC. James Cheney, Nicholas' Vater? Er legte ihn neben das Medaillon auf die Fensterbank.

Dann hielt er das Regalbrett ins Licht und spähte in den ausgeschnitzten Hohlraum. Jemand hatte Baumwolle hineingestopft, und weich gebettet auf dem Stoff lagen weitere Gegenstände. Als wollten die letzten Sonnenstrahlen Rutledge auf sie hinweisen, blitzten sie auf. Langsam und behutsam fischte er einen nach dem anderen heraus.

Als Erstes kamen die Manschettenknöpfe eines Jungenhemds zum Vorschein, wiederum aus Gold und mit den Initialen RHC. Richard Cheney? Dann erschien ein hübscher kleiner Siegelring, anscheinend für ein Kind angefertigt, mit einem Wappen als Siegel. Auf der Innenseite standen die Initialen REMT. Rosamund Trevelyan. Danach fiel ein fein gearbeitetes goldenes Kruzifix heraus, mit einer leicht verschlissenen Christusfigur. Nach den Buchstaben auf der Rückseite zu urteilen, hatte es Brian FitzHugh gehört. Schließlich fand er im hintersten Winkel des Hohlraums noch eine Taschenuhr in Form eines kleinen Bootes mit den Initialen NMC. Nicholas.

Er legte die Uhr zu den übrigen Sachen auf die Holzfensterbank. Das gehisste Segel der kleinen Uhr blinkte im Sonnenlicht. Trotz der Wärme, die durch die Fensterscheiben sickerte, fror Rutledge.

Er wusste, was diese Gegenstände bedeuteten.

Er hatte schon Dutzende solcher Sammlungen gesehen. In den Schützengräben Frankreichs. Ein Knopf von einem deutschen Offiziersmantel, eine Fliegerbrille, Rangabzeichen vom Hemd eines Grenadiers oder Obergefreiten, Epauletten eines Offiziers, ein Preußenhelm mit Einschussloch, die Pistole eines Gefallenen, ein leerer Patronengurt aus einer aufgegebenen Geschützstellung und alles Erdenkliche mehr …

Sein Verstand weigerte sich hartnäckig, es in Worte zu fassen. Also übernahm Hamish diese Aufgabe. »Jagdtrophäen«, sagte er leise.

Ein kleiner Goldschatz. Persönliche, sehr kostbare Dinge. Jedes für sich eine Erinnerung an den, der zum ahnungslosen Opfer Olivia Marlowes geworden war.

10

Rutledge zwang sich, von den Gegenständen abzulassen und sich stattdessen der Aufgabe zu widmen, deretwegen er ursprünglich ins Haus gegangen war.

Er begann beim Schreibtisch. Er war aus Olivenholz und stand auf vier dünnen, grazilen Beinen. In den Schubladen entdeckte er Schreibzubehör aller Art: Briefbögen, passende Umschläge, Tintenfässer, eine Schere, Visitenkarten mit Rosamunds Namen, eine Kladde mit Rechnungen aus London und Borcombe, ein ledernes Notizbuch mit Briefmarken und Adressen – allerdings keine, die seine Aufmerksamkeit erregten – und der übliche Haufen Füllfedern und Bleistifte. Der einzig wirklich persönliche Gegenstand war ein handgeschnitzter Federhalter in Form eines Seeungeheuers. Es sah aus wie die Ungeheuer auf antiken Weltkarten, die das Ende der bekannten Welt markierten, wo sie darauf zu warten schienen, verirrte Schiffe zu verschlingen. Unten, entlang der gewundenen Schuppen, las man die Initialen NMC/OAM. Von Nicholas für Olivia? Oder für O. A. Manning?

Das unterste Fach auf der linken Seite war leer.

Auf dem Frisiertisch, der Kommode, dem Sekretär und dem Nachttisch fand er weiteres Hab und Gut Olivias: Parfüms und Kosmetika, Kämme und Bürsten, Schmuck, durchscheinende Unterwäsche, seidene Schals und Strümpfe, Spitzentaschentücher sowie ein Gebetbuch, Kerzen und Streichhölzer. Nicht gerade außergewöhnlich, und doch wirkten sie in ihrer Intimität einschüchternd auf Rutledge.

Aus Rachels Mund wusste er, dass die Familie die Dinge mitgenommen hatte, die einem Zimmer eine individuelle Note verleihen – Bilder, Fotos, schlichtweg alles, was für sie ideellen Wert besessen hatte und nicht mit dem Haus zum Verkauf freigegeben werden sollte. Trotzdem – vielleicht als Ergebnis von Stephens Beharrlichkeit – hatten ein paar Objekte aus Olivias Privatleben in diesem Zimmer überdauert.

Leider hatte Olivia nichts dagelassen, das einem Polizisten oder einem Literaturwissenschaftler ein zuverlässiges Bild der Frau, die in diesem Zimmer gewohnt hatte, vermittelt hätte.

Die Gegenstände, die er in den Tiefen der Ankleidekammer gefunden hatte, mussten schon lange Zeit dort verborgen gewesen sein, und da sie bislang niemand entdeckt hatte, hätten die Chancen nicht schlecht gestanden, dass sie noch auf Jahre hinaus nicht gefunden worden wären. Einem möglichen Finder, dem neuen Hausbewohner, hätten sie dann womöglich nichts mehr bedeutet …

Er ging zum Fenster zurück und unterzog jeden einzelnen Gegenstand einer eingehenden Prüfung.

Sechs Opfer. Vorausgesetzt, es handelte sich tatsächlich um Trophäen. Olivias Schwester Anne. Ihr Stiefvater James Cheney. Ihr Halbbruder Richard Cheney. Ihr Stiefvater Brian FitzHugh.

Ihre eigene Mutter, Rosamund Trevelyan.

Und der Mann, der sein Leben in ihren Dienst gestellt hatte. Nicholas Cheney.

Sie war sich also sicher gewesen, todsicher, dass er mit ihr sterben würde. Beziehungsweise, dass sie ihn früher als sich selbst ins Jenseits befördern würde … »Großer Gott«, flüsterte Rutledge. Und eine Sekunde später verfluchte er Chief Superintendent Bowles dafür, dass er ihn hergeschickt hatte.

Rutledge zog die Vorhänge zu und ließ die Tür ins Schloss fallen. Während er über die Galerie schritt, arbeitete sein Gehirn wieder mit gewohnter Präzision. Seine Gedanken wanderten zurück zu den kleinen, verräterischen Trophäen, die er, um sie vor neugierigen Blicken zu schützen, wieder in ihr altes Versteck verbannt hatte.

In Stephens Zimmer herrschte noch immer die gemütliche Unordnung alltäglichen Wohnens. Ein Kricketschläger lehnte an einer Ecke; Reitstiefel standen vor seinem Wandschrank, in dem

Anzüge, Hemden und Jacken in willkürlicher Reihenfolge an der Stange hingen; Bücher – die meisten über Golf, Tennis, Irland oder Pferde – lagen auf seinem Schreibtisch vorm Fenster; in einer Schale auf dem Frisiertisch lagen Manschettenknöpfe aus Elfenbein, daneben ein Angelhaken und die Darmsaite eines Tennisschlägers. Allerdings fand Rutledge keine Kartons oder Mappen, in denen Notizbücher, literarische Fehlversuche, Privatbriefe oder Verträge hätten aufbewahrt werden können. Lediglich Überbleibsel seiner Kindheit und Dinge, die man in einem Landhaus lässt, das man recht häufig besucht, hatte Stephen dagelassen.

In der Zeit, die zwischen ihrem und seinem Tod gelegen hatte, hätte Stephen Olivias private Unterlagen ohne weiteres in einem Schließfach seiner Bank deponieren können. Trotzdem durchsuchte Rutledge nochmals alle Schubladen, entdeckte allerdings nur einen Geschäftsbrief von Stephens Bankdirektor, dessen Anschrift er sich notierte.

Gerade als er ansetzte, die Vorhänge zuzuziehen, sagte Hamish: »Als ich ein kleiner Junge war, benahm sich meine Mutter immer wie eine Furie, wenn es ums Aufräumen ging. Wenn sie einen ihrer Putzanfälle bekam, war nichts mehr vor ihr sicher. Jedenfalls versteckte ich alles, das mir lieb und teuer war, im Stall unterm Stroh oder legte es auf die Balken im Dachboden.«

Rutledge hielt in der Bewegung inne und hörte Hamish zu. Stephen stammte aus einer vielköpfigen Familie. Neugierige Geschwister. Nicht auszuschließen, dass auch er sich für seine Sachen ein Geheimversteck gesucht hatte. Allerdings nicht hier in diesem Zimmer. Er, Rutledge, hatte es doch gründlich durchsucht …

Oder?

Er blickte sich nochmals um. Sogar den Teppich hatte er angehoben, im Kamin und unterm Bett nachgeschaut …

Er kniete sich vor das Bett. Nichts, nur eine feine Staubschicht, die sich seit Mrs. Trepols letztem Aufwarten auf die Tagesdecke gesenkt hatte.

Das Gestell. Der Lattenrost und die Federn. In der Mitte hing die Matratze etwas durch. Die Bettwäsche …

Der Lattenrost. Was konnte man in ihm verstecken? Einen Schlüssel vielleicht …

Auf dem Rücken liegend und sich mit beiden Händen am Bettgestell fest haltend, glitt er unter das Bett, wobei er darauf achten musste, sich nicht den Mantel oder den Kopf an den Sprungfedern aufzukratzen. Platzangst ergriff von ihm Besitz, und er schloss die Augen, um die Panikattacke vorbeiziehen zu lassen. Er hustete. Die staubtrockene Luft reizte seine Kehle. Die Sprungfedern befanden sich, näher als er erwartet hatte, dicht vor seinen zugekniffenen Augen.

Er versuchte seine Atmung zu kontrollieren. Was du nicht siehst, bricht auch nicht über dir zusammen, redete er sich ein.

Nach ein paar Sekunden tastete er, mehr der Vorstellungskraft als seinen Augen trauend, mit zittrigen Fingern nach der ersten Latte, wobei er sich prompt die Knöchel an einer Sprungfeder stieß und einen Splitter zuzog. Ansonsten nichts als Staub. Fünf Latten waren es insgesamt. Mit vorsichtigen Schulter- und Hüftbewegungen schaukelte er sich seitwärts und tastete eine Latte nach der anderen ab. Nichts. Es war sinnlos, genau so gut hätte er aufhören können. Nur noch eine …

Das leise Rasseln warnte ihn gerade rechtzeitig. Und doch streifte der Gegenstand beim Herunterfallen sein Ohr. Rutledge prallte beim Zurückweichen mit dem Hinterkopf gegen den Boden.

So rasch wie möglich glitt er unter dem Bett hervor und blickte darunter. Die Federn waren höchstens dreißig Zentimeter vom Boden entfernt. Es war gerade noch Platz für sein Gesicht gewesen.

Ein kleines Buch mit dem Rücken nach oben, lag wie ein umgedrehtes V auf dem Boden. Er streckte den Arm aus und bekam es zu fassen, ohne nochmals unters Bett kriechen zu müssen.

Ein Gebetbuch. Die Seiten waren dünn wie Reispapier, die Schrift alt, mit ornamentierten Großbuchstaben für jeden Absatz, der Einband aus abgegriffenem Leder und die Seitenränder aus verblichenem Gold.

Auf dem Lederdeckel hoben sich die Konturen einer Figur ab.

Rutledge erkannte St. Patrick, der mit erhobenem Stab die Schlangen vertrieb.

Das Deckblatt trug eine Widmung. Mit krakeliger Schrift war in blasser Tinte zu lesen: »Für Patrick Samuel FitzHugh. Zur Erstkommunion im Juni 1803. In Liebe überreicht von seiner Schwester Mary Joseph Claire.«

FitzHugh, nicht Trevelyan, Marlowe oder Cheney. Die FitzHughs waren irisch-katholisch, die Trevelyans, Marlowes und Cheneys protestantisch. Das Buch war zwar versteckt worden, aber sicher nicht aus Gründen, die mit einem Mord zu tun hatten. Hatte der junge Stephen hinter dem Rücken seiner Familie mit dem Katholizismus sympathisiert?

Rutledge blätterte durch die dünnen Seiten. Am Ende des Buchs waren ein paar unbedruckte Seiten. Dort hatte jemand den Familienstammbaum eingetragen, beginnend mit den Eltern Patrick Samuel, seiner Frau und ihren gemeinsamen Kindern. Die Farbe der Tinte änderte sich im Verlauf der traurigen Eintragungen ebenso wie die Handschrift. Viele FitzHughs waren bei der großen Hungersnot gestorben, und auch die darauf folgenden albtraumartigen Jahre glichen eher einer Todeslitanei denn einer glücklichen Abfolge der Generationen. Auf der letzten Seite waren nur Brian FitzHugh und Cormac, aber weder Stephen noch Susannah verzeichnet. Auf den ersten Blick ergab sich für Rutledge daraus nichts, das für seine Ermittlungen von Bedeutung gewesen wäre.

Nicht gewillt, nochmals unter das Bett zu kriechen, legte er das Gebetbuch zunächst in die Nachttischschublade. Doch dann überlegte er es sich anders und beförderte das Buch an seinen alten Platz. Es zurückzulegen ging schneller als es zu finden. Diesmal hielt er den Atem an.

Danach staubte er seine Hose und seinen Mantel ab und zog die Vorhänge ganz zu.

Im Haus war es mittlerweile zu dunkel für eine gründliche Durchsuchung. In den übrigen Schlafzimmern befand sich keine Kleidung mehr. Die Wandschränke, Tische und Kommoden waren leer. In den Schubladen roch es muffig. Trotzdem, angesichts des ausgehöhlten Regalbretts in Olivias Zimmer durchstöberte Rutledge alle Wandschränke mit der größtmöglichen Sorgfalt.

Aber er fand nichts mehr, nichts, was ihm einen Hinweis auf den Verbleib von Olivias Dokumenten gegeben hätte – nicht einmal darauf, ob sie sich noch in dem Haus befanden oder nicht. Susannah und ihr Mann, Rachel, Stephen und Cormac, Mrs. Trepol und die Alte, Sadie – sie alle hatten ganze Tage damit verbracht, das Haus Zimmer für Zimmer leerzuräumen und zu putzen. Es überraschte ihn wenig, dass er in ihrer Nachfolge nichts Ungewöhnliches mehr entdeckte.

Er ging zurück ins Arbeitszimmer. Der Schreibtisch vor dem Fenster war ebenso leergefegt wie der in Olivias Schlafzimmer. Es lohnte sich nicht – Stephen musste ihre persönlichen Unterlagen von hier fortgeschafft haben. Trotzdem ließ Rutledge das Gefühl nicht los, dass es jemandem, der auf Gedeih und Verderb den Ruf seiner dichtenden Halbschwester verteidigen wollte, widerstrebt hätte, sie allzu weit fortzuschaffen. Allein wie er dafür gekämpft hatte, dass Olivias Zimmer unangetastet bliebe …

Worauf Hamish erwiderte: »Wozu brauchst du ihre Unterlagen, wenn du die goldenen Trophäen hast? Oder willst du nicht glauben, was sie dir sagen?«

Als Rutledge zu den Klippen hinaufging, stand die Sonne als roter Ball am Horizont. Ihre Wärme verweilte in der sanften Brise, die ihrem Untergang vorausging. Leuchtend rot spiegelte sie sich in den Fenstern des Hauses, das hinter ihm lag. Auch der Wetterhahn auf dem Kirchturm warf ihre letzten Strahlen zurück. *Roter Himmel der Nacht …*

Er hätte auf Hamish hören und am Samstagmorgen nach London zurückkehren sollen. Er hätte Rachel an jenem Morgen sagen sollen, dass es keinen Grund gab, die Todesfälle wieder aufzurollen. Schlafende Mörderinnen soll man nicht wecken.

Aber jetzt … jetzt gab es kein Zurück. Jetzt musste er die ganze Wahrheit herausfinden, selbst wenn der Zweck nur darin bestünde, sein eigenes inneres Gleichgewicht wieder zu finden. Der Polizist in ihm hatte die Pflicht, sich dem Guten *und* dem Bösen der menschlichen Natur – und ihrem Einfluss auf seine, Rutledges Seele – zu stellen.

Mit welchem Recht hätte O. A. Manning unbeschadet den Albträumen Olivia Marlowes entkommen dürfen? Mit welchem Recht hätte die Nachwelt sie einzig als Schöpferin der herrlichsten Gedichte bewundern und verehren dürfen, wenn sie als Frau zugleich weder Gnade noch Mitleid gekannt hatte?

Stephen FitzHugh hatte sie zu ihrem literarischen Nachlassverwalter erkoren. Er hätte entscheiden dürfen, welche ihrer Dokumente und Arbeitsblätter die Biografen, Kritiker und Leser zu sehen bekämen. Aber dann war er unvermittelt zu Tode gestürzt, und weder Rachel noch Susannah schienen übermäßig interessiert, seine Verantwortung auf ihre Schultern zu nehmen. Cormac würde, wie er selbst zugab, den Dreck am Stecken der Familie eher fortkehren, als ihn über die Öffentlichkeit auszuschütten. Die O. A. Manning, die er der Öffentlichkeit präsentieren würde, trüge die Maske, die Olivia Marlowe zu Lebzeiten aufgesetzt hatte: die einer stillen Einsiedlerin, die zwar wenig von der wirklichen Welt gekannt, aber dennoch, wie durch eine wundersame Gottesgabe, tief in die Herzen der Menschen geblickt hatte.

Oder war es eine Gabe des Teufels gewesen? Es kam ganz darauf an, wie viel man über ihr Leben erfuhr.

Falls er, Rutledge, am nächsten Morgen nach London zurückführe, wäre er der einzig lebende Mensch, der Indizien dafür hatte, dass das, was Cormac vermutete, wahr sein könnte. Er müsste mit dieser Belastung leben. Nicht Cormac. Nicht Susannah. Und auch nicht Rachel.

Verflucht sei Stephen FitzHugh – dafür, dass er diese verdammte Treppe heruntergefallen war!

Bliebe Rutledge in Cornwall, müsste er eine Mordserie aufdecken, hinter der eine Frau steckte, die mittlerweile zu den Toten gehörte.

Eben da lag das Problem.

Olivia Marlowe war tot und begraben. Einzig O. A. Manning lebte weiter – und selbst das vielleicht zu Unrecht.

Und falls er, Rutledge, tatsächlich die ganze Wahrheit herausfinden sollte, was zum Teufel würde er damit anstellen? Die Autorin des *Englischen Requiems* gezielt vernichten?

Ihre genialen Schöpfungen an ihr grausames und lügenhaftes Leben verraten?

»Du warst schon einmal Teil eines Exekutionskommandos«, warnte ihn Hamish. »Und hast es nicht vergessen. Willst du es wieder sein?«

Rutledge kehrte zum Haus zurück und schlug den Weg ins Dorf ein.

»Wenn es sein muss, ja«, gestand er sich bitter.

11

Am nächsten Morgen schickte Rutledge eine vorsichtig formulierte Nachricht nach London.

»Hintergrundmaterial spärlich, aber aufschlussreich. Verbrechen nicht mit Sicherheit auszuschließen. Benötige mehr Zeit, falls Anwesenheit in London nicht erforderlich.«

Diese Worte würden Bowles nicht beunruhigen und ihm alle Möglichkeiten offen lassen. Zudem ahnte er, dass sein Vorgesetzter nicht gerade erpicht darauf war, ihn allzu bald wieder in London zu sehen.

Die Montagsausgaben kannten nur ein Thema: in London war ein weiterer Mord geschehen. In einem Interview ließ Bowles sich lang und breit über Scotland Yards effektive Fahndungsmethoden aus und verbreitete sich ausführlichst über die moderne Gerichtsmedizin und ihre Rolle bei der Ergreifung des Schuldigen. Bowles vertraute den nackten Tatsachen mehr als seiner Intuition und verließ sich gänzlich auf die Analysen, die genau bestimmten, warum der Mörder gerade *jetzt* und *an diesem Ort* ausgerechnet *diesen* Menschen umgebracht hatte. Rutledge jedoch hatte die Erfahrung gemacht, dass Wissenschaftler vor Gericht oft nicht die zuverlässigsten Zeugen abgaben und ihre Aussagen von der Verteidigung leicht zu entkräften waren.

Er führte sich die nackten Tatsachen seines eigenen Falls vor Augen: Cormac hatte gesehen, wie Olivia ihre Schwester von einem Apfelbaum stieß. Olivia hatte es selbst angesichts ihres nahen Todes nicht übers Herz gebracht, ihre Jagdtrophäen zu vernichten. Möglicherweise kamen sie einem Geständnis von sechs Morden gleich – nicht nur der beiden, die Cormac ihr anlastete. Allerdings würden diese nackten Tatsachen nicht ausreichen, um vor Gericht ihre Schuld zu beweisen. Cormac war zu jener Zeit noch ein Kind, seine Erinnerung konnte ihn getäuscht haben. Ein guter Verteidiger würde darlegen, dass Olivia die Gegenstände aus allen möglichen Gründen aufbewahrt haben mochte: sie hätte sie geschenkt bekommen, in kindlichem Übermut geklaut oder bei Wetten gewonnen haben können. Für sich genommen, ohne zusätzliche Indizien, war es unmöglich, sie als Beweise zu werten.

Vielleicht verrieten ja ihre Gedichte ihre Schuld. Zwischen den Zeilen. Aber da Schriftsteller ein Recht auf künstlerische Freiheit haben, würden auch sie vor einem Richter kein Gehör finden.

Rutledge brauchte Beweise. Er brauchte einen zuverlässigen, unbestechlichen Zeugen.

Er machte sich auf die Suche.

Constable Dawlish aß sein Frühstück in der sonnendurchfluteten Küche seiner Frau. Er empfing Rutledge im Flur und hatte sichtlich Mühe, der Logik des Inspektors zu folgen.

Kaum anders erging es Hamish, der beharrlich wiederholte, sie würden es noch beide bereuen, in Cornwall geblieben zu sein. Er raunte Rutledge seine dunklen Vorahnungen ins Ohr und beschwerte sich über dessen Sturheit.

»Sie wollen etwas über Mr. *Nicholas'* Vater wissen?«, fragte Dawlish. »Und Mr. Stephens Vater? Das war lange, bevor ich eine Uniform trug, Sir! James Cheney erschoss sich in der Waffenkammer, weil er, wie jedermann wusste, sich die Schuld am Verschwinden seines Sohnes gab, weil er seinen Tod nicht verkraftet hatte. Aber wer hätte mit Bestimmtheit sagen können, dass der Revolver nicht zufällig losgegangen war? Unfalltod, so lautete das Urteil des Untersuchungsrichters. Mrs. Cheney, die vor Kummer fast verging, dankte es ihm. Denken Sie etwa, Rosamund oder eines ihrer Kinder habe Cheney erschossen?« Dawlish schüttelte den Kopf »Das ist ungefähr so wahrscheinlich, wie dass meine Frau *mir* eine Waffe an den Kopf hält. Doch nicht Mrs. Cheney! Sie kannten sie nicht, Sir! Und die Kinder, die waren gar nicht alt genug, um solches Unheil anrichten zu können. Abgesehen davon, dass niemand, der bei vollem Verstand ist, Kinder mit Waffen spielen lassen würde, schon gar nicht mit geladenen!«

»Wie starb Brian FitzHugh?«

»Sein Pferd warf ihn ab, unten am Strand. Er schlug mit dem

Kopf auf eine Klippe, verlor das Bewusstsein und ertrank in der Brandung, bevor im Haus jemand etwas bemerkte. Seinem Pferd erging es nicht besser. Beim Straucheln im Geröll hatte es sich mehrfach einen Lauf gebrochen. Mr. Cormac heulte wegen des Pferdes wie ein Schlosshund und wollte es gar nicht mehr loslassen, bis Wilkins ihm den Gnadenschuss gab. Miss Olivia stand da und starrte Mr. Cormac an, als sei er verrückt geworden. Aber Mr. Cormac hatte das Pferd trainiert. Es war der beste Dreijährige, den sie seit zwölf Jahren hatten.«

»Woher wissen Sie davon?«

Überrascht zog der Constable eine Augenbraue hoch. »Nun, mein Vater war Zimmermann und arbeitete zu jener Zeit für die Trevelyans. Er baute den Stall um, in dem die Stuten werfen. Mrs. Cheney ließ dafür extra ein paar Boxen anbauen.«

»Lebt Ihr Vater noch?«

»Nein, Sir, er fiel im ersten Kriegsjahr.«

Eine Sackgasse. »Was genau wissen Sie über das Verschwinden des kleinen Richards?«

»Ein Junge kann auf ein Dutzend verschiedener Arten im Moor umkommen. Er war nicht der Erste, und er wird nicht der Letzte gewesen sein.«

»Wenn er im Moor umkam, warum fand man seine Leiche nicht?«

»Wir haben sie gesucht, Sir. Wir schauten hinter jeden Felsen, in die alten Bergwerksschächte, durchpflügten den Treibsand, verteilten Handzettel, befragten die Leute in der Umgebung und überprüften die Zigeuner, die einen Monat zuvor ihr Lager dort aufgeschlagen hatten. Mein Vater war einem der Suchtrupps zugeteilt worden, und ich begleitete ihn. Wir haben mehr als gründlich gesucht.«

»Ich möchte, dass Sie Ihre Männer losschicken. Lassen Sie sie das Moor nochmals absuchen und auf einer Karte alles eintragen, was sie dort finden. Alles – sei es ein Knopf, ein Kleidungsstück oder ein Knochen. Ich wünsche, dass jeder Fundort genau auf der Karte markiert wird. Wenn sie fertig sind, werde ich selbst hinausgehen und mir ein Bild machen.«

»Aber Sir!«, protestierte Dawlish. »Hier leben nur Bauern und

Fischer, die täglich für ihren Lebensunterhalt sorgen müssen! Haben Sie eine Vorstellung, wie viele Männer ich dafür bräuchte und was für eine gigantische Vergeudung von Zeit und Kraft das wäre?«

»Zeit und Kraft spielen keine Rolle. Was zählt, ist, dass die Leiche des Jungen gefunden wird.«

»Und wenn wir sie trotz allem nicht finden?«

»Dann weiß ich mit Sicherheit, dass sie unauffindbar ist.«

Dawlish blickte in das hagere Gesicht und die intelligenten, energischen Augen des Londoners. Stehen Sie dem Mann von Scotland Yard zur Verfügung, hatte man ihm aufgetragen. Geben Sie ihm, was er will, damit er schnellstmöglich wieder verschwindet und keinen Grund hat, die Arbeit der hiesigen Polizei anzuzweifeln.

Seufzend betrachtete er die Serviette in seiner Hand. »Ich kümmere mich darum, Sir. Sie können sich auf mich verlassen.« Aber leise dachte er, dass Scotland Yard den Mann besser auf den grausigen Messerstecher in London angesetzt hätte, statt ihn hier im fernen Cornwall einen grundlosen Wirbel veranstalten zu lassen.

Die Morgensonne wich dicken Wolken und einem eintönigen Dauerregen, der die Stammkunden in den Gasthof trieb, wo sie sich ihre Zeit mit Tischkegelspielen und dem Erzählen langer, unzusammenhängender Geschichten vertrieben, die nirgends hinführten außer zu Diskussionen über belanglose Details. Eine halbe Stunde lang hörte Rutledge ihnen zu. Als einer behauptete, Mickelson habe seinen Lieblingshund nach dem Namen des Siegerpferdes des 1874er Derbys benannt, debattierten sie über die Frage, welches Pferd denn gewonnen hatte. Selbst Mr. Trask, der Wirt, konnte Rutledge nicht sagen, wer Mickelson war.

»Ich wette, auch von *denen* da weiß nicht mal die Hälfte, wer Mickelson war – auch wenn man sie erst hängen und vierteilen müsste, bevor sie das zugäben. Warten Sie auf jemanden, Sir?«

Tatsächlich wartete er auf Dr. Penrith, aber das sagte er dem Wirt nicht. Mehrere Frauen kamen herein und erkundigten sich nach dem Arzt. Aber der pensionierte Doktor saß nicht wie sonst in seiner Ecke, und es sah auch nicht so aus, als würde sich daran noch etwas ändern.

Schließlich begab Rutledge sich zur Praxis von Dr. Hawkins. Mrs. Hawkins streckte nur den Kopf aus der Tür, weil sie nicht wollte, dass es in den Flur regnete. Statt nach ihrem Mann erkundigte sich Rutledge nach ihrem Vater. Überrascht sagte sie: »Er sitzt hinten am Kamin, Sir. Bei dem feuchten Wetter bereiten ihm seine Gelenke höllische Schmerzen. Wenn Sie mir bitte folgen wollen.«

Sie führte ihn in den Teil des Hauses, den die Familie bewohnte. Durch den Flur gelangten sie in ein kleines Hinterzimmer. Ein Feuer loderte im Kamin. Die Hitzewelle, die ihm entgegen schlug, nahm Rutledge nach dem kühlen Regen den Atem. Kleine Dampfwolken stiegen aus seinem Wollmantel auf und erinnerten an den Duft von Harris' Schafen.

Mrs. Hawkins versprach, einen Tee zu kochen, und ließ sie allein. Dr. Penrith freute sich über Besuch, begrüßte Rutledge geradezu überschwänglich und bot ihm den freien Sessel beim Kamin an. Eine Cockerspanieldame, die sich, die Nase auf dem Fuß ihres Herrchens, ausruhte, folgte Rutledge mit ihren kurzsichtigen Augen und klopfte mit dem Schwanz auf den Kaminvorleger. Rutledge schwitzte, als sei er unschuldig dazu verdammt, wie der Geist von Hamlets Vater im Feuer zu schmoren. Nachdem er sein Mitgefühl für die Wehwehchen des Alters bezeugt hatte, lenkte er das Gespräch auf die Familie Trevelyan.

Versonnen lächelnd schwelgte Dr. Penrith in seinen Erinnerungen an Adrian Trevelyan, mit dem er jahrelang eine Privatfehde über die Legenden Cornwalls und die Artussage geführt hatte. Nach einem kurzen Auflachen erklärte er: »Die Hälfte aller englischen Sagen wurde von Priestern oder Landärzten aufgeschrieben, aber dieser alte Narr hielt sich für schlauer als mich, nur weil er in Winchester und Cambridge studiert hatte. Pah! Er wollte Artus auf die Römer zurückführen. Dabei war Artus ein *Westengländer* und hatte weiß Gott nichts mit den Römern zu tun!«

Rutledge spürte die Zärtlichkeit in seiner Stimme und konnte sich vorstellen, wie die beiden sich bei einer Flasche Portwein aus purer Streitlust die Köpfe heiß geredet hatten. In einem ereignisarmen Leben findet man selbst an den kleinsten Auseinandersetzungen den größten Gefallen.

»Lanzelot stammte aus Frankreich«, sagte Rutledge, während er seine Knie, kurz bevor sie geröstet wurden, vom Feuer wegdrehte. Hamish, der wie immer jede Laune Rutledges aufmerksam verfolgte, grummelte etwas von Fegefeuer und Verdammung.

»Jawohl, und war es nicht typisch, dass ausgerechnet ein Franzose Ginevra herumgekriegt hat? Wir hatten natürlich von nichts eine Ahnung, bis die Franzosen uns gezeigt haben, wie's geht!«

Rutledge unterdrückte ein Lachen und bemühte sich, dem Gespräch eine Wendung zugeben.

»Welche Sagen kursieren denn von den Trevelyans und Adrians schöner Tochter?«

»Keine!«, fuhr der Doktor ihn zornig an. »Rosamund war über jeden Zweifel erhaben. Wie Caesars Frau!«

»Was ist Richard Trevelyan zugestoßen?«

Seine alten Augen schauten traurig. »Wer weiß das schon? Wenn die Zigeuner ihn wirklich entführt hätten, wäre er doch früher oder später wieder nach Hause gekommen. Aber er kam nicht zurück. Niemand klingelte an der Tür und sagte, er sei Richard. Weder als Junge noch als Mann.«

»Gesetzt den Fall, er wäre doch heimgekehrt. Hätte Rosamund ihm denn geglaubt?«

»Sie war eine kluge Frau. Sie wollte glauben, dass ihn jemand entführt hatte – oder dass er weggelaufen und von jemandem aufgegriffen worden war, der ihn nicht wieder hergab. So nährte sie ihre Hoffnung. Zu James sagte sie: Der Junge wird wieder auftauchen, warte nur ab! Ein Bauer oder ein Fuhrmann wird ihn uns schon bald müde und hungrig zurückbringen.«

»Und Miss Olivia?«

Dr. Penrith runzelte die Stirn. »Nun, ein bisschen merkwürdig war das schon, wissen Sie. Miss Olivia vergoss nicht eine Träne. Sie begleitete die Suchtrupps auf einem Pony, wegen ihres schlimmen Beins, und war den ganzen Tag verschwunden. Erst am nächsten Tag fand ich sie auf einem der Moorwege und schickte sie nach Hause. Niemals wieder habe ich ein so müdes Kind gesehen; ich dachte, sie würde bestimmt wieder krank. Aber sie sah mich nur an und sagte: ›Richard wollte einen Grabstein mit Engel. Das hat er mir gesagt. Ich will ihm einen kaufen, einen kleinen nur, damit alle sich an ihn erinnern wie an einen Engel. Wissen Sie, wie teuer der ist?‹«

»Was haben Sie ihr geantwortet?«, fragte Rutledge gespannt.

»Dass wir keinen Grabstein aufstellen dürfen, solange seine Leiche nicht gefunden wird. Und sie sagte völlig ernst: ›Das ist nicht wahr. Auf dem Friedhof hat jeder Seemann, den das Meer holt, einen Grabstein.‹ Als sie zu Hause ankam, hatte sie hohes Fieber. Später hörte ich sie nie wieder von Engeln oder Grabsteinen reden.«

Rutledge fiel ein Gedicht aus einem ihrer frühen Bände ein. Es begann mit den Zeilen:

Ein Engel wacht am Kirchhof,
Für einen, den das Meer verschluckt.
Doch ist kein Ort für den,
Den ich geliebt, ihm,
Dem Toten meine Hand zu reichen.
Verwehrt das Fleckchen Erde,
Auf das nun keine Träne fällt,
Noch welke Blätter einer
Blutig roten Rose …

Vergeblich versuchte er sich an den Schluss des Gedichts zu erinnern.

Aber Hamish, mit seinem schottisch rollenden R, kam ihm zu Hilfe:

Ach ich vergaß
ein zerbrechlich Engelein
Wacht auch über deinen Schlaf,
Wo Stiefmütterchen zum Zeichen Deiner
Schauen jährlich traurig auf.
Mein Kleiner.

Olivia hatte gewusst, wo sich Richards Leiche befand – jetzt musste er ihn nur finden, dann konnte er den Fall abschließen!

Der Tee kam, und Rutledge fragte Penrith nach den wahren Umständen von James Cheneys Tod. Dr. Penrith schüttelte traurig den Kopf. »Ich konnte Rosamund einfach nicht die Wahrheit sagen. Wenigstens war er so vernünftig gewesen, sich den Lauf an die Schläfe zu halten, statt ihn sich in den Rachen zu schieben, denn dann hätte alle Welt Bescheid gewusst. So konnte niemand entscheiden, ob es ein Unfall gewesen war oder ob er plötzlich keinen anderen Ausweg mehr gewusst hatte. Im Lauf hatte nur eine einzige Kugel gesteckt. Mein erster Gedanke war, dass er seinem Kummer ein Ende machen wollte, und das glaube ich noch heute.«

»Wer befand sich an jenem Tag noch im Haus?«

»Alle. Olivia. Nicholas. Rosamund. Adrian natürlich. Und FitzHugh, der gerade mit den neuen Zuchtstuten gekommen war. Cormac lief zu mir, flehte mich an, ich solle mich beeilen und etwas tun. Aber es hatte keinen Sinn mehr. Als ich James sah, war mir das sofort klar.«

»Haben Sie je daran gedacht, dass jemand ihn ermordet haben könnte?«

»Großer Gott, ein Selbstmord ist wahrlich schon schrecklich genug! Wer hätte James umbringen sollen? Er war ein freundlicher, sehr warmherziger Mann. Die Familie hatte genug Unglück am Hals, wer um alles in der Welt hätte Rosamund solch einen Schlag versetzen wollen? So grausam kann niemand sein!«

Vor Aufregung verschüttete er seinen Tee. Rutledge bückte sich, um die Flüssigkeit aufzuwischen, und kam mit seinem Hinterteil dem Feuer bedrohlich nahe.

»Wie reagierte Olivia auf James' Tod?«

»Ich weiß es nicht mehr«, sagte Penrith gereizt. »Es ist schon lange her. Außerdem machte ich mir weniger Gedanken über Olivia als über Rosamund und ihren Vater. Er hatte durch das Ereignis den Rest an Lebensmut verloren, den er noch besessen hatte. Jeder sah ihm das an.«

Seine alten, trüben Augen blickten in eine Vergangenheit, an die er nur ungern zurückdachte. »Ich war bei der Beerdigung«, sagte er traurig. »Nicht aus Pflichtgefühl, und auch nicht allein Adrian zuliebe. Sondern weil ich in dem Haus etwas verspürt hatte, das ich seitdem nie wieder verspürt habe, nicht einmal unter meinem eigenen Dach: Lachen, Glück im Überfluss. Ein strahlender Glanz, der sich über alles und jeden ergoss. Brian FitzHugh hat immer behauptet, das Haus selbst verströme diesen Glanz, er sei über Generationen von Trevelyans hinweg ins Mauerwerk und das gesamte Grundstück eingedrungen. Das war selbstverständlich romantischer Unfug, irisches Geschwätz. Seit dem Tag, an dem ich sie zum ersten Mal gesehen hatte, wusste ich, von wem der Glanz ausging: Es war Rosamund ...«

Die Gefühlsaufwallung hatte ihn erschöpft. Während er noch die Teetasse in der Hand hielt, sank sein Kopf allmählich nach vorne, bis sein Kinn auf der Krawatte ruhte. Vorsichtig nahm Rutledge die Tasse aus der mageren Hand des Alten und entfernte sich mit den Servietten und dem Tablett leise aus dem Zimmer.

Auf dem – vergleichsweise – eiskalten Flur traf er auf Mrs. Hawkins, die, als sie ihm das Tablett abnahm, entschuldigend sagte: »Er nickt immer häufiger tagsüber ein. Manchmal frage ich mich ...« Doch sie beendete den Satz nicht, sondern geleitete ihn einfach hinaus. »Vielen Dank, dass Sie ihn ein wenig aufgemuntert haben«, sagte sie. »Ich nehme zwar an, dass Sie nicht mehr lange in Borcombe bleiben, aber es würde Dr. Penrith sicher sehr freuen, Sie vor Ihrer Abreise noch einmal zu sehen.«

»Kannten Sie Olivia Marlowe gut?«, fragte er, während draußen in Strömen der Regen niederprasselte.

»Immer wenn wir uns zufällig begegnet sind, war sie sehr freundlich zu mir, aber nein, gut kannte ich sie nicht. Sie ging nicht viel außer Haus. Ich war sehr überrascht zu erfahren, dass sie Gedichte geschrieben hatte. Allerdings war sie ja auch krank und hatte unendlich viel Zeit. Manchmal kam Nicholas abends vorbei, um meinen Vater zu besuchen. Ich dachte immer, eines Tages würde er Rachel heiraten.« Ihre Wangen röteten sich. »Kein Mann konnte sich mit ihm messen ... er hatte solch eine Intensität, so viel ... Energie.« Sie trat zu dem Porzellan-Schirmständer neben der Tür und kramte einen alten Schirm hervor.

»Wenn Sie wollen, kann ich Ihnen den hier leihen. Sie wollen doch nicht morgen wegen einer Grippe wiederkommen.« Dann fügte sie, als müsse sie zu Ende bringen, was sie einmal begonnen hatte, hastig hinzu: »Nicholas hielt alles von Olivia fern. Er lebte in dem festen Glauben, dass er, wenn er immer um sie wäre, ihren Schmerz lindern und sie davor bewahren könnte, ihren düsteren Gedanken nachzuhängen. Er tat alles für sie, was in seiner Macht stand, man sah es ... ich meine, ich sah es ... und als ich erfuhr, wie er gestorben war, war ich sicher, dass er sich noch im Tod um sie kümmern wollte ... sie irgendwie auch vor dem beschützen, was danach kommt ...«

Auf dem Rückweg zum Gasthof trat Rutledge von einer Pfütze in die nächste. Es war ihm egal, wo er hintrat und ob seine Socken nass wurden oder nicht, obwohl damals, im Schützengraben, nasse Füße ein unbedingt zu vermeidendes Problem gewesen waren: nicht nur Stephen FitzHugh hatte seine Zehen beziehungsweise gleich einen halben Fuß verloren.

Hamish in seinem Hinterkopf schäumte offenbar vor Wut und wollte ihm etwas sagen. Aber Rutledge ignorierte ihn und konzentrierte sich auf Olivia Marlowe.

Wenn sie wirklich gewusst hatte, wo Richard begraben lag, dann hatte sie ihn auch ermordet. Dann war es ein Ort, an dem man ihn finden konnte. Dann war der Junge weder von Zigeunern entführt worden noch im Sumpf ertrunken, dann hatte sie ihn umgebracht und anschließend seinen Leichnam verborgen.

Wo Stiefmütterchen zum Zeichen Deiner
Schauen jährlich traurig auf.

Hatte Olivia das metaphorisch gemeint? Oder wörtlich?

»Das spielt doch keine Rolle. Vielleicht hat sie wirklich regelmäßig Stiefmütterchen an seinem Grab niedergelegt. Stiefmütterchen verwelken innerhalb von einem Tag. Und wenn sie jemand dabei beobachtet oder die Blumen zufällig gefunden hätte, wie hätte er wissen sollen, was Olivia mit ihnen verband?«

Zweitens der Engel, *ein zerbrechlich Engelein*. Sie selbst? Hatte Olivia über einen Ort gewacht, den sie mit ihrer Beinschiene erreichen konnte?

Sie hätte auf einem Pony reiten können, womit sich der mögliche Radius erweiterte. Er hatte recht daran getan, die Sümpfe nochmals absuchen zu lassen. Rutledge lenkte seine Schritte zum nächsten Geschäft. In dem kleinen Schaufenster gab es, neben farbenfrohen Wollknäueln, verschiedenen Stricknadeln und einer Auswahl Taschentücher, die ihn an die erinnerten, die er in Olivias Schlafzimmer gesehen hatte, ein großes Angebot an Bändern und Spitzenbesätzen. Als er die Ladentür öffnete, hätte ihm eine Sturmböe beinahe den Türknauf aus der Hand gerissen.

Erschreckt blickte die Inhaberin, eine Frau mittleren Alters, die mit Nadel und Faden an einem halb fertigen Spitzenkragen arbeitete, vom Kissen in ihrem Schoß auf. »Kann ich Ihnen behilflich sein, Sir?«, fragte sie und machte Anstalten, sich zu erheben.

»Bleiben Sie ruhig sitzen. Ich bin so durchnässt, dass ich besser nicht hereinkomme. Es geht mir lediglich um eine kleine Auskunft.«

Obwohl sie halb aufgestanden war, brachte sie es fertig, das Nähgarn nicht in alle Himmelsrichtungen fortrollen zu lassen. Bei näherem Hinsehen entdeckte Rutledge, dass sie es – wie er es schon im Krieg bei belgischen Nonnen beobachtet hatte – mit Stecknadeln am Kissen befestigt hatte.

»Worum geht es denn?«

»Ich suche den Gärtner der Trevelyans. Sein Name ist Wilkins.«

»Oh, da sind Sie hier falsch, Sir! Er wohnt weiter unten in einem kleinen Haus am Fluss. Sie können es gar nicht verfehlen. Vorne ist eine Steinmauer, dahinter ein kleiner Vorgarten, und hinter dem Haus hängen Bienenkörbe.«

Fünf Minuten später klopfte Rutledge an eine niedrige, vom überhängenden Schieferdach fast erdrückte Tür. Seine Schuhe quietschten bei jedem Schritt vor Nässe.

Wilkins öffnete in Pantoffeln und grinste, als er Rutledge sah. »Ich habe schon manch einen Ertrunkenen gesehen, der weniger nass war als Sie! Warten Sie hier, ich suche Ihnen ein paar alte Klamotten.«

Rutledge spannte seinen Schirm zu, während Wilkins durch

den Flur im hinteren Teil des Hauses verschwand, um kurz darauf mit einer Hand voll alter Kleidungsstücke zurückzukehren. Rutledge trocknete seine Schuhe, so gut es ging, und folgte dem Mann in die Küche, wo etwas, das verdächtig nach Kanincheneintopf roch, in der Ofennische brutzelte.

»Ich wusste, dass Sie im Laufe des Tages vorbeikommen würden. Man erzählt sich, dass Sie im Haus der Trevelyans und im Dorf herumschnüffeln, um etwas für London herauszufinden. Wegen der Toten. Naja, das überrascht mich nicht. Wenn Sie mich fragen, ist Inspektor Harvey ein Trottel und Constable Dawlish so sehr mit sich selbst beschäftigt, dass er links von rechts nicht unterscheiden kann! In dem Krug da habe ich gutes Bier, frisch vom Three Bells. Reichen Sie ihn mir, wir wollen ein Gläschen zusammen trinken.«

Rutledge griff nach dem schweren Steinkrug und übergab ihn Wilkins, der zwei Gläser füllte und sich mit einem erleichterten Seufzer setzte.

»Ich habe nie geglaubt, dass Mr. Brian bei einem Sturz vom Pferd ums Leben gekommen ist. Dazu war er ein viel zu guter Reiter. Er ist quasi mit einem Sattel unterm Hintern geboren worden, der wusste mit jedem Zossen umzugehen. Und niemand, der seine sieben Sinne beisammen hat, reitet über nasses Geröll am Strand, wo der Gaul sich alle Beine brechen kann. Ich sage Ihnen, was an jenem Tag passierte, war schlicht und einfach Mord an Ross und Reiter!«

12

Verdutzt starrte Rutledge den alten Mann an. »Haben Sie das damals jemandem gesagt? Ich meine, als Brian FitzHugh starb?«

Wilkins zeigte ihm sein zahnloses Lächeln. »Gütiger Gott, um auf der Stelle meine Arbeit zu verlieren? Mein Arbeitsplatz war sowieso schon gefährdet, als Mrs. Rosamund die Rennen aufgab. Überhaupt, was hätte ich ihr denn sagen sollen? Oder der Polizei?« Er trank einen Schluck Bier, machte einen zufriedenen Rülpser und zuckte die Achseln.

»Aber wenn Sie doch glauben, dass es Mord war …«

»Jawohl, es war Mord«, sagte er schroff. »Ich war da, als sie Alarm schlugen, und rannte los. Ich musste wissen, was passiert war und mich ums Pferd kümmern. Ich hatte es für Mr. FitzHugh gesattelt, von daher wusste ich, welches er genommen hatte!«

»Erzählen Sie.«

»Mr. FitzHugh lag mit dem Gesicht nach unten im Wasser. An seinem Kopf war Blut, und auch an einem der Felsen, wo er abgeworfen worden und in die Brandung gerollt war. Das Pferd stand weiter hinten zwischen den Klippen, rollte wie wild mit den Augen und zitterte am ganzen Leib. Ein Steigbügel hatte ihm eine Flanke aufgerissen. Ich hatte noch nie erlebt, dass Mr. FitzHugh bei einem seiner Pferde Steigbügel angelegt hat, und Luzifer trug nie mehr als das leichteste Geschirr. Er war so ein kluger Hengst, konnte beinahe Gedanken lesen! Irgendwas muss ihm eine Höllenangst eingejagt haben, sonst wäre er nicht durchgegangen. Aber ich weiß, dass er ohne Reiter im Sattel durchgegangen ist, so wahr ich hier stehe!«

»Wie kommen Sie darauf?«

»An Mr. FitzHughs Steigbügeln waren weder Pferdehaare noch Blut. Ich frage Sie: Wenn er genau da abgeworfen worden, mit dem Kopf auf dem Felsen aufgeschlagen, ins Wasser gerollt und mit dem Gesicht nach unten ertrunken war, warum lief dann Wasser aus seinen *Stiefeln*, als ich sie ihm auszog, damit wir ihn ins Haus bringen konnten?«

»Die Polizei hat doch sicher dieselbe Frage gestellt?«

»Jawohl, und sie hatte auch eine Antwort parat, nämlich dass die nahende Flut seine Hose und seine Socken durchweicht haben musste. Am Strand fand man nur unsere Fußspuren und die von Mr. Nicholas, die von seinem Boot hinaufführten. Nichts, das auf einen Kampf oder eine Auseinandersetzung hingedeutet hätte. Schließlich sagte der Doktor – ausgerechnet er sagte schließlich, Mr. FitzHugh sei nach dem Abwurf bewusstlos gewesen und ertrunken.« Er leerte sein Glas, dann rührte er den Eintopf um und kniff wegen der Hitze die Augen zu.

Rutledge beugte sich vor, zog seine Schuhe aus und sah sich seine Socken an. Sie waren vom Regen durchweicht. Seine Schuhe ließen sich schon biegen. Aber als er sie umdrehte, lief kein Wasser heraus. Die Socken und das Innenfutter hatten es völlig in sich aufgesaugt. Interessanter Sachverhalt, sagte er sich, als er sie wieder zuschnürte.

»Hat außer Ihnen niemand Verdacht geschöpft?«

»Doch, Mr. Cormac. Er sagte, sein Vater wäre niemals ohne Grund über Kiesel geritten.« Wilkins setzte sich an den Tisch, schenkte sich nach und bot seinem Gast einen weiteren Tropfen an. Rutledge schüttelte den Kopf. »Unter dem Sattelgurt war eine tote Biene«, sagte Wilkins, »die das Pferd gestochen haben muss. Damit gaben sich alle zufrieden. Aber ich ging später nochmal zurück und sah mich um. Mr. Nicholas hatte – wohlgemerkt vor dem Ereignis und der Aufregung – sein Boot nur ein paar Meter weiter an Land gezogen und es umgedreht, weil er später die Fugen abdichten wollte. Nun, ich schaute unters Boot und sah Fußspuren von Mr. Brians Reitstiefeln *und:* einen zweiten Abdruck, den die Flut schon halb fortgespült hatte. Er musste also dort gestanden und mit jemandem geredet haben. Er war nicht allein unten am Strand, zumindest nicht die ganze Zeit über!«

»Vielleicht war er da, als Nicholas Cheney mit dem Boot anlegte, und hat ihm geholfen, es über die Flutlinie zu ziehen?«

»Warum hätte Mr. Nicholas das dann nicht erwähnen sollen?«

»Da haben Sie Recht. Wer hätte einen Grund gehabt, Mr. FitzHugh umzubringen?«

Wilkins seufzte. »Das war das Problem, genau das. Mrs. Rosamund nicht – schließlich war sie *Mrs.* FitzHugh – sie wollte ihn bestimmt nicht loswerden. Die Zwillinge, nun ja, die waren noch so klein, dass sie immer ihr Kindermädchen dabei hatten, ob am Strand, auf der Landspitze oder in den Ställen. Miss Olivia war gehbehindert. Mr. Cormac war Mr. FitzHughs Sohn. Soweit ich weiß, hatte auch keiner der Angestellten Streit mit ihm. Mr. FitzHugh war zwar manchmal aufbrausend, aber er war gerecht. Niemand hegte einen Groll gegen ihn. Bliebe also nur Mr. Nicholas, der ja auch beim Boot gewesen war. Aber warum sollte ausgerechnet er seinem Stiefvater etwas Böses gewollt haben? Für mich machte das alles keinen Sinn. Also hielt ich meine Klappe und wartete ab, was passierte. Und da nichts passierte, hab' ich sie bis heute gehalten.«

Nicholas mochte vielleicht keinen Grund gehabt haben, seinen Stiefvater zu töten, aber falls er befürchtet hatte, dass Olivia hinter der Sache steckte, hätte er sie sicher um jeden Preis geschützt.

Hätte sie mit ihrer Schiene über die Klippen klettern können?

Er stellte die Frage laut. Wilkins dachte nach. »Für gewöhnlich hielt ihre Behinderung sie von nichts ab. Ich hab' oft erlebt, wie sie kämpfte, wenn sie ein Ziel erreichen wollte, das sie sich in den Kopf gesetzt hatte. Jawohl, sie konnte über die Felsen klettern wie eine Spinne, sie zog ein Bein nach dabei, langsam und vorsichtig. Wo ein Wille war, gab es für sie auch einen Weg.«

Sich an das entsinnend, was Constable Dawlish ihm erzählt hatte, fragte Rutledge: »Sie haben dem Pferd den Gnadenschuss gegeben, nicht wahr? Hat Olivia dabei zugesehen?«

»Jawohl, es war meine Pflicht, und eine ziemlich harte dazu. Ich hab' dieses Pferd geliebt, das ist wirklich wahr. Mr. Cormac schlang die Arme um Luzifers Hals und weinte hemmungslos. Miss Olivia kam zusammen mit Dawlish, der damals noch ein Junge war, dazu und rief. ›Können wir ihn nicht retten? Auch nicht, wenn er nie wieder ein Rennen laufen muss? Müssen Sie ihm den Gnadenschuss geben?‹ Und ich antwortete: ›Der Schmied hat sich seinen Vorderlauf angesehen, Miss, und meint, er würde nicht so weit heilen, dass Luzifer sein eigenes Gewicht tragen könnte.‹ Er war so elegant und schnell gewesen, ich hätte nicht mit ansehen können, wie er seine Tage als Krüppel fristet, bei jedem Schritt strauchelt – auch wenn ich ihr das nicht ins Gesicht sagte, schließlich war sie selbst gehbehindert!«

Er blickte in sein Glas und schwenkte es gedankenverloren. »Sie blieb, bis es vorbei war, und jammerte nicht, wie man es von einer jungen Dame wie ihr erwartet hätte. Danach sagte sie zu Mr. Cormac, wenn er sich so wegen Luzifer gräme, könne er doch helfen, ein Loch zu buddeln, um ihn zu begraben. Das taten wir dann auch, oben auf der Landspitze, Mr. Cormac, ein paar Stallburschen und ich.«

Rutledge ging zum Gasthof. Die Kirchturmuhr schlug zwölf. Der Platzregen war zum Nieselregen geworden, die Straße nicht länger ein reißender Sturzbach. Inzwischen waren mehr Dorfbewohner unterwegs, von denen einige ihm einen Gruß zunickten. Mrs. Trepol eilte an ihm vorüber und wünschte einen guten Tag, von Ferne erkannte er Rachel, die gesenkten Hauptes auf das Wäldchen zuschritt, welches das Dorf vom Trevelyan-Haus trennte. Hamish machte seinem Ärger Luft und lenkte ihn von den Aufgaben ab, die er an diesem Tag erledigen wollte. Oder war es sein eigener Widerwille?

Im Gasthof begrüßte ihn Mr. Trask, nachdem er ihm den Schirm abgenommen hatte, mit der Nachricht, dass im Salon ein Besucher auf ihn warte. Rutledge betrat den schmalen Raum, dessen Decke so niedrig war, dass er den Kopf einziehen musste. In dem kurzen Anfall von Klaustrophobie, der darauf folgte, konnte er zunächst nicht mehr als dunkle Möbel und einen kalten Kamin erkennen, bis sich ein großer, weißhaariger Mann aus seinem Sessel erhob und wartete, bis Rutledge ihn ansprach.

Als dieser sich erholt hatte, sagte er: »Mein Name ist Rutledge. Ich fürchte, Ihren Namen kenne ich noch nicht.«

Der Mann sah ihn abschätzig an. »Chambers. Thomas Chambers. Ich vertrete die Trevelyans vor Gericht …«

Rutledge wusste sein Gegenüber einzuordnen. Es war der Rechtsanwalt, der Rosamund umworben und beinahe ihr Herz erobert hatte. Der Familienanwalt, der die testamentarischen Angelegenheiten regelte. Rutledge betrachtete ihn interessiert, während er quer durch den Salon schritt, um die Lampen auf dem Kaminsims einzuschalten. Das Licht vertrieb schlagartig die dunkle, höhlenartige Atmosphäre, und es fiel ihm leichter, ruhig zu atmen und sich auf Chambers Worte zu konzentrieren.

»... und habe gehört, dass Sie ihre Todesumstände erneut untersuchen. Ich wüsste gerne, warum.«

Rutledge stand mit dem Rücken zum erloschenen Kamin. »Das Innenministerium möchte sichergehen, dass alles seine Richtigkeit hatte. Miss Marlowe – alias O. A. Manning – ist eine bekannte Persönlichkeit.«

Chambers schnaubte verächtlich. »Das können Sie vielleicht der örtlichen Polizei erzählen. Mich beeindrucken Sie damit nicht.«

»Sie sind misstrauisch?«, fragte Rutledge.

»Natürlich bin ich misstrauisch, wenn Scotland Yard meint, seine Nase in eine Erbangelegenheit stecken zu müssen, die mir obliegt.«

»Ist mit den Testamenten etwas nicht in Ordnung? Gibt es etwas, das Sie nervös macht?« Er verstand den Mann bewusst falsch, weil er seine Autorität untergraben und die Gesprächsführung an sich reißen wollte. Nicht, weil er ihm feindselig gesonnen gewesen wäre, sondern als gezielte, aggressive Taktik.

Chambers blickte in das dünne, hagere Gesicht seines Gegenübers, in das sich frühzeitig Falten eingegraben hatten und den weitaus Jüngeren vorzeitig alt wirken ließen. Auch Chambers Tonfall war nicht frei von Aggression: »Sie waren im Krieg, stimmt's?«

Rutledge nickte.

»Verwundet?«

Rutledge zögerte und sagte knapp: »Ja.«

»Das hab' ich mir gedacht! Stephen sah genau so aus, als er zurückkam. Ein Schatten seiner selbst. Und der verdammte Fuß hat ihn am Ende doch noch umgebracht.«

»Was haben *Sie* während des Krieges gemacht?«

»Man wollte mich nicht«, sagte Chambers widerwillig. »Zu alt, hieß es. Dabei kannte ich die Gegend von Frankreich besser als sie! Die Mutter meiner Mutter stammte von dort. Hirnrissiger Ort für Infanteriegefechte, bei Gott! Keine geografischen Vorteile. Keine Höhenzüge. Ihr marschiert in eine lange Sackgasse, sagte ich ihnen. Unmöglich hohe Verluste, sagte ich. Keiner kommt da als Sieger raus. Letztendlich entschieden natürlich die Amerikaner. Ließen alles hochgehen. Und mehr als ein Waffenstillstand kam am Ende nicht dabei heraus!« Plötzlich merkte Chambers, dass eins seiner Steckenpferde mit ihm durchgegangen war und der Vorteil wieder bei Rutledge lag. Er hielt inne und grinste.

»Schätze, Sie sind dran.«

Rutledge grinste unwillkürlich zurück. Er mochte Chambers. Er erkannte, was Rosamund FitzHugh an dem Mann angezogen hatte.

»Wer hat Sie hergeschickt?«, fragte Rutledge. »Susannah Hargrove?«

»Daniel Hargrove. Er war beunruhigt, weil es seiner Frau nicht gut geht und die ganze Geschichte sie sehr aufregt. Ich hab' gerade erfahren, dass sie wahrscheinlich Zwillinge bekommt, aber das wundert mich nicht, das liegt in der Familie.«

Beide standen sie noch immer. Rutledge vor dem Kamin, Chambers am Ende des Raums, wo er zu warten schien, dass Rutledge zu ihm kam, nicht umgekehrt. Rutledge wurde ungeduldig. »Setzen Sie sich endlich, Mann!« Wieder roch er den Geruch von nasser Wolle und versuchte ihn aus seinem Bewusstsein zu verdrängen. Aber Hamish ließ es nicht zu.

Nach kurzem Zögern setzte sich Chambers in einen der Kaminsessel. Im Raum kroch eine feuchte, abgestandene Kühle aus den Wänden und dem Boden hervor. Die Erde unter dem Haus schien nur darauf zu warten, die Mauern in sich aufzunehmen, wenn es einst seinem Eigengewicht nachgeben und in sie versinken würde.

Rutledge wählte den Sessel gegenüber von Chambers und sagte: »Eigentlich freut es mich, dass Sie gekommen sind. Ich hatte schon überlegt, Sie in Plymouth aufzusuchen.«

Überrascht entgegnete der Anwalt: »Aber nicht wegen der Testamente, nehme ich an?«

»Indirekt schon. Ich weiß, dass Olivia Marlowe ihren Halbbruder Stephen als literarischen Nachlassverwalter eingesetzt hat, bevor er kurze Zeit später selber starb. Bisher allerdings konnte ich ihre Notizen, Briefe und unveröffentlichten Manuskripte nicht auffinden. Haben Sie sie?«

»Nein. Aber meines Wissens wusste Stephen, wie viel ihr die Sachen bedeutet hatten und war bereit, die Verantwortung zu übernehmen. Falls Nicholas überlebt hätte, hätte er sie verwaltet.«

»Und nun, da beide tot sind?«

»Ja, das ist eine gute Frage. Ich glaube, Susannah, Mrs. Hargrove, wird sich nun darum kümmern. Stephen hat sie zwar nicht zur Verwalterin von Olivias Nachlass bestimmt, denn verstehen Sie, er machte ja sein eigenes Testament, als Olivia noch lebte, und es wäre unnatürlich gewesen, dergleichen einzukalkulieren. Aber da er alles andere ihr vermacht hat, denke ich, dass das Gericht Olivias literarischen Nachlass zu ihrem Erbe dazuzählen wird.«

»An Cormac FitzHugh geht demnach nichts?«

Chambers runzelte die Stirn. »Nein. Zwischen den beiden – ich meine Cormac und Olivia – bestand ein sehr ... kühles Verhältnis. Als sie ihr Testament aufsetzte, gab sie mir ausdrücklich zu verstehen, dass sie auf keinen Fall wünsche, dass Cormac ihre Angelegenheiten überantwortet werden. Da Stephen damals noch jung war, hatte ich ihr zunächst vorgeschlagen, dass sich ein älterer und erfahrenerer Mann um ihren Nachlass kümmern sollte.«

»Was war der Grund für ihr unterkühltes Verhältnis?«

»Das wurde mir nie ganz klar, und selbst Rosa ...« er errötete und verbesserte sich schnell »... Mrs. FitzHugh sagte mir einst, dass sie nicht wüsste, was dahinter steckte.«

»Darf ich also annehmen, dass Sie mit Mrs. FitzHugh näher bekannt waren?«

»Ja.« Er schaute auf seine Hände und drehte einen Ring an seinem kleinen Finger. »Ich hatte gehofft, sie eines Tages zu heiraten«, fügte er widerstrebend hinzu.

»Dann hätte sie Ihnen demnach den Grund genannt, wenn sie ihn gekannt hätte? Es war also keine Anstandslüge gegenüber einem Fremden?«

»Ich glaube, damals wäre sie ehrlich zu mir gewesen«, sagte er langsam. »Erst gegen Ende wurde es anders. Sie war verzweifelt. Ich flehte sie an, mir zu sagen, was nicht in Ordnung war, warum sie so aufgewühlt war. Aber sie wollte es mir partout nicht sagen. Der Doktor diagnostizierte eine depressive Verstimmung. Aber das war es nicht. Rosamund – Mrs. FitzHugh – war nicht von der Sorte Frau, die sich ständig selbst bemitleidet oder über das Leben an sich jammert. Sie hatte weiß Gott genug zu leiden gehabt und ein vielfach gebrochenes Herz, aber sie setzte all dem so viel Mut ...«

Seine Stimme versagte. Dann riss er sich zusammen. »Ich habe nie herausgefunden, warum sie sich umgebracht hat. Es hat Narben bei mir hinterlassen, und zwar nicht allein ihr Tod, sondern vor allem der Umstand, dass sie sich in ihrer Verzweiflung nicht an mich gewandt hat.«

Rutledge musterte ihn. Dichtes, weißes Haar, schwarze Brauen, ein kraftvolles, attraktives Gesicht. Er hatte breite Schultern und einen straffen, aufrechten Gang. Ein Mann, den man im Schützengraben vor dem Angriff neben sich wissen wollte; auf so einen konnte man sich verlassen, so einer würde nicht zusammenbrechen ...

Hamish schob unvermittelt dazwischen: »Aber würde so einer nicht auch sie in Schutz nehmen? Niemals würde er ihre Geheimnisse einem Fremden verraten, der nur Ärger macht!« Das stimmte allerdings.

Rutledge änderte seine Taktik. »Wer von den Trevelyans war der Mörder?«

Damit erwischte er Chambers auf dem falschen Fuß. Sehr verletzlich sah er aus ohne die Maske, die ihm die Juristerei und die Jahre aufgesetzt hatten.

Und doch hatte Rutledge ihn richtig eingeschätzt. Er war zwar verblüfft und für einen Moment sprachlos, aber er brach nicht zusammen.

»*Mörder*? Mein Gott, wovon reden Sie da, Mann?«

»Von einem kaltblütigen Killer, der aus Gründen, die ich nicht kenne, die Familie Trevelyan systematisch dezimiert hat. Er – oder sie – lebte dort, mit ihnen, unter ihrem Dach. So viel habe ich herausgefunden. Aber bislang fehlen mir die Beweise.«

Chambers starrte ihn fassungslos an, bevor sich seine Intelligenz nach dem ersten Schock zurückmeldete. »Das glaube ich Ihnen nicht! In *Rosamunds* Haus? Nein, das ist unmöglich. Sie klammern sich an einen Strohhalm und suchen nach Ausreden, um Ihren Ausflug hierher lohnenswert zu machen! Sie wollen sich auf dem Rücken von Menschen, die sich nicht mehr wehren können, *profilieren!*«

Rutledge lächelte ein halbes Lächeln, das sich nicht in seinen Augen zeigte. »Wenn Sie Recht hätten, könnte ich zwar eine Menge Schaden anrichten. Aber am Ende würde ich mir nur selbst schaden. Nein. Bitte folgen Sie mir, Mr. Chambers.«

Er stand auf und ging, ohne darauf zu achten, ob Chambers mit ihm ging, in den Flur, nahm seinen Mantel vom Kleiderständer und lieh sich ein zweites Mal den Schirm aus, während Chambers ihm langsam folgte.

»Wohin gehen wir?«

»Zum Haus der Trevelyans«, sagte Rutledge. »Legen Sie Einspruch ein?«

»Ich ... ich möchte dort lieber nicht hingehen!«

»Warum nicht?«

»Das geht Sie verdammt nochmal nichts an!« Zur Rechtfertigung flüchtete sich Chambers in seinen Zorn. »Ich bin weder Ihnen noch Scotland Yard im Geringsten verpflichtet. Nur meinen Klienten. Nichts zwingt mich dazu, der Polizei bei der Jagd nach einem Phantom zu helfen!«

»Wenn Sie ein reines Gewissen haben, sehe ich keinen Grund, warum Sie nicht mit mir zum Haus gehen sollten. Heute oder wann immer.«

»Nein.« Das klang endgültig.

Rutledge stellte den Schirm in den großen Messingständer zurück, ging wieder in den Salon und warf seinen Mantel über den erstbesten Sessel. Nach einer Weile kam ihm Chambers nach und schlug ostentativ die Tür hinter sich zu.

»Was wollen Sie von mir«, fragte er. »Was wollen Sie mit Ihren Ermittlungen erreichen? Eine lächerliche Mordanklage gegen die Familie Trevelyan?«

»Sie wissen genau, dass etwas in dem Haus nicht mit rechten Dingen zuging, ist es nicht so? *Rachel* spürte es, weil ... sie besonders sensibel war für die Stimmungen der Menschen, die dort lebten.« Unbeteiligt oder nicht, er konnte sich nicht dazu durchringen, ihm Rachels Zuneigung für Nicholas zu verraten. »Auch Sie reagieren empfindlich. Weil Sie für Rosamund sehr viel empfunden haben und wissen, dass sie keine Frau war, die sich grundlos umbringen würde. Oder, falls es Sie zu sehr schmerzt, an Rosamund zu denken, nehmen wir Nicholas. Haben Sie ihn für einen potenziellen Selbstmörder gehalten? Jemand, der sich im Stillen entschließt, sein Leben und das seiner Halbschwester zu beenden, statt sich seiner Zukunft zu stellen? Ein sentimentaler Pakt im Mondschein, an einem friedlichen Samstagabend? War Nicholas nicht vielmehr auch für Sie jemand, der eine schwere Bürde geduldig und stark ertragen würde?«

Chambers' Gesicht verriet keine Regung. Die Loyalität gegenüber seinen Klienten hatte Vorrang vor seinen Emotionen.

»Verdammt, Sie sind viel zu intelligent, um sich zu Sentimentalitäten hinreißen zu lassen, und trotzdem wollen Sie nicht in dieses Haus gehen. Das Haus behagt Ihnen nicht, es ist voller unheimlicher Energien, die an Ihren Nerven zerren. Ihre Intuition sagt Ihnen, dass dort irgendetwas absolut faul ist, aber Sie wollen nicht hören, Sie wollen nicht glauben, dass das, was Sie empfinden, wahr ist. Und aus eben denselben Gründen weigern Sie sich, mir bei der Suche nach Antworten zu helfen!«

Rutledge redete gegen eine Wand aus Schweigen. Aber allmählich bekam er ein Gefühl für die Stärke dieser Wand.

»Sogar ich habe die Vergangenheit des Hauses gespürt! O. A. Mannings Gedichte haben mich berührt; die Art, wie die Dichterin starb, hat mich ergriffen; ich bin so weit in die Sache hineingezogen worden, wie es einem Polizisten normalerweise nicht passiert. Und ich schwelge für gewöhnlich nicht in Stimmungen oder suche nach – wie nennen es diese Verrückten? – Schwingungen? Ich glaube auch nicht an Geister. Aber im Trevelyan-Haus spukt es, und zwar auf eine Weise, die weder Sie noch ich für übernatürlich halten.«

Chambers antwortete noch immer nicht. Aber sein Gesicht war blasser geworden, sein Mienenspiel angestrengter.

»Ich habe in diesen Teufelsverstecken, die man Schützengräben nennt, vier Jahre überlebt. Sie erschienen mir wie vierzig, wie ein ganzes Leben. Ich habe gelernt, meiner Intuition zu vertrauen. Die, die es nicht gelernt haben, sind gefallen. Ich hatte das Glück, sie zu besitzen, und der Krieg hat sie geschliffen. Ich erlebte, dass sie kein Hirngespinst war. Und auch kein Ersatz für den Gott, den ich verloren hatte. Was immer sie war, man lernte sie erkennen. Ein Hauch, ein Warnsignal, ein plötzlicher Argwohn, ein sekundenschnelles Verstehen, das einem das Leben rettete. Zweifellos war sie real, auf welch ungewöhnlichen Wegen sie auch voranschreiten mochte. Sie verschaffte den kleinen, entscheidenden Vorsprung vor dem Tod, und dafür musste man ihr dankbar sein. Doch dann verlor ich sie für eine Weile, aus Gründen, die hier keine Rolle spielen. Aber niemals hat sie mich ganz im Stich gelassen, und deshalb sage ich Ihnen, warum Sie sich fürchten, in das Haus zurückzukehren: Sie wissen, dass Sie dort Rosamunds Tod einholen wird. Unten in Plymouth können Sie sich etwas vormachen. Aber nicht hier. Nicht in diesem Haus!«

Rutledge sah, wie sich Chambers' Kiefer verkrampfte. Seine verzweifelte Abwehr. In seinem eigenen Kopf lärmte Hamish, er solle den Mann in Frieden lassen …

»Es war eine versehentliche Überdosis!«

Die Worte, die Chambers schließlich entfuhren, klangen, als wären sie den Tiefen seiner Seele gewaltsam entrissen worden. »Nein.« Rutledge blieb hart. »Rosamund hätte einen solchen Fehler nicht begangen. Sie war eine starke Frau. Sie war wie die Sonne und das Licht, nicht wie Verzweiflung und Dunkelheit. Es war kein Selbstmord, und es war keine versehentliche Überdosis.«

»Ich weigere mich, an einen Mord zu glauben!«

»Weil Sie denken, dass, wenn es Mord war, Sie eine Mitschuld trügen. Da Sie Rosamund liebten und sie heiraten wollten. Weil Sie ihr Herz erobert hatten. So wie ein Selbstmord die Zurückweisung Ihrer Liebe bedeutete, würde ein Mord bedeuten, dass irgendjemand im Haus keinen neuen Stiefvater haben wollte, keine neue Familie. Kein neuerliches Warten auf was immer es war und das er – oder sie – so sehr begehrte, dass er – oder sie – dafür Morde begehen konnte.«

Hamish war erzürnt: »Wer hat dir denn diese Ideen in den Kopf gesetzt?«

Im Aufruhr seiner Gefühle antwortete Rutledge der Stimme kurzerhand laut: »Ich wusste es bisher selbst nicht. Aber jetzt macht alles einen Sinn. Ich erkenne das Schema!«

So war es. Olivia hatte ihre Familie systematisch eliminiert – die Zwillingsschwester, die ihr so ähnlich war, dass sie ihr die Liebe des Großvaters wegnahm. Die Stiefväter, die sie nicht leiden konnte. Den Halbbruder, der den Tagesrhythmus durcheinander brachte und zu viel Aufmerksamkeit beanspruchte. Die Mutter, die wieder heiraten wollte. Nur nicht Nicholas, nein, Nicholas nicht, der sich so aufopfernd um sie gekümmert hatte. Zumindest nicht solange er noch diesen Zweck für sie erfüllte …

Hamish widersprach heftig. Rutledge ignorierte ihn. Er war erregt, beunruhigt, ja erschrocken über den Streich, den ihm seine Intuition ohne Vorwarnung gespielt hatte.

Bevor er ein Motiv in der Hand gehabt hatte, hatte er seine Mutmaßungen über Olivia noch für sich behalten können. Oberflächlich hatte er sich nicht eingestanden, was er in Wirklichkeit glaubte, denn es gab keinen eigentlichen Beweis außer ihren sorgsam gehüteten Jagdtrophäen. Es war denkbar, vielleicht wahrscheinlich und anscheinend für sie durchführbar gewesen – aber es war nichts als reine Theorie. Seine eigenen verquälten Gedanken.

Aber jetzt, jetzt war die Theorie zur Realität geworden.

Beinahe hätte er Chambers vergessen, der in dem dunklen Zimmer mit der niedrigen Decke an der Tür stand wie jemand, der sich verlaufen hatte und auf ein Zeichen hinaus wartete.

Chambers heisere Stimme schreckte ihn auf.

»Verflucht seien Sie! Wären Sie doch in Frankreich gestorben!« Chambers war erbittert.

Rutledge wusste, dass er gewonnen hatte.

Aber es war ein Sieg mit schalem Beigeschmack. Beide Männer war er teuer zu stehen gekommen.

Erschöpft und ausgelaugt, wie Rutledge war, merkte er, dass auch er vor einem gähnenden Abgrund stand, vor der Dunkelheit, gegen die er so lang im Krankenhaus und vor kurzem erneut in Warwickshire angekämpft hatte. Sie schien ihn zu rufen, zu locken wie eine Sirene, an einen Ort ohne Licht, voll Frieden und Stille, wo nichts und niemand ihm etwas anhaben konnten.

Die Ärzte hatten ihn gewarnt, es sei riskant, sich zu früh wieder dem Druck des Yards auszusetzen, er habe nicht die nötige Stabilität dafür – er aber hatte hartnäckig dafür gekämpft, wieder zurückkehren zu dürfen.

Dann fiel ihm eine Zeile aus einem ihrer Gedichte ein. Wie ein gleißend heller, todbringender Faden sponn sie sich durch seinen Kopf:

Wenn ich sterben will,
Wird Frieden sein,
und Dunkelheit, kein Schmerz.
Das Grab ist sicher …

Olivia selbst forderte ihn zum Scheitern auf, die Dunkelheit zu wählen und die Vergangenheit auf sich beruhen zu lassen. Chambers würde in Zukunft nicht mehr mit sich reden lassen, dessen war Rutledge sicher …

Auch die Schlusszeilen des Gedichts drängten sich auf:

Wenn ich leben will,
Wird es nie, oh Gott, wie früher sein …
Doch herrschen werde ich …

Das Dilemma der Olivia Marlowe, mit derselben Kraft konnte sie geben wie nehmen.

13

Chambers klang noch immer heiser: »Ich muss etwas trinken, und so wie Sie aussehen, schätze ich, für Sie gilt das Gleiche.« Er ging über den Flur in den Schankraum, wählte einen Fensterplatz, rückte einen Stuhl für Rutledge zurecht und ließ sich auf seinen Stuhl sinken. In dem trüben Licht wirkte er müde und alt. Aber Rutledge wusste, dass das eine Illusion war.

Trask eilte herbei und fragte, was sie trinken wollten. Chambers bestellte zwei Whiskeys, wobei er mit einem kurzen Blick prüfte, ob Rutledge einverstanden war. »Machen Sie zwei doppelte, danach wollen wir essen. Ich kann nicht halb nüchtern nach Plymouth zurückfahren.«

Als Trask wieder weg war, seufzte Chambers: »Sie sind ein verdammt harter Bursche, wissen Sie das?«

»Ich bin dickköpfig, mehr nicht.«

Chambers lächelte grimmig. »Nun, das bin ich auch. Ich habe Rosamund geliebt, verdammt, und kann nicht glauben, dass ich die Gründe für ihr Unglück am Ende nicht gekannt habe, und ich kann einfach auch nicht glauben, dass jemand aus ihrer Familie … abgrundtief böse ist. Darauf liefe es hinaus. Ich meine nicht nur boshaft, verstehen Sie. Dazwischen liegt ein großer Unterschied. Glauben Sie an das Böse, Inspektor, oder haben Sie den Glauben daran verloren, wie den an Gott?«

»Ich habe in meinem Beruf genug Böses gesehen. Ich respektiere seine Existenz.«

»Ja, Sie haben wahrscheinlich Recht. Ich, als Anwalt vom Lande, bekomme es nicht oft mit Verbrechen zu tun, eher mit Eigentumsdelikten, Testamenten und Verträgen, dem alltäglichen Kleinkram des Lebens. Aber weiß Gott, wie oft bringt das Geld die Menschen nicht dazu, sich von ihrer schlechtesten Seite zu zeigen! Trotzdem kommt es mir vor – obwohl ich einiges vom

Abschaum des Lebens gesehen habe –, als sei das Böse etwas, das wir nicht verstehen, weil wir es nicht verstehen können.«

»Das sollten Sie Pfarrer Smedley erzählen. Er neigt zu ähnlichen Ansichten.«

»Ja, ich kenne ihn, ein guter Mann. Aber was ich damit sagen wollte, ist, dass ich zwar jedes Mitglied von Mrs. FitzHughs Familie gekannt, aber nichts Böses geahnt habe. Ich kann nicht mit dem Finger auf einen von ihnen zeigen und sagen ›Da habe ich so meine Zweifel‹ oder ›Bei dem oder der ist mir nicht ganz geheuer‹. Ich will damit nicht sagen, dass ich auch nur einer Ihrer Ausführungen im Geringsten zustimme«, fügte er umständlich hinzu, »ich nehme lediglich Ihre Argumentation auf …«

Doch Rutledge spürte, dass Chambers seinen Gedanken zu folgen begann. »Stephen und Susannah können wir ausschließen. Beide kamen erst zur Welt, nachdem es schon begonnen hatte«, sagte er.

»Begonnen? Was?«

»Die Sache mit Anne, Olivias Zwillingsschwester. Um genau zu sein, ihr Tod.«

»Verdammt, sie ist von einem Baum gefallen!«

»Oder es hat sie jemand heruntergestoßen. In ihrem Fall ist unsere Auswahl groß: Nicholas, Rachel, Olivia. Rosamund. James Cheney und Brian FitzHugh. Cormac. Sie alle lebten damals noch. Und die Angestellten. Die können wir nicht einfach von der Rechnung streichen.«

»Die Erwachsenen können Sie ausschließen«, sagte Chambers zögerlich. »Die waren nicht dabei, als es passierte. Nicht mal eines der Kindermädchen.«

Rutledge ging nicht weiter darauf ein, sondern sagte: »Als Nächster kam der kleine Richard an die Reihe.«

Chambers' dunkle Augenbrauen zogen sich ruckartig nach oben. Trask erschien mit den Gläsern. Als er wieder fort war, sagte Chambers: »In Ordnung. Er war ins Moor hinaus gegangen, während eines Familienausflugs. Olivia war mit …«

Er hielt inne.

Rutledge wartete und beobachtete, wie das Hirn hinter den ungläubigen Anwaltsaugen fieberhaft arbeitete.

»Nein!«, stieß er atemlos hervor. »Nein, das akzeptiere ich nicht! Nicht Olivia! Für ihren Großvater war sie das Ein und Alles. Sie war ein Abbild Rosamunds. Um Himmels willen, sie war eine so mutige und scharfsinnige Frau, auch ohne die Gedichte! Niemals hätte sie einem Kind etwas zu Leide tun können!«

»Aber merken Sie denn nichts? Genau das macht einen erfolgreichen Mörder aus: Niemand glaubt, dass er oder sie hinter einer solchen Grausamkeit stecken kann.«

Chambers schüttelte hartnäckig den Kopf. »Nein. Wenn Sie unbedingt jemanden beschuldigen wollen, dann nehmen Sie Cormac. Rosamund war nicht seine Mutter, und da ich nichts über seine Kindheit weiß, würde es mir leichter fallen, ihn zu verdächtigen. Ja, Cormac würde ich als Hypothese akzeptieren! Aber nicht Olivia!«

»Also gut, Cormac, wenn Sie wollen. Was hätte er damit gewonnen gehabt, Anne zu töten? Oder den kleinen Richard? Der Tod von James Cheney hat zwar den Weg frei gemacht für Cormacs Vater, die trauernde Witwe zu heiraten, trotzdem ist Cormac nie an die Reihe gekommen, das Haus oder viel Geld zu erben, und so ist es noch immer. Ich weiß nicht, wie Susannah Hargroves Testament aussieht, aber ich nehme an, dass sie ihren Teil an dem Grundstück nach ihrem Tod ihrem Mann vermachen wird, wenn er noch lebt und es bis dahin noch nicht verkauft worden ist.«

»Ich bin an mein Gelübde gebunden und werde Ihnen nicht in allen Einzelheiten sagen, wie ihr Testament aussieht. Bezüglich dieses Punktes kann ich allerdings offen zu Ihnen sein. Susannah wird ihren Teil am Familienbesitz nicht an Cormac vererben. Sie muss an ihre eigene Familie denken. Schließlich bekommen die Hargroves bald Zuwachs.«

»Wieso hätte Cormac zum Mörder werden sollen? Er hätte doch nichts gewonnen? Zudem fiele zweifelsohne auf ihn als Außenstehenden der erste Verdacht. Unter den Kindern mag es Eifersüchteleien gegeben haben, aber würde eine derartige Raserei zu ihm passen? Nein, Cormac scheint mir ein bedächtiger Mann zu sein, der nur bei seinen Geschäften ein kalkuliertes Risiko eingeht, nicht jedoch im Privatleben.«

»Hm, da muss ich Ihnen zustimmen«, gab Chambers widerstrebend zu. »Er hatte keinen Grund zur Eifersucht. Rosamund hat sich erstens um seine Erziehung gekümmert und ihn zweitens nach seinem Studienabschluss in Cambridge in einflussreiche Londoner Kreise eingeführt. Sie hat ihn behandelt wie einen eigenen Sohn. Den Rest hat er seinen beträchtlichen Fähigkeiten zu verdanken. Das bringt uns zurück zum Ausgangspunkt. Aber selbst wenn man bedenkt, dass Richard unter Olivias Aufsicht verloren ging, sehe ich für Ihren Mordverdacht kein hinreichendes Motiv.«

Er leerte sein Whiskeyglas, machte Trask ein Zeichen, und sagte über die Schulter hinweg: »Ich möchte Sie eines fragen: Angenommen, Sie haben Recht, wohin wird Ihre Jagd auf eine Tote, wie böse sie auch gewesen sein mag, führen? Doch sicher nicht vor Gericht!«

»O. A. Manning ist im allgemeinen Bewusstsein noch recht lebendig«, gab Rutledge zurück.

Chambers drehte sich mit einem abschätzigen Blick zu ihm um. »Allmählich beginne ich zu verstehen«, sagte er leise.

Chambers verließ den Gasthof nach dem Essen, allerdings nicht ohne einen letzten Kommentar: »Ich werde Sie erst wieder anhören, wenn Sie mir unwiderlegbare Beweise vorlegen. Bis dahin werde ich mein Bestes tun, keines Ihrer Worte zu glauben. Und mein Bestes ist ziemlich gut, so viel können Sie mir glauben.«

Die Mahlzeit schien ihm sein Gleichgewicht zurückgegeben zu haben.

Als Rutledge sich die schmale Treppe zu seinem Zimmer hinaufschleppte, merkte er, wie müde er war.

Chambers Verhalten hatte ihm deutlich gezeigt, wie weit er zum jetzigen Zeitpunkt mit dem Fall vor Gericht kommen würde. Er hatte den Anwalt nachdenklich gestimmt, nicht mehr und nicht weniger. Und ein Leitsatz des Yards lautete: »Die Reaktion der Geschworenen ist stets so zuverlässig wie die Beweise, die man präsentiert.«

Also gut, was sollte er als Nächstes tun?

Die Männer, die bei dem miesen Wetter das Moor durchkämmten, mussten einfach etwas finden, das seinen Verdacht erhärtete …

Richards Leichnam, die Spuren, die er möglicherweise aufwiese, würden seine Ermittlungen voranbringen. Aber wer war sein Mörder? Was, wenn am Grab des Jungen keine Stiefmütterchen wuchsen, wie in Olivias Gedicht?

Am Nachmittag machte Rutledge sich im wabernden Nebel auf die Suche nach dem abgelegenen Häuschen der alten Hebamme, nachdem Trask ihm widerstrebend den Weg verraten hatte.

»Einige sagen ja, sie sei harmlos. Aber mir persönlich jagt sie Schauer über den Rücken!«, vertraute er Rutledge an. »Du weißt nie, woran du bei ihr bist. Diese Augen … sie bohren sich in dich wie ein Fleischermesser, dringen bis auf die Knochen.«

»Man sagte mir, sie sei eine gute Pflegerin.«

»Ja schon, das ist sie bestimmt. Aber was stiehlt sie dir, sobald du nicht aufpasst?« An seiner Miene sah Rutledge, dass er nicht an Geld oder wertvolle Kronleuchter dachte.

Solche Ängste führten damals zur Hexenverfolgung, dachte Rutledge, als er aufbrach.

Sadie lebte in einer kleinen Seitenschlucht des Tals, durch das der Bor floss – eine Sackgasse, in der ihr reetgedecktes Haus wie eine graue Kröte im Regen saß. Dem Hang und dem schmalen Streifen ebener Erde, auf dem ihr Haus stand, hatte sie einen kleinen Garten abgerungen, in dem die verschiedensten Kräuter blühten – von denen er nur die wenigsten beim Namen hätte nennen können –, sowie Kohlköpfe, Zwiebeln, Möhren und viele vom Regen geknickte Blumen standen. Ein Dutzend regendurchweichter Hühner scharrten im Stall hinter dem Haus im Schlamm.

Sie musste ihn bereits gesehen haben, denn die alte Holztür stand einen Spalt weit offen, als er bei ihr ankam. »Legen Sie Ihren Schirm ab und treten Sie sich die Schuhe ab!«, befahl sie. »Ich will keinen Dreck im Haus haben!«

Er tat wie ihm geheißen und war erstaunt über den niedrigen, hell erleuchteten Raum, der als Küche und Wohnzimmer in einem diente. Die Wände waren weiß verputzt und glänzten wie frische Butter im Schein des kleinen Feuers, das den Kamin, der vom Volumen her ein ganzes Schwein hätte fassen können, nicht annähernd ausfüllte. Dennoch war es warm im Zimmer. Die hellen Flickenteppiche schirmten die Nässe von unten her ab. Die Möbel hatten bessere Tage gesehen, ehedem aus zweiter Hand, waren sie alt und abgenutzt. Von den Deckenbalken hingen zusammengebundene Kräuter und Blumen und verströmten seltsame Düfte. Ihr Brennholz bewahrte sie in geflochtenen Weidenkörben auf. Eine schwarze Katze lag schlafend auf einem Kissen am einzigen Fenster – ob das ihr Gehilfe war?, fragte er sich halb im Spaß.

Sadie musterte ihn mit ihren berühmten hellen Augen von Kopf bis Fuß. »Was bringt einen Londoner Polizisten dazu, durch den westenglischen Regen zu spazieren, um mit einer alten Frau zu reden?« Heute schien sie bei klarem Verstand zu sein, dachte er. Es war nichts von jener Verdrossenheit zu merken, die sich ihrer Stimme beimischte, wenn ihr Geist sich zu verwirren begann.

»Ich versuche anhand der vorhandenen Informationen die Familiengeschichte der Trevelyans zu rekonstruieren. Das wissen Sie doch bereits«, sagte Rutledge milde. »Ich dachte, Ihnen könnte vielleicht noch etwas einfallen, das mich weiterbrächte.«

»Zum Beispiel?«

»Zum Beispiel, was aus dem Personal geworden ist.«

»Das hat sich in alle Winde verstreut. Sie haben in anderen Häusern angefangen, sich zur Ruhe gesetzt, oder sind tot.«

»Erinnern Sie sich an die Namen der Angestellten?«

Sie lächelte. »In meinem Alter?« Strengen Sie sich ein bisschen an, dann geht es, dachte er. Sie aber sagte: »Fragen Sie Mrs. Trepol. Oder den Pfarrer.«

»Dann erzählen Sie mir bitte etwas über Nicholas Cheney.« Plötzlich schien Argwohn in ihren Augen auf.

»Warum sollte ich? Mir liegt nichts daran, mit Ihnen über ihn zu sprechen.«

»Ich möchte verstehen, warum er sich umgebracht hat. Warum er beschlossen hat, an Olivias Seite zu sterben. Es scheint nicht … nicht zu ihm zu passen.«

Sie gluckste. »Haben Sie schon einmal jemanden gesehen, der einen Gasangriff erlebt hat?«

»Mehrfach.« Die verkrusteten Gesichter, die roten pusteligen Münder, das heisere Nach-Luft-Schnappen. Die Vorstellung ließ ihn schaudern.

»Dann brauche ich Ihnen nicht zu beschreiben, wie den Opfern die Lunge brennt, weil sie nicht atmen können, wie die Luftröhre schmerzt, wenn sie am eigenen Schleim halb ersticken. Er sagte, sein Traum sei es, einmal im Leben wieder den Duft von Veilchen und Zitronen riechen zu können.«

»So krank war er nicht. Das wissen Sie. Und ich weiß es inzwischen auch.«

Sie ging zum Fenster, streichelte die Katze und wandte ihr Gesicht von ihm ab. »Stellen Sie mir keine Fragen zu Nicholas Cheney. Oder zum kleinen Richard. Denn seinetwegen sind Sie gekommen, das sehe ich Ihnen an, außerdem habe ich die Männer gesehen, die das Moor absuchen.«

»Ziehen Sie in Ihrem Garten Stiefmütterchen?«, fragte Rutledge, während er die Spitzen der Strohblumen berührte, die vom Gebälk herabhingen und knisterten, als er sie zwischen seine Finger nahm.

»Sie eignen sich nicht gut zum Trocknen«, sagte sie, richtete sich auf und sah ihn an.

»Wachsen im Moor viele Stiefmütterchen?«

»Manchmal ja. Abtrünnige, die der Wind herüber weht oder von einem Vogel gebracht werden.« Sie schaute ihn noch misstrauisch an, aber diese Fragen machten ihr keine Angst. Er fragte sich warum. »Stiefmütterchen mögen kühle Frühlingstage und Schatten am Nachmittag. Wenn Sie Stiefmütterchen suchen, dann gehen Sie an die Orte, an denen sie sich wohl fühlen. Vergessen Sie die Stellen, wo sie von Menschenhand angepflanzt werden.«

Rutledge betrachtete sie. Ihren alten, gebeugten Körper, ihre müden, hellen Augen. All dieses Wissen, die Erfahrung eines langen Lebens, dachte er, all dies würde bald vom Alter vertilgt werden und in Vergessenheit geraten. Er entsann sich eines Kaplans, den er im Krieg kennen gelernt hatte. Er hatte eine Kurzandacht für sechs bei einem Bombenangriff getötete Soldaten abgehalten und gesagt: »Sie werden niemals alt sein ... werden weder Angst noch Kälte und Hunger und Schmerz empfinden, noch wird je ein geliebter Mensch vor ihnen gehen. Niemals werden sie auf das Mitleid der Jungen angewiesen sein. Sie werden viel versäumen: nicht einmal werden sie ihre Kinder in den Armen ihrer Frau, den Sommermond über dem Meer oder die Schönheit einer Rose wiedersehen, und doch haben sie, was wir alle uns am Ende wünschen – ewigen Frühling. Denn nicht ihr Leid, sondern unseres ist es, das uns quält.« Merkwürdigerweise hatten diese Worte den erschöpften Männern zum Trost gereicht. Nicht allerdings dem Kaplan selbst, dachte Rutledge.

»Hatten Sie ein glückliches Leben?«, fragte er die Alte.

Sie erschrak. Zuerst sah man es dem ganzen Gesicht, dann nur noch ihren Augen an. »Das hat mich noch niemand gefragt«, sagte sie leise. »Nein. Ich hatte nie die Chance, das Glück zu wählen. Immer nur Arbeit. Ich weiß nicht, ob es nicht am Ende besser war. Wer glücklich ist, muss auch viel leiden.«

»Hat Olivia Marlowe sehr gelitten?«

»Miss Livia? Wie die anderen hat sie bei den Beerdigungen geweint.«

»Nein. Ich meine, litt sie an ihrem Schicksal? Nicht an der Lähmung. Nicht an den Gedichten. Nicht an den Toten der Familie. Ich meine: litt sie an sich *selbst*?«

»Ja«, sagte die Alte nach langem Schweigen. »Ihr lag eine schwere Last auf der Seele, die sie unmöglich loswerden konnte. Vor langer Zeit sagte sie einmal zu mir, Gott habe ihr ein Leiden auferlegt. Ich fragte, welcher Art? Sie sagte, sie müsse mit dem Bösen leben und wisse nichts dagegen zu tun.«

»Außer sich umzubringen?«

Sadie runzelte die Stirn. »Ich weiß nicht, Sir. Ich bete für sie, dass dem so war. Ich ertrage den Gedanken nicht, dass ihre Seele keinen Frieden haben könnte!«

Er wandte sich zum Gehen, als ihm eine letzte Frage einfiel: »War sie der zerbrechliche Engel, der an Richards Grab wacht?«

Doch Sadie wusste nicht, wovon er sprach. »Sie war gehbehindert, ja, aber zerbrechlich war sie nicht. Und ich würde sie auch keinen Engel nennen. Sie hatte Gefühle wie jede andere Frau!«

Durchnässt, müde und niedergeschlagen schlenderte Rutledge zum Gasthof zurück und ging gleich durch bis zur Bar. Aber die letzte Nachmittagsrunde war schon vorbei, und so ging er auf sein Zimmer, während Hamish unablässig in seinem Kopf rumorte, sodass er sich nicht auf die Gedichtbände konzentrieren konnte, die er von der Ablage neben seinem Bett nahm. Zudem fühlte er sich bei der Lektüre wie ein Spitzel, und so legte er die Bände nach kurzer Zeit wieder zurück.

Rachel erschien zum Abendessen im Gasthof, weil sie, wie er annahm, erfahren wollte, was er in der Zwischenzeit herausgefunden hatte. Es stimmte ihn froh, sie durch die Tür kommen zu sehen.

»Mir ist zu Ohren gekommen, dass Sie heute mit Tom Chambers gesprochen haben?«, fragte sie, nachdem sie seinem Angebot gefolgt war, sich an seinen Tisch zu setzen.

»Ich bin überrascht, dass die Gerüchteküche Sie noch nicht über den Inhalt unseres Gesprächs informiert hat.«

Sie lächelte. Die Anspannung wich für einen Moment aus ihrem Gesicht. »Um die Wahrheit zu sagen: Mr. Trask hört nicht mehr gut.«

Er lachte laut auf.

Ihren Kopf neigend sagte sie: »Sie wirken jünger, wenn Sie lachen. Ich habe mich oft gefragt, was aus Peter geworden wäre, wenn er den Krieg in Afrika überlebt hätte. Bei Stephen schien es zunächst, als würde Frankreich ihm nichts ausmachen – er war ein Draufgänger. Aber denken Sie nicht, dass er damit geprahlt hätte! Irgendwie schien es … wie ein neues Spiel für ihn zu sein, das er sehr gut beherrschte. Als dann die Sache mit seinem Fuß passierte und sie ihn, kaum einen Monat vor dem Waffenstillstand, nach Hause schickten, dachte ich: Sicher wird er das halbe Lazarett mit seiner guten Laune anstecken. Aber stattdessen war er furchtbar deprimiert. Als hätte es ihm zwar nichts ausgemacht zu sterben, aber sehr viel, seinen Fuß zu verlieren. Es war sehr merkwürdig.«

Er erzählte ihr nicht, dass gerade die, die den Tod verspottet hatten, ihn häufig am meisten gefürchtet hatten. Sie hatten sich ihm scheinbar mutig entgegen geworfen, weil sie nicht untätig abwarten wollten, bis er käme und sie in dem Loch erwischte, in das sie sich verkrochen hatten. Er kannte das aus eigener Erfahrung – hatte selbst oft Kopf und Kragen in der Hoffnung riskiert, dass das unerträgliche Leiden bald ein Ende hätte.

Da er schwieg, fuhr sie fort: »Aber eigentlich wollte ich Sie wegen Thomas Chambers ausquetschen, nicht?«

»Wollen Sie mir den Arm umdrehen? Das würde Mr. Trask auf den Plan rufen, ganz zu schweigen von der Gerüchteküche, die noch vor dem Morgengrauen überkochen würde. Wie wollen Sie es denn anstellen?« Während er sie aufzog, dachte er darüber nach, was er ihr sagen wollte.

»Sie wollen mir also nichts sagen?« Sie war enttäuscht.

»In Wahrheit gibt es kaum etwas zu sagen«, sagte er sanft. »Er wollte wissen, was zum Teufel ich in seinem Revier zu suchen hätte – darin klang er sehr nach Cormac FitzHugh und Dr. Hawkins – und sagte, falls Stephen Olivias Notizbücher geerbt habe, dann habe er – Chambers – keine Ahnung, was aus ihnen geworden sei. Und dass, falls sie auftauchten, sie am wahrscheinlichsten in Zukunft von Susannah verwaltet würden.«

Rachel dachte darüber nach. »Ich frage mich, was sie mit ihnen anstellt.«

»Sie sind viel wert. Ich weiß nicht, wie viel Geld sie unter dem Auktionshammer einbringen würden. Oxford wäre froh, sie zu bekommen. Oder Cambridge. Sie war eine großartige Dichterin.«

»Aber eine Frau. Ich bezweifle, dass man sie auch in Zukunft so hoch schätzen wird, da inzwischen jeder weiß, wer O. A. Manning war. Zum Beispiel ihre Kriegsgedichte – sie schienen mir so, ich weiß nicht, echt zu sein, das Ergebnis einer *persönlichen* Erfahrung. Dabei war sie nie in Frankreich. Sie trug eine Schiene. Sie ist fast nie aus Cornwall heraus gekommen, geschweige denn, dass sie den Krieg mit eigenen Augen gesehen hätte.«

»Hätte sie erst ein Gewehr schultern und jemanden umbringen müssen, um den Krieg zu verstehen?«

»Ich weiß es nicht«, antwortete Rachel ehrlich. »Ich war auch nicht in Frankreich. Ich mag zwar die Worte bewundern, die sie zu Papier gebracht hat, aber ich war niemals dort.«

»Rachel, Ihr Mann war im Krieg. Nicholas und Stephen waren in Frankreich. Alle drei haben Sie geliebt. Was haben Sie in der Zeit empfunden?«

Er wusste, was Jean empfunden hatte – sie wollte ihn unverändert wieder haben, ohne die vier Jahre voller Leiden, Schuld und Schmerz, die zwischen ihnen standen. So wie er vorher gewesen war, nichts sollte sie daran erinnern, dass er jemals fort gewesen war. Der Mann, zu dem er geworden war, hatte ihr Angst eingejagt. Der Mann, den sie geliebt hatte, war in Frankreich geblieben.

Sie zögerte. »Hauptsächlich Angst. Ich fürchtete mich so. Der Krieg zog sich dahin, schien niemals enden zu wollen. Man redete sich ein ›Er hält noch ein paar Tage durch, noch einen Monat, bis zum Ende des Jahres ist es nicht mehr weit‹, und doch wusste man tief im Innern, dass er nicht ewig überleben konnte, simple Wahrscheinlichkeit, die Zahl der abgegebenen Schüsse, der abgeworfenen Bomben, der Attacken und Heckenschützen – alle finden irgendwann einmal ein Ziel. Es ist eine Sache des Zufalls – der Krieg ist ein Glücksspiel ...« Sie unterbrach sich, um die Serviette auf ihrem Schoß zu platzieren, damit er ihren Gesichtsausdruck nicht sehen konnte. Rutledge fragte sich, ob sie in erster Linie von Peter oder von Nicholas sprach. Und sagte sich, dass es Peter gegenüber gemein war, sich diese Frage überhaupt zu stellen.

Dann fuhr sie mit veränderter Stimme fort: »War das alles, was Sie Mr. Chambers zu sagen hatten? Oder er Ihnen?«

»Was hätte er mir denn sagen sollen? Dass er nur auf mich oder jemanden wie mich gewartet hat, der hierher kommt und die Büchse der Pandora öffnet?«

»Nein«, sagte sie wehmütig. »Ich weiß nicht, was ich erwartet habe. Nicht genau.«

»Mochte Olivia Blumen? Stiefmütterchen zum Beispiel? Hat sie jemals welche im Garten angepflanzt? Oder draußen im Moor?«

»An der Grundstücksgrenze standen ein paar Reihen Stiefmütterchen. Ich weiß nicht, wer sie ursprünglich dort angepflanzt hatte. Nicholas mochte sie sehr. Stiefmütterchen im Moor ...«, sie schüttelte den Kopf, »ich kann mich nicht erinnern, dort jemals

Stiefmütterchen gesehen zu haben. Andererseits habe ich nie auf sie geachtet.«

»Ich lasse das Moor noch einmal absuchen. Nach Richards Leiche.«

Rachel seufzte. »Glauben Sie wirklich, dass Sie ihn finden werden? Nach all den Jahren?«

»Wer weiß? Wir werden sehen.«

»Constable Dawlish war darüber bestimmt hoch erfreut!«

Rutledge zuckte die Achseln. »Ich habe mich nicht nach seinen Gefühlen erkundigt. Ich habe ihn lediglich gebeten, die Suche anzuordnen.«

Schweigend betrachtete sie ihn eine Weile, dann sagte sie: »Sie sind es gewohnt, Ihren Willen durchzusetzen, nicht wahr?«

Verblüfft entgegnete er: »Nein. Ich bekomme nur selten meinen Willen. Aber wenn etwas getan werden muss und der örtliche Polizist es besser durchführen kann als ich, dann erwarte ich, dass er es tut. Er weiß, wen er einsetzen muss …«

»Während Sie«, sagte sie gereizt, »es sich in der warmen Stube gemütlich machen!«

»Wohl kaum. Ich habe Sie vorhin zum Haus gehen sehen. Was haben Sie dort gemacht?«

Trask brachte das Tablett mit ihren Bestellungen, Kotelett für ihn, Hühnerbrust für sie und stellte die Teller vor sie. Sie hatte also Zeit, sich ihre Antwort zu überlegen. Als der Wirt sich des Essens entledigt hatte und wieder verschwunden war, hatte sie eine Antwort parat. Aber auch Rutledge hatte sich eine weitere Frage ausgedacht.

Mitten in der Nacht klopfte es an der Tür. Rutledge schreckte aus dem Schlaf, setzte sich im Bett auf und räusperte sich. »Wer da?«, rief er und tastete mit einer Hand nach seiner Uhr.

»Constable Dawlish, Sir.« Seine Stimme klang hoch, als freue er sich, den Inspektor um drei Uhr nachts aus seinem warmen Bett holen zu können. »Ich glaube, wir haben etwas gefunden. Draußen im Moor.«

Rutledge warf die Decke zurück und nahm die Hose vom Stuhl.

14

In der Stadt wurde es nachts nie wirklich dunkel. Aber in einem Ort wie Borcombe, wo die Leute noch Öllampen benutzten, herrschte, zumal wenn dicke Wolken das wenige Licht der Sterne schlucken, nahezu absolute Finsternis. Rutledge stieß gegen ein Fahrrad, das einer von Dawlishs Männern an die Wand des Wirtshauses gelehnt hatte, und fluchte inbrünstig.

»Mit dem«, sagte Dawlish, »sind Sie schneller als mit ihrem Automobil. Damit können wir die Pfade und Abkürzungen nehmen.«

Sein Schienbein reibend nickte Rutledge und schwang sich, das nicht schmerzende Bein zuerst, aufs Rad. Seite an Seite rollten sie die nasse Dorfstraße hinab, bis sie auf ein Signal von Dawlish vor der Praxis von Dr. Hawkins anhielten. Der Doktor war schlecht gelaunt und murmelte etwas Unverständliches vor sich hin, während auch er sein Rad hinaus schob. Wortlos schloss er sich den beiden an.

Es war eine lange, feuchte Fahrt. Rutledge, der nicht wusste, wo es langging, mühte sich, der schemenhaften Figur des Constables zu folgen, während Hawkins immer noch schimpfend das Schlusslicht bildete. Hamish fühlte sich anscheinend von allen am wohlsten in der Nacht. Der Highlander, der vor seiner Zeit als Soldat Schafe und Kühe gehütet hatte, war mit diesen Verhältnissen vertraut.

Trotz der Abkürzungen, die Dawlish einschlug, die sie über nasse Felder, buckelige Wiesen – auf einer von ihnen schreckten sie eine Herde schlafender Kühe auf – und durch einen dichten Wald führten, war es ein weiter Weg bis zum Moor. Es war anders beschaffen, als Rutledge erwartet hatte. Zwar war es kahl, öde und hügelig, aber es gab auch Felsen, Sümpfe und vereinzelt Büsche, die wie entmachtete Geister aus der Vorzeit plötzlich vor ihnen auftauchten. Am auffälligsten war die Stille. Der Wind, der ihnen etwas dem menschlichen Ohr Unverständliches zuzuflüstern schien, konnte die allumfassende Ruhe nicht stören. Gespenstisch weiße Schafe liefen wie aufgeschreckte Gnome über die Hügel von ihnen fort. Zurück blieb ein strenges Aroma aus nasser Wolle, Seewind und fauliger, verrottender Erde.

Nach knapp zwei Stunden näherten sie sich ihrem Ziel. Rutledge konnte nicht sagen, wie der Constable den Weg über die weiten Ebenen, die in seinen Augen keinerlei Anhaltspunkt boten, gefunden hatte. Wohl gab es Wege, aber sie schienen ohne Ziel und Richtung zu verlaufen, wohin es ihnen gefiel.

Massive Felsen tauchten vor ihnen auf – und eine Kohlengrube, so meinte Rutledge jedenfalls, in die Dunkelheit spähend. Er sah ein loderndes Feuer, das die Männer entzündet hatten, um sich, wenn schon nicht trocken, so doch wenigstens warm zu halten. Der Regen hatte zwar mittlerweile aufgehört, dennoch war die Luft so feucht, dass die Kleidung klamm blieb. Es war nicht schwer, sich vorzustellen, dass ein kleiner, verloren gegangener Junge hier sterben würde, selbst im Sommer.

In einer grasbewachsenen Spalte, die der Wind über Jahre hinweg in einen Felsblock getrieben hatte, lag ein Häuflein Mitleid erregend kleiner Knochen. Zuunterst schimmerte ein heller Knochen hindurch, der länger war als die übrigen. Rutledge überließ sein Fahrrad einem derb gekleideteten Mann, der scheinbar aus dem Nichts aufgetaucht war, um es ihm abzunehmen, und stieg in die Spalte hinab.

»Der Schädel ist fort«, rief Dawlish hinunter. »Auch das Becken, wie ich schon sagte. Nur die kleinen Knochen sind noch da, und dann dieser Oberschenkelknochen. Können Sie etwas damit anfangen, Sir?« Jemand brachte eine Laterne. Das Licht fiel zunächst auf ihre Füße, dann auf ihre Gesichter.

Hawkins kniete sich hin. »Haben Sie überall nach dem Schädel gesucht? Und den Rippen?«

»Jawohl, Sir, überall, in den Felsen. Nichts.«

»Dann haben sie die Wildhunde«, sagte der Arzt, während er mit einem Finger die kleinen Knochen abtastete. Er nahm den Oberschenkelknochen, hielt ihn näher an seine Augen und richtete die Laterne des Trägers so, dass er besser sehen konnte. »Der hier ist gebrochen. Hier.« Er zeigte auf eine gezackte Linie, eine Bruchstelle in dem Knochen.

»Vor dem Zusammenwachsen gestorben. Mit einem Fuß im Fels verfangen, würde ich sagen, und nicht mehr rausgekommen.« Er erhob sich und ging zum Feuer, um den Knochen bei mehr Licht zu begutachten. Nach einer Weile sagte er: »Genau wie ich es mir gedacht habe. Ein Schafskadaver. Und *dafür* haben Sie mich hier hergeholt?«

»Das konnten wir ja nicht wissen, Sir. Wir hatten doch nur diese Knochen«, rechtfertigte sich Dawlish.

»Nächstes Mal bringen Sie die verdammten Dinger mit.«

»Nein«, widerrief Rutledge seine Anordnung. »Ich will sie an Ort und Stelle sehen. Nicht auf dem Labortisch. An der Fundstelle.«

Hawkins warf ihm einen wütenden Blick zu und ging zu seinem Rad. Rutledge musste sich beeilen, ihn einzuholen, wollte er nicht, wie Dawlish, mit dem Suchtrupp im Moor bleiben.

Auf halbem Weg zurück hörte Rutledge Hawkins sagen: »Sie sind ein verdammter Narr. Das wissen Sie selbst, oder?«

»Ich bin Polizist. Ich tue, was ich tun muss. Nicht mehr und nicht weniger.«

»Sie könnten nach London zurückfahren und uns in Ruhe lassen! Die Hälfte der Männer da draußen wird noch vor Ende der Woche krank sein, und trotzdem müssen sie weiter ihre Netze flicken, die Schafe hüten und Felder bestellen. Der Junge ist seit langem tot, nur Gott weiß, wo er ist. Ob von Zigeunern ermordet, in einen der Kohlenschächte gefallen …«

»Ich dachte, man habe sie abgesucht.«

»Ja, natürlich hat man das. Aber ein Junge in seinem Alter ist sehr klein. Er kann wer weiß wo hinein gekrochen sein, wohin ihm kein Erwachsener folgen konnte. Vielleicht sind wir tausend Mal ganz in seiner Nähe gewesen und haben ihn nicht gesehen. Es gibt hier Raubtiere, Raubvögel, die seine Knochen überall hin geschleppt haben könnten. Dawlish hätte Ihnen das besser erklären sollen.«

»Ich mache trotzdem weiter. So lange, bis ich ihn finde.«

Daraufhin schwiegen sie. Als sie kurz vor dem Dorf waren, fragte Rutledge, der sich an einen Fall aus der Zeit vor dem Krieg erinnerte: »Wie lange dauert es, bis bei einer Kinderleiche das Fleisch verwest ist und jemand die Knochen fortschaffen oder sie, bis zur Unkenntlichkeit zerkleinert, im Gelände verstreuen kann?« Die Frage war eine Überlegung wert; der Ehemann, der damals seine Frau umgebracht und dann stückweise exhumiert hatte, wäre um ein Haar ungeschoren davongekommen.

Hawkins drehte sich auf dem Rad nach ihm um und wäre, wenn er das Lenkrad nicht im letzten Moment fluchend herumgerissen hätte, beinahe in eine Pfütze gefallen. »Sie sind verrückt, wissen Sie das? Schlicht und einfach verrückt!«

Ohne ein weiteres Wort bog er zu seinem Haus ab.

Der nächste Tag begann sonnig und kühl. Anscheinend hatte der Regen vom Vortag die restliche Sommerhitze fortgespült. Rutledges erstes Vorhaben an diesem Morgen war, sich die Blumen auf dem Friedhof anzusehen.

Seines Wissens pflanzte man auf englischen Friedhöfen, anders als auf dem Kontinent, nur selten Blumen an. Höchstens, dass an der Mauer oder vor der Kirchtür welche standen. Selten auch am Eingangstor. Nicht jedoch auf oder neben den Gräbern und Grabsteinen. Die Engländer verließen sich seit Jahr und Tag auf die Eibe als einzige Grabgabe. Schon vor langer Zeit, als sie noch als Nutzholz diente, war sie auch auf Friedhöfen angepflanzt und seitdem zur festen Tradition geworden. Ihre Form und das ernste Dunkelgrün ihrer Blätter entsprachen der Atmosphäre des Ortes besser als die oft allzu wilde Farbenpracht der kontinentaleuropäischen Ruhestätten.

Nach Blumen suchte er demnach am besten in den hohen Vasen im Kircheninneren. Rutledge erinnerte sich, wie er als kleiner Junge seine Mutter begleitet hatte, wenn es an ihr war, den Altar mit Blumen zu schmücken. Er hatte auf dem kalten Steinboden gesessen und mit den Fingern die Wölbungen der Messingfiguren auf den Ehrenplätzen im Mittelgang nachgezogen, bis er ihre Formen auswendig kannte. Ein Ritter mit Federschmuck, Schwert und hübschen Stiefeln. Eine Dame mit kegelförmigem

Hut, die einen kleinen Hund an ihrer Seite beinahe unter dem Saum ihres langen, reich verzierten Gewandes begrub. Und ein eleganter elizabethanischer Herr mit Bart, Robe und gepolsterter Reithose, der eher wie ein dicklicher Kaufmann denn wie der Abenteurer aussah, der er zu Lebzeiten gewesen war.

Langsam ging er zwischen den Grabsteinen umher. Einige hatten sich mit der Zeit geneigt, andere waren so dicht mit Moos bewachsen, dass man die Inschriften kaum lesen konnte. Wieder andere sagten ihm auf den ersten Blick etwas – Trepol und Trask, Wilkins und Penrith, Dawlish und Trelawny. Es gab Poldarins, einen Hawkins, mehrere Raleighs – allerdings keinen nach siebzehnhundert – und einige Drakes.

Aber nirgendwo ein Stiefmütterchen. Er schlenderte weiter, sah ein feines keltisches Kreuz auf diesem, einen traurigen Vers für ein im Bor ertrunkenes Kind auf jenem Grabstein, ein offenes Buch mit einem Lesezeichen zwischen den steinerenen Seiten, sowie unzählige Zeilen à la »Meine geliebte Frau« und »Mein geliebter Mann«, Kriegstote, Seuchentote, und ein kunstvoller Steinengel, der auf einem Sockel mit der Inschrift ruhte: »Zur Erinnerung an die Besatzung der Mary Anne, die einen Sturm auf hoher See am 23. Oktober 1847 nicht überlebte. Gütiger Herr, mögen ihre Seelen für immer bei Dir ruhen.« Es folgte eine Auflistung von siebenundzwanzig Namen.

Das war sicher der erste Engel aus Richards Gedicht. Der Kopf aus kaltem Marmor blickte standhaft seitwärts, für alle Ewigkeit ruhten seine Augen auf dem Kirchturm. Seine Haltung drückte Mitleid, aber auch Kraft aus, die Flügel wirkten mächtig. Rutledge erkannte, warum die Statue einen unauslöschlichen Eindruck auf den kleinen Jungen gemacht hatte, der jeden Sonntagmorgen auf dem Weg zum Gottesdienst an ihr vorbeigegangen war.

Hinter ihm sagte eine Stimme: »Wunderbar, nicht wahr? Das Dorf ließ ihn in London anfertigen. Die Trevelyans spendeten zusätzlich zu der Summe, die sie öffentlich beisteuerten, anonym, damit das Geld zusammenkam. So etwas war typisch für sie.«

Smedley. Statt der Kordsachen für die Gartenarbeit trug er

einen dunklen Anzug. Auf dem feuchten Gras machten seine Schuhe keinerlei Geräusch.

»Ich habe Sie gesehen und mich gefragt, ob Sie einen Platz für die Schafsknochen suchen«, fuhr er fort. Aber in seinen Augen lag ein sympathisches Leuchten, das seinen Worten die Schärfe nahm. »Ich glaube nicht, dass es im Dorf jemanden gibt, der nicht von der Geschichte gehört hat.«

»Tja, aber offenbar will niemand wissen, was ich hören will«, sagte Rutledge gereizt. »Nur, was ich tue.«

»Vielleicht überrascht es Sie, zu hören, dass man im Dorf mittlerweile glaubt, Sie seien einem Mörder auf der Spur. Man fragt sich hinter Ihrem Rücken, ob dieser grässliche Londoner Mörder nicht womöglich aus Borcombe stammt. Man hat sogar schon überprüft, wer hier alles gelebt hat und wieder fortgezogen ist. Da das nichts einbrachte, hat man sich all derer erinnert, die hier einst auf Durchreise vorbeigekommen sind. Nur so können die Dorfbewohner sich erklären, warum ein Scotland-Yard-Inspektor hier seine Zeit mit zwei Selbstmorden und einem Unfall mit Todesfolge verschwendet, während halb London in Panik lebt, dass jemand sie demnächst in Stücke schneidet.«

Rutledge war sprachlos. Hamish war es nicht. Blitzschnell betonte er, dass Rutledge dort tatsächlich von größerem Nutzen wäre als hier.

Smedley zuckte verächtlich die Schultern. »Gestern morgen las ich in der Zeitung, dass jemand namens Bowles alle verfügbaren Männer für den Fall abgezogen habe. Kennen Sie den?«

»Ja«, entgegnete Rutledge knapp. »In Wahrheit hat er mich hergeschickt, damit ich dort von der Bildfläche verschwinde, und nicht, weil er ernsthaft glaubt, dass ich hier etwas ins Lot bringen könne.«

»Das beruhigt mich«, sagte Smedley. Etwas in seiner Stimme ließ Rutledge aufhorchen. »Der ganze Wirbel um den Jungen, die Suche nach seinem Grab, seiner Leiche, einem Beweis dafür, dass er wirklich tot ist. Ich weiß nicht warum, aber ich beginne schon selbst zu befürchten, dass er nicht im Moor verschollen ist, sondern entführt wurde und bald als Monster wieder auftaucht.«

»Ist Ihnen die Annahme lieber, dass jemand aus seiner Familie ihn absichtlich im Moor ausgesetzt haben könnte?«

»Nein.«, sagte er traurig. »Ich ziehe es vor zu glauben, dass, wo immer er ist, er in Frieden weilt. Tot oder lebendig. Mir gefällt die Vorstellung nicht, dass er leidend, einsam und trostlos umherirrt. Schon allein, weil ich ihn eigenhändig getauft habe und damit gewissermaßen für sein Seelenheil verantwortlich bin. Und erst recht, weil es sich um Rosamunds Sohn handelt.«

»Der Londoner Mörder ist höchstwahrscheinlich verrückt. Solche Taten entspringen einem kranken Gehirn. Der Mörder, den ich suche, war aber nicht verrückt. Gleichgültig welche Motive er – oder sie – gehabt haben mag, auf jeden Fall *gab* es Motive.«

Smedley seufzte. »Ein Motiv kann ich Ihnen nennen: Neid.«

»Neid?«, wiederholte Rutledge. Neid stand seiner Meinung nach weder zuoberst im Sündenregister, noch tauchte er übermäßig häufig als Mordmotiv auf.

»Neid ist die Wurzel vieler Übel. Schauen Sie Kindern beim Spielen zu, und Sie werden mir glauben. Für sie ist es ein natürliches Gefühl, das sie noch nicht zu unterdrücken gelernt haben.«

Rutledge wusste durchaus, dass neidische Kinder Mordgedanken hegen mochten ... »Worauf war Olivia neidisch?«

»Hm, auf viele Dinge, würde ich sagen. Zum Beispiel auf zwei gesunde Beine an Stelle eines unbrauchbaren.«

»Und Nicholas?«

Der Pfarrer legte den Kopf schräg und betrachtete das Gesicht der Engelsstatue. »Ich wüsste nicht, dass Nicholas jemals auf jemanden neidisch gewesen wäre. Auf seine Weise war er ein energischer Mann. Er traf seine Entscheidungen und lebte mit den Folgen.«

»Aber warum ist er nicht fort gegangen und Seemann geworden, warum hat er sich kein eigenes Leben aufgebaut?«

»Nicholas liebte die See, das ist wahr. In einer anderen Zeit wäre er vielleicht Drakes Admiral, Nelsons Kapitän oder Hakluyts Navigator geworden. Ich kann ihn mir auch als Teehändler auf einem Segelschiff von China nach England vorstellen.«

All dies verlangte Mut, Geschick und Charakterstärke. Ganz

zu schweigen von Führungsqualitäten, gepaart mit einer gehörigen Portion Rücksichtslosigkeit. Und doch hatte er sich zum Selbstmord verführen lassen …

Rutledge schüttelte den Kopf. »Ich verstehe ihn um keinen Deut besser als zu Beginn.«

»Sie werden Nicholas nie ganz begreifen, so viel können Sie mir glauben. Haben Sie ihre Gedichte gelesen?«

Nach kurzem Zögern sagte Rutledge: »Nein, noch nicht.«

»Lassen Sie sich von einem Pfarrer einen guten Rat geben.« Rutledge schwieg. »Achten Sie darauf, dass Ihr Dämon nicht Ihre logischen Fähigkeiten vereinnahmt – richten Sie auf der Suche nach eigenem Seelenheil keine weiteren Verwüstungen in Borcombe an. Wenn Sie das Rätsel, das Sie nicht loslassen will, nicht lösen können, seien Sie Manns genug, es auf sich beruhen zu lassen, solange wir anderen wie bisher weiter leben können. Wissen Sie, dies ist ein sehr kleines Dorf, wir haben nicht die intellektuelle Vornehmheit der Londoner. Selbst wenn Sie schon morgen abreisten, müssten wir noch eine lange Zeit unter Ihrer Anwesenheit leiden.«

Als Smedley über den feuchten Friedhofsrasen davonging, wurde Rutledge Opfer widerstreitender Gefühle. Hamish freute sich über die Turbulenzen und beeilte sich, daraus einen Vorteil zu ziehen.

»Man will dich weder hier«, sagte er, »noch in London. Ich weiß nicht, wo du hingehörst!«

»Das hat nichts mit den Trevelyans zu tun«, erwiderte Rutledge kalt. »Der Pfarrer hat Recht: meine Arbeit und mein Leben sind zwei verschiedene Dinge.«

»Aber du wehrst dich nicht dagegen, dass Olivia Marlowe dir unter die Haut geht!«

»Sie ist wie jede andere Verdächtige! Jedenfalls für mich!«

»Außer dass sie tot ist«, erinnerte Hamish ihn. »Liest du deshalb nicht mehr in ihren Gedichten? Als sie noch lebte, hast du mehr von ihr gelesen als jetzt!«

Fluchend ging Rutledge über den gepflasterten Friedhofsweg zur Dorfstraße zurück. Seine Gründe gingen Hamish nichts an.

Es wurde ein langer, anstrengender Tag. Zwei weitere Male bestellte man ihn ins Moor. Beim ersten Mal holte ihn ein Junge ab. Die Landschaft, sicherlich dieselbe wie in der Nacht, sah im Sonnenschein anders aus, braun, grün, schwarz und gelb, auch anders als die ihm vertrauteren Sümpfe des Yorkshire-Hochlands. Sie war menschenfeindlich. Dichtes Schilfgras stand in den Niederungen, abgelöst von weiten Flächen scheinbar festen Marschlands, in dem sich urplötzlich gefährliche Untiefen auftaten.

Der fröhliche Junge leitete ihn durch das Labyrinth der Pfade. In einem fort redete er vom Krieg und wollte von Rutledge wissen, wie viele Deutsche er auf welch blutrünstige Weise eigenhändig umgebracht habe und ob er dabei verwundet worden sei. Beim Thema Luftkrieg und den Fragen, ob der Inspektor jemals in einem Jagdbomber gesessen (Enttäuschung, da Rutledge verneinte) beziehungsweise wie viele in Flammen stehende Flugzeuge er mit eigenen Augen abstürzen gesehen habe, kamen die in horizontaler Formation marschierenden Suchtrupps unterhalb einer Anhöhe in Sichtweite.

Nach fünfzehn Minuten hatten sie Dawlish gefunden, der am rechten Ende einer Reihe marschierte. Der Constable war schlecht gelaunt, da Inspektor Harvey aus Plymouth zurück war und von ihm eine Erklärung für diese Geschichte verlangt hatte. Inspektor Harveys Ausflug war nicht gerade von Erfolg gekrönt gewesen, von daher hatte er nicht viel Verständnis für weitere sinnlose Aktionen.

»Wo ist Harvey? Ich will persönlich mit ihm sprechen.«

»Ich glaube, das ist zurzeit nicht möglich, Sir. Auf einem Bauernhof gab es Probleme, ein Hund hat Schafe gerissen, dort ist er hin.«

»Wie sind Sie voran gekommen?«

»Noch mehr Schaf- und Hundekadaver. Die Köpfe waren noch da, es war nicht schwer, sie zu bestimmen. Ein Mensch war auch dabei, Sir, sah aus wie ein Landstreicher. Dr. Hawkins war da, meinte, das sei das Skelett eines alten Menschen und wir sollten ihn so bald wie möglich begraben.«

»Wo ist es?«

»Knapp eine Meile von hier, dort hinten bei den Felsen. Einer der Männer hat sich im Windschutz eine Zigarette angezündet und dabei etwas Weißes aus der Erde ragen sehen. Wir haben ihn ausgegraben, Knochen für Knochen, erst eine Hand, dann den Kopf. Er lag zwar nicht tief, wissen Sie, aber da in diese Richtung der Wind bläst, wäre in ein oder zwei Jahren nichts mehr von ihm zu sehen gewesen.«

Rutledge ging zu der Stelle, um das Skelett in Augenschein zu nehmen. Den Jungen mit der blutrünstigen Fantasie schien es sichtlich zu beglücken, am Fuße eines hohen Felsens, wie er typisch fürs Moor war, die Überreste eines Menschen zu sehen. »Ist das eine Hand, Sir? Wo ist denn der Mittelfinger? Was ist das? Das *Becken?* Habe ich sowas auch? Wer hat denn die Rippe da angenagt? Warum liegt der Kiefer denn da *drüben* und der Kopf *hier?* Glauben Sie, er wurde er*mordet*, Sir? Oh Mann!«

Rutledge konnte nicht erkennen, wie der Mann ums Leben gekommen war. Im Schädel fand sich kein Loch, alle Knochen schienen (bis auf die von einem Tier angenagte Rippe) unversehrt, an Brustkorb und Wirbelsäule gab es keine Spuren eines Messerstichs oder einer Kugel. Der Halswirbel war nicht gebrochen. Rutledge schloss Strangulation als Todesursache aus. Die Knochen waren lang und ebenmäßig, demnach war der Tote recht groß gewesen und hatte in seiner Kindheit weder an Unterernährung gelitten noch schwer gearbeitet oder eine wachstumshemmende Krankheit wie Rachitis gehabt. Laut Hawkins hatten die Knochen nicht länger als sieben Jahre an dieser Stelle gelegen.

»Glauben Sie, er war ein Soldat, den seine Kameraden in der Hitze des Gefechts sterbend zurückgelassen und dann vergessen haben?«, fragte der Junge frohlockend.

Rutledge scharrte mit seinem Taschenmesser im Boden und suchte nach Kleiderfetzen, Knöpfen, Münzen oder anderem Plunder, der einen deutlichen Hinweis geben würde. Falls es etwas gegeben hatte, war es inzwischen fort.

Das Skelett eines Mannes, nicht das eines Kindes …

Auf dem Rückweg sprach der Junge unentwegt von den Knochen, sodass Rutledge erleichtert war, ihm, als sie die Dorfstraße erreichten, ein Sixpence-Stück in die Hand drücken und ihn los werden zu können. Wie der Blitz rannte der Kleine los, wohl um bei seinen Freunden mit dem Skelett anzugeben.

Rutledge aß allein zu Mittag. Die Gedichtbände lagen neben seinem Teller. Er nahm sie sich in der Reihenfolge ihres Erscheinens vor und fand schon im ersten ein kurzes Gedicht über das Moor, Olivias Reaktion auf die Leere und das Mysterium dieser öden Landschaft.

»Hier stirbt das Gemüt«, schrieb sie, »und das ist der Hölle mehr als ich ertrag.«

Und doch hatte sie möglicherweise ein kleines Kind in diese Hölle geschickt.

Nachmittags ging er zu Mrs. Trepol, deren hervorragenden Ruf als Gärtnerin gleich drei Frauen eifrig beteuert hatten, mit denen er im Speiseraum des Gasthofs ins Gespräch gekommen war.

Sie war damit beschäftigt, die vom Sturm geknickten Blumen, Lupinen und Astern, Ringelblumen und Zinnien wieder aufzurichten. In einem kleinen Eimer hatte sie zu diesem Zweck mehrere Pflöcke und ein paar Lumpen dabei. Hinter dem Haus hing Wäsche auf der Leine, die wie Signalfahnen im Wind flatterte.

Als sie ihn durchs Tor schreiten sah, blickte Mrs. Trepol auf und sagte: »Macht es Ihnen etwas aus, wenn ich weiter arbeite, Sir? Die hier wollten schon den Hals nach der Sonne recken, jetzt muss ich sie wieder gerade richten.«

»Ich komme wegen einer bestimmten Blumenart«, sagte er, während sie sich um eine der goldenen Ringelblumen kümmerte, deren geknickte Blätter starken Duft verströmten.

»Ist das wahr, Sir? Um welche Blume geht es?«, fragte sie, nach dem Holzhammer greifend, um einen Pflock einzuschlagen.

»Stiefmütterchen.«

»Stiefmütterchen? Die blühen meistens im Frühjahr, sind ziemlich winterfest und vertragen nicht viel Sonne. Sehen Sie mal da drüben, beim Rhododendron.«

Er blickte in die angegebene Richtung und sah vereinzelte grüne Stängel auf dem Rasen liegen. Die kleinen Blüten schauten nach oben und blickten ihn an.

»Im Frühling werden sie doppelt so groß«, sagte sie nach einem Lumpen greifend. »Wenn alles gut geht, kommen sie im Herbst nochmal. Deshalb habe ich sie in den Schatten der Büsche gesetzt. Zum Schutz.«

»Wie ist es draußen im Moor? Würden sie dort auch nur an sonnengeschützten Stellen blühen?«

Sie blickte auf. »Im Moor wachsen kaum Stiefmütterchen, nur, wenn man sie sät. Aber das wäre Unsinn! Verschwendung! Am Waldrand mögen Sie welche finden. Verwilderte, verstehen Sie?«

»Sagen Sie«, bedächtig legte er sich die Worte zurecht, »wissen Sie, ob Stephen FitzHugh jemals mit dem Gedanken gespielt hat, zum Katholizismus überzutreten? Gab es in der Familie Streit über seinen Glauben?«

»Nicht dass ich wüsste, Sir!«, sagte sie überrascht. »Mr. Brian, der war noch katholisch erzogen worden, aber die Kinder nicht mehr. Regelmäßig besuchte er mit ihnen den Gottesdienst, und ich glaube nicht, dass deswegen jemals Streit aufkam. Obwohl er Irland über alles liebte und immer wieder davon schwärmte, achtete er darauf, niemanden im Dorf vor den Kopf zu stoßen.«

»Wie sehr liebte er Irland? Befürwortete er die Unabhängigkeitsbestrebungen?«

»O nein, Sir, bestimmt nicht! Obwohl er Miss Rosamund gelegentlich vorhielt, dass ein Mann namens Trevelyan – aber wohlgemerkt niemand aus *ihrer* Familie – im letzten Jahrhundert keinen Penny für die Opfer der großen Hungersnot spendete, die nach Kanada oder Amerika auswandern wollten. Er hatte einen üblen Ruf, dieser Trevelyan, und mehr als einen Hungerleider auf dem Gewissen. Mr. Brian sagte, er habe mit seiner Kaltherzigkeit mehr Menschen umgebracht als Cromwell und William der Oranier zusammen.«

»Interessierten sich Cormac und Stephen für die irische Frage? Hatten sie Sympathie für die Aufständischen? Mitleid mit den Notleidenden?«

»Nein, Sir, Mr. Stephen betrachtete sich als Engländer – als er in den Krieg zog, sagte er mir, er täte es für den König. Er hatte ein ausgeprägtes Ehrgefühl. Mr. Cormac, nun, er war zwar auch im Krieg, aber nicht in Frankreich, glaube ich. Miss Olivia sagte damals, er arbeite an etwas, das unbedingt geheim bleiben müsse, und ich solle keine Fragen stellen.« Sie lächelte. »Als Spion konnte ich ihn mir beim besten Willen nicht vorstellen, Sir! Umherschleichen und Lügen verbreiten. Mr. Stephen, ja, den schon eher. Er hätte es wie ein Spiel empfunden, wie Versteck-Spielen. Der nahm die Dinge nicht so ernst. Er hätte es mit einem Achselzucken abgetan und sich nicht weiter darum gekümmert. Aber Mr. Cormac hat schon immer Wert darauf gelegt, den Schein zu wahren. Er ist halt nicht zum Edelmann geboren, wie es so schön heißt.«

Cormac hatte im Krieg Geheimcodes entschlüsselt. Nicht ganz so aufregend wie Spionage und weniger gefährlich. Allerdings genauso wichtig, wie das Gewehr zu schultern.

Er verabschiedete sich von der Haushälterin und wanderte zu dem zwischen dem Dorf und dem Trevelyan-Haus gelegenen Wäldchen. Auf dem schlammigen Boden suchte er nach Stiefmütterchen, zunächst am Wegesrand, dann auf den Lichtungen, bevor er es schließlich aufgab. Es war viel zu nah am Dorf. Niemand würde es wagen, hier die Leiche eines kleinen Jungen zu begraben.

Außerdem hatte Olivia in ihrem Gedicht keine Bäume erwähnt. Als man ihn erneut ins Moor bestellte, holte ihn einer der Männer ab. Schweigend begaben sie sich an die Stelle, an der die Männer einen Kleiderhaufen gefunden hatten. Die Sachen waren klein, schmutzig und verschimmelt. Eindeutig hatten sie einem Jungen gehört. Eine kurze Jacke – man erkannte sie am Kragen und Saum. Eine kurze Hose, beziehungsweise ein Teil vom Bund, eine Tasche, ein Stück vom Hosenbein. Dann etwas, das einmal Hemd und Unterwäsche gewesen sein mochte, das jetzt nur noch weißes Gewebe war und bei der ersten Berührung zerfiel. Der feste Wollstoff der Jacke und Hose hatte die Zeit überdauert, während die Leinen- und Baumwollsachen sich in ihre Bestandteile aufgelöst hatten. Jemand hatte die Kleidung sehr sorgsam in ein ölgetränktes Tuch gewickelt, wodurch sich das Gewebe so lange hatte halten können. Was die ursprüngliche Farbe der Sachen betraf, war Rutledge sich nicht sicher. Aber insgesamt war genug vorhanden, um zumindest Aussagen über die Form und Größe der Oberbekleidung zu treffen. Vorsichtig breitete er sie auf dem Gras aus. Interessanterweise fanden sich keine Schuhe …

»Tregarth hat sie gefunden, Sir«, sagte Dawlish. »Er kennt das Moor wie seine Westentasche, geht hier seit über sechzig Jahren ein und aus. Er fand, dass dieser weiße Stein hier ungewöhnlich war für die Landschaft, wurde neugierig, buddelte los und fand das hier. Er rief mich, und wir öffneten das Bündel, um sicher zu gehen, dass wir Sie nicht umsonst herbestellen.«

»Guter Mann!«, sagte Rutledge über die Schulter zu dem schüchternen Bauern, der hinter ihm stand. Der silberfarbene Schopf des Alten nickte kurz, auf dem markanten, wettergegerbten Gesicht zeigte sich ein zufriedener Ausdruck.

Wer hatte die Sachen tief unter diesem Busch vergraben und mit einem flachen weißen Stein markiert? Warum? Und wann? Es gab zwar keine Möglichkeit, herauzufinden, wem sie gehört hatten, aber Rutledge hatte mit ihnen den ersten Beweis, dass die Suche sich lohnte. Sogar Dawlishs Zweifel waren verstummt.

Rutledge stopfte die Reste vorsichtig in den braunen Sack, den ihm einer der Männer reichte, und brachte ihn nach Borcombe, nachdem er den Männern aufgetragen hatte, die Umgebung so lange abzusuchen, bis sie absolut sicher waren, dass es nichts mehr zu finden gab. Wenn sie ihre Sache gründlich machten, versprach er, gäbe es abends Freibier im Three Bells.

Nach dem Abendessen wollte er mit Rachel zum Haus der Trevelyans gehen, solange es noch hell war, und nach Olivias Notizbüchern suchen. Vielleicht war das nicht alles, was er sich von dem Abend erhoffte, aber immerhin war es ein Anfang.

15

Rachel war nervös, als sie das Haus betraten. »Ich vermisse die Blumen«, sagte sie. In ihrer Stimme klang die Anspannung durch. »Hier gab es immer so viele Blumen. Beim Reinkommen roch man die Bienenwachspolitur, Rosamunds Parfüm und den Blütenduft. Es war wie ein Willkommensgruß. Jetzt ist die Luft hier ... ich weiß nicht ... abgestanden. Tot ...«

»Sie können doch herkommen, wann immer Sie wollen«, sagte Rutledge. »Warum stellen Sie nicht selbst frische Blumen in die Vasen?«

»Nein, auch wenn ich einen Teil am Haus geerbt habe, ist es nicht mehr mein Zuhause.« Am Satzende versagte ihr die Stimme.

»Lassen Sie uns oben beginnen und nach unten vorarbeiten«, sagte er nüchtern, um ihr keine Zeit für einen Rückzieher zu geben. »Wo geht es zum Dachboden?«

»Hier entlang«, sagte sie und wies zur Treppe.

Sie gingen zum noch von der Nachmittagssonne warmen, geräumigen Dachboden hinauf, wo sie sich durch Truhen sorgfältig verpackter Kleider, Anzüge und Mäntel wühlten, hinter Schaukelpferden und Puppenhäusern, Stühlen und alten Bettgestellen nachschauten und zwischen Krippen, Kinderwagen, Spazierstöcken, sonstigem Gerümpel und in einer Unzahl von Kartons, die vor langer Zeit hier verstaut und vergessen worden waren – den Überbleibseln von Generationen –, nach Olivias Notizbüchern suchten.

In einer Ecke stießen sie auf einen ausgestopften Fuchs mit verfilztem Fell und Glasaugen, die im Licht ihrer Lampen leuchteten. Ein Schrank war voll mit alten Hüten, die bei Rachel nostalgische Begeisterung auslösten.

»Sehen Sie sich die mal an! Ich kann es kaum glauben – die sind mehr als hundert Jahre alt! Die Kordeln an diesem Dreispitz – ich glaube, die sind aus purem Gold! Wir haben uns als Kinder manchmal verkleidet – Nicholas hatte genau diesen Hut auf. Und was ist das? – Ein Damenhut mit angesteckter Krempe! Könnte direkt einem Roman von Jane Austen entsprungen sein.« Er war ihr zu klein. Sie schüttelte sich aus vor Lachen, als sie ihn aufsetzte und mit den Kordeln spielte. Dann legte sie ihn in sein Stoffnest zurück und nahm sich das nächste Regal vor. »Mein Gott! Straußenfedern, Schleifen, hier auf diesem ist sogar ein Miniatur-Tempel mit Bäumen aus Seide davor! Den hätte Susannah über alles geliebt. Ständig bettelte sie Rosamund an, ihre Hüte ausprobieren zu dürfen.«

Es dauerte eine geschlagene Viertelstunde, bis sich ihre Begeisterung für die Hüte gelegt hatte. In der Folge entdeckten sie allerlei Taufkleider, Wollsachen, Bettwäsche, Geschirr, Reitstiefel, mehrere Tische, einen Kindersattel – aber nichts, was auch nur im Entferntesten dem Nachlass einer Dichterin ähnelte.

Vergnügt und staubbedeckt zeigte Rachel ihm die nächsten Kammern des Dachbodens, die jedoch mehr oder weniger die gleichen Dinge enthielten. Als sie wegen der trockenen Luft zu husten anfing, schlug er vor, einen Tee zu trinken.

Sie willigte ein. Mit den Lampen vor sich herleuchtend, gingen sie zur Küche hinunter. Es gab keine Milch, aber Rachel entdeckte eine Zitrone in der Speisekammer. Rutledge ließ seine Lampe auf dem Küchentisch stehen, nahm ihr das Tablett ab und trug es ins Wohnzimmer, dessen Fenster ihnen einen herrlichen Ausblick aufs Meer bot. Die Sonne stand schon tief, verbreitete aber noch eine angenehme Wärme im Raum. Rachel setzte sich so, dass sie den herrlichen Sonnenuntergang beobachten konnte.

Die Teekanne, die Abendstunde, die Stille, all das verbreitete eine friedliche, fast kameradschaftliche Atmosphäre. Er hatte es so arrangiert, dass sie in einem Zimmer saßen, in dem Rachel sicher viel Zeit mit Nicholas verbracht hatte. Oben im Arbeitszimmer hätte sie vor Furcht gezittert. Als sie ihre Tasse ruhig und ohne ein Zeichen der Anspannung zum Mund führte, fragte er vorsichtig: »Wo waren Sie, als Anne vom Baum fiel?«

»Das habe ich Ihnen doch schon gesagt.«

»Sie erzählten mir, woran Sie sich erinnerten. Aber im Laufe der Jahre hat sich das, was Sie wirklich gesehen haben, verändert. All das, was die Erwachsenen sagten, all die Fragen, die Sie Ihnen stellten, haben Sie beeinflusst. Würden Sie mir einen Gefallen tun? Würden Sie bitte Ihre Augen schließen, sich in jenen Nachmittag zurückversetzen und sich das Geschehen nochmals vorstellen?«

Sie stellte ihre Tasse ab und schüttelte den Kopf »Nein, ich will nicht dorthin zurück! Weder zu jenem noch zu irgendeinem anderen Tag! Dieses Spiel mache ich nicht mit!«

»Sie haben mich herbestellt«, erinnerte er sie. »Sie wollten Antworten auf die Fragen haben, die Sie quälen. Bisher habe ich nur wenig vorzuweisen, vor allem wenn man in Betracht zieht, wie lange ich schon hier bin. Aber es gibt gewisse Hinweise. Und sie alle deuten auf Olivia. Nicht auf Nicholas.«

Sie saß da und kämpfte mit sich. Er sah es an ihren verkrampften Schultern. Sie wollte, dass er ging … sie wollte, dass er blieb und ihr bewies, dass Nicholas sie wirklich geliebt hatte – obwohl das nicht das Wort war, das sie benutzte, nicht einmal insgeheim –, dass sein Tod nichts mit seinen Gefühlen für sie zu tun gehabt hatte.

»Ich muss diesen Tag mit den Augen von jemandem sehen, der dabei gewesen ist.«

»Bitten Sie Cormac!«

Bisher hatte sie behauptet, Cormac sei nicht dabei gewesen …

»Cormac war ein Außenstehender. Sie nicht. Cormac war der Nachzügler aus Irland, der nur geduldet wurde, weil sein Vater Rosamunds Pferde brachte. Er hat seine Jugend nicht im Kreis der Familie verbracht, nicht mit Ihnen und Ihren Geschwistern im Kinderzimmer gespielt, gestritten, gelacht oder Spiele erfunden. Er hat Sie und Ihre Geschwister nicht aufwachsen sehen. Er hat alles mit den Augen eines Fremden gesehen, nur die Oberfläche, die Fassade, nicht aber die Gefühle gekannt, die Sie füreinander empfanden.«

Seine Stimme klang einschmeichelnd. Still stand er im dunkleren Teil des Raumes, knapp außerhalb ihres Blickfeldes. Die warmen Sonnenstrahlen verhinderten jedes Gefühl von Gefahr oder

Angst. Die Stille war vollkommen. Das einzige Geräusch war das ihres Atems.

»Was soll ich sagen«, sagte Rachel. »Es war ein Unfall.«

»Dann haben Sie doch nichts zu befürchten. Außer dass die Erinnerungen an jemanden, den Sie vor langer Zeit geliebt haben, Sie traurig stimmen werden.«

»Ich weiß nicht, ob ich Anne geliebt habe …« Sie hielt inne.

»Warum nicht? Sie war Ihre Cousine.«

»Sie war herrschsüchtig. Oft vermittelte sie mir das Gefühl, dumm und ungeschickt zu sein. Wenn wir spielten, musste ich immer verlieren, und dann zog sie mich damit auf. Dabei war sie nicht *boshaft*. Sie konnte sogar sehr liebenswürdig sein, wenn sie wollte. Sie war bloß so arrogant. Wie ihre Großmutter, sagte unser Kindermädchen. Wie Rosamunds Mutter, die natürlich längst tot war, sodass ich sie nie kennen gelernt habe und nicht sagen konnte, ob das stimmte oder nicht. Auf jeden Fall war Anne für ein Kind wie mich sehr anstrengend.«

»Wessen Idee war es, an jenem Tag im Obstgarten zu spielen?«

»Es war heiß. Wir hatten keine Lust mehr, im Garten zu spielen, und im Haus war es stickig, obwohl die Fenster geöffnet waren. Nur im Obstgarten war es schön schattig, im hohen Gras war es kühl. Und oben auf den Bäumen war es noch kühler. Ich weiß nicht mehr, wessen Idee es war. Nicholas sagte zu Anne, sie würde es nicht schaffen, so hoch hinauf zu klettern wie er. Anne hackte gerade auf Olivia herum, weil sie so langsam zu Fuß war. Nicholas wollte sie bestimmt von ihr ablenken.«

Am Schatten, den ihre Wimpern auf ihre Wangen warfen, sah er, dass sie die Augen geschlossen hatte. Die Sonne verschwand gerade am Horizont. Es wurde früher dunkel, als er geglaubt hatte.

»Aber das dachten Sie damals nicht, oder?«

»Nein, ich hoffte, sie würde so hoch hinauf klettern, dass sie herunterfällt …« Ruckartig fuhr sie hoch. »Nein! Das kann ich nicht gedacht haben! Das muss später gewesen sein, als sie hochkletterte und ich *Angst hatte*, dass sie herunter fallen könnte …«

Doch Rutledge glaubte die erste Version, und dass Rachel sie später gründlich aus ihrem Gedächtnis gelöscht hatte. Der Wunsch eines Kindes, das seiner Peinigerin machtlos ausgeliefert war. Er wartete einen Moment, dann beschwichtigte er sie: »Ich bin sicher, dass Sie ihr nichts Böses gewünscht haben.«

»Natürlich nicht. In Wirklichkeit war ich beunruhigt, als Nicholas sie immer wieder aufforderte, noch einen Ast höher zu klettern. Dann kletterte Olivia hinterher. Er versuchte sie davon abzubringen, aber sie wollte unbedingt beweisen, dass sie es auch konnte. Ich weiß noch, wie er ihre Schärpe fest hielt und ihr half, das Gleichgewicht zu halten. Dann rief Anne irgendetwas vom Wipfel herab, Olivia zog sich höher und höher, und Cormac kletterte von seinem Baum herunter und war wie der Blitz da und sagte, sein Vater würde ihm eine Tracht Prügel verpassen, wenn sich jemand verletzte, und alle sollten sofort mit dem Unsinn aufhören. Dann zog Nicholas fest an der Schärpe, wollte sich auf den ersten Ast schwingen, ich glaube, so war es, auch Cormac griff schon nach den Zweigen, aber plötzlich duckte sich Nicholas, Anne stürzte ab und warf Nicholas um. Cormac versuchte, Olivia herunterzuholen, er schrie, sie solle ihren schlimmen Fuß nicht dorthin setzen. Nicholas kroch zu Anne, und als ich von meinem Baum herabrutschte, schürfte ich mir ein Bein auf, es blutete, das Blut tropfte überall hin, auch auf Annes Kleid, als ich bei ihr war. Aber sie sagte nichts, es war so schrecklich, ich fragte Nicholas immer wieder, warum er an der Schärpe gezogen habe, er sagte, Anne hätte Olivia geschubst. Dann war Olivia unten, ihr Gesicht weiß wie ein Laken, etwas in ihrem Blick entsetzte mich, und Cormac und ich rannten Hilfe holen, er zu den Ställen, die näher lagen, ich zum Haus, zu Rosamund ...«

Sie weinte. Er sah die Tränen unter ihren Wimpern hervor quellen und konnte ihren Schmerz nachempfinden, den Albtraum, den Schock, den das Kind erlitten hatte.

»Bitte«, sagte sie heiser, »Ich will nicht mehr daran denken!«

»Dann erzählen Sie mir etwas über den Tag, an dem Richard im Moor verschwand«, sagte er, nachdem er ihnen beiden eine kleine Verschnaufpause gegönnt hatte. »Waren Sie dabei, als es passierte?«

»Ja, ich sagte doch schon, es war ein Familienausflug«, gab sie gereizt zurück. »Warum stochern Sie so in der Vergangenheit herum und wühlen alles wieder auf? Stephen hätte das nicht zugelassen. Er empfand es als seine Pflicht, Olivia *in Schutz zu nehmen!* Deshalb hat sie ihm ihre Notizbücher vermacht.«

»Olivia ist tot. Nicholas auch. Ihre Erinnerungen sind alles, was ich habe«, sagte er. »Hätte Stephen Olivia auch dann in Schutz genommen, wenn er gewusst hätte, dass sie womöglich seinen Vater umgebracht hat?«

»Vielleicht finden wir deshalb ihre Notizbücher nicht. Vielleicht hat er sie verbrannt?« Sie seufzte. »Also gut! Wir machten den Ausflug ins Moor. Onkel James meinte, es würde uns bestimmt gefallen, die alten Zinnbergwerke zu sehen, die Cornwall einmal reich gemacht hatten. Rosamund gefiel die Idee nicht, sie fürchtete, wir könnten in einen alten Schacht fallen. Das sah ihr eigentlich nicht ähnlich – es war, als habe sie eine Vorahnung gehabt –, denn normalerweise war sie von solchen Ideen schnell zu begeistern. Alles begann ganz harmlos. James zeigte uns die Minen, und wir fragten, wohin man das Zinn geschafft hatte, ob nach Ägypten, Kreta oder Phönizien. Er erzählte anschaulich, überhaupt nicht schulmeisterlich. Danach suchten wir uns einen Platz zum Mittagessen.«

Er merkte, wie ihre Stimme sich veränderte, wie sie trotz ihres Widerstands die Vergangenheit noch einmal erlebte.

»Was trug Richard?«

»Ich weiß nicht mehr ... ein weißes Hemd, lange Socken, eine kurze Hose, glaube ich. Auch eine Jacke, die er während des Essens auszog. In der Sonne war es warm. Als Wind aufkam, sagte Rosamund, er solle sie wieder anziehen. Er wollte nicht und quengelte. Später fragten wir uns, ob er aus Trotz weggelaufen war. Er konnte sehr eigensinnig sein.« Sie hielt inne. »Sind Sie sicher, dass Sie all diese Kleinigkeiten hören wollen?«

»Ja. Dann kann ich mir ein besseres Bild machen.«

Es kommt nicht häufig vor, dass jemand eine Geschichte zusammenhängend erzählen kann. Sie beschrieb die Bilder, die vor ihrem inneren Auge auftauchten, deutlich und ohne den Faden zu verlieren.

»Wir aßen unsere mitgebrachten Vorräte. Rosamund setzte sich, um sich auszuruhen, und James legte seinen Kopf auf ihren

Schoß, ich weiß noch, dass ich dachte, wie gemütlich sie es haben. Cormac redete mit dem alten Moorführer, dessen Söhne vor zwanzig Jahren nach Amerika ausgewandert waren, um dort unter Tage zu arbeiten. Cormac wollte wissen, wie es ihnen ergangen war, ob sie Erfolg hatten und was sie in ihren Briefen über ihr neues Leben berichteten. Ich war schläfrig. Olivia setzte sich neben mich. Nur Richard wollte wieder zurück und die Ponys ansehen. Er flehte Olivia an, ihn zu begleiten, seine Mutter würde ihn nicht allein gehen lassen. Wo Nicholas war, weiß ich nicht, er war fortgegangen. Manchmal tat er so etwas, streifte einfach in der Gegend umher. Aber da er schon immer einen unfehlbaren Orientierungssinn besessen hatte, machte niemand sich Sorgen. Schließlich gab Olivia Richard nach, aber er musste ihr versprechen, nicht zu schnell zu gehen. Ich wollte auf Nicholas warten und kümmerte mich nicht um Richard. Deswegen fühle ich mich heute schuldig ...«

Er wartete ihr Schweigen ab, bis sie die Erzählung schließlich wieder aufnahm. »Ich war fast eingeschlafen, als Rosamund sagte, wir müssten uns langsam auf den Heimweg machen. Cormac solle sich nach Nicholas und James umsehen, damit sie gemeinsam Olivia und Richard suchen konnten. Ich verstaute mit ihr die Körbe in den Kutschen. Rosamund sprach von einer Feier im Haus, die sie für Freunde aus London geben wolle. Ich erinnere mich noch, weil diese später statt zur Feier zur Beerdigung kamen. James' Beerdigung.«

Wieder trat eine Pause ein. »Cormac kam zurück und sagte, Nicholas habe gerade Schmetterlinge entdeckt, die es nur im Moor gebe und wolle noch nicht zurück. Cormac ging ein zweites Mal zu Nicholas, nahm mich diesmal aber mit, damit ich ihm helfen konnte, Nicholas zu überreden. Aber Nicholas war nicht mehr bei den Felsen, wir suchten fünf oder zehn Minuten nach ihm. Dann gingen wir zu Rosamund zurück, und Nicholas war schon da. James kam mit Olivia zurück, und sie sagten, sie könnten Richard nicht finden. Also ließ Rosamund Olivia und mich bei den Kutschen zurück und machte sich mit James, Cormac und Nicholas auf die Suche nach Richard.

Er war einfach nicht wieder gekommen. Sie fanden ihn nicht.

Olivia wusste nicht, was passiert war. Er hatte mit den Ponys spielen wollen. Lange hatte sie ihm dabei zugesehen und gedacht, er sei noch immer dort. Rosamund und James schickten den Kutscher auf einem Pferd nach Hause, er sollte die Stallknechte und die Dienerschaft holen, während wir weitersuchten. Als die Nacht anbrach, wurde allmählich allen klar, dass wir ihn nicht mehr finden würden. Nur James wollte nicht mit dem Suchen aufhören. Er sagte, Richard sei nur ungezogen und wolle sich vor uns verstecken. Nicholas kam blutig und zerkratzt zurück. Er war gestürzt, sagte, er habe die Ponys gefunden, aber Richard sei nicht bei ihnen gewesen, dafür aber ein paar Zigeunerjungen. Dann ging er mit Cormac wieder los und suchte weiter. Mit Fackeln. Ich erinnere mich an die langen Schatten und wie schwarz die beiden in der Ferne aussahen. Dann schickte Rosamund uns mit einer der Kutschen nach Hause, Olivia, Nicholas und mich. Olivia weinte, sie war untröstlich. Als wir bei den Ställen ankamen, ließ sie sich ein Pferd geben und ritt mit den Männern aus dem Dorf zurück, um weiter zu suchen. Für Nicholas gab es kein Pferd mehr, er ging zu Fuß los. Ich sollte im Haus bleiben und Bescheid geben, falls jemand Richard brächte. Aber natürlich brachte ihn niemand. Ich erinnere mich noch, wie Cormac später unter Tränen, die ihm übers dreckverschmierte Gesicht liefen, Nicholas anbrüllte, er wollte irgendetwas wissen, und mir kam das sofort komisch vor, weil ja Olivia bei Richard gewesen war. Aber niemand war mehr er selbst, wir waren alle bestürzt. Nicholas setzte sich zu Olivia, die man in völlig erschöpftem Zustand zurückgebracht hatte. Er redete und redete mit ihr, aber an der Tür konnte ich nicht verstehen, was. Onkel James war so entkräftet, dass Dr. Penrith ihm etwas geben musste und drei Männer ihn ins Bett hoch trugen, so fest war er eingeschlafen ...«

Rutledge hatte den Faden verloren. Seine Gedanken waren woanders. Als ihre immer leiser werdende Stimme schließlich verstummt war, sagte er: »Haben sich Olivia und Anne immer wie Zwillingsschwestern angezogen, trugen sie dieselben Sachen?«

»Manchmal«, antwortete sie überrascht vom plötzlichen Themawechsel. »Olivia mochte das nicht. Sie meinte, sie wolle nicht

Teil eines Paars sein, wie ein Schuh oder ein Handschuh. Sie wollte nie in Annes Schatten stehen, wollte immer nur sie selbst sein. Später hatte sie dann ein schlechtes Gewissen, als wir uns alle wegen Annes Tod schuldig fühlten, so wie Kinder eben sind, wir machten uns Vorwürfe.«

»Trugen sie an dem Tag von Annes Sturz das Gleiche?«

»Ich … ich weiß nicht mehr. Lassen Sie mich überlegen.« Sie schüttelte den Kopf »Nein. Halt, warten Sie! Anne trug ihr Kleid mit auf dem Saum gestickten Kirschen und der Schärpe. Olivia trug etwas Blaues … ich glaube ein Vergissmeinnicht-Muster. Ich erinnere mich, weil das Blut von meiner Schürfwunde und Annes Blut zu den Kirschen passten.« Ihre leere Tasse klapperte auf der Untertasse, ihre Hände zitterten. Rutledge stand auf, schenkte ihr Tee nach und nutzte die gewöhnlichen Verrichtungen – Zucker umrühren und eine Zitronenscheibe abschneiden –, um sie abzulenken.

»Aber Nicholas wusste auf jeden Fall, an wessen Schärpe er sich fest hielt? So jung wie er war?«

»Ja, ich sage Ihnen doch, es war Olivias …«

Sie hielt inne. In dem Zimmer war es dunkel geworden. Abgesehen von der schwachen Tischlampe gab es kein Licht außer dem fahlen Mondschein, der durchs Fenster hereinfiel. »Nein«, sagte sie langsam, mehr zur Dunkelheit als zu ihm gewandt. »Die Schärpe war nicht blau, nicht wahr? Ich dachte mir, sie sei blau gewesen. Ich war mir ganz sicher. Olivia *sagte* doch, dass sie blau war.«

»War es wirklich Nicholas, den Cormac bei seiner Suche im Moor nicht gefunden hatte?« Er versuchte, die Aufregung in seiner Stimme zu verbergen. »Und ging er wirklich alleine wieder zum Moor zurück, nachdem er Sie und Olivia nach Hause gebracht hatte?«

»Ja …«

»War er eifersüchtig auf seinen ungestümen kleinen Bruder, auf die Aufmerksamkeit, die er bekam? Oder standen sie sich nahe? Verbrachten sie viel Zeit miteinander?«

»Ich … ich glaube, sie waren zu verschieden, um sich nahe zu stehen. Olivia und Nicholas waren sich ähnlicher. Von Natur aus still, wie sie waren, konnten sie sich gut allein beschäftigen. Richard dagegen brauchte immer … jemanden um sich. Er war übermütig. Er nahm Rosamund sehr in Anspruch, wollte nie einen Mittagsschlaf halten, verlangte immer, dass jemand mit ihm spielte, ihm etwas vorlas oder zu den Pferden mitnahm.« Sie schmunzelte. »Richard und Anne hätten Zwillinge sein sollen. Sie waren sich so ähnlich, gleich herrisch und aktiv. Eigensinnig. Anstrengend.«

»Wo war Nicholas, als James sich erschoss?«

»Ich … er stand schon vor James' Tür, als Cormac herauskam und wissen wollte, woher der Lärm gekommen war. Nicholas sagte, es sei ein Schuss gewesen, er habe schon geklopft. Dann brach Cormac mit einem der Diener die Tür auf. Ich glaube, sie war gar nicht verschlossen gewesen. Dann kam Olivia. Sie erlaubte ihm nicht, das Zimmer zu betreten und seinen Vater zu sehen. Rosamund bemerkte die Unruhe und sah nach, was los war. Cormac rannte ins Dorf, um Dr. Penrith zu holen, und Olivia stand an der Tür, ihr Gesicht war so schneeweiß, wie ich noch keines gesehen hatte, aber sie weinte nicht, sie zitterte nur, als könne sie nie mehr aufhören, und ich erinnere mich, wie Brian FitzHugh ihr den Arm um die Schultern legte. Aber sie stieß ihn von sich, blieb weiter da stehen, und Nicholas wiederholte ein ums andere Mal: ›Es war ein Unfall, ich weiß es, es war ein Unfall!‹, es schien lebenswichtig für ihn, dass jemand diese Worte hörte.«

Wieder wartete Rutledge und ließ ihr Zeit. Aber sie sagte nichts mehr.

Im Laufe der Jahre hatte er viele Zeugen verhört. Auch während des Krieges hatte er zurückgekehrte Gefangene, Kundschafter und Männer, die Zeuge eines Angriffs geworden waren, befragen müssen. *Welche Waffen haben sie, wer führt sie an? Wie stark ist ihre Reserve? Wo stehen die schweren Geschütze?* Es war eine regelrechte Kunst, die Wahrheit herauszufinden, ohne in die Fallen des menschlichen Erinnerungsvermögens zu tappen.

Eine Frau, die als Erste am Schauplatz eines grauenhaften Londoner Verbrechens gewesen war, hatte ausgesagt, sie erinnere sich nicht, Blut gesehen zu haben, und doch war ihm, der an einiges gewöhnt war, beim Anblick des Blutbads am Tatort übel geworden. Sie hatte es schlicht verdrängt, ihr Gedächtnis hatte zensiert, was sie am meisten schockierte.

Rachel fürchtete sich nicht vor Blut, ihr machte vielmehr die Möglichkeit des Verrats Angst, die Möglichkeit, dass jemand, den sie gekannt und geliebt hatte, ein zweites Gesicht besessen haben könnte.

Trotzdem hatte sie sich an Scotland Yard gewandt und damit unwiderruflich öffentliche Aufmerksamkeit auf ihre Zweifel und Ängste gelenkt.

Für jemanden wie Rachel war das ein merkwürdiger Schritt. Wie ein Versuch, sich von Schuld rein zu waschen. Sie weigerte sich, zur Anklägerin zu werden. Zugleich wünschte sie nichts mehr, als dass endlich ein Schlussstrich unter die Sache gezogen würde.

Was hatte sie sich von ihm, dem unbestechlichen Londoner Inspektor, versprochen? Worauf war sie aus? Was wusste sie, wie sollte er es trotz ihres dicken Panzers herausfinden?

Und was hatte all das mit Nicholas zu tun? Nicholas, dem Stillen. Immer da, immer im Hintergrund. Hatte er Olivia beschützt? Oder hatte sie ihn beschützt?

Hatte Nicholas seine *Mitwisserschaft* mit ins Grab genommen? Oder seine Schuld?

Wütend wollte Hamish ihm weismachen, er läge falsch. Aber er konnte nicht verhindern, dass er sich an diesen Strohhalm klammerte. So viele Probleme auf einmal ließen sich auf diese Weise lösen …

»Es ist dein eigener Schutzpanzer, den du knacken willst, jeder Vorwand ist dir recht, um einem anderen die Schuld zu geben! Jeder Name, den du an Stelle der Frau einsetzen kannst, die dich mit ihren Versen verhext hat! *Ihn* würdest du um ihretwillen bereitwillig opfern! *Hast du kein Gewissen, Mann?«*, tobte Hamish.

Aber er musste der Sache nachgehen. Wenn die Möglichkeit bestand, musste er ihr nachgehen.

Schließlich sagte er: »Rachel? Wovor haben Sie Angst? Vor welchen Erinnerungen fürchten Sie sich? Wer hat Anne vom Baum gestoßen? Es war kein Unfall, nicht wahr? Wer hat Richard ins Moor gelockt? Er war erst fünf Jahre alt. Unmöglich, dass er allein so weit fort gegangen ist. Wer hat James Cheney eine Waffe in seine leblose Hand gedrückt? Mit wem hat Brian FitzHugh vor seinem Tod unten am Strand gesprochen? Es muss jemand gewesen sein, dem er genug vertraut hat, dass er ihm – oder ihr – den Rücken zuwandte.«

Sie schwieg. Leiser fuhr er fort: »Alle wurden ermordet. Sie mögen behaupten, dass Sie es nicht glauben, aber tief in Ihrem Innern wissen Sie, dass es wahr ist. Mir geht es ähnlich. Wahrscheinlich wurde auch Rosamund getötet. Dass der Mörder – oder die Mörderin – mittlerweile selbst tot ist, spielt keine Rolle. Nur die Wahrheit zählt. War es Olivia? Oder Nicholas? Wer von beiden hasste – oder liebte – oder neidete – so sehr, dass er zum Mörder wurde?«

»Keiner von beiden!«, schrie sie. Sie wandte sich ihm zu. Ihre Augen glühten vor Verzweiflung. »Es ist Unsinn, was Sie erzählen. Es gab keinen Mörder in diesem Haus! *Ich habe hier gelebt, ich muss es doch wissen!*«

»Entweder war es Olivia oder Nicholas. Entscheiden Sie.«

»Nein! Nicholas hat niemandem jemals etwas angetan! Nicholas hätte ein Kind ... oder seinen eigenen Vater ... oder seine *Mutter* ... nie im Leben umbringen können!«

»Bliebe also Olivia.«

»Nein ... ich ... es gab keinen Mörder, glauben Sie mir endlich!«

»Doch. Sie selbst glaubten es. Sie haben Scotland Yard eingeschaltet!«

»Nein. Ich musste wissen, warum Nicholas gestorben ist! Ich konnte einfach nicht glauben, dass er sich umbringen wollte, das war nicht richtig, das war nicht Nicholas!«

»Aber er hat es getan. Oder Olivia hat ihn ermordet.«

»Nein!«

Wutentbrannt sprang sie auf und kam auf ihn zu, die Fäuste zum Angriff geballt. Rutledge schnellte hoch und ging in Verteidigungsstellung.

Zitternd stand sie vor ihm, rührte ihn aber nicht an. »Gehen Sie weg! Gehen Sie verdammt nochmal zurück nach London! Lassen Sie mich in Ruhe!«

»Aber *Sie* haben doch Scotland Yard benachrichtigt. Warum, Rachel, warum dachten Sie an Mord?«

»Nein ... nein! So war es nicht, nein!«

»Sie glaubten, Nicholas würde Sie, falls Olivia sterben würde, heiraten, nicht wahr? Stattdessen beschloss er aber, mit ihr in den Tod zu gehen. Oder aber er wurde ermordet. Oder er hat erst sie und dann sich umgebracht. Eine andere Möglichkeit gibt es nicht.«

Rachel schwanden die Kräfte. Rutledge bereute, sie in diese Lage gebracht zu haben, und schloss sie in seine Arme. Schluchzend und vor Schmerz bebend, begrub sie ihr Gesicht in seinem Mantel. »Sagen Sie mir, was Sie wissen«, flüsterte er in ihr Haar.

»Er hat mir kurz vor seinem Tod einen Brief geschrieben ... Nicholas ...«, begann sie schwach.

Da flog die Tür auf. Zuerst sah man nur einen Schatten, dann stürzte Cormac FitzHugh herein. Wie ein schwarzes Ungeheuer, das sich nach Jahrhunderten von einem schweren Fluch befreit, flog sein Schatten zur Decke auf.

»Was in Dreiteufelsnamen ...!«, rief er. Entsetzt starrte er sie an. »Was tun Sie hier – *was geht hier vor*!«

16

Die in Tränen aufgelöste Rachel errötete. Ächzend befreite sie sich aus Rutledges Griff, lief zum Fenster, hinter dem die Nacht lauerte, und hüllte sich dort, wo sie weitestmöglich von Cormac entfernt war, in Schweigen. Rutledge seinerseits drehte sich wütend um. Die beiden Männer sahen sich wütend an. Sie waren bereit für einen Kampf. Sekundenlang hörte man nur ihr keuchendes Atmen.

»Dasselbe könnte ich Sie fragen!«

»Was soll das hier darstellen? Eine sexuelle Belästigung? Oder ein Rendezvous?«

Ihre lauten und harten Stimmen verrieten das Maß ihrer gegenseitigen Abneigung.

Hamish tobte. Rutledge ignorierte ihn, konzentrierte sich voll und ganz auf Cormac. Die Situation drohte zu entgleisen. Der Polizist bekämpfte den starken Wunsch, mit dem Mann an der Tür, der ihn im unpassendsten Moment unterbrochen hatte, kurzen Prozess zu machen, während der Geschäftsmann sein archaisches Verlangen zu zügeln versuchte, seine Faust auf den Kontrahenten niedersausen zu lassen. Der Soldat und der Ire. Letztendlich aber behielten die Konventionen Scotland Yards und des Londoner Geschäftsviertels die Oberhand.

Cormac zwang sich zu einem halbwegs normalen Ton: »Ich sah Licht in der Küche und wollte wissen, wer sich hier aufhält. Was haben Sie mit Rachel gemacht? Warum weint sie?«

»Die Atmosphäre in diesem Haus regt sie auf«, entgegnete Rutledge. »Sie war so nett, mir bei der Suche nach etwas Bestimmtem zu helfen. Lassen Sie sie in Frieden.«

»Rachel, hat er dir wehgetan?«

Ohne sich umzuwenden, antwortete sie leise: »Es geht mir gut, Cormac. Es ist so … wie er sagt. Ich … ich habe nur noch immer nicht … Olivia und Nicholas. Und Stephen. Ich … *ach hätten wir dieses Haus doch schon verkauft, dann würde es mir besser gehen!*«, rief sie verzweifelt. »Ich kann nicht fort von hier und ich kann nicht bleiben! Ich flehe dich an, mach dem Ganzen endlich ein Ende!«

»Ich bin … die Anwälte arbeiten so langsam. Immerhin geht es um drei Testamente«, sagte er entschuldigend, als trüge nicht Rutledge, sondern er die Schuld an ihren Tränen. »Ich tue alles, um die Sache zu beschleunigen.« Bis auf einen kurzen Seitenblick hatte er die Augen bisher nicht eine Sekunde von Rutledge genommen. Jetzt schaute er zu ihr hinüber. »Ich bringe dich nach Hause. Wenn der Inspektor noch etwas zu erledigen hat, soll er verdammt nochmal morgen früh wieder kommen!«

»Nein. Das geht schon in Ordnung, Cormac. Ehrlich.«

»Nichts geht in Ordnung. Ich kann dich von hier aus zittern sehen.« Ohne Rutledge zu beachten, schritt er durch den Raum. Rutledge war versucht, ihm den Weg zu versperren, tat es aber nicht. Cormac fasste Rachel sanft an der Schulter, drehte sie zu sich um und reichte ihr ein Taschentuch. Rutledge kochte, als er sah, wie dankbar sie es nahm und ihre Augen darin verbarg. Cormac legte Rachel seinen Arm um die Schulter und führte sie an Rutledge vorbei zur Tür. Dort blieb sie stehen und warf dem Londoner einen zweideutigen Blick zu. Bat sie ihn mitzukommen? Oder flehte sie ihn an zu bleiben?

Da er nicht reagierte, wandte sie sich ab und ließ sich von Cormac in die Halle leiten. Rutledge nahm die Lampen und ging, ohne an die Teetassen zu denken, in die Küche, löschte die Lampen und stellte sie auf den Küchentisch. Dann trat er ebenfalls in die dunkle, kühle Eingangshalle. Überraschenderweise waren Cormac und Rachel noch da. Wie zwei unwirkliche Silhouetten standen sie am Ausgang und warteten auf ihn.

Cormac spielte mit dem Türschlüssel, den er in seinem Handschuh hielt. Allein sein schemenhafter Umriss verriet, wie ungeduldig er Rutledge beobachtete, der sich viel Zeit ließ, die Halle zu durchqueren. Dann standen sie draußen in der sternklaren Nacht. Die Tür fiel ins Schloss, der Schlüssel drehte sich mit einem nach Endgültigkeit klingenden Klicken.

Cormac ging die Stufen herab, nahm Rachels Arm und begleitete sie zur Auffahrt, während Rutledge, der sich überflüssig vorkam – und wusste, dass Cormac genau dies beabsichtigte – ihnen folgte.

»Möchtest du, dass ich dich morgen nach London zurückbringe?«, fragte Cormac. »Deine Freunde fragen dauernd, wann du wieder in die Stadt kommst. Ich sage zwar: Bald, aber damit geben sie sich nicht zufrieden. Wollen wir sie nicht überraschen?«

Sie hatte aufgehört zu weinen. Obwohl sie mit belegter Stimme sprach, erkannte Rutledge allmählich, dass sie sich so schnell nicht von ihrem Vorhaben würde abbringen lassen.

»Ich … ich bin noch nicht bereit abzureisen, Cormac. Danke für dein Angebot.« Sie blickte zu Rutledge, von dem sie nur ahnte, dass er zur Linken Cormacs ging. Kalt fügte sie hinzu: »Ich gehe, wenn Scotland Yard geht.«

»Wenn du meinst …«

Sie nickte.

»Also gut. Ich schätze, es kann nicht falsch sein, die Dinge im Auge zu behalten. Daniel lässt mir keine ruhige Minute. Er will, dass ich in London meinen Einfluss geltend mache, damit wir die Polizei wieder los werden. Ich meine allerdings, dass wir damit alles nur noch schlimmer machen. Wenn Susannah dem Rat ihres Arztes folgt, sich nicht mehr viel zu bewegen, soll er gefälligst selbst zum Yard gehen.«

»Das Baby … ist etwas passiert?«, fragte Rachel besorgt.

»Nein, eine reine Vorsichtsmaßnahme. Aber versuch' das mal Daniel zu erzählen. Man könnte ja fast meinen, er selbst müsste die Zwillinge austragen. Verdammt, selbst fohlende Pferde bewahren mehr Haltung.«

Wie von ihm beabsichtigt, lachte sie kurz auf.

»So ist es besser«, sagte er und drückte ihren Arm. Sie erreichten den dunklen Rand des Wäldchens. Rutledge ließ die beiden voraus gehen, während er seinen Gedanken nachhing.

»Ich werde sie morgen besuchen«, sagte Rachel. »Vielleicht nehme ich Inspektor Rutledge mit. Er hat alles durcheinander gebracht, soll er also auch zusehen, wie es wieder in Ordnung kommt!«

Das entsprach wahrscheinlich nicht Cormacs Wunsch, dachte Rutledge.

Er spürte die Reserviertheit des Iren, als sie Rachel am Tor des Landhauses eine Gute Nacht wünschten und zusahen, wie sie den Weg hinaufging.

Während sie zum Gasthof gingen, sagte Cormac unvermittelt: »Ich verstehe nicht, warum Sie es nicht sein lassen. Was wollen Sie erreichen – das Moor nach Richard absuchen zu lassen ist doch keine Lösung. Oder ist an den Gerüchten ausnahmsweise etwas Wahres, und Sie sind aus einem anderen Grund hier?«

»Welcher Grund sollte das sein?«, fragte Rutledge zurück.

Cormac seufzte. »Keine Ahnung.« Schweigend lauschten sie auf die knirschenden Geräusche ihrer Schritte, bis Cormac scheinbar gelangweilt fragte: »Was ist heute Abend wirklich geschehen?«

»Das ist Sache der Polizei«, sagte Rutledge, der sich nicht einwickeln lassen wollte.

»Erzählen Sie mir keinen Schwachsinn!«, wetterte Cormac. »Falls Sie Rachel schützen wollen: Ich weiß seit Jahren, was sie für Nicholas empfand. Das Einzige, was ich lange nicht begriffen habe, ist, warum er sie nicht geliebt hat.«

»Sind Sie sicher, dass Olivia die Morde begangen hat, dass sie Anne und Richard umgebracht hat?«, fragte Rutledge in der Hoffnung, ihn zu überlisten.

Cormac blieb stehen und versuchte, in der Dunkelheit Rutledges Augen zu erkennen. Er musste hinaufschauen, und sie schienen Welten von seinen entfernt zu sein. »Wovon zum Teufel sprechen Sie?«

»Ich frage mich nur, ob ich mein Geld nicht besser auf Nicholas verwetten soll.«

Cormac fluchte auf die ihm eigene Art. Sie gingen weiter. Trotz des wenigen Lichts sah Rutledge, dass sich Cormacs hübsche Stirn vor Ärger in Falten gelegt hatte. »Nein, Nicholas war es auf keinen Fall. Ich mag zwar einiges sein, aber ein Idiot bin ich nicht. Ich weiß, was ich damals gesehen habe, und was auf jenem Apfelbaum geschah. Nicholas war nur eine Figur in ihrem Spiel.«

»Möglicherweise hat sie ihn gedeckt und, als sie merkte, dass ihr Einfluss auf ihn schwand, in den Selbstmord getrieben, damit die Wahrheit unentdeckt bliebe.«

»Ja, eine ausgezeichnete Idee. Aber Ihre Rechnung geht nicht auf!«

»Warum hat Nicholas Rachel nicht geliebt?«

»Zuerst nahm ich an, weil sie schon während der Kindheit so präsent war wie eine weitere Halbschwester – vertraut, nicht aufregend. Rosamund mochte Rachel sehr. Sie behandelte sie wie ein eigenes Kind. Das ist nun schwerlich der Stoff, aus dem große Liebesgeschichten gemacht sind. Doch dann, als Rachel Peter heiratete, dachte ich, dass Nicholas sie mit der scheinbaren Gleichgültigkeit ihr gegenüber vor etwas hatte bewahren wollen. Er hatte sie regelrecht gezwungen, sich jemand anderen zu suchen. Denn wenn er das nicht getan hätte, hätte Olivia möglicherweise auch Rachel umgebracht.«

Seine Worte klangen in der Dunkelheit seltsam gedehnt.

»Wollen Sie etwa behaupten, Olivia habe Nicholas ein Leben lang in der Hand gehabt – und an sich gebunden –, indem sie Rachel bedrohte?«

»Das ist für mich die einzige Erklärung, wie Olivia Nicholas so weit bringen konnte, Laudanum zu schlucken. Es sei denn, sie hat ihn ohne sein Wissen vergiftet.

Aber ich möchte nicht, dass Rachel erfährt, was ich denke. Ich will nicht, dass sie sich für den Rest ihres Lebens schuldig fühlt. Wenn Sie nicht aufhören, wird genau das passieren. Sie würden Ihren Fall fein säuberlich lösen, während Rachel fortan untröstlich wäre. Falls Sie auch nur ein Quäntchen Mitgefühl in sich haben, sagen Sie ihr, dass sie nach London zurückfahren soll. Oder, noch besser, nehmen Sie sie mit.«

»Nein.«

»Was ich zu Rachel gesagt habe, meine ich ernst. Ich spiele tatsächlich mit dem Gedanken, die Sache über Ihren Kopf hinweg zu entscheiden und meine Verbindungen zum Yard spielen zu lassen, damit der Fall offiziell beendet wird. Ich kenne genügend einflussreiche Leute, um mich durchzusetzen, und es wäre auch in Daniels Interesse. Aber auch damit würde mehr Schlechtes als Gutes bewirkt. Das ist das Verzwickte an der ganzen Geschichte:

Wohin man sich dreht und wendet, gibt es keinen verdammten Ausweg!«

Rutledges Schweigen verleitete Cormac dazu, unbedacht fortzufahren: »Ich werde bald herausgefunden haben, warum Sie nicht an dem Ripper-Fall arbeiten und uns stattdessen hier in Cornwall eine Woche lang mit Ihren Schnüffeleien und Hirngespinsten belästigen. Anfangs dachte ich, Sie seien ein anständiger Ermittler, der etwas von seinem Fach versteht und lediglich Vorsichtsmaßnahmen trifft, weil Olivia mittlerweile eine Berühmtheit ist.«

»Wenn Sie einen Jasager erwartet haben«, sagte Rutledge, »verstehen Sie nicht viel vom Yard.«

»Ich habe keinen Jasager erwartet. Nur jemanden, der etwas von seinem Beruf versteht. Ich begreife nicht, was Sie zu Ihrem Tun bewegt, Inspektor. Woher stammt diese Sturheit in einem Fall, der, selbst wenn Olivia und Nicholas gemeinsam das halbe Dorf niedergemetzelt hätten, längst zu den Akten gehört?«

»Warten Sie es ab«, sagte Rutledge, während er die Tür zum Gasthof aufstieß, »dann werden Sie es herausfinden.«

Mit dieser Floskel hatte ihn früher sein Vater abgespeist, wenn er seine Eltern bedrängte, ihm zu verraten, was die silbernen Geburtstags- und Weihnachtspakete enthielten. So vertrösteten Erwachsene Kinder – und verschlimmerten zugleich nur ihre Neugier.

Rutledge bemerkte erfreut, dass es anscheinend auch bei einem erwachsenen Mann hervorragend funktionierte.

Cormac war am nächsten Morgen nicht mehr im Gasthof zugegen. Ob er nach London gefahren oder zum Haus gegangen war, schien niemand zu wissen. Aber da Rutledge keinen Grund hatte, auf der Stelle zum Trevelyan-Haus zurückzukehren, spielte es keine Rolle.

Rachel erschien wie angekündigt und holte ihn zum gemeinsamen Besuch bei Susannah ab. Sie nahmen Rutledges Auto. Die Sonne strahlte, und der Wind trug zuerst frische Seeluft, später den herben Geruch des Landes zu ihnen hinein.

»Cormac hat Recht, Sie müssen sie sehen.« Rachel hatte ihr langes Schweigen gebrochen. »Ich meine Susannah. Da Sie so hart zu uns sind, sollen Sie zumindest ein Ergebnis Ihrer Arbeit mit eigenen Augen betrachten. Vielleicht schämen Sie sich dann und geben in Zukunft mehr auf die Gefühle Ihrer Mitmenschen Acht!«

Schon am Vorabend hatte er ein Ergebnis seiner Arbeit gesehen, dachte sie, sagte aber nichts. Rutledge bemerkte diese Aussparung.

»Ich denke nicht, dass mich die Begegnung mit ihr umstimmen wird«, sagte Rutledge. »Aber ich möchte mich bei Ihnen für gestern Abend entschuldigen. Vor allem, weil ich Sie vor den Augen ihres Cousins in eine peinliche Situation gebracht habe. Es war … sehr ungeschickt. Bitte entschuldigen Sie.«

»Zudem hat es nichts gebracht«, sagte sie.

»Das sehe ich anders«, sagte er, einen Blick auf sie riskierend. »Es hat sogar eine Menge gebracht.« Die Straßen in diesem Teil Cornwalls waren größtenteils unbefestigt. Sie fuhren über kleine, verschlungene Wege, durch die kaum eine Pferdekutsche gepasst hätte. In den Pfützen lauerten tiefe Schlaglöcher, und der Schlamm war rutschig wie Eis. Obwohl ihm bewusst war, dass er sich besser aufs Fahren konzentriert hätte, sagte er: »Rachel, Sie sprachen gestern von einem Brief, den Nicholas Ihnen kurz vor seinem Tod geschrieben hat.«

»Tat ich das?« Er blickte nochmals zur Seite. Sie kräuselte die Stirn. »Ich kann mich nicht entsinnen, Ihnen das gesagt zu haben.«

Sie wollte sich nicht entsinnen. Er ließ es für den Augenblick auf sich beruhen.

Sie fuhren weiter landeinwärts. Hohe Hecken nahmen ihnen die Sicht. Die ausgefahrenen Wege hatten die Eigenschaft, nach jeder Kurve auf eine Kreuzung zu münden, auf der dann unvermutet ein schwerer Rollwagen oder ein kleiner Karren vor ihnen auftauchte. Zudem hätte er fast die richtige Abzweigung verpasst, doch dann erblickten sie am Rand eines schönen Tals die Tore des Beaton-Hauses.

Es war eines jener pseudo-mittelalterlichen Ungetüme, die man im viktorianischen Zeitalter bevorzugt erbaut hatte, mit verfallenden Türmen, Schießscharten und schlecht imitierten gotischen Torhäusern. An den Wänden rankte Efeu in rauen Mengen. Die Blätter raschelten und bebten im Wind, als stünden die Mauern unmittelbar vor ihrem Einsturz.

»Gütiger Himmel!«, sagte Rutledge und verlangsamte ihre Fahrt, um besser sehen zu können.

»Tja, ich glaube, Sie haben die Familie Disraeli* gekannt und seine Romane verehrt. Den ursprünglichen Bau konnten sie gar nicht schnell genug abreißen und durch diesen hier ersetzen. Aber bitte sagen Sie nichts, sie wären sehr beleidigt! Jenny Beaton ist eine liebenswerte Person und verdient nicht, dass man ihren Geschmack anzweifelt.«

»Ich werde mich jeglichen Kommentars enthalten«, antwortete Rutledge.

Mrs. Beaton war tatsächlich eine liebenswerte Person. Das Haus, das auf den Grundfesten eines viel älteren Hauses errichtet worden war, hatte auch seine schönen Seiten, an erster Stelle die Kassettendecke im fürstlichen Speisesaal. Der Handwerker, der für sie verantwortlich zeichnete, war auch ein Künstler im Umgang mit Stuck gewesen. Der Salon sah mit seiner Tafeldecke und den Buntglasfenstern aus wie von einem Bühnenbildner erschaffen. Nach seinem Eindruck befragt antwortete Rutledge: »Großartig!« Mrs. Beaton war beglückt, Rachel strahlte ihn an.

Susannah saß in einem Sessel und hatte die Beine auf einen Schemel gelegt. Ihren Schoß wärmte ein weißer Spitzenschal. Dennoch machte sie auf Rutledge einen kerngesunden Eindruck.

»Mit Bedauern habe ich vernommen, dass Ihnen Ruhe verordnet worden ist. Ich hoffe, es geht Ihnen dennoch gut«, sagte er, indem er ihr die Hand schüttelte.

»Doch, doch«, sagte sie gereizt, »ich leide nur unter einem übereifrigen Arzt und einem noch übereifrigeren Ehemann. Ich sterbe vor Langeweile!« Verhohlen schielte sie zu Jenny Beaton hinüber.

»Sie ist eine furchtbare Patientin«, neckte Jenny ihre Freundin liebevoll. Sie war dunkelhaarig, feingliedrig und außergewöhnlich hübsch, was Hamish noch vor Rutledge bemerkt hatte.

»Daniel ist gerade in London. Er legt sich regelrecht krumm und will an zwei Orten zugleich sein. Der Doktor hat mir das

Reisen verboten«, ergänzte sie, »nicht einmal in kleinen Etappen darf ich mich fortbewegen.« Sie legte den Kopf in den Nacken und sah Rutledge an. »Man sagte mir, dass Sie das Moor nach Richard absuchen lassen.«

»Susannah!«, rief Jenny Beaton. »Wer hat dir das erzählt?«

»Ich mag schwanger sein, aber ich bin nicht taub! Also, stimmt das?«

»Es stimmt«, sagte Rutledge.

»Was in aller Welt interessiert Sie an einem Kind, das vor mehr als zwanzig Jahren gestorben ist? *Halten* sich Leichen überhaupt so lange? Was bezwecken Sie damit?«

»Ich will wissen, was aus ihm geworden ist.« Er wartete einen Augenblick, bevor er fortfuhr: »Falls er noch lebt, wäre er erbberechtigt, nicht wahr? Als Nicholas' jüngerer Bruder?« Rachel, die ihm an einem verzierten Holztisch gegenübersaß, schnappte nach Luft. Ihn interessierte in erster Linie Susannahs Reaktion.

»Wenn er noch am Leben wäre, warum ist er dann nie aufgetaucht? Ein Fünfjähriger weiß sehr gut, wer er ist und wo er herkommt. Man sollte doch annehmen, dass er inzwischen den Heimweg angetreten hätte, oder?« Susannah spielte mit den Enden ihres Schals, mehr weil sie sich ärgerte, dachte er, als aus Nervosität.

»Ja, die Frage ist berechtigt. Aber er ist nicht zurückgekommen. Ich will lediglich gründlich vorgehen, das ist alles. Hat man Ihnen damals erzählt, was im Moor passiert war?«

»Nein, darüber sprachen wir Kinder nicht, und als ich alt genug war, um neugierig zu sein, was mit Richard, Anne und meinem Vater geschehen war, schaffte Rosamund es immer, das Thema zu wechseln. Ich erinnere mich gut an meinen Vater, weiß aber natürlich nicht, wie er in jungen Jahren, vor seiner Hochzeit mit Rosamund, gewesen ist.«

»Mir wurde gesagt, dass seine Eltern ihn katholisch erzogen hatten. Wie war es bei Ihnen, Stephen und Cormac?«

»Wir sind anglikanisch. Ich glaube, Cormac ist zwar von Ge-

* Benjamin Disraeli, 1804–81, brit. Schatzkanzler, Premierminister und Verfasser konservativer Tendenzromane; Anm. d. Ü.

burt her katholisch, aber soweit ich weiß, hat er seinen Glauben nie praktiziert. Warum fragen Sie?«

»Wie sehr hängt er an Irland? Was sagt er zum Aufstand? Michael Collins*? Den *Black and Tans***?«

»Er hat sich meines Wissens nie für Politik interessiert. Cormac ist ein typischer Londoner Geschäftsmann. Es macht ihm Spaß, Geld zu verdienen, und er weiß sich zu benehmen. *Dein Ruf ist bare Münze*, sagt er immer.«

»Er ist ein attraktiver Mann. Wohlhabend und angesehen. Warum ist er nicht verheiratet? In seiner Position ist eine Dame des Hauses doch nahezu unverzichtbar.«

»Ja, ich weiß, oft genug mussten Rachel oder ich bei Empfängen einspringen.« Sie blickte kurz zur Seite, zu Rachel. »Als ich älter war und sie zusammen beobachtete, fragte ich mich manchmal, ob zwischen Cormac und Olivia etwas lief. Da war eine gewisse Spannung. Sie achteten darauf, einander aus dem Weg zu gehen. Sie heiratete nie. Ich fragte mich, ob es an ihm lag oder ob sie sich wegen ihres kranken Beins schämte und sich deshalb nicht traute, ihn zu fragen, obwohl sie es sich vielleicht sehnsüchtig wünschte.«

»Du weißt, dass du dir das alles nur einbildest«, sagte Rachel und rückte mit ihrem Stuhl ein wenig zur Seite, um nicht länger von dem im Buntglasfenster gebrochenen Licht geblendet zu werden, das flackernde dunkelrote und honigfarbene Tupfer auf Wände, Fußboden und ihre Schultern warf. »Sie schienen mir nicht viel gemeinsam zu haben, und ich lebte immerhin schon Jahre, bevor du geboren wurdest, mit ihnen zusammen.«

»Was *mir* wiederum beweist«, sagte Susannah, »dass sie eine Menge gemeinsam hatten! Fandest *du* Cormac denn nicht attraktiv? All meine Schulfreundinnen waren Hals über Kopf in ihn verliebt und hätten am liebsten jedes Wochenende bei uns verbracht!«

Jenny Beaton lachte: »Also ich mochte Stephen am liebsten. Mit zwölf war ich unsterblich in ihn verliebt. Weißt du noch?«

»Sicher ist Cormac attraktiv«, sagte Rachel abwehrend, »aber mehr hat er mir nie bedeutet ...«

»Nicholas mochte ihn nie, und deshalb mochtest du ihn auch nicht«, gab Susannah zurück.

»Warum hat Nicholas ihn nicht gemocht?«, ging Rutledge dazwischen.

»Nicholas war der älteste Sohn. Solange, bis Cormacs Vater Rosamund heiratete«, sagte Susannah. »Dadurch sah er sich zurückgesetzt, nehme ich an. Dieser Grünschnabel, dachte er wohl, wollte ihm seine Herrschaft streitig machen. Allerdings hat sich Cormac niemals als Herrscher aufgespielt.«

»Das ist nicht wahr! Nicholas war nicht eifersüchtig. Zwischen ihnen war etwas anderes, das ich nie wirklich begriff, bis ich eines Tages Rosamund danach fragte und sie mir antwortete, es läge daran, dass Cormacs Vater an die Stelle von Nicholas' Vater getreten sei und Söhne mit so etwas oft nur schwer zurechtkommen.« Sie wandte sich um und suchte Rutledges Blick. »Das hatte ich ganz vergessen«, sagte sie erstaunt. »Ich weiß nicht, warum es mir jetzt einfällt. Die Vorgänge von gestern Abend müssen meinem Gedächtnis auf die Sprünge geholfen haben …«

»Was meinst du mit den ›Vorgängen von gestern Abend‹?«, fragte Susannah. Sie hatte sich gespannt aufgesetzt. »Was meinst du damit?«

Rutledge wusste, was Rachel meinte. Er hatte in ihrer Vergangenheit herumgestochert wie man mit einem Stock in trübem Wasser stochert, und dabei waren, ob mit oder ohne ihr Zutun, vom Grund des Teiches Blasen aufgestiegen.

»Ihre Familienverhältnisse«, antwortete er für sie. »Wir unterhielten uns nach dem Essen darüber.«

Enttäuscht sank Susannah aufs Kissen zurück. »Also, auf mich oder Stephen war Nicholas jedenfalls nie wütend«, sagte sie, »und dabei waren wir die Sprösslinge dieser Ehe! Was konnte Cormac schon dafür? Es war schließlich nicht seine Entscheidung, dass unsere Mutter seinen Vater geheiratet hatte. Wenn man genauer darüber nachdenkt, hat die Heirat sein Leben wahrscheinlich viel mehr als das von Nicholas beeinflusst.«

* Irischer Politiker (1890–1922), organisierte mit E. de Valera den irischen Aufstand (1919–21) und unterzeichnete 1921 den Teilungsvertrag mit Großbritannien; Anm. d. Ü.

** Britische Truppen, die 1921 gegen Irland eingesetzt wurden; Anm. d. Ü.

An ihrer zornigen Miene las Rutledge ab, dass Rachel ganz und gar nicht mit Susannah einverstanden war. Aber aus Rücksicht auf ihre körperliche Verfassung hielt sie sich im Zaum, obwohl es ihr offensichtlich auf der Zunge lag zu protestieren.

»Ich mochte Nicholas auch«, fuhr Susannah versöhnlicher fort. »Er war geduldiger mit uns als andere Jungen in seinem Alter. Ich weiß noch, als mein Vater starb, saß ich in der Kirche auf seinem Schoß und hatte furchtbare Angst, weil Vater bald in diesem riesigen kalten Grab verschwinden sollte. Ich sagte, er wäre doch bestimmt viel lieber draußen im Freien, um die Pferde, das Meer und die Kinder beim Spielen sehen zu können. Nicholas antwortete mir: ›Weißt Du, deshalb ist er unten am Strand gestorben. Er wollte im Freien bleiben. Der, den wir morgen beerdigen, ist nur sein Stellvertreter, weil Rosamund doch einen Ort braucht, wo sie die Blumen für ihn niederlegen kann.‹ Dann nahm Nicholas uns mit auf eine Schatzsuche. Wir suchten nach Vaters goldenem Kruzifix, um es ihm in den Sarg legen zu können, fanden es aber nicht. Ich weiß nicht, ob er es später noch gefunden hat oder nicht.«

Hamish versuchte ihm zu bedeuten, dass all dies nicht von Belang sei, aber Rutledge fröstelte.

Susannah schien schlagartig müde und gelangweilt zu sein. »Ich will nicht weiter an Tod und Unglück denken. Sie verschwenden in Borcombe nur Ihre Zeit. Daniel ist betrübt, und das wiederum betrübt mich. Richard ist tot, wie alle anderen auch, und mir will nicht einleuchten, warum Scotland Yard sich um ihn bemüht. Stephen ist tot, und Sie werden ihn uns nicht wieder bringen. Er wurde nicht ermordet, er ist schlicht und einfach *gestürzt!* Soweit ich weiß, ist das kein Verbrechen, oder? Also gehen Sie fort. Lassen Sie uns unser normales Leben führen!«

Jenny Beaton wollte das Thema wechseln, doch Rutledge kam ihr zuvor.

»Hat Ihr Bruder Olivias Nachlass aus dem Haus geschafft?«

»Stephen hat kaum etwas genommen. Ich dagegen habe ein schlechtes Gewissen, weil wir uns so daneben benommen haben. Wie … wie Müllmänner, die sich über Mülltonnen hermachen!

Und du, du warst genauso schlimm wie wir alle, Rachel!«, schloss sie vorwurfsvoll. Zornesröte stieg ihr ins Gesicht.

Rachel machte Anstalten zu widersprechen, presste aber die Lippen aufeinander.

Hastig bot Mrs. Beaton Rutledge und Rachel an, den Besuch bis zum Mittagessen auszudehnen. Rutledge lehnte dankend ab und berief sich auf dringende Erledigungen in Borcombe. Kurze Zeit später verließen Rachel und er das Haus.

»Sie sind mir ja ein feiner Diplomat!«, sagte sie ihm ins Gesicht, als sie auf der Landstraße zurückfuhren. »Man hat ihr Ruhe verordnet, *Ungestörtheit!*«

»Sie schien sehr wohl für sich sorgen zu können. Susannah ist gesünder als Sie glauben.«

»Sie sind nicht ihr Arzt ...«

»Nein, ebenso wenig wie Sie! Jetzt erzählen Sie mir von Cormac und Nicholas.«

»Was soll ich da noch erzählen? Ich habe bei den Beatons doch alles gesagt. Sie fanden nicht zueinander. Sie waren eifersüchtig aufeinander – Nicholas, weil Cormac der Ältere war, und Cormac, weil Nicholas Rosamunds Sohn war und er nicht. Was haben Sie gegen Cormac? Warum gehen Sie auf ihn los und umgekehrt? Wenn Sie dafür eine Erklärung finden, dann wissen Sie auch, warum Cormac und Nicholas nicht miteinander auskamen.«

Rutledge wusste, was ihn an Cormac ärgerte. Sie zogen an verschiedenen Enden desselben Strangs. Cormac wollte die Geschichte endgültig begraben, während er, Rutledge, im Begriff war, sie auszugraben und auf dem Dorfplatz zu verkünden. Sie waren Gegenspieler. Zwei Männer, die es gewohnt waren, ihren Willen durchzusetzen – woran jeder den anderen hinderte.

Er fragte sich, wen Cormac mit seiner entschlossenen Gegenwehr verteidigen wollte – seinen Ruf in London oder aber die Frau, die er vergeblich hatte lieben wollen.

Hamish sagte aus heiterem Himmel: »Das Herz schert sich nicht darum, wer jemand ist, wenn es wirklich liebt. Aber das Gewissen findet kein Ruhekissen, wenn es sich um eine Mörderin handelt.«

Das stimmte.

Er, Rutledge, wollte Jean noch immer, obwohl er wusste – und am eigenen Leib erfahren hatte –, dass sie seine Nähe nicht mehr ertrug …

Sie waren fast im Dorf, als Rutledge auf einen schlammigen Trampelpfad abbog und den Motor abstellte.

Er wandte sich Rachel zu und sagte: »Gestern Abend haben Sie mir von dem Brief erzählt. Ob Sie sich daran erinnern wollen oder nicht, überlasse ich Ihnen. Aber es würde uns eine Menge Ärger ersparen, wenn Sie fortfahren, wo Sie aufgehört haben.«

»Und was, wenn ich das nicht tue? Muss ich dann nach Borcombe zurück laufen?«, erwiderte sie.

»Sie wissen, dass ich Ihnen so etwas nicht antun würde. Aber Rachel, um Himmels willen, es könnte sein, dass Sie wichtiges Beweismaterial zurückhalten.«

»Nein, das tue ich nicht«, sagte sie grimmig und wendete sich ihm ebenfalls zu. »Der Brief war für *mich!* Nicht für die Polizei oder einen Gerichtssaal voller Neugieriger. Ich weiß nicht, wie Sie mich dazu bringen konnten, ihn zu erwähnen. Wenn ich bei Verstand gewesen wäre und Sie mich nicht ausgetrickst hätten, hätte ich das nie getan!«

»Sie haben ihn aber erwähnt. Sie erhielten ihn an dem Tag, an dem Sie Scotland Yard verständigten«, sagte er langsam. »An jenem Tag trafen Sie Ihre Entscheidung. Und jetzt gibt es kein Zurück mehr.«

»Ich gebe Ihnen den Brief nicht!«

»Dann sagen Sie mir, was drin steht.«

Es folgte ein wütendes Schweigen. Doch dann begann sie mit einer so fremden Stimme, dass er erschrak, den Brief aus dem Gedächtnis zu zitieren:

»Meine Liebe,
es ist an der Zeit, von der Vergangenheit Abschied zu nehmen. Von mir. Von Peter. Wir haben Dich geliebt, jeder auf seine Weise. Aber ich bin nicht der Mensch, für den Du mich hältst – und ich war es nie. Du musst mir glauben! Peter ist tot. Du hast ihn beweint, wie Du wohl auch um mich trauern wirst. Aber

keiner von uns hätte Dich so glücklich machen können, wie Du es verdienst. Unter allen Umständen solltest Du Dir vor Augen führen, dass wir nur Vorläufer waren von dem, den das Leben für Dich bereithält: den Mann, der Dir seine bedingungslose Liebe schenkt, mit dem Du Kinder bekommen und viele erfüllte Jahre verleben wirst.
Ich schätze Dich zu sehr, als dass ich ohne ein Wort fortgehen und Dich leeren Herzens zurücklassen könnte. Ich mag vieles falsch gemacht haben, aber wisse: Deine Zuneigung war mir nie selbstverständlich. Was immer man über mich sagen wird, ich habe Dich nicht belogen. Glaube niemandem, der Dir etwas anderes einreden will!

Dein Nicholas«

Als sie geendet hatte, war es still im Wagen. Er zwang sich, nicht sie, sondern seine Hände, die auf dem Lenkrad ruhten, anzusehen.

»Als ich ihn erhielt, ahnte ich noch nicht, dass er sterben würde. Ich dachte ... ich dachte, er macht sich Sorgen um mich, Peters Tod, meine ... meine Gefühle für ihn, meine Hoffnungslosigkeit. Ich wusste ... seit einiger Zeit ... dass es Olivia mit ihrer Lähmung wieder schlechter ging. Ich glaube, ich hatte mir seit fünf Jahren eingeredet ... sie würde vielleicht ... etwas würde passieren. Die Ärzte haben ihr nie viele Hoffnungen auf ein langes ... langes Leben gemacht.

Wenn er ungebunden gewesen wäre ... und ich auch ... hätte er, wenn er gewollt hätte, zu mir kommen können. Ich redete mir ein, dass er sich Olivia zuliebe all die Jahre etwas vorgemacht hatte ... und mir ... und ihr. Dass er in Wirklichkeit in mich verliebt gewesen sei. Dass er mich Peter nur hatte heiraten lassen, weil er glaubte, es sei das Beste für mich. Ich redete mir ein, dass er Olivia nicht allein im Haus zurücklassen konnte, da sich außer den Dienstmädchen niemand mehr um sie gekümmert hätte. Dass er – und ich respektierte ihn deshalb nur umso mehr! – bis zum Ende bei ihr bleiben wollte. Dass ... oh *verdammt, verdammt, verdammt! Ich redete mir ein, was ich wollte.* Aber er wollte nicht mehr weiter leben, oder? Sonst hätte er es doch getan!«

Als er sie schließlich ansah, weinte sie nicht, wirkte aber so tieftraurig, dass es ihm zu Herzen ging.

»Noch Wochen danach fragte ich mich: Welche Art Macht hatte sie über ihn? Was war stärker als seine Gefühle für mich? Warum hat sie ihn nicht weiterleben lassen? *Was hat Olivia gewusst, von dem ich nichts weiß?*«

Diesmal klang sie bitterböse vor Zorn. Die Herzensnot, die sie quälte, war leidenschaftlich und wirklich und hatte sie gezwungen, zur Tat zu schreiten und Scotland Yard einzuschalten.

17

Rutledge wusste nicht, was er ihr sagen sollte.

Stattdessen stieg er aus, warf den Motor an, und sie fuhren schweigend zurück zum Dorf. Vor ihrem Landhaus sagte er, während er die Handbremse anzog: »Auf Mord waren Sie nicht gefasst, nicht wahr?«

»Nein … ich dachte … ich weiß nicht mehr, was ich gedacht habe.« Ihre Stimme war noch gebrochen. »Ich wollte wissen, warum … es gab niemanden, mit dem ich hätte reden können. Eigentlich auch nicht mit Peters Bruder in Whitehall, aber ich sagte mir, dass Scotland Yard objektiv und schnell zu Werke ginge und ich danach wenigstens wüsste, warum Nicholas gestorben ist. Um mehr ging es mir nicht. Aber jetzt, da Sie Richard … und Anne … und Rosamund in die Sache gezogen haben, ängstige ich mich so sehr, dass es mir den Schlaf raubt. Ich will nicht noch mehr erfahren. Lieber möchte ich glauben, dass Nicholas mich nicht geliebt hat, als etwas Schreckliches über ihn zu wissen, womit ich nicht weiterleben könnte!«

»Würden Sie noch einmal mit mir zum Haus gehen? Ich möchte Ihnen etwas zeigen.«

»Nein, ich lasse mich nicht noch mal von Ihnen täuschen.«

»Ich will Sie nicht täuschen. Ich möchte Ihnen ein paar Gegenstände zeigen, die ich gefunden habe und von denen ich nicht weiß, was sie bedeuten, nur dass sie sehr beunruhigend sind. Wegen dieser Fundstücke bin ich in Borcombe geblieben. Vielleicht können Sie ja eine harmlose Erklärung für sie liefern. Für alle Beteiligten wäre das sicher besser.«

Sie schüttelte den Kopf, doch dann blickte sie ihm fest in die Augen: »Falls ich eine Erklärung habe, gehen Sie dann zurück nach London?«

»Das hängt davon ab«, sagte er, »ob Sie die Wahrheit sagen.«

Sie ließen das Automobil vor den Stufen stehen und nahmen den langen Weg zum Trevelyan-Haus. Er führte sie zur Landspitze und zeigte ihr den verbrannten Flecken Erde. Nach dem Regen war zwar Gras nachwachsen, aber man konnte die Stelle noch sehen.

Stirnrunzelnd sagte sie: »Wollen Sie mir damit sagen, dass Stephen Olivias Notizbücher hier verbrannt hat? Warum hätte er das tun sollen?«

Er zog einen Briefumschlag aus der Tasche und schüttete die Gegenstände, die er enthielt, auf seine Handfläche. Die Überreste einer Schleife, die versilberte Ecke und das längliche Stück Leder.

Vorsichtig fasste sie die Gegenstände an. »Bei der Schleife muss ich an Liebesbriefe denken. Was meinen Sie, war sie mal blau? Eine Frau hätte Blau gewählt. Olivias Lieblingsfarbe war kräftiges Grün. Zu einem Frauenkleid passt so eine Schleife nicht. Andererseits ist es auch kein Haarband. Vielleicht gehörte sie zu einem Morgenrock? Oder einem Kinderkleid? Liebesbriefe sind am wahrscheinlichsten. Olivias, würde ich sagen.« Sie zwang sich zu einem Lächeln, um ihren Schmerz zu verbergen. »Ich kann mir nicht vorstellen, dass Nicholas so feinfühlig gewesen wäre, all meine Briefe mit einer Schleife zu verschnüren!«

Das Silbereckchen verwirrte sie kurz, bis sie plötzlich auflachte: »Aber *natürlich!* Zu Weihnachten schenkte Rosamund jedem von uns den gleichen Bilderrahmen mit silbernen Ecken, damit wir Familienfotos auf Reisen mitnehmen könnten. Die Fotos durften wir uns aussuchen, und ich steckte eines von Rosamund und Nicholas in meinen Rahmen.«

»Welche Fotos nahmen Olivia und Nicholas?«

»Nicholas wählte eins, das seine Eltern zeigte. Eine Zeit lang stand es in seinem Schlafzimmer. Welches Bild Olivia aussuchte, weiß ich nicht. Sie sagte, da sie nicht oft verreise, nähme sie eines von George in Indien, weil dieser das Reisen für sie übernommen habe. Ich weiß noch, wie traurig Rosamund wurde und sie dafür in den Arm nahm.«

»Und das Leder?«

»Tja, Olivia besaß ein in Leder gebundenes Notizbuch mit einem Riemen und einem kleinen Schloss, das sie für gewöhnlich neben ihr Bett legte. Als ich sie einmal fragte, ob es ihr Tagebuch wäre, verneinte sie und erklärte, sie hielte darin die Gedanken fest, die ihr in der Nacht einfielen. Erst als ich erfuhr, dass sie dichtete, wurde mir klar, wozu das gut sein sollte.«

Sie drehte das Lederstück zwischen ihren Fingern. »Wie schade, dass sie ihr Notizbuch verbrannt hat. Wenn das hier ihr Notizbuch war.«

»Sie? Sie glauben, Olivia hat es verbrannt?«

»Wer sonst? Cormac war nach ihrem Tod als Erster im Haus und hätte alles, von dem er nicht wollte, dass wir es zu sehen bekämen – z. B. alles, was sein persönliches Verhältnis zu Olivia dokumentiert hätte, fortnehmen können. Aber irgendwie kann ich ihn mir nicht im Dunkeln vor einem brennenden Feuer auf einem Hügel sitzend vorstellen. Klüger wäre gewesen, die Sachen nach London mitzunehmen und sie dort, wo niemand jemals etwas davon bemerken würde, zu verbrennen.«

»Warum im Dunkeln? Warum glauben Sie, dass es während der Nacht passiert ist?«

Rachel zuckte die Schultern. »Das gehört sich doch so bei Heimlichtuereien.«

Sie gingen zum Haus und zu Olivias Zimmer hinauf. Rachel betrat es nur widerwillig und blickte sich um, als erwarte sie, dass die ehemalige Bewohnerin schweigend in einer dunklen Ecke stünde. Er öffnete die Tür zur Ankleidekammer und machte sich an die Arbeit. Sie schaute ihm ruhig zu und dachte, er würde ihr schon Bescheid sagen, wenn es so weit wäre; aber als eine Kleiderstange zu Boden polterte, erschreckte sie doch – ein klares Zeichen dafür, wie angespannt sie war. Er fuhr schweigend fort, die Kartons an der Hinterwand der Kammer fortzuräumen, bis er das Regal herausnehmen und zum Fenster tragen konnte.

Rachel beugte sich neugierig über ihn, und während er mit seinem Taschenmesser vorsichtig erst die Leiste dann die Baumwolle entfernte, hätten sich ihre Gesichter beinahe berührt. Schließlich lagen die kleinen Goldrelikte auf der Fensterbank, glänzten in der Sonne und erzählten wortlos ihre Geschichten.

Rachel schnappte nach Luft, während sie einen Gegenstand nach dem anderen mit den Fingerspitzen umdrehte.

»Das ist Rosamunds Ring. Als Mädchen hat sie ihn zusammen mit einem silbernen Wachskästchen zum Versiegeln ihrer Briefe von ihrem Vater bekommen. Selbst als er ihr nicht mehr passte, trug sie ihn oft am kleinen Finger. Und dies hier war Annes Medaillon! Ich weiß noch, wie sie es immer in der Kirche trug und ich mir die Bilder angucken durfte, wenn ich ganz leise war. Und die hier? Sind das Richards Manschettenknöpfe? Olivia half immer dabei, sie ihm anzuziehen – er konnte keine Sekunde still sitzen. Ja, und die Uhrkette hier gehörte Nicholas, er war so stolz auf sie. James hatte ihm seine erste Uhr geschenkt, und Rosamund schenkte ihm später die Kette dazu. Es war eine wunderschöne Uhr. Stephen hatte sie mir zugedacht, als ... als wir in Gedanken Nicholas' Hinterlassenschaft durchgingen. Die Kette befindet sich seit Generationen in unserem Familienbesitz. Ich dachte, Stephen hätte sie an sich genommen. Hier, der Pfeifenreiniger gehörte James, er trug ihn immer bei sich. Mir schien er viel zu schön zum Pfeifenreinigen, und er lachte, als ich ihm das sagte. Das Kruzifix kenne ich nicht. Ist es das, von dem Susannah gesprochen hat? Brians? Ich habe Cormac nie eins tragen sehen.«

»Ja, Brians Initialen stehen auf der Rückseite. Sehen Sie?«

Er drehte es um, und sie betrachtete es versonnen. »Auf allen Gegenständen stehen die Initialen«, sagte er, »des Besitzers.«

»Sehr merkwürdig. Wo haben Sie die Sachen gefunden? Doch sicher nicht in dem Regal! Wem gehörten sie? Olivia gehörten wahrscheinlich der Ring und das Medaillon, ganz sicher aber nicht Richards, James' und Brians Sachen. Cormac hätte das Kruzifix wahrscheinlich haben wollen.«

»Sie waren in dem Regal, so wie ich es Ihnen gezeigt habe. Als ich Olivias Kammer nach ihren Notizbücher durchsuchte, fiel ein Gegenstand aus dem hohlen Brett – das Medaillon – und dann entdeckte ich die übrigen.«

»Aber wer sollte sie versteckt haben? Ich verstehe das nicht!«

»Es sind Jagdtrophäen. Zunächst nahm ich an, Olivia habe von jedem ihrer Opfer etwas, das ihm viel bedeutet hatte, behalten wollen. Inzwischen bin ich mir aber nicht mehr so sicher.« Er nahm das Brett und den Splitter, der so perfekt hineinpasste. »Nicholas hat mit Holz gearbeitet. Nur er hatte die handwerklichen

Fähigkeiten, um so etwas zu schnitzen. Das wird mir erst jetzt klar. Olivia hätte das nicht gekonnt. Nicholas war es auch, der damals, wie Susannah erzählt hat, die Schatzsuche nach dem Kruzifix veranlasste. Gab es einen sichereren Aufbewahrungsort als Olivias Ankleidekammer? Es war höchst unwahrscheinlich, dass Olivia grundlos die Regalbretter herausnehmen würde.«

Ihre Augen füllten sich mit Tränen. »Sie denken ... aber hier ist doch die Uhrkette. Warum hätte Nicholas, wenn er, was ich nicht glauben kann, erst Olivia und anschließend sich selbst umgebracht hätte, eine Trophäe von sich selbst statt von Olivia behalten sollen?« Flehentlich blickte sie ihn an.

»Ich weiß nicht, wer was verbrannt hat. Aber hätte Olivia wirklich das Haus verlassen, etwas verbrennen und wiederkommen können, ohne dass Nicholas es bemerkt hätte? Erst recht in der Nacht? Einer von beiden wollte unbemerkt mehrere Gegenstände vernichten. Für Nicholas dagegen wäre es ein Leichtes gewesen, nachts, während Olivia schlief, das Haus zu verlassen.«

»Nein, es war nicht Nicholas!«

»Rachel, Olivia hätte nicht dorthin gehen können, ohne dass er davon erfahren hätte.«

»Hätte sie doch! Er ging oft ins Dorf, in die Kirche, den Pfarrer besuchen, im Gasthof essen, mit Leuten reden. Währenddessen hätte sie es tun können.«

»Zugegeben, aber aus dem Feuer – und dem Brief – schließe ich, dass einer von beiden gewusst haben muss, dass es zu Ende ging. Nicholas hätte den Brief in dieser Form nicht schreiben können, wenn Olivia alles auf eigene Faust geplant hätte. Wenn er nicht gewusst hätte, was passieren würde.«

Sie atmete tief ein und langsam wieder aus. »Er hätte ... vielleicht hat ihn etwas beunruhigt ... vielleicht hat er es nur geahnt. So geht es einem doch manchmal! Vielleicht hat er ... gespürt, was sie tun würde. Sie verstanden sich doch so gut.«

»Im Moor«, fuhr er fort, ohne auf ihren Einwand einzugehen, »haben wir gestern etwas entdeckt, das wie die Kleidung eines kleinen Jungen aussieht. Sie war, um den Verwesungsprozess aufzuhalten, in Tuch verpackt. Das bedeutet, dass jemand den Jungen vor oder nach seinem Tod ausgezogen und alles mitgenommen hat, was ihn identifizieren würde. Dahinter steckt ein Plan, Rachel. Jemand muss sein Verschwinden geplant haben!«

»Wenn Sie seine Kleider haben, müssen Sie auch sein Skelett gefunden haben«, argumentierte sie verzweifelt.

»Nein, ich sage doch, der Junge ist ausgezogen worden. Wer so weit geht, versteckt seine Kleider nicht im selben Erdloch wie seine Leiche. Das wäre doch unlogisch, nicht? Nächster Punkt: es gibt einen Zeugen, der aussagt, dass Brian FitzHugh kurz vor seinem Tod am Strand mit jemandem gesprochen hat. Können Sie sich vorstellen, dass Olivia über die Felsen heruntergeklettert ist? Wäre Brian ihr nicht entgegengegangen, um ihr die Mühe zu ersparen? Und schließlich: da Nicholas schon auf Rosamunds Hochzeit mit Brian eifersüchtig reagiert hatte, kann ihm die Aussicht auf Thomas Chambers, der als Nächster seine Füße unter den Küchentisch stellen wollte, noch weniger geschmeckt haben. Allerdings wohnte Chambers nicht in Borcombe, sondern außerhalb von Nicholas' Reichweite in Plymouth. Aber eine Möglichkeit blieb ihm, seine Mutter an ihrer nächsten Heirat zu hindern: sie umzubringen. Im Grab könnte sie ihn nie wieder verraten. Nur dort würde sie ihm für immer gehören.«

Sie taumelte rückwärts zum Bett. Ihr leerer Blick war fest auf Rutledge geheftet, ihr Verstand hörte, was ihr Herz verneinte. Als sie auf den Rand des Bettes niedersank, stieg wieder jener trügerische Hauch von Olivias Parfüm auf.

Sie roch es auch, sprang rasch wieder auf und ging zum Schreibtisch, um dem Duft zu entrinnen.

»Sie haben keinen Beweis!«, sagte sie trotzig. »Sie können nichts beweisen. Ich werde nicht zulassen, dass Sie Nicholas' Namen in den Schmutz ziehen. Olivia ist berühmt. Auch ihren Ruf werden Sie nicht so leicht schmähen. Sie werden sehen, am Ende schaden Sie nur sich selbst. Ich finde heraus, was Sie zu diesen leeren Spekulationen treibt und werde Sie aufhalten, bevor ich den Verstand verliere und Ihre schmutzige Kampagne für bare Münze nehme. Wir waren eine liebevolle, glückliche Familie! Warum wollen Sie uns schaden?«

»Ich will die Wahrheit ergründen«, sagte er matt.

»Nein, wollen Sie nicht«, sagte sie kalt. »Ihr Gesicht spricht

Bände. Der Krieg hat Ihren Lebenswillen gebrochen. Sie wollen sich etwas beweisen. Sie denken, dass Tote eine leichtere Zielscheibe abgeben als die Lebenden. Ich weiß nicht, warum Olivia sich umgebracht hat. Vielleicht, weil sie nicht länger leiden wollte. Ich habe keine Ahnung, warum Nicholas sterben wollte. Aber lieber frage ich mich das für den Rest meines Lebens, als ihn zu verraten und zu verlieren. Sie haben nichts zu verlieren, nicht wahr? Sie haben niemanden jemals so geliebt, dass Sie sich für ihn aufopfern würden. Ich muss verrückt gewesen sein, Scotland Yard zu bitten, jemanden herzuschicken. Ich glaubte an Gerechtigkeit. Aber Sie, Sie glauben nur an Rache!«

Verwirrt stand er da und rührte sich nicht, als sie hinausrannte und die Tür hinter sich zuschlug. Er hörte sie die Galerie entlang laufen und in blinder Hast vorwärts stolpern.

Hamishs Warnung war unnötig. Ihm selbst fiel die Treppe ein. Stephen, wie er am abgenutzten Teppich gestrauchelt war. Einen Fluch ausstoßend, eilte Rutledge mit vier schnellen Sätzen aus dem Zimmer und lief ihr nach.

Am Treppenabsatz hatte er sie eingeholt, packte ihren Arm und wirbelte sie herum. Sie sollte ihm in die Augen sehen.

»Ich will weder Nicholas' noch Olivias Namen in den Schmutz ziehen! Verdammt nochmal, es geht um Mord! Sie sind eine kluge Frau. Sie verstehen es doch. Wenn Sie nur nicht so in Ihre Gefühle verstrickt wären!«, sagte er im Zorn auf sie und sich selbst.

Rachel weinte nicht. Wenn es darum ging, Nicholas in Schutz zu nehmen, war sie mutiger als jeder, dem man nach dem Krieg eine Tapferkeitsmedaille verliehen hatte.

Obwohl er das Gegenteil befürchtete, hoffte er, dass Nicholas ihren Mut verdiente.

»Ausgerechnet Sie sprechen von Gefühlen?«, fragte sie eisig. »Ihnen geht es nur um Olivia, nicht wahr? Sie wollen nicht glauben, dass sie die Mörderin war und ihre Gedichte aus finsterem Hass entstanden sind. Diese verdammten Gedichte, sie machen Sie blind, genau wie alle anderen. Olivia war eine einbeinige Hexe und fähig, Nicholas herabzuziehen in ihren Kreislauf aus Depression und Tod! Sie hat ihre Schwester und ihren Halbbruder ermordet, sie hat ihrer Mutter eine Überdosis Laudanum verabreicht – aber für Sie wird sie immer nur die Heilige bleiben! Ihr Leiden war ein Teil ihres Mythos. Zur Bewunderung ihrer Literatur, als deren Urheber Sie einen Mann vermuteten, mussten Sie sich mühsam durchringen, weil es sich für eine Frau schließlich nicht schickt zu beschreiben, was sie im Bett mit einem Liebhaber empfindet, oder wie es ist, im Schützengraben bis zu den Knien im eigenen Kot zu stehen, oder wie nahe wir Menschen der Verdammung sind! Sie fragen sich, wie sie im Bett war, nicht wahr, wo sie all die Tricks gelernt hat. Nun, fragen Sie Cormac. Vielleicht erzählt er es Ihnen!«

Betroffen nahm er seine Hand von ihrem Arm und ließ sie gehen. Hoch erhobenen Hauptes schritt sie die Treppe hinab. Obwohl sie vor Wut nach Luft schnappte, bekam sie sich rasch wieder unter Kontrolle.

Unten angekommen, blickte sie zu ihm zurück und sagte: »Jetzt wissen Sie, wie ich mich in Olivias Schlafzimmer fühle! Ich habe Ihnen Ihr eigenes Gift vorgesetzt, und es fällt Ihnen schwer, es zu schlucken, ist es nicht so? Ich weiß zwar nicht, ob ein Wort von dem, was ich eben gesagt habe, wahr ist, aber das ist mir egal. Sehen Sie, welche Hirngespinste einer überspannten Fantasie entspringen können? Wie leicht man die Wahrheit entstellen und die Gefühle anderer verletzen kann? Ich habe Nicholas geliebt und beweine den Menschen, den ich gekannt habe. Ihren Lügenmärchen über ihn werde ich niemals Glauben schenken. Denken Sie meinetwegen über Olivia, was Sie wollen. Ich jedenfalls fahre zurück nach London, sobald ich Cormac auftreiben kann und er mich fahren will. Aber eines versprechen ich Ihnen: Bevor Sie Nicholas vernichten, vernichte ich Sie!«

»Rachel, so hören Sie doch …«

»Nein. Ich habe Ihnen lange genug zugehört und denke, was Sie sagen, ist Gewäsch. Ihre Vermutungen sind Ihre Sache. Aber was Sie mit dem machen, woran Sie glauben, ist sehr wohl auch meine Sache. Fassen Sie das ruhig als Warnung auf.« Sie ging zur Tür.

»Warten Sie!«, rief er auf halber Treppe.

»Warum? Soll ich mich weiter beleidigen, oder schlimmer noch, verletzen lassen? Ich habe keine Ahnung, warum Peter

Ashford Sie zum Freund gewählt hat, denn er war ein freundlicher und gutherziger Mensch.«

»Ich will Ihnen ein Geschäft vorschlagen.«

Sie lachte. »Mit dem Teufel verhandele ich grundsätzlich nicht.«

Ohne darauf einzugehen, sagte er: »Helfen Sie mir, die Wahrheit herauszufinden. Ich schwöre Ihnen, sollte Nicholas schuldig sein – nein, warten Sie, lassen Sie mich ausreden – wenn Nicholas derjenige ist, den ich suche, schließe ich den Fall ab, gehe zurück nach London und melde Scotland Yard, dass die drei Todesfälle im Frühjahr keine weiteren Nachforschungen erfordern. Die Vergangenheit – die Geschichte Ihrer Familie – bliebe wie Nicholas für immer begraben.«

Rachel stand mit dem Rücken zu ihm an der Tür. Ihre Hand lag auf der Klinke.

»Das glaube ich Ihnen nicht!«

»Ich schwöre es!« Er würde sein Versprechen wahr machen. Dessen war er völlig sicher.

»Und falls es nicht Nicholas war?«

»Dann entscheiden wir gemeinsam, was weiter zu tun ist. Und lassen den Toten Gerechtigkeit widerfahren.« Er dachte an O. A. Manning, deren Gedichte vielleicht böser waren als jede Lüge.

»Ich denke darüber nach. Bis zum Abend erhalten Sie meine Antwort. Ich schicke einen Boten zum Three Bells.«

Sie öffnete die Tür und trat hinaus. Der Seewind verfing sich in ihren Haaren und wehte ihr Strähnen ins Gesicht. Schrecklich dünn, einsam und verloren wirkte sie, als sie die Stufen zur Auffahrt hinabging und nach und nach aus seinem Blickfeld verschwand.

Hamish schimpfte ihn einen Idioten, sich auf diesen Handel mit ihr einzulassen.

»Du bist bei Scotland Yard, Mann, und hast einen Diensteid geleistet. Den kannst du doch nicht einfach an ein junges hübsches Ding verraten, das nicht weiß, woher der Wind weht!«

»Also glaubst du mir jetzt?«, forderte Rutledge Hamish heraus. »Du siehst, ich hatte Recht.«

»Ich sehe, dass du ein verdammter Idiot bist und alles andere als der Wahrheit auf der Spur! Wieso fällst du auf sie herein? Deine Jean war anders, die hat den Männern nicht den Kopf verdreht und sie an den Rand des Wahnsinns getrieben. Olivia Marlowe hat dich aus dem Grab heraus verflucht, du bist verloren!«

»Mit Jean oder Olivia Marlowe hat das nichts zu tun«, gab Rutledge zurück, während sein Blick Rachel folgte, die mit raumgreifenden Schritten auf das Wäldchen zusteuerte. »Ach, und mit der da wohl auch nicht, was?«, schnaubte Hamish.

Noch bevor Rachel im Wäldchen verschwunden war, schloss Rutledge die Tür und eilte die Treppe hinauf, um die Gegenstände von Olivias Fensterbank wegzuräumen und sie zurück in ihr Versteck zu legen, zumindest so lange, bis es an der Zeit sein würde, sie zu präsentieren. Sein sechster Sinn sagte ihm, dass er Rachel für seine Sache gewonnen hatte. Hoffentlich würde er Recht behalten.

Als er an Nicholas' Zimmer vorbeikam, sagte er laut: »Du Narr hättest am Leben bleiben und sie heiraten sollen. Sie wäre besser als alle gewesen, die du im Jenseits finden kannst.«

Hamish amüsierte sich.

Rutledge ärgerte sich und ignorierte ihn.

Aber Hamish ließ sich aus Rutledges Kopf nicht vertreiben. Und Hamish wusste, was Rutledge Nicholas soeben gestanden hatte.

Nicholas war unschuldig, sonst hätte er Rachels Herz nicht erobern können.

Eine der ersten Lektionen, die Rutledge beim Yard gelernt hatte, war diese: Echte Liebe war mit Mord unvereinbar. Mitleid, ja. Mitgefühl, manchmal. Barmherzigkeit, gelegentlich. Aber Liebe, nie.

Die Frage, auf die es ankam, war nicht, ob Rachel Nicholas, sondern wie sehr Nicholas Rachel geliebt hatte.

Genug, um sie um jeden Preis in Schutz zu nehmen, wie Cormac vermutet hatte, oder gerade genug, um sie als Schutzschild zu benutzen? Welche der Möglichkeiten traf zu? Welchen Weg war Nicholas gegangen?

Während Rutledge die goldenen Trophäen an ihren alten Platz zurücklegte, wurde ihm schlagartig bewusst, dass Nicholas sich schon längst zu den Toten gezählt haben mochte, bevor er das

Laudanum geschluckt hatte. Olivia jedoch nicht. Vielleicht gab es deshalb keine Trophäe von Olivia. Möglicherweise war sie ihm mit Hilfe ihrer Gedichte entkommen. Er hatte zu lange damit gewartet, sie zu töten – vorausgesetzt natürlich, er hatte sie töten wollen. Sie hatte ihr Requiem schon gesungen.

18

Gedankenverloren fuhr Rutledge nach Borcombe zurück. Erst als er die alten Männer auf der Bank vor dem Gasthof in der Sonne sitzen sah, fiel ihm auf, dass er das Mittagessen verpasst hatte.

Hamish betonte, dass der Speisesaal bereits geschlossen war. Dadurch wurde Rutledges Laune nicht besser.

Er war an einem Punkt angelangt, an dem es ratsam schien, die Zeugenaussagen schriftlich festzuhalten: die von Mrs. Trepol und Wilkins, dem Gärtner; von Rachel und Cormac; von Smedley, Dr. Penrith und Dr. Hawkins. Auf dem Papier würde er ihre Erzählungen ordnen, die Schwachpunkte feststellen und eine neue Strategie entwickeln können.

Borcombe war ein winziger Ort, jeder kannte jeden. Die Leute nach ihrer Meinung zu den Trevelyans zu befragen, hatte die Gerüchteküche schon angeheizt. Jetzt darüber hinaus offizielle Aussagen aufzunehmen käme einer offiziellen Absichtserklärung gleich: alle wüssten, dass er geblieben war, um alte, zum Teil verjährte Morde aufzuklären, statt sich nur um die aktuellen zu kümmern. Constable Dawlish und sein cholerischer Vorgesetzter würden London die Hölle heiß machen. Bowles würde wie der Wirbelwind auf ihn losgehen und fragen, was er sich dabei dachte, ganz Cornwall in Aufruhr zu versetzen und dem Yard, der ohnehin alle Hände voll zu tun hätte, noch mehr Scherereien zu machen. Cormac wäre mit von der Partie. Ohne lange zu fackeln würde er ihn öffentlich zurechtweisen und ihm mutwillige Rufschädigung einer prominenten Familie und Arbeitsbehinderung der örtlichen Polizei vorwerfen.

Trotzdem war Rutledge sicher: er war auf dem richtigen Weg. Die lange Berufserfahrung beim Yard, seine Intuition und nicht zuletzt die Fakten, die er zusammengetragen hatte, ließen ihn nicht länger daran zweifeln, dass er es hier mit einer von langer Hand verübten und gekonnt getarnten Mordserie zu tun hatte.

Noch ein paar Tage …

Er musste sich nur noch etwas gedulden. Es wäre verwegen und dumm, die Sache zu überstürzen und damit ihren Ausgang zu gefährden. Er würde warten – zumindest so lange, bis er mit dem örtlichen Zuständigen, Inspektor Harvey, gesprochen hätte und wüsste, woran er bei ihm war. Jeder weitere Schritt hing von diesem Gespräch ab, das musste er schlicht so akzeptieren.

Während er einem Mann auswich, der ihm auf der Treppe entgegenkam, als gehöre sie ihm allein, legte sich Rutledge seinen Plan zurecht und überlegte, wen von den Dörflern er zuerst befragen, welche Fragetechniken er anwenden würde, wie er aus jedem Zeugen das Maximum herausholen könnte, ohne Anlass zu weitschweifigen Spekulationen zu geben, und wie viel Zeit ihn das alles kostete. Zudem war ja immer noch nichts über den Verbleib von Olivias Notizbüchern bekannt. Er musste sie finden …

Der Mann auf der Treppe starrte ihn mit finsterer Miene an. »Rutledge?«, fragte der Fremde. »Inspektor Rutledge?«

»Ja, der bin ich.«

»Inspektor Harvey«, entgegnete der Mann kurz. »Ich will mit Ihnen reden.«

Rutledge verfluchte den Zeitpunkt, den Harvey sich für seinen Überraschungsbesuch ausgesucht hatte. Rasende Kopfschmerzen waren keine gute Voraussetzung, um sich den peniblen Fragen eines cholerischen Landinspektors auszusetzen. Er führte ihn in den kleinen Salon, in dem ein paar Sonnenstrahlen tapfer versuchten, den Muff zu durchdringen. »Hier sind wir ungestört«, sagte er, während er ihm die Tür aufhielt. Außerdem habe ich Heimvorteil, dachte er bei sich. Das konnte im Augenblick nicht schaden.

Harvey trat, immer noch so missgelaunt wie kurz vorher auf der Treppe, ein.

Er war ein rauer Kerl, weder besonders groß noch besonders klein, kräftig gebaut, mit rotem Gesicht und schütterem, dunklen Haar. Er machte den Eindruck, als sei er es gewohnt, seinen Willen durchzusetzen, und dass man ihm hier in seinem Revier Folge leistete. In diesem Teil Cornwalls, dachte Rutledge, gab es sicher nicht viele Verbrechen, zu denen man London hinzuzog.

Mit anderen Worten: Der Mann war mit Vorsicht zu genießen.

»Schön, dass ich Sie endlich treffe«, sagte Rutledge und reichte ihm die Hand. Harvey schaute sie verächtlich an und ging dann durch die Tür, ohne sie zu schütteln.

»Endlich scheint das Schlüsselwort zu sein, nicht wahr?«, sagte er betont ruhig.

»Bei meiner Ankunft waren Sie in Plymouth. Sind Sie nicht eben erst zurückgekommen? Dawlish sagte, Sie hätten im dortigen Hochmoor nach einem Bauern gesehen, dessen Vieh von Wildhunden attackiert wurde.«

»Das ist zwar richtig, soll aber nicht heißen, dass ich über die Vorgänge hier nicht informiert wäre. Ich mag es nicht, wenn Fremde in meinem Revier herumstöbern. Nicht, wenn ich sie nicht entweder selbst im Auge habe oder man mir regelmäßig Bericht erteilt. Es macht sich nicht gut, wenn ich weniger weiß als mein Constable. Ich kann mir übrigens nicht denken, was an unserer Untersuchung der drei Todesfälle fehlerhaft gewesen sein soll, und des Weiteren weiß ich nicht, warum nicht längst ein Schrieb von Ihnen auf meinen Schreibtisch liegt, der bestätigt, dass es in Borcombe keinerlei Ungereimtheiten gibt.«

»Mit Ihrer Untersuchung scheint alles in Ordnung zu sein. Ich bin überzeugt, dass Stephen FitzHugh so ums Leben kam, wie Sie festgestellt haben. Bei einem Sturz. Aber die anderen Todesfälle interessieren mich. Obwohl ich Ihre These durchaus akzeptiere, dass es sich um einen Doppelselbstmord gehandelt hat.«

»Ist die Tatsache, dass Miss Marlowe berühmt war, der Grund für Ihren Übereifer? Hat man deshalb einen hohen Ermittlungsbeamten auf die weite Reise geschickt? Setzt man deshalb meinen und den Ruf einer Familie aufs Spiel, weil man dem Drängen einiger Perückenträger in London nachgibt, die zu spät bemerkt haben, dass sie eine Möglichkeit ausgelassen haben, ihren Namen in derselben Zeitungsspalte wie Miss Marlowes zu sehen? Oder suchen Sie in Wirklichkeit nur ein kleines Erfolgserlebnis, um von den jämmerlichen Misserfolgen des Yards bei der Fahndung nach diesem wahnsinnigen Messerstecher abzulenken, der noch immer auf freiem Fuß ist? Ich habe alles in der Zeitung verfolgt – niemand hat auch nur den kleinsten Anhaltspunkt. Jetzt aber erzählen mir die Leute hier, dass Sie einen Zusammenhang zwischen dem Londoner Mörder und dem kleinen Richard Cheney vermuten, dem Jungen, der im Moor verschwand. Hören Sie, Sie machen sich doch nur lächerlich.«

»Was Ihnen die Dorfbewohner erzählen, tut nichts zur Sache. Aber wenn die Leute so etwas vermuten, lasse ich sie in ihrem Glauben.«

Harvey rümpfte die Nase. »Ich verlange, dass Sie mir augenblicklich sagen, was Sie hier suchen, und nicht, was Sie die Leute im Dorf glauben machen wollen!«

Harvey witterte Verrat und steigerte sich bewusst in seinen Ärger hinein. Da er Rutledge unbedingt seinen Willen aufzwingen wollte, verließ er sich auf diese altbewährte Taktik – Angriff ist die beste Verteidigung.

Rutledge dagegen hatte sich bereits seine eigene Taktik zurechtgelegt: »Nicholas Cheneys Bruder ist seit seinem fünften Lebensjahr verschollen. Zum jetzigen Zeitpunkt können wir nicht mit Sicherheit ausschließen, dass Richard noch lebt. Falls er am Leben wäre, fiele ihm ein Teil des Erbes zu. Falls nicht, wissen wir nicht, ob er durch einen Unfall ums Leben kam oder vorsätzlich ermordet wurde.«

»Von wem denn, bitteschön? Wenn der Rest der Familie wirklich davon ausgegangen wäre, dass er noch lebt, obwohl die Suche längst eingestellt ist und die Fahndungsplakate nichts gebracht haben – oder falls sie wirklich hätten wissen wollen, wie er ums Leben gekommen ist – warum hat sich dann keiner von ihnen an meinen Vorgänger gewandt? Oder an mich?«

»Hätten Sie sein Anliegen denn ernst genommen? Hätten Sie ihm nicht stattdessen versichert, er könne ruhigen Gewissens weiterhin davon ausgehen, dass der Junge sich verirrt hat? Jede neuerliche Anfrage hätte das gleiche Ergebnis gezeitigt.«

Harvey schäumte vor Wut. »In London mögen Sie es ja so halten, aber ich rede hier niemandem nach dem Mund. Außerdem weiß ich sehr genau, wie man eine gründliche Fahndung aufzieht.«

»Ich glaube Ihnen durchaus, dass Sie niemandem nach dem Mund reden«, sagte Rutledge. »Wo würden Sie nach Lage der Indizien mit der Suche beginnen?«, fuhr er fort. »Meines Wissens war an der Sache wenig verdächtig. Möglich wäre höchstens, dass fahrende Zigeuner den Jungen mitgenommen oder eine unbekannte Einzelperson, die sich zufällig im Moor aufhielt, ihn aus irgendeinem Grund umgebracht hat. Der verantwortliche Inspektor ist diesen Möglichkeiten damals gründlich nachgegangen. Auch als Sie seinen Posten übernahmen, gab es keinen Grund, von etwas anderem als einem tragischen Unfall auszugehen. Das einzige, was sich inzwischen geändert hat, ist der Blickwinkel, aus dem wir sein Verschwinden betrachten, und genau darin könnte des Pudels Kern liegen.«

»Und der wäre, bitteschön? Der Junge ist bei einem Familienausflug abhanden gekommen und ist sehr wahrscheinlich kurz darauf gestorben, denn das Moor ist unbarmherzig. Warum hätte ich der Familie falsche Hoffnungen machen sollen? Und was die letzten drei Todesfälle betrifft: Hätte Olivia Marlowe nicht Selbstmord begangen, wenn wir noch einmal nach Richard gefahndet hätten? Oder Nicholas Cheney? Hätte es Mr. Stephens gebrochenen Hals wieder gerade gerückt? Ich denke wohl kaum!« Sein eigener Hals lief dank seiner Wut bis zum Hemdkragen rot an.

»Nein, aber ein altes Verbrechen hätte aufgeklärt werden können, man hätte ein Geheimnis lüften können, das die Familie sehr belastete. Wir wüssten deutlicher, wessen Testament zu welcher Zeit Geltung hatte. Wer befugt ist, das Haus zu verkaufen, und wer nicht.«

»Falls es stimmt, wovon ich ausgehe, dass die Testamente von Miss Olivia und Mr. Nicholas nahezu identisch sind, wird es keinen Rechtsstreit über das Erbe geben. Außerdem versichere ich Ihnen, dass Mr. Nicholas ein rechtschaffener und fähiger Mann war, der stets seinen Pflichten gegenüber der Kirche und der Dorfgemeinschaft nachgekommen ist. Er ist in den Krieg gezogen, hat auch dort treu seine Pflicht erfüllt, ganz der Gentleman, der er war …«

Hamish schaltete sich ein. Er fragte, was die Umstände, ein

Gentleman zu sein und in Frankreich gekämpft zu haben, miteinander zu tun hatten. Rutledge ignorierte ihn.

»... und hatte meiner Meinung nach schon vor langer Zeit aufgehört, sich Fragen über den Tod seines kleinen Bruders zu stellen. Mir gegenüber hat er ihn jedenfalls in den letzten fünfzehn Jahren nicht mehr erwähnt. Auch gegenüber meinem Vorgänger nicht, sonst stünde es in den Akten. Bliebe also Miss Olivia. Ich kann nicht gerade behaupten, dass ich auf ihr Urteil viel gegeben hätte!«

Dieser Kommentar unterschied sich so sehr von allem, was er bisher über Olivia gehört hatte, dass es Rutledge die Sprache verschlug.

Harvey grinste zufrieden. »Es sind nicht alle hinterwäldlerische Vollidioten, die in Cornwall leben, was immer man Ihnen in London erzählt haben mag.«

»Niemand hat so etwas je behauptet«, sagte Rutledge vorsichtig. »Wie kamen Sie zu Ihrer Ansicht über Olivia?«

»Lesen Sie doch ihre Bücher, Mann! Was Olivia Marlowe schwarz auf weiß und in aller Öffentlichkeit verkündet hat, das würde meine Frau, die ein empfindsamer und anständiger Mensch ist, nicht einmal zu denken wagen! Was sie schrieb, war unweiblich und äußerst ärgerlich. Wer sich solche Unverschämtheiten ausdenkt, den halte ich der schlimmsten Schandtaten für fähig.«

Harvey war so hasserfüllt, dass Rutledge sich fragte, was Olivia getan hatte, um eine derartige Abneigung bei ihm zu erzeugen. Er ahnte es. Jahrzehntelang war sie die bedächtige, die unauffällige Olivia Marlowe gewesen, einer der wenigen Menschen, die er nie hatte maßregeln müssen, eine Gehbehinderte, die still vor sich hingelebt hatte, von der man wenig hörte und sah. Ein bescheidenes Rädchen im Uhrwerk des Dorfes, wie Mrs. Harvey. Doch als die Wahrheit über O. A. Manning ans Tageslicht gekommen war, hatte Harvey wie ein Trottel dagestanden, oder sich zumindest so gefühlt, denn er sah, dass er sie völlig falsch eingeschätzt hatte. Das war in den Augen des unfehlbaren Mannes unverzeihlich, jetzt sollte sie dafür seine Rache zu spüren bekommen. Rutledge hatte große Lust, Olivia zu Hilfe zu eilen, aber er schaffte es, seinen Eifer vorerst im Zaum zu halten.

Harvey fuhr seine nächste Attacke. »Was sind denn Ihre angeblichen neuen Beweise? Diese alten Kleidungsfetzen, die Sie im Moor gefunden haben? Sie werden nie beweisen können, dass sie dem Jungen gehört haben. Ein X-Beliebiger könnte sie Jahre vor oder nach seinem Tod da vergraben haben. Haben Sie denn in London Ihren Beruf nicht gelernt?«

»O doch«, zischte Rutledge. »Und ich werde ihn hier ausüben, bis ein klares Ergebnis vorliegt.«

Harvey war wütend. Aber etwas in der Stimme seines Gegenübers, die Härte, mit der er sprach, die natürliche Autorität, die er seit den Jahren in Frankreich besaß, ließen ihn verstummen. Er musterte Rutledge. Sein erster Eindruck war gewesen, es mit einem kranken, erschöpften Mann zu tun zu haben, dem das nötige Durchhaltevermögen fehlte, der sich von ihm gängeln lassen und mit eingekniffenem Schwanz nach London zurückfahren würde. Steck dein Revier ab, hatte er sich gesagt, schwing ein Mal die Keule, und schon wird er seinen Hut nehmen und abhauen.

Stattdessen biss er auf Granit. Der Mann war abgebrühter, als er gedacht hatte. Harvey versuchte sich zu erinnern, ob er den Namen Rutledge schon mal im Zusammenhang mit einem der großen Fälle des Yards gehört hatte. Ihm fiel nichts ein, und das ging ihm mehr auf die Nerven, als ihm lieb war. Wenn er gewusst hätte, wozu oder wozu nicht Rutledge in der Lage war, hätte er ihn besser einschätzen können. Es nicht zu wissen, gab ihm das Gefühl, im Dunkeln vor einem Abgrund zu stehen.

Auch Rutledge war zu einer Einschätzung seines Gegenübers gelangt. Harvey erledigte seine Arbeit ordentlich und gründlich, besaß aber nicht genügend Fantasie, um wahrhaft klug vorgehen zu können. Und bei diesem Fall spielte die Vorstellungskraft eine große Rolle.

Nach diesem stummen Moment gegenseitiger Einschätzung nahmen beide, wie zum Zeichen, dass damit die Konfrontation beendet und die Sitzung eröffnet wäre, auf Sesseln Platz.

Als Friedensangebot sagte Rutledge: »Abgesehen davon, dass Sie es verständlicherweise nicht gutheißen können, wenn einer Ihrer Fälle ohne offensichtlichen Anlass von fremder Seite untersucht wird – welcher Polizist sähe das schon gern? –, meinten Sie

Ihre Aussage vorhin ernst, dass Miss Marlowe zu allem fähig gewesen wäre? Zu den schlimmsten Schandtaten? Würden Sie beispielsweise Mord dazu zählen?«

Harvey überraschte ihn ein weiteres Mal, indem er zögerte.

»Ja und nein.«

»Ihre Gedichte und der Ruf, den sie ihr einbrachten, einmal außer Acht gelassen, wodurch unterschied sich Olivia in Ihren Augen von den anderen?«

Nach kurzem Nachdenken sagte er: »Ich kann es nicht genau benennen, verstehen Sie. Vor allem ihr übermäßiges Interesse am Verbrechen an sich hat mich beunruhigt. Die Leute, und Frauen schon gar nicht, stellen normalerweise nicht die Art Fragen, die sie stellte, es sei denn, irgendetwas bedrückt oder beängstigt sie, oder aber sie neigen selbst zum Laster. Wenn ich beispielsweise in einer Kneipe mit jemandem über meine Arbeit rede, stellt er mir hundert verschiedene Fragen, von ›Woher wollen Sie wissen, dass Sie den Richtigen eingebuchtet haben?‹ bis ›Haben Sie schon mal eine Hinrichtung am Galgen gesehen?‹. Das ist etwas anderes, reine Neugier, solche Fragen stellen die Leute auch einem Leichenbestatter. Leeres Gerede. Man merkt sofort, dass der Kerl nichts von der Sache versteht und man ihm tausend Lügen auftischen könnte, ohne dass es ihm auffiele.«

Rutledge nickte. Die Bauern, Kaufleute und Fernfahrer, denen er im Krieg begegnet war, hatten es nicht selten merkwürdig gefunden, neben einem Polizisten im Schützengraben zu stehen. Als betrachte er Gott und die Welt mit angeborenem Misstrauen und erwarte nur das Schlechteste von ihnen.

»Aber bei Miss Olivia war das anders. Sie fragte, was jemanden dazu bringt, einen Menschen zu töten, was ihn antreibt, ob er schon von Geburt an böse oder erst durch die Verkettung unglücklicher Umstände im Laufe seines Lebens böse wird. Ob die Veranlagung zum Morden innerhalb einer Familie vererbt wird oder nicht.« Er hielt inne. Rutledge spürte, dass Harvey sich bisher vor diesen Überlegungen gedrückt hatte. Zögernd rang er sich durch, sie in Worte zu fassen. Denn war er auch nicht sehr gewieft, so versuchte er doch, stets gerecht zu sein. »Ob ein Mörder seine Tat bereuen und sich bessern kann. Damals wusste ich nichts von ihren Gedichten, und doch jagte es mir kalte Schauer über den Rücken, so konzentriert, wie sie fragte. Ich merkte, dass es kein leeres Gerede war à la ›man trifft den neuen Polizeichef und schwätzt mit ihm über seinen Beruf‹. Sie wollte ... sie wollte etwas *wissen.* Aber ich kann Ihnen beim besten Willen nicht sagen, was.«

»Etwas über Mörder zu erfragen ist nicht dasselbe wie selbst zu morden. Es kommt vor, dass die Familie des Opfers die Tat besser versteht als der Mörder selbst.« Falls Nicholas der Mörder gewesen war, wäre Olivia zutiefst erschüttert und verunsichert gewesen.

»Ja, das stimmt. Wenn ich heute ihre Verse lese, weiß ich, dass das Thema Mord diese Frau zutiefst beschäftigt haben muss. Es ist ihr nicht erst in den Sinn gekommen, als sie mich zufällig auf der Straße traf. In ihrem letzten Buch steht ein Gedicht, das mir einige schlaflose Nächte beschert hat. Der Titel ist mir entfallen, aber den Anfang vergesse ich nie:

›Ich, Mörderin der kleinen Dinge,
der Trübsal, der Schätze des Herzens
Körper und Seel' nahm ich fort
Was sie dem Leben gegeben
Das Blut zu zehren, den Geist zu nähren
Euer Geheimnis schloss ich fort
Um euch zu quälen und mich zu erquicken
Am finsteren Ort.‹«

»Nicht gerade wie das, was Mrs. Browning oder diese Rossetti so geschrieben haben.*«

»Nein«, sagte Rutledge, der darüber nachdachte, was Olivia mit »Schätze des Herzens« gemeint haben mochte. Etwa die kleinen goldenen Jagdtrophäen der Toten?

»Denken Sie, dass *sie* den Jungen umgebracht hat? Großer Gott! Sie war damals doch selbst fast noch ein Kind!«

»Sie sagten, Sie hielten sie für fähig, einen Mord zu begehen.«

Harvey sah ihn an, sein Hirn arbeitete und ordnete, spuckte aber lange Zeit keine Worte aus.

»Ja, stimmt, in der Hitze unseres Wortgefechts hielt ich es für möglich. Aber es ist etwas anderes, wenn man ein Gesicht zu jemandem hat, den sie vielleicht getötet hat …« Er schüttelte den Kopf. »Hier in der Gegend laufen nicht gerade viele Kindermörder rum. Ich mochte die Frau zwar nicht besonders, aber zu behaupten, sie sei eine Kindermörderin gewesen, ist etwas anderes. Sie war *sonderbar.* Sie war … sonderbar.« Flehentlich blickte er Rutledge an und hoffte, er möge verstehen, was er ihm zu sagen versuchte: dass Olivia Marlowe allein deshalb verdächtig war, weil sie außerhalb seines Begriffsvermögens lag, und, obwohl er ihr kein bestimmtes Verbrechen anhängen wollte, zu allem *fähig*.

»Wann hat die Unterhaltung mit Olivia stattgefunden?«

»Oh, lange vor dem Krieg. Ich hatte gerade angefangen, in Borcombe zu arbeiten. Ihre Mutter, die Frau, die alle so gern gemocht hatten und von jedem noch heute nur Miss Rosamund genannt wird, war schon tot. Ich wusste nur, dass Miss Olivia zur Trevelyan-Familie gehörte. Sie, ihr Bruder und die beiden Kleinen, die Zwillinge.«

»Was haben Sie ihr geantwortet?«

»Ich habe ihr, so weit es ging, die Wahrheit gesagt. Dass es eine dunkle Seite der menschlichen Seele gibt, die sich mir trotz all der Jahre bei der Polizei nie wirklich enthüllt hat, und die ich für unabänderlich halte. Das stimmte sie traurig, ich konnte es in ihren Augen lesen. Dann fragte sie: ›Glauben Eltern Ihnen, wenn Sie ihnen mitteilen, dass ihr Sohn oder ihre Tochter einen Mord begangen hat?‹ Ich sagte: ›Sehr oft sind sie die Letzten, die es glauben‹, und sie nickte, so als habe sie verstanden, dankte mir, dass ich mir Zeit für sie genommen hatte und ging fort.« Da Rutledge nichts sagte, fügte Harvey hinzu: »Nicht gerade ein alltägliches Gespräch mit einem jungen Mädchen, meinen Sie nicht auch?«

Er brauchte Bestätigung. Er wollte in dem Glauben belassen werden, dass Olivia und nicht er sich ungewöhnlich verhalten hatte. Er wollte nicht befürchten, dass sie sich möglicherweise schuldbeladen an den Repräsentanten des Staates in Borcombe

* Elizabeth Browning, geb. Barrett (1806–61) und Christina Georgina Rossetti (1830–94), engl. Dichterinnen; Anm. d. Ü.

gewendet hatte und abgewiesen worden war, weil er sie nicht verstanden hatte. Rutledge fragte sich, ob sie ihre Fragen auch schon Harveys oder Pfarrer Smedleys Vorgängern gestellt hatte und auch bei jenen keine Erlösung gefunden hatte, niemanden, der die Last von ihren Schultern genommen hätte.

Umgekehrt bedeutete dies für Rutledge, dass er sich Harvey ebenfalls nicht anvertrauen konnte. Zumindest nicht, bevor er ihn nicht ganz durchschaut hatte. Möglicherweise würde Rutledge kein Gehör finden, und wenn er zudem Unrecht hätte, würde sich die Lage, wie Rachel und Cormac es ihm warnend vorausgesagt hatten, nur verschlimmern.

Also schloss Rutledge mit Harvey Frieden: »Bis zum Wochenende lasse ich den Jungen weiter suchen und befrage die Zeugen, und wenn ich dann nicht mehr weiß als bisher, wende ich mich wieder an Sie, und wir beraten gemeinsam, was zu tun ist.«

»Hören Sie gut zu: ob Sie ihn nun finden oder nicht – der Junge ist tot.«

Trask, der Wirt, brachte ein Tablett mit Kaffee auf Rutledges Zimmer und ließ sich betont viel Zeit beim Abstellen von Tasse, Zucker und Milchkännchen. Langsam faltete er die Serviette, mit der das Sandwich zugedeckt gewesen war, zusammen und erkundigte sich höflich nach Harveys Besuch. Offenbar wollte er eine Weile bleiben und schwatzen. »Ein guter Mann, wir hatten nie Schwierigkeiten mit ihm, sorgt für Ruhe und behandelt alle gleich. Nach allem, was ich höre, genießt er bei den Friedensrichtern den Ruf, gründlich und zuverlässig zu sein.«

Da Rutledge den Faden nicht aufnahm und seine Ansicht über die örtlichen Gesetzeshüter verschwieg, schwelgte Trask in seinen privaten Erinnerungen an die Trevelyans, wobei er den Eindruck erweckte, als wäre das Three Bells über Generationen hinweg das Zentrum ihrer gesellschaftlichen Aktivitäten gewesen. Rutledge trank genüsslich seinen Kaffee und lauschte dem Märchen des Wirts mit einer gehörigen Portion Skepsis.

Aber eine Aussage fesselte plötzlich seine Aufmerksamkeit: »Und deren Mutter ist das ehemalige Kindermädchen der Trevelyans. Deshalb wohnt Miss Rachel lieber bei ihr als bei mir im Gasthof.«

»Soll das heißen, das Kindermädchen der Trevelyans lebt noch?« Er fühlte Wut in sich aufsteigen, weil niemand – nicht einmal Rachel – es für nötig gehalten hatte, ihm das zu sagen.

»Großer Gott, nein, sie wäre inzwischen über *neunzig*, nicht wahr? Sie hieß Polworth und war die Amme von Miss Rosamund, bevor sie selbst heiratete und eine Tochter bekam. Mary. Als Mary in die Schule kam, ging sie zurück zu den Trevelyans und kümmerte sich um Mr. Stephen und Miss Susannah. Sie hatte nur dieses eine eigene Kind. Mr. Polworth war schon früh an Schwindsucht gestorben. Mary Otley heißt die Tochter heute. Ihr Mann starb in Afrika, in einem Ort namens Mafeking.«

»Als Soldat?«

»Gott bewahre, nein, Sir, er war Missionar. Sein Tod brach Mary das Herz, und deshalb kehrte sie heim. War nicht ihre Sache, sozusagen, den Heiden etwas zu predigen, sich die Ruhr zu holen, die fetten Fliegen, das verseuchte Wasser …«

»Danke, Trask«, unterbrach ihn Rutledge. Trask ließ sich geschlagene fünf Minuten Zeit, um das dreckige Geschirr abzuräumen und die Krümel fortzuwischen. Die Kaffeekanne ließ er zunächst stehen, als hoffe er auf eine Fortsetzung des Gesprächs. Aber dass es die nicht geben würde, begriff er schließlich doch und nahm sie mit.

Kurz darauf saß Rutledge in seinem Sessel, lauschte den Vögeln, die in dem heruntergekommenen Garten sangen, und legte sich einen Plan zurecht.

19

Kurz vor vier Uhr nachmittags verließ Rachel ihr Haus und ging über die Straße zu dem des Pfarrers. Die mürrische Haushälterin öffnete und ließ sie eintreten. Rutledge lag am Rande des kleinen Wäldchens auf der Lauer und beobachtete die Szene. Nach gut einer Minute, die er ihr für den Fall gab, dass der Besuch nur von kurzer Dauer war, ging er raschen Schrittes zu der Gartenpforte, die Rachels Haus von der Dorfstraße trennte.

Die Frau, die ihm auf sein Klopfen hin öffnete, war fortgeschrittenen Alters, jedoch, dachte er, nicht so alt, wie es auf den ersten Blick schien. An ihren gelb angelaufenen Augen erkannte er, dass sie ihre Jahre in Afrika mit mehreren Malaria-Erkrankungen bezahlt hatte.

Überrascht, ihn vor sich zu sehen, sagte sie: »Miss Rachel ist soeben zum Herrn Pfarrer hinüber gegangen.« Ihr Ton war reserviert. Sie sprach ohne Cornwallschen Akzent.

»Ich weiß. Falls es Ihnen nichts ausmacht, würde ich gerne mit Ihnen sprechen. Mrs. Otley, richtig? Man sagte mir, Ihre Mutter habe als Kindermädchen im Haus der Trevelyans gearbeitet.«

Sie ließ ihn ins Haus. Das Wohnzimmer bestand aus Versatzstücken ihrer englisch-afrikanischen Biografie: die untere, gemütliche Hälfte zierten Chintz-Stoffe, bestickte Kissen und ein ausgefranster Axminster-Teppich; an den Wänden hingen ein Zulu-Schild, zwei über Kreuz angeordnete Jagdspeere, ein Bild des Königspaars in einem Holzrahmen, sowie ein handgeschriebenes Zertifikat, das besagte, dass Mary Polworth Otley auf der *Ramses* den Äquator überquert hatte.

Der Sessel, den sie ihm anbot, war mit einer dünnen Schicht cremefarbener Hundehaare überzogen. Rutledge nahm wohl oder übel in Kauf, dass sie sich an seine Hose heften würden, und fragte sich gerade, wo der Hund sein mochte, als ein kleiner, fetter

Welpe ins Zimmer torkelte und kurz an seinen Hosenbeinen schnüffelte, um sich daraufhin unverzüglich an seinen Schnürsenkeln zu schaffen zu machen. Als sie das Hündchen, das auf den Namen Rhodes hörte, verscheucht hatte, nahm Mrs. Otley mit ernstem Gesichtsausdruck Platz.

»Was führt Sie zu mir, Sir? Falls es um Mrs. Rachel geht ...«

»Nein. Es geht mir vornehmlich um Ihre Mutter. Hat sie mit Ihnen über die Familie gesprochen?«

»Mit mir? Nein, Sir. Sie verehrte Miss Rosamund offensichtlich sehr und liebte ihre Kinder, aber es war nicht ihre Art, Vergleiche anzustellen. Sie behandelte die Trevelyan-Kinder nach ihren und mich nach meinen Maßstäben.«

Das sprach zweifellos für sie. »Hatten Sie Kontakt zu den Trevelyan-Kindern?«

»Nein, Sir. Ich war wesentlich älter als sie. Ab und zu half ich meiner Mutter, wenn eines von ihnen krank war, oder sie Besuch erwarteten. Dadurch hatte ich schon etwas Erfahrung, als ich später in Afrika Kinder unterrichtete.«

»Waren Sie dabei, als Anne Marlowe im Obstgarten vom Baum fiel, beziehungsweise als der kleine Richard im Moor verloren ging?«

»Nein. An jenen Tagen war ich in der Schule. Schon damals war es mein sehnlichster Wunsch, Erzieherin zu werden, und Miss Rosamund war so nett, mir eine Ausbildung auf der Miss Kitchener's Academy zu bezahlen.« Ein wehmütiges Lächeln umspielte ihren Mund. »Während meiner ersten Anstellung als Erzieherin lernte ich Edwin kennen. Er war gerade aus Afrika zurückgekehrt, wo seine Frau verstorben war. Er war ein leidenschaftlicher, aber frommer Mann und steckte voller großer Ideen. Ich wurde die dritte Mrs. Otley. Doch schon bald wurde auch er in Afrika begraben, und ich kehrte kinderlos und verwitwet nach England zurück. Eine Weile arbeitete ich dann in einer Londoner Armenschule, weil ich glaubte, ich sollte weiterhin für die Kirche tätig sein. Aber es lag mir nicht. Ich war nicht dazu berufen, verstehen Sie. Es war Edwards Traum, den ich sozusagen aus zweiter Hand zu leben versucht hatte.«

In ihrer Rede schwang Trauer mit, aber nicht so sehr um ihren

Mann, so schien es, als vielmehr, weil sie bereute, ihr Leben an etwas verschwendet zu haben, an das sie nicht geglaubt hatte.

»Afrika ist hart für Frauen. Deshalb überredete ich Miss Rachel, Peter Ashford nicht nach Kenia zu folgen, obwohl sie das unbedingt wollte. Hätte Sie nicht auf mich gehört, wäre sie da unten zur Witwe geworden. Ich hatte aus … aus mancherlei Gründen Recht.«

Er fragte sich, ob Mrs. Otley Rachels Gefühle für Nicholas gekannt oder zumindest erahnt hatte Er stellte ihr noch ein paar müßige Fragen und wandte sich zum Gehen.

Rhodes, der währenddessen friedlich geschlummert hatte, sprang, noch benommen, auf und blies zum Angriff. Rutledge wich ihm geschickt aus, worauf das Hündchen vor den Sessel schlidderte und seine Angriffslust an dem ohnehin schwer gebeutelten Polster auslassen musste.

Mrs. Otley, die offenbar an Rhodes' Scheingefechte gewöhnt war, beachtete ihn nicht, sondern wandte sich noch einmal an Rutledge: »Als Nicholas starb, war ich wieder hier in Borcombe. Wenn Ihnen das irgendwie weiterhilft, Sir. Ich möchte nicht, dass Miss Rachel erfährt, was ich Ihnen jetzt sage. Aber sie hat mir erzählt, dass Sie sich für alles, das mit den Trevelyans zu tun hat, interessieren, und ich will mir nicht nachsagen lassen, meine staatsbürgerliche Pflicht versäumt zu haben. Wenn es geht, würde ich es lieber geheimhalten, wenn Sie nichts dagegen haben.«

»Geheim?«, wiederholte Rutledge, der auf ihren plötzlichen Richtungswechsel ebenso wenig gefasst gewesen war wie vorhin Rhodes auf seinen.

»Ja, damals machten alle ein großes Geheimnis darum und keiner sprach darüber. Aber ich denke, wenn Sie so sehr an der Familiengeschichte interessiert sind, wie man im Dorf sagt … dass es inzwischen bestimmt keinem mehr schadet. Gott weiß warum. Die Trevelyans waren doch immer hochanständige Leute.«

»Erzählen Sie.« Das klang mehr nach einem Befehl, als er beabsichtigt hatte.

»Eigentlich gibt es nicht viel zu erzählen. Eines Nachts kam er spät nach Hause, Mr. Nicholas. Er hatte den Pfarrer besucht – das war lange vor dem Krieg, nun, vielleicht so um 1907 herum. Man erzählte sich, dass Mr. Nicholas beabsichtigte, nach Schottland zu fahren, um sich die Schiffe anzusehen, die auf der Clyde-Bank-Werft gebaut wurden. Die Ozeandampfer, über die alle Welt sprach. Außerdem war gerade ein Preis für die schnellste Atlantiküberquerung ausgesetzt worden. Der kleine Stephen erzählte mir von einem Gespräch, das er belauscht hatte, in dem Mr. Cormac Mr. Nicholas versprochen hatte, ihm, wenn er wollte, beim Anheuern auf einem der Wettbewerbs-Schiffe zu helfen. Ich weiß nicht, ob das stimmte oder nicht, heraus kam jedenfalls nichts. Aber dann, auf dem Heimweg vom Pfarrer, stach ein Betrunkener auf Mr. Nicholas ein. Gott sei Dank war der Täter schon sehr betrunken, sonst hätte das Messer Mr. Nicholas' Herz getroffen. So aber trug er nur eine tiefe Fleischwunde davon, die Dr. Penrith wieder zusammenflicken konnte.

Er verordnete ihm Bettruhe und verbot ihm, nach London, Schottland oder sonst wohin zu reisen. Das war das Ende der Geschichte. Ich glaube nicht, dass außer Miss Olivia und dem Doktor jemand davon weiß – und außer mir natürlich, denn der Arme hatte sich, da er es nicht mehr durch den Wald nach Hause geschafft hatte, vor meine Haustür geschleppt.«

»Und der Betrunkene?«

»Oh, ein paar Stallburschen suchten nach ihm. Miss Olivia hatte ihnen nicht mehr gesagt, als dass sich jemand auf der Straße pöbelhaft benommen hatte. Aber er war über alle Berge. Ich wette, in dem Moment als er begriff, was er da angerichtet hatte, hat er das Weite gesucht. Ob betrunken oder nicht, er muss gedacht haben, dass es ein großes Geschrei geben würde.«

»Hat Rachel nie davon erfahren?«

»Sie war verreist. Miss Olivia meinte, sie würde sich zu Tode erschrecken und unsinnigerweise sofort nach Hause kommen; daher wäre es besser, ihr nichts zu sagen. Ich war derselben Meinung und sagte zu niemandem ein Wort. Mr. Nicholas hatte ein oder zwei Tage hohes Fieber. Dann wurde er, auch ohne Miss Rachels Fürsorge, wieder gesund.«

»Hat Nicholas später nach dem Angreifer gesucht?«

»Er sagte mir, im Moment des Angriffs wäre er zu verdutzt gewesen und hätte nur gesehen, dass der Täter ein großer, dünner und ärmlich gekleideter Mann gewesen war. Untypisch für Mr. Nicholas, denn wie ich ihn kannte, verlor er nicht so schnell die Nerven. Aber Männer sind merkwürdig, wenn es um ihren Stolz geht. Er wollte nicht, dass viel Wirbel um die Sache gemacht wurde, es sollte nicht zu einer Gerichtsverhandlung kommen, wo doch nur großes Gerede entstünde …«

Ihrem Kommentar stimmte Rutledge in Gedanken zu. Nicholas und verdutzt?

Wahrscheinlicher schien ihm, dass Nicholas seinen Angreifer gekannt hatte und seinen Namen nicht hatte preisgeben wollen …

War das die Erklärung für die goldene Uhrkette in Olivias kleiner Sammlung? Hatte Olivia verhindert, dass Nicholas sie und das Haus verließ?

Er bat Mrs. Otley, fürs Erste weder Rachel noch sonst wem davon zu erzählen und ging, noch bevor Rhodes mit dem Polster fertig war und sich wieder seinen Schnürsenkeln hätte widmen können, zur Tür hinaus.

Rutledge ging in das Wäldchen. Die Indizienlage machte ihn nervös. Er wollte noch nicht zum Gasthof zurückkehren und hoffte, durch einen kleinen Spaziergang einen klaren Kopf zu bekommen. Noch immer war er versucht, Olivia von jeglicher Schuld freizusprechen, obwohl er wusste, dass es falsch war. In ihm herrschte ein Gefühlswirrwarr, das verschiedene Ursachen hatte: der Krieg, der Verlust von Jean, seine Unsicherheit und die ständige Angst, noch nicht in der Lage zu sein, seinen Beruf angemessen auszuüben.

Er überquerte den Rasen des Trevelyan-Grundstücks. Das Haus, das im Licht der Nachmittagssonne lag, schien sich seit seiner Ankunft in Borcombe ständig verändert zu haben. Zunächst war es ihm einladend und herzlich erschienen, dann fluchbeladen und schmerzbehaftet. Jetzt – ein merkwürdiges Gefühl, aber es ließ sich nicht leugnen – spürte er nur noch eine große Leere. Als hätten alle Bewohner, ob Mensch oder Geist, sich davongemacht, um es seinem Schicksal zu überlassen. Aber war es nicht eine Täuschung gewesen, fragte er sich, die ihm das Haus vormals so voller Leben hatte erscheinen lassen? Hatte er sich von der schönen Fassade so täuschen lassen?

Er dachte an das Haus, in dem er gerade gewesen war: das pseudo-viktorianische Bauwerk der Beatons. Ein seelenloses Haus hätte sein Vater es genannt, weil es den Geschmack seines Besitzers widerspiegelte und nicht für sich selbst stand.

Er ging hinunter zum Strand, in die Nähe der Felsen, zwischen denen Brian FitzHugh gestorben war. Während die Wellen hereinwogten, lauschte er Hamish, der ihn daran erinnerte, dass manchmal der Wunsch der Vater des Gedankens war.

»Sie fehlt dir, Mann! Diese Frau hat dem Krieg für dich erst einen Sinn verliehen, genau wie der Liebe, weil sie dich mit ihren schönen Worten geblendet hat. Schalte dein Gehirn ein! Du wirst deinen Mörder weder im Geschwätz der Leute noch in Rachel Marlowes Erinnerungen finden, merk dir das. Du musst dir deiner Sache sicher sein, sonst kannst du es ganz sein lassen!«

»Was bedeuten die Kleider im Moor?«, fragte er. Seine Stimme wurde vom Geschrei der Möwen übertönt. »Jemand hat sie dem Jungen ausgezogen. Das bedeuten sie. Und warum entkleidet man eine Leiche? Damit sie niemand mehr identifizieren kann.«

»Aber die Leute hier hätten den Jungen erkannt. Es muss einen anderen Grund gehabt haben. Der oder diejenige wollte nicht die Identifizierung des Jungen erschweren, sondern Verwirrung stiften.«

»Verwirrung? Glaubst du denn, eine Mutter würde ihr eigen Fleisch und Blut nicht erkennen? Angezogen oder nackt, verrottet oder ganz, sie hätte ihn *erkannt!*«

»Und wenn man nur die Kleidung, nicht aber den Jungen finden sollte?«

»Die würde sie natürlich auch wiedererkennen!«

Rutledge seufzte. »Stimmt. Warum also hat der Mörder dem Jungen die Kleider ausgezogen und sie in einen Leinensack gesteckt, um sie vor dem Verrotten zu bewahren? Man sollte doch annehmen, dass der Mörder gerade gewollt hätte, dass sie schnellstmöglich verfaulten. Wer hat den Jungen ausgezogen? Mit der Antwort auf diese Frage hätte ich die Antwort auf alle Fragen. Wieso kommen in dem Gedicht Stiefmütterchen vor?

›Stiefmütterchen zum Zeichen Deiner‹. Zum Zeichen, zur Erinnerung. Ich glaube nicht, dass jemand dieses unglückselige Kind hätte vergessen können!«

Nicholas oder Olivia. Er hatte die Wahl. Rachels Herz brechen – oder sich selbst Schmerz zufügen, indem er sich jenes Etwas nähme, das Olivias Gedichte ihm geschenkt hatten, jenen tröstlichen Zufluchtsort während des verdammten, schrecklichen Krieges.

Er ließ ein paar Steine auf den Wellen springen und sah ihnen beim Hüpfen und Tanzen zu. Auch seine Beweisführung schien zu hüpfen und zu tanzen. Von einem Verdächtigen zum nächsten. Aber, sicher wie das Amen in der Kirche, stand für ihn fest, dass sie es nicht gemeinsam gewesen waren. Dass sie nicht zusammengearbeitet hatten. Er oder sie. Und – bei Gott – er hatte seine Entscheidung getroffen.

Er ging zum Wäldchen zurück und sah die Alte bei den Bäumen stehen. Sie blickte hinauf zum Trevelyan-Haus, als suche sie etwas in seinen dunklen Umrissen, als brauche sie etwas, was es ihr nicht mehr geben konnte. Sadie, deren Geist sich manchmal verwirrte, die aber mehr wusste, als sie ihm verraten wollte. Davon war er überzeugt.

Sie erblickte ihn, als er über den hügeligen Rasen auf sie zuschritt. Kurz schien es, als wollte sie sich davonstehlen, um nicht mit weiteren scheinbar sinnlosen Fragen konfrontiert zu werden.

Schließlich aber verharrte sie an Ort und Stelle.

»Ein schöner Abend, nicht wahr?«, sagte er, um zunächst ihre Geistesverfassung zu testen. »Wer tollt heute auf der Wiese herum? Wessen Geist sehen Sie?«

»Ich sehe Miss Rosamund. Sie weint. Ich sehe die Hunde Gabriels. Sie beschnuppern die Kamine. Ihre Pfoten machen auf dem Dach einen Krach wie aufprallende Hagelkörner. Sie schnüffeln, sehen sich um, suchen. Sie wittern Beute, heulen den Mond an. Wenn sie heulen, kuschele ich mich in den Sessel vor meinem Kamin.«

Die Hunde Gabriels. Ihr Lieblingsthema. Er sagte: »Wer sind die Hunde Gabriels?«

»Es sind immer dieselben.«, sagte sie, während sie ihren Blick vom Haus nahm und ihn forschend betrachtete.

»Heiden.«

»Protestanten? Katholiken?«

»Weder noch, darum geht es ja gerade, nicht? Eine ungetaufte Seele, in die nichts als das Böse strömen kann.«

Rutledge dachte nach. Olivia und Anne waren Zwillingsschwestern. Wollte Sadie ihm etwa andeuten, dass eine von beiden nicht getauft worden war? Hatten die beiden Säuglinge über dem Taufbecken steinerweichend gejammert und die eine war zwei Mal, die andere dagegen gar nicht getauft worden? Er sagte: »Waren Olivia und Anne getauft?«

Sie sah ihn an, als wäre er verrückt geworden. »Denken Sie etwa, Miss Rosamund hätte etwas anderes zugelassen? Natürlich waren sie getauft. Ich war selbst dabei, als der Pfarrer die beiden nacheinander benetzte. Da alles mit rechten Dingen zugehen sollte, hatte Miss Rosamund an Miss Olivias Taufkleid eine blaue und an Miss Annes eine hellgrüne Schleife gebunden!«

Eine hellgrüne Schleife ... an einem Taufkleid? Nein, er konnte sich nicht wirklich vorstellen ...

»Wer hat dort oben an einer vom Dorf nicht einsehbaren Stelle private Sachen verbrannt?«

»Verbrannt?«

»Ich bitte Sie!« Er hatte eine Idee. »Diese Lumpen, die Miss Olivia Ihnen versprochen hatte. Jemand hat sie benutzt, um ein Feuer zu machen, weil er – oder sie – bestimmte Dinge restlos verbrennen wollte: ein ledernes Notizbuch, einen Bilderrahmen mit Lederrücken und Silberecken, und möglicherweise einen Stapel Briefe. Wer hat die Sachen verbrannt?«

»Mr. Cormac war es nicht!«, sagte sie munter. »Miss Rachel auch nicht, das hätte ich gewusst. Vielleicht Mr. Nicholas. Ich weiß zwar nicht, warum er es im Dunkeln hätte tun sollen, aber nach dem, was ich erkennen konnte, dürfte er es gewesen sein.«

»Was haben Sie gesehen?« Er sprach sanft und freundlich. Neugierig, aber ohne sie zu bedrängen.

»Ich sah ihn mit zwei Eimern zum Meer gehen und sie mit

Wasser füllen. Dann stellte er sie oben auf der Landspitze ab und ging mit leeren Händen zum Haus zurück.«

Nicholas.

»War das in jener Nacht, als sie starben? Olivia und Nicholas?«

»Nein, es war kurz vor Vollmond, die Nacht davor. Ich suchte im Wald nach Wurzeln und beobachtete ihn eine Weile, weil mein Rücken wehtat und ich mich aufrichten musste. Ich fragte mich, was er vorhatte. Und dann fiel es mir ein.«

»Was fiel Ihnen ein?«

»Er wollte den Hunden Wasser zum Trinken vorsetzen. Er spürte, dass sie kommen würden.«

Er spürte etwas Kaltes am Rücken. Als sei etwas Böses hinter ihn getreten und habe seine Hand zwischen seine Schultern gelegt.

»Haben die Hunde Gabriels ein menschliches Antlitz? Haben Sie es je gesehen?«

»Ich sagte Ihnen doch, dass Miss Olivia mich gewarnt hat, den Hunden jemals zu nahe zu kommen!«

»Ja, ich weiß. Aber Miss Olivia ist tot. Ich glaube, die Hunde haben sie getötet. Ich glaube, Miss Olivia würde wollen, dass Sie mir jetzt ihren Namen sagen. Oder wie sie aussahen. Ich glaube, es ist an der Zeit, sie für das zur Rechenschaft zu ziehen, was sie getan haben.«

Sie schüttelte den Kopf. »Man kann die Hunde nicht dafür verurteilen, dass sie töten. Es liegt an ihrer Natur. Es liegt ihnen im Blut.«

»War Mr. Nicholas getauft?«

»Ja, er wurde im Haus getauft, weil er damals krank war. Gelbsucht. Miss Rosamund wollte nichts riskieren, weder mit einer Fahrt in der Kutsche, noch mit der Zugluft in der Kirche. Sein Zustand besserte sich im Laufe der Woche, aber sie bestand darauf, dass der Pfarrer ins Haus käme.«

Galt in ihren Augen die Taufe im Haus weniger als eine kirchliche? Sie führte ihn an der Nase herum.

Hamish verstand sie offenbar besser und murrte etwas Unverständliches. Rutledge sagte:

»Das Antlitz der Hunde. Sie wollten mir etwas darüber erzählen. Nun, da Miss Olivia tot ist. Tot und begraben«, fügte er hinzu.

Ihr Blick verfinsterte sich.: »*Sie* sprachen davon, nicht ich«, sagte sie grimmig.

Da Sadie offenbar zu keiner weiteren Aussage bereit war, ließ er sie allein und ging hinunter ins Dorf, wo er aus einer plötzlichen Eingebung heraus vor der Kirche Halt machte. Die schwere Tür zum Westflügel war verschlossen, die kleinere unter dem Vestibül jedoch nicht. Er hob den Riegel und trat ein. Er fröstelte. Die Mauern waren kalt wie der Tod. Er begutachtete die Architektur, musterte die Bögen, die kraftvollen Säulen und das hohe Mittelschiff, welches am Altarchor endete. Das Gotteshaus wirkte solide, aber nicht erhaben. Die Proportionen waren nicht perfekt. Die Schnitzarbeiten waren, im Vergleich zum Friedhofsengel, schwerer, erdhafter, eher wuchtig denn fein, und erinnerten ihn an die Holzarbeiten in den Kirchen der Normandie.

Er schritt mit einem Blick hinauf zur mächtigen viktorianischen Orgel, über den Mittelgang zum steinernen, mit hübschen Gravuren verzierten Altar. Der Chor war ebenerdig, die Stühle aus dunkler Eiche. Zu seiner Linken erblickte Rutledge eine achteckige Kapelle zum Gedenken an die Familie Trevelyan.

Im hinteren Teil des Grabmals stand eine alte Ritterfigur. An den Innenwänden las er die Namen der Toten, die in der Krypta begraben lagen. Rosamund Trevelyans Eltern war ein außergewöhnlich schöner Marmorsarkophag vorbehalten, auf dessen Ecken je eine demütig verschleierte, weinende Figur stand. Über ihrem Grab, dort, wo die aufstrebenden Bögen ineinanderliefen, schwebte ein Trompete blasender Engel in weiten Gewändern. Neben dem Sarkophag befand sich ein kleineres, offenbar aus einem einzigen Alabasterblock gehauenes Grab, das mit seinem fein gemeißelten Flechtwerk aus Blumen und Vögeln mehr wie ein Hochzeitsgeschenk als wie ein Totenmal wirkte. Die Figur darauf war kaum zu erkennen, denn sie war vollständig in ein Leichentuch gehüllt, das bis zum steinernen Marmorsockel herabreichte und mit ihm verschmolz. Doch oben gab das Tuch einen Blick auf das Gesicht einer Frau frei, das von wallenden Locken umspielt wurde, Locken, die den Tod von ihm fern halten zu wollen schienen. Rutledge trat näher heran und erkannte – Rosamund.

Sie erstrahlte in Schönheit, Stärke und Würde. Liebe und Wärme drückten ihr Gesicht aus. Eine Frau, die zum Wohl ihrer Familie viel von ihrem Leben hergegeben hatte. Eine Frau, die drei Ehemänner und zwei Kinder verloren und dennoch nie aufgegeben hatte; die eine Stütze für die Lebenden geblieben war, sogar noch im Tod.

Er strich über die kalte Marmorwange und meinte fast so etwas wie Wärme an seiner Hand zu spüren, obwohl er wusste, dass es Einbildung war.

An der Wand zu seiner Linken standen weitere Grabsteine. Auf Stephens Grabstein hatte man seinen Namen, Geburts- und Sterbedatum, die Familienwappen der Trevelyans und FitzHughs, den Namen seines Regiments und seinen militärischen Rang eingemeißelt. Dahinter fand Rutledge nebeneinander zwei Steinplatten, die selbst im Dunkeln noch vor Neuheit glänzten. Verewigt darauf waren zwei Namen und Todesdaten. Olivia und Nicholas. Schmucklose Gräber, wie sie Selbstmördern zukamen.

Andächtig verweilte er vor ihnen und wünschte sich, die beiden wenigstens einmal lebend gesehen zu haben.

Aber es war zu spät. Einzig Olivias Gedichte waren lebendig geblieben. Er legte seine Hand flach auf den Marmor. Wie in schwarzem Glas spiegelte sie sich neben ihrem Namen. Die langen Finger, die kräftige Innenfläche.

»Warst du es, Olivia? Oder war es Nicholas?«, fragte er laut.

»... Nicholas ...«, hallte es von den Wänden.

»Bist du frei von Schuld?«

»... frei von Schuld ...«, antwortete es.

»Wer war dein Geliebter? Cormac?«

Das Echo gab den fragenden Ton seiner Stimmer wieder.

»... Cormac ...?«

»Wer ist der Hund Gabriels?«

»... riels ...?«

»Weißt du es? Wenn ja, wo finde ich die Antwort?«

»... Antwort ...«

»In deinen Notizbüchern ... oder deinen Gedichten?«

»... dichten ...«

Er trat hinüber zu Nicholas' Grabplatte, Hamish ignorierend, der ihn mit aller Kraft ermahnte, es nicht mit solchen Zauberspielchen zu versuchen, nicht die Toten zu befragen.

»Mit dir rede ich doch auch. Wo liegt da der Unterschied?«, gab er zurück und fragte die schwarz glänzende Oberfläche von Nicholas letzter Ruhestatt: »Warst du der Mörder, den Olivia schützte?«

Aber bei seinem kleinen Schritt zur Seite hatte sich die Akustik in der Kapelle verändert, das Echo antwortete nicht mehr. Er hörte nur das Geräusch seines eigenen Atems. Offenbar ließ Nicholas sich nicht einmal im Tod aus der Ruhe bringen.

20

Zurück im Gasthof, nahm Rutledge in einer Ecke des Speisesaals eine rasche Mahlzeit zu sich, wobei er sich in ein altes Buch, das er im Salon gefunden hatte, vertiefte, um weder von Trask noch von einem der Gäste angesprochen zu werden. Da es noch früh am Abend war, hatte er einen Tisch für sich. Anschließend bat er um eine Kanne Kaffee und eine Tasse und ging auf sein Zimmer, um einmal mehr in Olivias Gedichten zu lesen.

Sie schienen mehr Fragen aufzuwerfen als Antworten zu geben. Allerdings war er nicht sicher, ob es wirklich an den Versen lag, die er ein ums andere Mal las, oder vielmehr an seinem grüblerischen Gemütszustand.

Der letzte Band, *Luzifer*, besaß ein wenig von der Eleganz eines Keats, mehr noch aber von der Strenge eines Milton. Die Autorin war gereift, Leben und Tod waren für sie eine untrennbare Einheit geworden. Der Mensch entsprang der Dunkelheit und kehrte am Ende zu ihr zurück, dazwischen lag eine kurze Zeit des Lichts, das von seiner Unfähigkeit zu lernen und zu vertrauen getrübt wurde.

Er stieß auf das Gedicht, das Inspektor Harvey so verstört hatte, und las es. Harvey hatte sich nicht mehr an den Titel erinnert, der seltsamerweise ›Versäumnis‹ lautete. Rutledge dachte eine Weile darüber nach, dann blätterte er weiter.

Es folgte ein Gedicht über die biblische Eva, das auf den ersten Blick nur eine Variation der Geschichte von der Vertreibung aus dem Paradies zu sein schien: Eva pflückte den Apfel, wurde empfänglich für die Versuchungen des Lebens und mit der Verbannung aus dem Garten Eden bestraft. Doch wenn er es nicht als Gedicht las, sondern als Erfahrungsbericht eines jungen Mädchens, das sich plötzlich und unvermittelt dem Tod eines geliebten Menschen gegenüber sah – ihrer Zwillingsschwester –, erkannte Rutledge etwas anderes, das ihm, hätte er sich nicht so tief in die Geschichte der Trevelyans verbissen, sicher entgangen wäre: Eva stand für Olivia, die von der Erkenntnis gekostet hatte, dass das Böse durchaus existierte, und sich bemühte, es zu begreifen und einzuordnen in ihre kleine, vormals behagliche und behütete Kindheitswelt. Die aus ihrem persönlichen Garten Eden verbannt worden war. Die hilflos hatte zusehen müssen, wie die Schlange den Baum hinaufgekrochen und den Apfel vom Zweig gelöst hatte. Der Apfel war Anne, die hinabgestürzt war, die letzten Zeilen bewiesen es ihm:

Den Apfel kannt' und liebte ich,
nicht wünscht' ich,
dass er fiele –
Ich selbst es war, mein andres Selbst.
Zum Tod erschreckt,
stritt meiner Seel ich's ab.

Stritt sie ab, dass es Mord war?

Annes Tod war der Erste in der Serie gewesen. Sie waren damals noch Kinder. Was immer die kleine Olivia gesehen, verstanden – oder geahnt – haben mochte, einen Mord hätte sie nicht verarbeiten können. Grausamkeit, ja, die hätte sie verstanden, denn Kinder können grausam sein. Doch um die Tragweite eines Mordes zu begreifen, musste sie erst erwachsen werden. Bis dahin war ihr nur stummes Entsetzen geblieben.

Er achtete nicht auf den Sonnenuntergang und nicht auf den Kaffee, der in seiner Tasse erkaltete. Seine ungeteilte Aufmerksamkeit galt Olivias Gedicht, das auf hochwertiges Papier mit Wasserzeichen gedruckt war. Nach einer Weile blätterte er weiter.

Beinahe schon war er davon überzeugt, dass seine Interpretation von ›Eva‹ zu subjektiv ausgefallen war, als er ein paar Seiten weiter ein anderes biblisches Gleichnis entdeckte.

Der Titel des Gedichts lautete ›Der verlorene Sohn‹. Es handelte natürlich von der Geschichte des jüngsten Sohnes, der seinen Erbteil nimmt, von zu Hause fortgeht und seinen alternden Vater der Pflege seiner Brüder überlässt. Nachdem das Leben ihm übel mitgespielt hat, kehrt der Gescheiterte zurück in der

Erwartung, fortan seinem Vater als Knecht dienen zu müssen. Dieser jedoch schließt den verloren geglaubten Sohn überglücklich in die Arme und behandelt ihn, als wäre er nie fort gewesen.

Richard.

Wen sonst konnte sie gemeint haben? Richard – lebte er noch? Nein, das war unmöglich! Aber solange seine Leiche verschollen blieb, drohte seinen Brüdern die Möglichkeit seiner Rückkehr. Sie mussten sich häufig gefragt haben, was aus ihm geworden war, ob er eines Tage zu ihnen heimkehren und die Wahrheit über sein Verschwinden offenbaren würde.

Rutledge dachte nach.

Der zweite Mord.

Nach dem Jungen war lange und intensiv gefahndet worden. Ergebnislos. Man hatte Flugblätter und Plakate gedruckt, Zigeuner und Landstreicher befragt und die ans Moor grenzenden Höfe auf den Kopf gestellt. Er selbst hatte beim Lesen der Berichte den Eindruck gewonnen, dass der Mörder – oder die Mörderin – den Leichnam wahrscheinlich versteckt hatte – keine Leiche, kein Beweis für einen Mord. Was aber, wenn all das nicht stimmte?

Angenommen, Richards Mörder hätte versucht, den Mord wie einen Unfall aussehen zu lassen. Hätte es so aussehen lassen, als wäre der Junge beim Versteckspielen kopfüber in einen Schacht gefallen. Im Moor ertrunken. Von Wildpferden zu Fall gebracht und zu Tode getrampelt worden. Es gäbe eine Fülle von Möglichkeiten. Nahm man weiterhin an, eine fremde Person hätte später die Leiche entdeckt. Diese Person weiß – oder errät – aus irgendeinem Grund, wer hinter dem sorgfältig inszenierten Unfall steckt und ahnt, dass Richards Tod dem Mörder – oder der Mörderin – gefährlich werden kann. Während die Männer des Dorfes mit dem Absuchen des Moors beschäftigt sind, bringt diese Person die Leiche an einen Ort, an dem sie niemand vermutet, und ändert damit den ursprünglichen Plan des Mörders. Der Mörder – oder die Mörderin – wundert sich, gerät ins Zweifeln. Später vergräbt die Person die *Kleidung* des Jungen in der Nähe des Tatorts. Für den Fall, dass der Mörder oder die Mörderin dorthin zurückkehrt, wo man die Leiche des Jungen nach seinem oder ihrem Plan eigentlich hätte finden *sollen* …

Hamish bemühte sich zwar, diese Theorie zu zerstören, aber Rutledge ignorierte ihn. In der Kirche oder auf dem Friedhof hätte die Person Richard nicht vergraben können. Ein Loch auszuheben oder Grabsteine zu verrücken wäre verräterisch gewesen. Das Grundstück der Trevelyans verbot sich von selbst, denn der Gärtner hätte das kleinste Anzeichen eines Lochs, das groß genug war, einen Fünfjährigen zu fassen, bemerkt. Auch das Dorf kam nicht in Frage, denn die Dorfbewohner bestellten jedes Jahr ihre Gärten neu und gruben sie um. Das Wäldchen? Nein, es lag zu nahe am Haus der Trevelyans und befand sich zudem in Sicht- und Hörweite des Dorfes. Das Meer? Oft behält es seine Geheimnisse, aber genauso oft spült es sie zurück an Land. Die nahe liegenden Möglichkeiten waren damit ausgeschlossen. Die Person hatte einen sicheren Ort gefunden.

Wem hätte sie vertrauen können, solch ein dunkles, schreckliches Geheimnis zu hüten?

Jemandem, der nicht wusste, um was es sich handelte ...

Rutledge stand auf und ging zu seinem Kleiderschrank. Er hatte aus London einen dicken, schwarzen Wollpullover und eine dunkle Hose mitgebracht, mit denen er sich so gut wie unsichtbar durch die Nacht bewegen konnte. Im Kofferraum seines Wagens lag ein Klapp-Spaten. Rasch zog er sich um, verriegelte die Tür seines Zimmers und ging nach unten. Niemand war zu sehen. Aus der Küche klangen Stimmen herüber. Er trat ins Freie, nahm den kleinen Spaten aus seinem Auto und begann sein makabres Vorhaben.

Im Krieg hatte er gelernt, sich in der Dunkelheit geräuschlos zu bewegen. Heckenschützen, Selbstschussanlagen, Fallen mit Sprengladungen, Tretminen – jeder Schritt hätte den Tod bedeuten können. Wo und wie man mit dem Fuß auftrat, entschied, ob man sicher zurückkam oder nie wieder. So dem Licht der Sterne und seinem Orientierungssinn vertrauend schlich er heimlich und leise auf Umwegen aus dem Dorf. Nach einer halben Stunde gelangte er zu dem kleinen Haus, das sich so eng an die Felsen des schmalen Tals schmiegte, dass es aussah, als würde es von ihnen erdrückt. Hinter einem der Fenster brannte Licht. Er stand im Schutze eines Hügels und wartete gespannt, was passierte.

Frauen wie Sadie hatten einen sechsten Sinn. Wenn er einen Fehler machte, würde sie oder zumindest ihre Katze ihn bemerken. Ein kurzes Anheben des Kopfes, ein Ohrenzucken, zu Schlitzen verengte Augen, das alles war so wirksam wie jeder Alarm.

Als der Wind drehte, und seinen Geruch und die Geräusche, die er machte, vom Haus forttrug, ging er vorsichtig weiter in ihren Garten.

Vor ein paar Tagen, als er sie gefragt hatte, ob sie Stiefmütterchen habe, hatte Sadie ihm geantwortet, dass sie schlecht trockneten, was wahrscheinlich stimmte. Aber er hatte daraus geschlossen, dass es in ihrem Garten keine Stiefmütterchen gab. Und das war ein Fehler gewesen.

Was wusste die Alte? Genauer, *wie viel hatte sie gewusst?* Ihr Geist war nicht ihr Leben lang verwirrt gewesen ... vielleicht hatte es einmal eine Zeit gegeben, in der sie in das, was um sie herum und mit ihrem Wissen geschah, eingewilligt hatte. Aber so unmöglich es war, die Zeit zurückzudrehen, so unmöglich war es für ihn, den Schleier, der über ihrem alten, müden Gedächtnis lag, zu lüften.

Hätte man Richard ohne Sadies Wissen hier begraben können? Hätte man Sadie dann weismachen können, dass die fremden Stiefmütterchen in ihrem Garten dem unschuldigen Zweck dienten, an einen verschollenen Bruder zu erinnern, sozusagen als private Gedenkstätte? Möglich war es. Wahrscheinlich nicht. Andererseits hätte sie vorgeben können, nichts zu ahnen, und ihre Zweifel für sich behalten mögen. Alles hing davon ab, ob sie von der Mordserie wusste – und ob sie das Gesicht des Mörders – oder der Mörderin – kannte.

Bei jedem Schritt schaute er genau, wohin er trat, um keine Fußabdrücke zu hinterlassen oder Blumen abzuknicken, und ließ seinen Blick hier- und dorthin schweifen. Die gesuchte Stelle müsste so unauffällig und scheinbar unnütz sein, dass niemand in Versuchung käme, sich dort zu schaffen zu machen.

Er fand sie am Hang, dort, wo ein natürlicher Erdvorsprung einen asymmetrischen, steinigen Garten bildete. Er maß zwar in jede Richtung kaum mehr als einen Meter, war aber groß genug, einen kleinen Kinderkörper zu fassen. Irgendjemand hatte eine

Reihe auffallend heller Kiesel wie ein mäanderndes Flüsschen zwischen die Blumen gestreut. Stiefmütterchen. Dazu bedeckten blattreiche Pflanzen, deren Namen er nicht kannte, die Erde wie ein Teppich. Offenbar pflanzten sie sich von alleine fort. So wucherten sie zwischen den Steinen und festigten mit ihren Wurzeln das Erdreich.

Er hockte sich nieder und betrachtete die dunkle Stelle.

Dort war nichts, was einem flüchtigen Beobachter auffallen würde: ein kleiner Farbfleck auf einem Vorsprung, der keinen Zweck zu haben schien, unbeachtet, vernachlässigt, aber sein Anblick ergriff Rutledge seltsam!

Da hörte er, wie sich die Tür öffnete. Er hielt den Atem an und rührte sich nicht von der Stelle. Sein Umriss war klein und dunkel vor dem noch dunkleren Hügel.

Sadie stand eine Weile stumm auf der Eingangsschwelle, ihre bucklige Silhouette zeichnete sich vor dem Flurlicht ab. Rutledge spürte, dass ihre Augen auf ihm ruhten, obwohl sie ihn unmöglich sehen konnte.

»Wer ist da?«, rief sie. Und nach einer kurzen Pause: »Wollen Sie zu mir?«

Er war wütend auf sich selbst, weil er sie aufgeschreckt und ihr Angst eingejagt hatte. Das war das Letzte, was er gewollt hatte.

»Sie hat einen sechsten Sinn«, rief ihm Hamish ins Gedächtnis.

»Ich gehe jetzt zu Bett«, rief sie, als Rutledge nicht antwortete. »Kommen Sie bei Tage wieder, wenn Sie nichts Unanständiges vorhaben.«

Er war schon versucht, aufzustehen und sich ihr zu erkennen zu geben, aber da hatte sie schon die Tür wieder geschlossen, und ein oder zwei Minuten später löschte sie das Licht.

Obwohl seine Beine vom langen Hocken steif geworden waren, wartete er noch etwas, bevor er aufstand und sich erneut dem kleinen Beet zuwandte. Falls Richards Leichnam hier vergraben worden war, wie viel war dann noch von ihm übrig? Er kniete nieder, spürte, wie seine Hose allmählich die Feuchtigkeit der Nacht aufsog, und hob vorsichtig ein paar Steine an, um die Erde darunter abzutasten. Seine Finger gruben sich hinein und erforschten zwischen den Wurzeln der Blumen das lose Erdreich.

Hier am Hang gab es keine Baumwurzeln. Wenn in diesem Boden ein Leichnam gelegen hatte, durfte es seinem geübten Auge nicht schwer fallen, eine Spur davon zu entdecken. Er brauchte nicht alles umzugraben.

Dennoch, er wollte keine Spuren seiner Anwesenheit hinterlassen. Seine Finger stießen auf etwas Hartes, Raues. Ein Schauder fuhr ihm durchs Mark, obwohl sein gesunder Menschenverstand ihm sagte, dass er in so geringer Tiefe unmöglich einen Knochen gefunden haben konnte.

Jemand war vor ihm hier gewesen und hatte genau wie er die Kieselsteine in der Mitte der Beetes angehoben und das Erdreich gelockert. Dass er nicht darauf gekommen war – wo hatte er nur seinen Verstand gelassen?

Behutsam zog er den Gegenstand Stück für Stück heraus. Mit seiner freien Hand kratzte er die Erde beiseite und hatte bald ein langes, schmales Stück Holz befreit. Eine Schnitzarbeit? Nein, dafür waren die Ränder zu glatt.

Vorsichtig tastete er den Gegenstand ab. Das Holzstück war noch nicht alt – das erkannte er an der Struktur. Im Schützengraben hatten die Soldaten jedes alte Stück Bauholz, das ihnen zwischen die Finger kam, gereinigt und entweder als Steg verwendet, um trockenen Fußes über die schlammigen Gräben zu kommen, oder Hütten gegen Wind und Wetter damit gebaut. Nein, dieses Stück Holz war hart und fest, es konnte nicht lange unter der Erde gelegen haben. Drei Seiten waren glatt geschmirgelt. In die vierte war etwas eingeritzt. Tief eingeritzt, und zwar der Länge nach. Wie ein Blinder mehr seinem Tastsinn als seinen Augen vertrauend, fuhr er mit den Fingerspitzen über die Kerben. Die Gravur bildete eine Linie, aber eine unterbrochene. Buchstaben.

R, sehr wahrscheinlich ein R. Dann eine Leerstelle vor dem nächsten Buchstaben. A. Daneben ein E, glaubte er. Nein, falsch, ein H. Zum Schluss ein C.

Er dachte an die Fotografien, die ihm Rachel Marlowe gegeben hatte, und an die Namen auf den Rückseiten.

Richard Allen Harris Cheney.

Nicholas hatte seine Visitenkarte dagelassen. Und zwar vor nicht allzu langer Zeit …

21

Rutledge legte das Holzstück dahin zurück, wo er es gefunden hatte, fegte die Erdkrumen von den Stiefmütterchen und glättete mit den Handflächen die zerwühlte Erde. Dann stand er auf und überlegte, ob er etwas vergessen hatte. Der Klapp-Spaten. Er war noch immer in seiner Tasche.

Ebenso vorsichtig wie auf dem Hinweg verließ er das Tal, schlich zum Gasthof zurück, legte den Spaten in den Wagen und ging auf sein Zimmer. Beim Anblick seiner Schuhe verzog er das Gesicht, denn die trockenen Lehmklumpen erinnerten ihn an die Schützengräben. Er zog sie aus und stellte sie dem Schuhputzjungen vor die Tür.

Danach wusch er sich die Hände, versuchte die Flecken an den Knien seiner Hose so gut es ging zu entfernen und nahm seine ursprüngliche Arbeit wieder auf. Die Gedichte.

Es war mühsam, die einzelnen Teile des Puzzles zusammenzusetzen. Aber jetzt, wo er ihre Technik einmal durchschaut hatte, täuschte Olivia ihn kaum noch. Ihre gesamte Familie war in ihrem Werk versammelt, für jeden von ihnen hatte sie sich eine raffinierte Allegorie ausgedacht. Mal trugen sie, wie in »Eva«, biblische Namen, mal fanden sie sich in den Legenden Cornwalls oder bekannten historischen Vorbildern wieder – sie hatte sie stets mit solcher Kunstfertigkeit bemäntelt, dass das Leben und Leiden der Benannten auch für sich bestehen konnte. Immer von neuem bewunderte er sie für ihr Können und bedauerte den tragischen Verlust, den ihr Tod für die Nachwelt bedeutete. Sie hätte noch so viel Zeit gehabt …

Natürlich war sie nicht die erste Dichterin, die die Poesie als Vehikel benutzt hatte, um etwas auszudrücken, das unverhüllt nicht gesagt werden durfte. Schon vor ihr hatten Dichter wie

Swift oder Wordsworth, deren Namen ihm zuerst einfielen, mit der Feder politische Würdenträger angegriffen und in ihrer Literatur zu wichtigen Ereignissen ihrer Zeit Stellung bezogen. Durch ihre bitterbösen Satiren und Humoresken war manch Schriftstellerkollege verunglimpft, manche Regierung ins Wanken geraten und so manche Berufslaufbahn zerstört worden. Aber seines Wissens hatte bisher noch niemand erbarmungslos genau eine ganze Mordkarriere in Gedichtform katalogisiert

»Batseba«, die treue Ehefrau, deren Gatte im Krieg für König David in vorderster Front kämpfen muss, weil dieser sie begehrte, stand als Gleichnis für Rosamund. Olivia schilderte sie als ahnungsloses Opfer eines grausamen und leidenschaftlichen Mannes, der sie um jeden Preis besitzen will. James Cheney? Oder Brian FitzHugh? Wer von beiden hatte sterben müssen, weil er Rosamund geheiratet hatte?

Ganz einfach, dachte Rutledge, der Beschreibung nach handelte es sich um Cheney, den gütigen und nachdenklichen Mann, der vom schneidigen Soldaten abgelöst wurde.

Die Tiefen des Gefühls, die zwischen den Zeilen spürbar wurden, das schier allumfassende Verständnis von Liebe und Leidenschaft, die schwebend leichte Schönheit ihrer Sprache, all das konnte nicht darüber hinwegtäuschen, dass diese Gedichte zugleich das vernichtende Porträt eines Mörders waren, der mit allen Mitteln seine Ziele verfolgte.

Er blätterte weiter, denn er suchte etwas Bestimmtes. Auf den ersten Blick hätte er es beinahe übersehen.

Es war ein kurzes Gedicht. Zwei Männer stehen am Ufer eines Gewässers und streiten um das fruchtbare Brachland, das sich, in bester Sonnenlage, hinter ihnen erstreckt. Der Zorn entlädt sich in Handgreiflichkeiten, infolge derer einer der Männer stirbt. Bis zu diesem Punkt schien der Text den Todesumständen Brian FitzHughs zu folgen, doch dann nahm er eine merkwürdige Wendung: Der Mörder blickt auf den am Boden liegenden Leichnam. »Eigenhändig gab ich's dir / Und eigenhändig nehm ich's wieder!« Und der Sterbende antwortet: »War es so – Du gabst es mir? Mein Glück, dass ich es nie gewusst.«

Nicholas? Rutledge konnte auf Anhieb keine Parallele entdecken. Was hätte Nicholas Brian FitzHugh gegeben und wieder genommen haben können? Er las das Gedicht noch einmal. *Geduld, Mann!*, sagte er sich. Wenn Olivia die Antwort gewusst hatte, dann hatte sie sie ihm auch hinterlassen, wenn nicht hier, dann woanders.

Rutledge war müde, seine Augen schmerzten. Ihm schwirrte der Kopf von der Anstrengung, den Fäden zu folgen, die Olivia ihm gesponnen hatte, ihre Anspielungen zu erfassen und die eigentliche Zielscheibe ihrer Anklagen zu finden. Was steckte hinter all dem? Sie hatte ihr Werk nicht geschaffen, um ein Denkmal für die Leiden ihrer Familie zu errichten, oder um einen Bericht für einen scharfsinnigen Polizisten zu hinterlassen. Ihr Werk war eine Warnung. Ein öffentliches Forum der Denunziation, aber warum? Sie musste den Grund selbst gekannt haben. Nur wo …?

An welcher Stelle war er, Rutledge, auf die falsche Fährte geraten? Welches vielleicht entscheidende Detail hatte er übersehen?

Ein weiteres Gedicht über Rosamund rührte ihn zu Tränen. Es war eine Hommage an ihr Leben, ihre Liebe, ihren festen Willen, für sich und ihre Familie Frieden zu finden.

Die letzte Zeile ließ ihm das Blut in den Adern gefrieren:

»Da er sie nicht besitzen durfte, ward sie von den Hunden der Hölle zerrissen.«

Alle kamen sie vor. Anne, Richard, Rosamund, James, Brian. Alle. Außer den beiden, die zuletzt starben …

Er ging das Buch noch einmal durch. Nichts, so schien es, bis er auf etwas Unerwartetes stieß. Ein Gedicht handelte von Romulus und Remus, die, als Babys von einer Wölfin gesäugt, später Rom, die Ewige Stadt, gründen. Nur war es in Olivias Gedicht keine Stadt, sondern ein »Turm des Herzens«. Er hatte es zunächst überlesen. Hatte fälschlicherweise die Wölfin wörtlich genommen, als Tier, statt als Symbol der albtraumartigen Angst zweier Kinder vor dem Tod, die sie später auf seltsame und innige Weise miteinander verband.

Ich liebte und er lauschte, gemeinsam fanden wir
der Himmel Gnaden.
In seinen Augen sah ich meine Seel, fand mein
Leben gar in seinen Armen …

Unerwartet – und aufschlussreich. Falls es die Wahrheit war, erklärte es vieles. Und war doch nur die halbe Lösung. Dessen war er sicher.

Es war schon nach drei – seit Mitternacht hatte er das Schlagen der Kirchturmuhr verfolgt. Wie eine schwere, zähe Masse war die Zeit verstrichen. Sein Geist war müde, sein Elan verflogen. Manche Schriftsteller benutzten ihre Erlebnisse nur als Quelle der Inspiration. Hatte sie auch nichts anderes getan? Hatte er zu viel von ihr erwartet, sie nur als Spiegel benutzt, um seine Vorstellung in ihre Worte hineinzuinterpretieren?

Nein, das stimmte nicht. Er hatte nur noch nicht den richtigen Standpunkt gefunden. Durch die Erschöpfung, die an ihm zehrte, und die Verwirrung, die von Hamishs spitzen Kommentaren noch verstärkt wurde, hatte er den richtigen Ansatz verfehlt.

Er rieb sich die Augen und wusch sich das Gesicht mit kaltem Wasser aus dem Krug. Obwohl der Kaffee längst kalt war, zwang er sich, ihn zu trinken. Zur Entspannung reckte er die Schultern, wie er es tausendmal während des Kriegs beim Wachdienst getan hatte, und setzte sich schließlich wieder hin. Jetzt die Waffen zu strecken käme einer Niederlage gleich. Er wollte sich unter allen Umständen beim morgendlichen Rasieren ohne schlechtes Gewissen ins Gesicht blicken können.

Falls nötig, begänne er eben nochmal ganz von vorn, wenn er nur so seinen Verstand aus dem Tiefschlaf reißen konnte.

»Du vergisst ihre Notizbücher«, warf Hamish ein. »Wenn du nur halb die Spürnase wärst, für die du dich hältst, hättest du sie längst gefunden.«

Das schönste Gedicht des letzten Bandes war das Titelgedicht, »Luzifer«. Es handelte von einem schönen und ruhmreichen Fürsten, dessen Ehrgeiz ihm zum Verhängnis wird. Schon Milton hatte das Motiv des Erzengels aufgegriffen, der es wagt, Gott zu neiden, und der bei brennendem Leibe in den Schlund der Hölle geschleudert wird, um fortan als Verdammter über die Verdammten zu herrschen.

Olivia Marlowe nannte ihn den Schwarzen Engel des Todes.

Rutledge las die Verse ein zweites Mal. Die Bilder nahmen eine immer deutlichere Gestalt an.

Der Schwarze Engel. Er entzog sich Olivias Kontrolle, beinahe sogar ihrem Vermögen, ihn zu begreifen.

Er war kein *ätherisches Wesen*, keine bloße Allegorie des Todes. Sie sprach von einem Menschen aus Fleisch und Blut.

Klug und beherrscht, war er sich selbst Gesetz. Ohne Furcht und Mitleid. Unwandelbar. Einerlei, wie lang er brauchte, wie gefährlich sein Tun war und wie zerstörerisch –, er bekam, was er wollte.

Ein Mensch, jenseits von gut und böse, eine schillernde Gestalt, ein seelenloser Fürst. Wie Luzifer, erfüllt von Neid und der Gier, zu besitzen, was er für Allmacht hielt. Mit dem Unterschied, dass sein Reich im Diesseits lag.

Hund Gabriels, so nannte ihn die Alte, ein Heide.

Das Porträt war Furcht einflößend, es war die beeindruckendste und wüsteste Studie eines kalten Herzens, eines Wesens ohne Licht und Gnade, die er jemals gelesen hatte.

Nachdem Rutledge das Gedicht ein letztes Mal durchgegangen war, spürte er eine Begeisterung, eine Aufwallung, die nichts mit Poesie oder Olivia Marlowe zu tun hatte, sondern einzig mit dem Mut O. A. Mannings.

Jetzt kannte er den Namen und das Antlitz des Hundes Gabriels. Jetzt wusste er, dass die Sache gefährlich wurde. Und wenn er richtig lag mit seinem Verdacht, dass Rachel außer sich sein würde.

22

Rutledge konnte nicht einschlafen. Hamish, wie immer dankbar für Gelegenheit zur Kritik, spukte in seinem Kopf herum, widersprach seinen Argumenten oder machte sich über ihn lustig. Eine Spitzfindigkeit folgte der anderen …

»Du hast kein *Warum*. Du kennst das Motiv nicht!«

»Ich brauche kein Motiv. Überlass' das den Anwälten …«

»Anwälte sind anders als Polizisten, die verdrehen und entstellen die Wahrheit bis zur Unkenntlichkeit!«

»Ich brauchte nur Beweise. Und die habe ich von Olivia …«

»Das nennst du Beweise? Ein paar hingeschmierte Zeilen, mehr nicht? Du willst also vor Gericht, vor den Geschworenen, so lange Gedichte vortragen, bis der Richter dich bittet, zum Schluss zu kommen, weil er den Prozess wegen fehlerhafter Beweisführung einstellt? Auweia, Mann, das kannst du doch nicht machen – was du hier betreibst, ist beruflicher Selbstmord!«

»Was ist mit ihren Notizbüchern? Du selbst hast mich an sie erinnert. Das hast du doch nur getan, weil du auch davon ausgehst, dass sie wichtig sind.«

»Sie sind verschwunden, Mann, mach' dir das klar. Du hast sie bis jetzt nicht gefunden, und du wirst sie auch in Zukunft nicht finden.«

»Nicholas hat sie garantiert nicht verbrannt, das hätte Olivia nicht zugelassen. Vielleicht hatte Cormac sie gefunden, bevor Stephen mit den Nachlassverwaltern eintraf. Aber ich glaube es nicht. Ich glaube, Cormac hat ebenso gründlich und ebenso vergeblich nach ihnen gesucht wie ich. Ganz sicher will er verhindern, dass jemand die Wahrheit über ihn und Olivia erfährt. Ich reise nicht ab, bevor ich diese verdammten Notizbücher gefunden habe!«

»Aha, damit wären wir also wieder bei den Gedichten. Aber

leider brauchst du ziemlich dringend einen lebendigen Täter. Ein Geständnis. Zeugen! *Aber du hast nicht einmal etwas annähernd Vergleichbares vorzuweisen!«*

»Nein«, gab Rutledge zerknirscht zu. »Aber ich gebe mich nicht geschlagen.«

Um fünf Uhr stand er auf. Nach der einen Stunde, die er schließlich geschlafen hatte, war sein Kopf schwer wie Blei. Er rasierte sich, zog sich an und lief die Treppe hinunter in die Küche, wo wie jeden Morgen eine ältere Frau damit beschäftigt war, die Butterschalen auf die Tische zu stellen, Körbe mit Servietten auszulegen und mit frisch gebackenem Brot zu füllen.

»Herrgott, Sir! Haben Sie mich erschreckt!«, rief sie, blickte zu ihm auf und verbrannte sich an einem heißen Laib Brot die Finger. »Wünschen Sie Kaffee, Sir? Ich habe allerdings noch keinen aufgesetzt.«

»Kann jemand für mich eine Nachricht zum Haus von Mrs. Otley bringen?«

Sie zog die Augenbrauen hoch. »Eine Nachricht um *diese* Zeit, Sir? Wohl nicht.«

»Es ist dringend«, sagte er ungehalten.

»Der Junge, der für den Müll zuständig ist …«

»In Ordnung.« Schon kritzelte er etwas in sein Notizbuch, riss den Zettel heraus, faltete ihn zusammen und schrieb die Adresse darauf. »Rufen Sie ihn.«

Obwohl sie ihn ansah, als habe er den Verstand verloren, rief sie nach dem Jungen. Das Kind, das nicht älter als neun oder zehn Jahre war, nahm den Zettel verschlafen entgegen. Erst der Anblick der Sixpence-Münze zwischen Rutledges Fingern ließ ihn wacher werden. Aufmerksam nahm er die Anweisungen entgegen und rannte los.

Rutledge ging ihm in den Flur nach und sah, wie der Kleine die schwere Tür des Gasthofs aufschob und durch den Frühnebel hindurch zum Haus der Otleys lief.

Zehn Minuten später kam er atemlos zurück, mit roten Wangen und einem breiten Grinsen im Gesicht.

»Sie war nicht gerade begeistert, dass ich sie geweckt habe, Sir.

Ich soll Ihnen sagen, es sei mindestens einen *Schilling* wert, Mrs. Otley aus dem Bett zu holen.«

Das war dreist. Aber Rutledge gab ihm den Schilling, und der Junge verschwand in der Küche.

Rachels Antwort bestand aus wenigen Worten: »Falls Sie nicht schon verrückt sind, werden Sie es mit Sicherheit bald sein. Aber wenn Hoffnung besteht, Sie dadurch wieder nach London zu kriegen, werde ich es tun.«

Mit einem Lächeln steckte er den Zettel ein und ging langsam zur Rückseite des Gasthofs, wo er sein Auto in einer leer stehenden Hütte untergestellt hatte.

Kaum fünf Minuten später war er unterwegs zum Haus der Otleys. Das Motorgeräusch dröhnte durch die verlassenen Straßen. Nahe des Wäldchens begann ein Hund wie toll zu kläffen. War das der Hund, vor dem ihn der Pfarrer gewarnt hatte? Die Töle weckte ja ganz Borcombe!

Zehn Minuten später schritt Rachel in einem schwarzen Mantel die Eingangstreppe hinunter. Ihren Kopf zierte ein Hut, den sie mit einem Schal festgebunden hatte.

Rutledge stieg aus und hielt ihr die Wagentür auf. »Sind Sie sicher, dass Sie dieses Automobil fahren können?«

Sie warf ihm einen verächtlichen Blick zu. »Was denken Sie denn? Wahrscheinlich besser als Sie. Ich kenne mich hier aus, Sie nicht.«

»Und werden Sie Susannah sagen, dass ich nach London zurückfahren werde, sobald sie mir den Gefallen getan hat und ich alles beisammen habe?«

»Ja, aber ich kann mir nicht denken, wozu das gut sein soll. So etwas Albernes habe ich selten gehört!«

»Sie werden schon sehen. Das spart mir ganze *Tage* Arbeit. Vertrauen Sie mir.«

»Eher würde ich einer giftigen Spinne trauen«, fauchte sie, während sie sich hinter das Steuer setzte. »Wenn Sie Susannah auch nur das Geringste antun, wenn sie eine Fehlgeburt bekommt …«

»Das wird nicht passieren. Im Gegenteil. Mein Plan wird sie beruhigen.«

»Ihr Plan. Ihr zu sagen, dass ihre Halbschwester eine Mörderin war? O ja, für eine Hochschwangere ist das sicher sehr beruhigend.« Sie sah Rutledge so durchdringend an, dass er meinte, ihren Blick in seinem Herzen zu spüren.

»Sind Sie Ihrer Sache ganz sicher?«, fragte sie besorgt.

Er ergriff ihre Hand, die auf dem Steuerrad ruhte. »Ich versichere Ihnen, dass alles zu ihrem Besten sein wird. Wir müssen die Morde aufklären und den Toten Gerechtigkeit widerfahren lassen, damit die Vergangenheit endlich ruhen kann.«

»Die Toten sind tot. Ich fürchte um die Lebenden. Und um … Nicholas.«

»Niemand kann Nicholas noch etwas anhaben«, sagte er behutsam. »Nie wieder. Das wissen Sie besser als ich.«

»Inspektor Rutledge, ich werde nicht zulassen, dass Sie seinen Ruf zerstören. Sollten Sie es trotzdem versuchen, werde ich Sie mit allen Mitteln daran hindern. Alles werde ich versuchen. Glauben Sie mir.«

Trotz seines Mantels fror ihn in der Morgenluft.

»Auch ich kann Nicholas nichts anhaben«, wiederholte er. »Er ist tot. Sie müssen das akzeptieren, Rachel, Sie wissen, was das bedeutet. Er hatte Sie schon verlassen, als er sich entschied, an Olivias und nicht an Ihrer Seite zu leben.« Ihre Augen füllten sich mit Tränen. Rutledge bemühte sich, nicht hinzusehen. »Eben das hat er Ihnen in seinem Abschiedsbrief mitgeteilt. Er wollte Sie nicht.«

Sie presste die Lippen aufeinander. »Aber ich wollte ihn«, sagte sie schlicht. »Jetzt starten Sie dieses verdammte Ding, oder ich komme nicht mit, auch nicht um Susannahs willen!« Er schloss die Fahrertür, ging zur Motorhaube und beugte sich vor, um den Wagen anzukurbeln. Er spürte, dass sie ihn ansah und ahnte, was in ihr vorging. Als das Auto zum Leben erwachte und er, die Kurbel in der Hand, einen Schritt zurücktrat, blickte sie ihm über die Motorhaube in die Augen. »Lassen Sie Cormac aus dem Spiel«, sagte er, während er zur Seite trat. »Schicken Sie nicht nach ihm. Die Angelegenheit betrifft allein Olivia und Nicholas – und Sie und mich. Er ist kein Trevelyan. Benachrichtigen Sie ihn nicht, er würde die Sache nur verschlimmern.«

»Außer Ihnen verschlimmert hier keiner was.«

Sie löste die Bremse, legte den Gang ein und fuhr los, ohne sich nochmal zu ihm umzuwenden. Er sah ihr nach, wie sie hinter einer Kurve verschwand, und fragte sich, ob es die richtige Entscheidung gewesen war, sie loszuschicken. Andererseits gab es niemanden sonst, der Susannah von seinem Plan hätte überzeugen können.

Das Auto war längst von den Hecken am Straßenrand verdeckt. Dennoch lauschte er dem sich entfernenden Motorengeräusch. Als er schließlich den Rückweg antrat, sah er, dass Mary Otley ihn vom Hauseingang her beobachtete.

»Sie würden sie doch keiner Gefahr aussetzen, nicht wahr, Sir?«, fragte sie.

»Nein. Mit etwas Glück habe ich die Gefahr soeben von ihr abgewendet«, antwortete er und ging ins Three Bells, um zu frühstücken.

»Der Constable sitzt noch beim Frühstück, Sir«, sagte Mrs. Dawlish, als sie Rutledge öffnete.

»Ich will mich nur kurz in der Küche mit ihm unterhalten«, beschied er ihr höflich, während er eintrat. »Wenn Sie nichts dagegen haben.«

Sie hatte augenscheinlich etwas dagegen, war aber, obwohl ihr Gesichtsausdruck keiner Worte bedurfte, zu höflich, es Rutledge zu sagen.

Als er die Küche betrat, erhob sich der Constable hastig von seinem Stuhl. Die geräumige Küche hatte Fenster zu beiden Seiten. Neben der Tür zum Flur stand ein massiver, schwarz glänzender Ofen, in der Zimmermitte der Küchentisch mit den Resten vom Frühstück. In einer Vase standen auffallend leuchtende Zinnien. Eine breite, nach Landesart gebaute Anrichte, durch die man in eine Vorratskammer gelangen konnte, nahm den Großteil der rechten Wand ein, und zu Rutledges Linken in der verkratzten Platte eines kleinen Schreibtisches spiegelte sich die Morgensonne. Als wollten die Dawlishs die Farbe des Meers auch innerhalb ihrer vier Wände nicht missen, waren sowohl die Wände wie die Vorhänge und das Tischtuch sommerlich hellblau.

»Sir!«, rief der Constable erschrocken.

»Ist schon in Ordnung, Dawlish. Ich komme, um Ihnen zu sagen, dass Sie die Suche im Moor noch heute Morgen abblasen können.«

Die Miene des Constables hellte sich auf. »Also geben Sie auf, Sir? Diesen ganzen Unsinn mit den Trevelyans? Fahren Sie zurück nach London?«

»Vorher will ich noch einige Unklarheiten beseitigen. Ich brauche Zeugenaussagen, um gewisse Fragen zu klären. Es macht Ihnen doch nichts aus, mir dabei zur Hand zu gehen?«

»Aber nein, Sir, nicht im Geringsten«, sagte Dawlish mit ausladender Geste. Er hätte alles getan, um den unbequemen Londoner loszuwerden und Inspektor Harveys Laune aufzubessern. »Wie Sie wünschen, Sir, es ist mir eine Freude, Ihnen zu helfen.«

Rutledge lächelte halbherzig, ein Anblick, der Dawlish einen Moment lang neuerlich verunsicherte. Aber es beruhigte ihn, als Rutledge sagte: »In zwei Stunden bringe ich Ihnen eine Liste mit Namen. Ich möchte nicht, dass jemand erfährt, welche Namen auf dieser Liste stehen. Sie werden diese Leute, wie ich es Ihnen sage, einen nach dem anderen zum Haus der Trevelyans bestellen und Ihre Aussagen in der Reihenfolge protokollieren, die ich Ihnen angebe. Das mag Ihnen zunächst merkwürdig vorkommen, aber ich bin sicher, dass Sie am Ende begreifen, worauf ich hinauswill. Jedes Protokoll wird aus Antworten auf eine andere Reihe von Fragen bestehen. Ich möchte, dass Sie sie genau so stellen, wie ich sie aufgeschrieben habe. Jede noch so geringe Veränderung würde dazu führen, dass wir von vorn beginnen müssten und sich der Ablauf enorm verzögern würde. Haben Sie mich verstanden?«

Rutledge wusste, dass Dawlish ihn nicht verstanden hatte. Aber Dawlish nickte, und Rutledge wandte sich zum Gehen.

»In zwei Stunden. Seien Sie hier. Und denken Sie an die Leute im Moor.«

»Da können Sie Gift drauf nehmen!«, dachte Dawlish, als der Londoner die wolkenlos blaue Küche verließ.

Beim Erstellen der Listen vergaß Rutledge nicht das kleinste Detail. Es war schon immer seine Stärke gewesen, seine Gedanken auf dem Papier zu ordnen und einen Sachverhalt akribisch zu strukturieren. Alle Fakten waren vorhanden. Lückenlos und genau. Es blieb kaum Platz für Zweifel. Und kaum Platz für Hamish, sich einzuschalten und ihm auf die Nerven zu gehen.

Trask kam mit einem Telegramm herein. Widerwillig, da es aus London von Bowles kam, öffnete er es.

Er las: »Falls Sie in Cornwall nicht arbeiten, kann ich Sie besser hier gebrauchen. Falls es aber etwas Wichtiges gibt, will ich darüber informiert werden.«

»Keine Antwort«, sagte Rutledge zu Trask und wandte sich wieder den Listen zu.

Bowles die Sache zu erklären gliche dem Versuch, die Sahara mit einem Löffel vom Sand zu befreien. Die Zeit drängte.

Zu guter Letzt lehnte er sich zurück und betrachtete den Stapel Papier, der vor ihm lag. Die Zeit war reif. Er war gespannt.

Rachel war zum Haus der Trevelyans gefahren, hatte das Automobil dort stehen gelassen und war zu Fuß zum Dorf zurückgegangen. Sie betrat den Gasthof in dem Moment, als Rutledge beschwingt die Treppe hinabging. Ihr Gesichtsausdruck verriet ihm, dass sie seinem Wunsch nachgekommen war.

»Sie müssen es schon selber aus dem Auto holen. Susannah lässt Ihnen ausrichten, dass sie, sollte der Rahmen auch nur einen Kratzer abbekommen, Sie anzeigen wird. Wir mussten zwei Diener bitten, uns beim Einladen zu helfen.«

»Herzlichen Dank!«, sagte er lächelnd. Sie hatte ein ungutes Gefühl, als sie sah, wie seine Augen leuchteten. Über Nacht schien er um fünf Jahre jünger geworden zu sein. Der Mann wirkte so verändert, dass sie es mit der Angst bekam.

Doch als er aufhörte zu lächeln, verschwand ihre Befremdung. Er war schon wieder der Alte: hageres Gesicht, Falten und eine tiefe Müdigkeit. Möglicherweise hatte er nur eine schlaflose Nacht, dachte sie, und die Müdigkeit hatte ihre Ursache nicht langer in dem Überdruss, den er bereits aus London mitgebracht zu haben schien.

Rachel wollte ihn darauf ansprechen, entschied sich dann aber anders. »Also los«, sagte sie. »Wir dürfen es nicht zu lange der Sonne aussetzen.«

Schweigend gingen sie zum Haus der Trevelyans. Rutledge war froh, dass die Frau, die neben ihm ging, keine Fragen stellte, obwohl sie das sicher Überwindung kostete.

Sie war eine mutige und temperamentvolle Frau. Gewiss würde sie für viele Männer eine gute Partie bedeuten. Allerdings hatte sie nicht zu Peter gepasst, dem ein ruhiges Leben über alles gegangen war. Auf Dauer wären Rachel ein ländliches Leben, ein Haus voller Bücher und geruhsame Kaminabende, an denen man gepflegte Gespräche über die römische Antike führte, nicht genug gewesen.

Aber ebenso wenig wäre sie eine Frau für Nicholas gewesen. Denn das, was sie in Nicholas gesehen und geliebt hatte, war ein Trugbild, eine Illusion, ein Lügengebäude. Er hatte Rachel sehr gemocht, aber er hatte sie zurückgewiesen, und das aus Gründen, die sie niemals akzeptiert hätte.

Rachels tragischer Irrtum, dachte Rutledge, als sie aus dem Wäldchen heraus und die Auffahrt betraten, bestand darin, sich die Liebe so sehr herbeizusehnen, dass sie Nicholas' Zuneigung mit ihr verwechselt hatte.

So wie er selbst davon ausgegangen war, dass Jean ihn so aufrichtig liebte, wie er sie zu lieben glaubte. Jean. Sie hatte keinen Mut bewiesen. Sie hatte ihn verlassen, weil sie keinen anderen Traum akzeptieren wollte als den, der 1914 in Rauch und Asche aufgegangen war. Vier Jahre Krieg hatten sie nicht verändert. Aber er war nicht mehr wieder zu erkennen. Hatte es ihn nur zu ihr zurückgezogen, weil er insgeheim gehofft hatte, durch sie das, was er verloren glaubte, zurückzugewinnen? Oder hatte er sie wirklich geliebt? Er wusste es nicht.

Auf dem Rücksitz seines Autos lag ein großes, in Packpapier gehülltes Objekt.

Rachel half ihm unaufgefordert, es zwischen den vielen Decken und Kissen, die es während der Fahrt vor Beschädigungen geschützt hatten, hervorzuziehen. Seite an Seite trugen sie das Paket die Stufen hinauf und durch die Eingangshalle bis in den Salon.

Nach langem Suchen fanden sie eine Trittleiter, die sie ebenfalls in den Salon brachten. Als Rutledge schließlich von dieser hinunter stieg und ein paar Schritte zurücktrat, war er mit dem Ergebnis zufrieden.

Rosamund Trevelyan lächelte von ihrem angestammten Platz über dem Kamin aus gütig auf sie herab. Ihr Kopf war leicht geneigt, ihre Wangen hoben sich samtweich vom hellen Hintergrund ab, und aus ihren Augen sprachen Leben, Liebe und Hoffnung.

Eine bemerkenswerte Frau. Und Mutter einer weiteren bemerkenswerten Frau. So von zärtlicher Herzensgüte durchdrungen wie der Hund Gabriels von finsterer Zerstörungswut.

23

Rutledge hatte gerade die Leiter in die Küche zurückgebracht, als ein Läuten an der Tür die Stille zerriss. Rachel eilte aus dem Salon und fragte stirnrunzelnd:

»Wer kann das sein?«

»Dawlish«, sagte Rutledge und öffnete dem Constable, der Mrs. Trepol im Schlepptau hatte. Die betagte Haushälterin spähte ängstlich über Dawlishs Schulter, sah erst Rachel, dann den Londoner Polizisten an.

Bevor Rachel etwas fragen konnte, legte Rutledge eine Hand auf ihren Arm und wies Dawlish mit einem Kopfnicken die Richtung: »Der Salon. Sie finden dort einen Tisch und Stühle. Machen Sie sich an die Arbeit.«

Dawlish, dem sichtlich unbehaglich zu Mute war, sah unsicher zu Rachel, woraufhin Rutledge ihn mit »Worauf warten Sie, Mann!« – anfuhr und Rachel, die ihm äußerst unwillig folgte, zur Treppe führte. Mit einem Blick bedeutete er ihr zu warten. Misstrauisch und verärgert verzog Rachel das Gesicht. Mrs. Trepol folgte Dawlish in die Halle und mit lauten, unsicheren Schritten in den Salon.

Kaum hatten sie das hintere Wohnzimmer im Obergeschoss erreicht, drehte Rachel sich wütend zu Rutledge um. »Was zum Teufel *soll* das? Ich mache da nicht mit! Sie sagen mir sofort, was hier vor sich geht, oder ich gehe auf der Stelle zum nächsten Telefon und rufe in London an!«

»Hören Sie«, sagte er. »Ich versuche die Wahrheit herauszufinden. Wollen Sie, dass ich unverrichteter Dinge abreise? Das können Sie nicht wollen. Ich muss mir Klarheit über meine Vermutungen verschaffen. Jetzt. Wir dürfen nicht länger zögern.«

»Ihre Vermutungen!«, wiederholte sie. »Aber Sie haben niemandem gesagt, *welche Vermutungen Sie haben*, nicht wahr? Weder mir, noch dem Pfarrer, noch Inspektor Harvey ...«

»Ich habe es Ihnen doch erklärt. Wir haben es mit einer Reihe merkwürdiger Todesfälle zu tun, angefangen mit Anne ...«

»Ja, ja! Olivia hat alle ermordet, behaupten Sie. Oder Nicholas. Tote, die nicht reden und sich nicht mehr verteidigen können! Wollen Sie *meine* Meinung hören? Ich habe ein sehr aufschlussreiches Telefonat mit einem Freund von Peter geführt, dessen Name Ihnen durchaus ein Begriff ist. Er hat mir erzählt, dass Sie nach dem Waffenstillstand monatelang in einer Privatklinik behandelt wurden – wegen einer Kopfverletzung, sagte er. Eine ziemlich schwere Verletzung, sagte er, niemand durfte Sie besuchen. Von den Krankenschwestern erfuhr er, dass Sie eine Zeit lang nicht einmal mehr wussten, wer Sie waren. Alle waren überrascht, als Sie zum Yard zurückkehrten – niemand glaubte, dass Sie sich schon weit genug erholt haben konnten, um die anstrengende Arbeit wieder aufzunehmen. Soll ich Ihnen etwas sagen? Sie sind gar nicht in der Lage, Ihrem Beruf nachzugehen! Deshalb sind Sie nicht in London und helfen bei der Fahndung nach diesem Mörder – deshalb hat man Sie nach Cornwall geschickt: Man wollte Sie aus dem Weg haben! Und deshalb spinnen Sie sich hier bei uns eine Mordgeschichte zurecht, die nur in Ihrer Fantasie existiert! *Weil Ihnen nichts anderes übrig bleibt!*«

Schockiert von der Heftigkeit ihres Ausbruchs drehte er sich zum Fenster und blickte aufs Meer. Sie sah nur seinen Rücken, sein Gesicht blieb ihren zornigen Augen verborgen.

»Sie haben Scotland Yard hinzugezogen«, erinnerte er sie ein letztes Mal. »Falls ich verrückt bin, falls ich mir diesen Fall nur einbilde, dann tragen Sie einen Teil der Schuld daran.« Ihm lag zwar noch etwas anderes auf der Zunge, aber er beherrschte sich rechtzeitig und sagte: »Es tut mir Leid, Rachel. Mehr als Sie denken.«

Seine Weigerung, sich zu verteidigen, und der Ton in seiner Stimme ließen sie verstummen.

Worte waren die Waffen der Frauen. Rachel hatte gezielt nach ihnen gegriffen, um ihn zu treffen, zu verletzen und aufzuhalten. Sie hatte Sandy MacArdle angerufen, weil sie seine Tratschsucht kannte und die schlimmstmögliche Interpretation von allem, was

Ian Rutledge jemals getan hatte, hatte hören wollen, um sie so rigoros und kränkend wie möglich gegen ihn einsetzen zu können.

Ihr war elend zu Mute. Sie schämte sich. »O Nicholas«, rief sie kraftlos aus, »warum musste ich dich so sehr lieben!«

Rutledge wandte ihr noch immer den Rücken zu. Seine Körperhaltung verriet, dass sie ihn tief getroffen hatte. Er erwartete offensichtlich, dass sie mit ihrer Tirade fortfuhr. Aber das tat sie nicht.

»Warum haben Sie nach dem Porträt verlangt?«, fragte sie nach langem Schweigen.

Er blickte aufs Meer, aber der Schmerz in seinem Innern machte ihn blind für die Schönheit der Natur. Aus Respekt vor ihr beschloss er, die Wahrheit zu sagen.

»Weil ich die Ermittlungen nicht abschließen kann, ohne die Aussagen der Borcomber aufzunehmen. Wissen Sie, wenn ich auf die herkömmliche Art und Weise vorgehen würde, lägen am Ende alle möglichen Ausflüchte schriftlich vor mir, weil die Dorfbewohner sich und Rosamunds Familie einen Skandal ersparen wollen – und die Wahrheit bliebe auf der Strecke. Aber alle kennen sie einen kleinen Teil der Wahrheit, Rachel, ob sie das wahrhaben wollen oder nicht. Da ich diesen Teil klar und sauber und ohne Beschönigungen aus ihnen herauslocken will, hatte ich die Idee, sie in diesen Salon zu bestellen und ihre Aussagen unter den Augen der Frau machen zu lassen, die sie über ihren Tod hinaus verehren. Ich hoffe, dass sie mir unter diesen Umständen keine Lügen auftischen, sondern Fakten, und dass, bevor einer von ihnen erkennen kann, wozu seine Unterhaltung mit Constable Dawlish führt, die ganze Mord- und Lügengeschichte schwarz auf weiß vor mir liegt. Danach kann niemand mehr etwas zurücknehmen, abstreiten oder behaupten, er wäre in die Irre geführt worden, oder er habe die Fragen falsch verstanden. Dann müssen die Leute ihre Aussage als Tatsache hinnehmen. Das sind nun mal die unglücklichen Begleiterscheinungen eines Mordfalls. Alle, nicht nur die Opfer, müssen ihnen Tribut zahlen.«

»Wie grausam Sie sind.« Wieder klang sie hart und kritisch. Ihr kurzer Anflug von Sympathie war vorüber. *Er verdiente es, verletzt zu werden!*

Rutledge drehte sich mit einem traurigen Blick zu ihr um. »Wahrscheinlich ist es grausam. Aber ich habe lange darüber nachgedacht, und eine andere Lösung ist mir nicht eingefallen. Ich hätte zwar Harvey und die Dorfbewohner über meine Absichten aufklären können, aber ich glaube, sie hätten mir nicht mehr vertraut als Sie, Rachel. Am Ende wäre die Wand, die alle um die Trevelyans herum errichtet haben, nur noch höher gewesen.«

»All das wegen einer Toten! Wegen *Olivia!*«

»Nein, nicht nur wegen Olivia. Wegen zweier Kinder, die keine Chance bekamen, erwachsen zu werden. Wegen James Cheney, der einen verzweifelten Tod starb, und Brian FitzHugh, der der falschen Person vertraute und dafür mit dem Leben bezahlen musste. Wegen Rosamund, die im Selbstmord die einzige Möglichkeit sah, allem ein Ende zu setzen. Aber auch wegen Olivia, die ihr Leben und ihr unglaubliches Talent aufgab, weil sie etwas, das ihr kostbarer erschien, bedroht sah. Und auch wegen Nicholas, der sein Leben in Olivias Dienst gestellt hatte, weil er meinte, sie einst im Stich gelassen zu haben. Leider vermute ich, dass auch Stephens Tod in diese Reihe gehört. Vor seinem Sturz hatte er im Haus etwas gesucht, von dem ich mittlerweile zu wissen glaube, was es war. Hätte er sich nicht verspätet, hätte er es nicht so verdammt eilig gehabt, wäre er vielleicht nicht die Treppe hinuntergestürzt. In diesem Sinn gehört auch er zu den Opfern.«

»Wie anständig von Ihnen, einen Fehler zu berichtigen. Also werden wir bald, nachdem Sie den Geschworenen Ihre Beweise präsentiert haben, im Gefängnis eine Wachsfigur von Olivia besichtigen können?«

»Nein«, sagte er erschöpft. »Wir werden einen lebendigen Menschen vor uns sehen.«

Sie starrte ihn an. Lautlos bewegten sich ihre Lippen, so als stünden ihr zwar Worte, aber keine Stimme zur Verfügung.

24

Jemand hämmerte gegen die Tür. Wie ein Donnergrollen drang das Geräusch von unten über die Treppe hinauf zu ihnen. Wortlos ging Rutledge an Rachel vorbei und aus dem Zimmer, schloss die Tür hinter sich und öffnete unten Inspektor Harvey, der ungeduldig wartete. Doch statt ihn herein zu bitten, trat Rutledge vor die Tür und stellte sich zu ihm in den hellen Sonnenschein.

»Man sagt, mein Constable sei hier. Sie hätten ihm befohlen, heute Morgen die Suche im Moor abzubrechen und statt in seinem Büro im *Salon* des Trevelyan-Hauses Zeugenaussagen aufnehmen.«

»Das ist korrekt. Zur Erklärung habe Ihnen eine Nachricht zukommen lassen. Ich werde nach London zurückkehren ...«

»Soviel weiß ich bereits! Und wozu, bitte sehr, sollen die Aussagen dienen, die Sie so umständlich einholen lassen?«

»Dem Zweck, die Akten endlich schließen zu können. Das wollen Sie doch auch, oder nicht?«

Ohne einen Ausdruck von Erleichterung gab Harvey zurück: »Schon, aber ich denke nicht, dass eine Befragung der rechtschaffenen Borcomber Bevölkerung zu diesem Zeitpunkt in irgendeiner Form sinnvoller ist, als sie es unmittelbar nach den Selbstmorden gewesen ist.«

»Sie haben absolut Recht«, stimmte Rutledge zu, während er die Möwen beobachtete, die über dem Strand ihre Kreise zogen. Vorsichtig wählte er seine nächsten Worte, denn er brauchte Harveys Unterstützung, nicht sein Misstrauen. »Vielleicht wird die Befragung kein neues Licht auf den Tod von Miss Marlowe und Nicholas Cheney werfen. Aber ich verspreche mir neue Einsichten in Miss Marlowes Geisteszustand während der letzten Jahre. Ihre Familie bereitete ihr große Sorgen – jedenfalls habe ich Grund zu dieser Annahme. Das könnte erklären, warum sie trotz ihres Erfolges nicht mehr weiterleben wollte. Würde es Ihnen etwas ausmachen, Dawlish die Unterhaltung wiederzugeben, die Sie mit ihr über die Frage führten, was einen Mörder ausmacht?«

»Ich käme mir zumindest sehr albern dabei vor! Davon habe ich Ihnen privat erzählt!«

»So ist es. Aber da Miss Marlowe bereits über solche Fragen nachdachte, als Sie hier Ihren Dienst aufnahmen, gewinnt Ihre Aussage im Nachhinein an Gewicht. Mir ist, als habe sie eine Art ... Schuldgefühl, ein besseres Wort fällt mir nicht ein, bezüglich der Unglücksfälle in ihrer Familie verspürt. In ihren Gedichten fand ich weitere Belege für diese Vermutung. Eine lebhafte Fantasie wie ihre war sehr empfindsam und beeindruckbar. Oft sah sie Dinge, die wir übersehen.«

Harvey sah ihn prüfend an.

»Wollen Sie mich verarschen?«

Rutledge wandte sich vom Meer ab und sah Harvey an. Etwas im Blick des Londoners ließ den Mann aus Cornwall stutzen. »Mir war nie ernster zu Mute. Olivia Marlowe glaubte, dass im Kreis ihrer Familie ein Mörder lebte. Sie glaubte den Mörder zu kennen und gewisse Beweise gegen ihn in der Hand zu haben. Wohlgemerkt, gewisse Beweise. Sie waren nicht von der Sorte, die Sie und ich verlangen, bevor wir einen Haftbefehl erlassen. Ein fähiger Anwalt hätte sie vor Gericht leicht der Lächerlichkeit preisgeben können. Dennoch glaubte sie an Mord. Und versuchte die Taten so umsichtig wie möglich zu dokumentieren.«

»Das ... das ist grotesk!«, dröhnte Harvey. Sein Hals lief rot an; rasch pflanzte die Färbung sich aufwärts fort. »In all den Jahren bei der Polizei ist mir noch kein so lachhaftes Hirngespinst untergekommen! Dies ist mein Revier, wenn hier ein Mord passiert wäre, hätte ich, oder meinetwegen mein Vorgänger, davon erfahren!«

»Genau darum«, antwortete Rutledge, »brauche ich die Aussagen der Leute. Ich sehe keinen Sinn darin, unbegründete Gerüchte mit zurück nach London zu nehmen. Meiner Meinung nach sollten wir Olivia Marlowes Zweifel ein für alle Mal aus der Welt schaffen. Sie war berühmt. Über sie werden Biografien verfasst werden. Man sollte ihren Biografen keine Gelegenheit geben, Schlüsse zu ziehen, die unsere polizeiliche Arbeit in ein schlechtes Licht rücken.« Er zuckte die Achseln. »Das Ergebnis wird die Wahrheit sein. Etwas Gerechteres kann ich mir nicht vorstellen.«

»Diese Frau war schon zu Lebzeiten eine Plage; jetzt, wo sie tot ist, wird es noch schlimmer.« Harvey dachte wutschnaubend über Rutledges Worte nach. Scheinbar würde Olivia Marlowe tatsächlich nicht in Frieden ruhen. Bislang hatte er sich keine Gedanken gemacht über Literaturwissenschaftler, die in seinem Revier wildern und ihre Nase in Angelegenheiten stecken würden, die sie nichts angingen. Die Fragen stellten, Verdacht schürten und Unruhe stifteten. Er hatte angenommen, mit den Reportern, die gekommen waren, um alles über Olivia Marlowe herauszufinden, habe das ein Ende gehabt. Die Aussicht auf eine Armee von Störenfrieden, die Borcombe in naher Zukunft heimsuchten, war ihm entschieden nicht die angenehmste.

Rutledge beobachtete, wie sich Harveys Überlegungen allmählich auf seinem Gesicht abzeichneten. Als der Mann aus Cornwall sich das drohende Szenario in seinem ganzen Ausmaß vor Augen geführt hatte, traf er seine Entscheidung.

Er hatte die Wahrheit gehört. Nicht die ganze Wahrheit, aber den kalten, nackten Kern, der hinter Rutledges Tun steckte. Der Rest würde, wie es sich für eine ordnungsgemäße Untersuchung gehörte, mit den schriftlichen Aussagen ans Tageslicht kommen.

»Ja, ich verstehe, was Sie meinen. Schließlich hat das Innenministerium verlangt, die Fälle wieder aufzurollen. Und das war sicher erst der Anfang, am Ende wüssten wir nicht mehr wohin mit all den Fremden. Irgendein Reporter könnte demnächst davon Wind bekommen, und unser Dorf wäre, Gott bewahre uns, am nächsten Morgen in aller Munde! Am schlimmsten wären ihre Biografen, die alles Mögliche in die Verse hineinlesen und ganz Borcombe auf den Kopf stellen würden, um Recht zu behalten.« Er seufzte. »Also gut, in Ordnung. Tun Sie, was Sie tun müssen. Aber beeilen Sie sich.«

Harvey machte auf dem Absatz kehrt und ging die Auffahrt hinab. Rutledge spürte, wie sich die Anspannung in seinen Schultern löste, und massierte gedankenverloren seinen Nacken.

Es gab noch etwas anderes, das er im Haus erledigen wollte, allerdings nicht, solange Rachel noch da war. Es war besser, ihr jetzt aus dem Weg zu gehen.

Das andere konnte warten.

Der Tag schritt voran. Zahlreiche Dorfbewohner kamen nacheinander ins Haus, sagten vor Dawlish aus und traten, seltsam gedämpft, wieder vor die Tür.

Eine Zeit lang beobachtete Rutledge das Treiben aus einiger Entfernung. Er sah, wie Harvey erschien, als er an der Reihe war, und kopfschüttelnd wieder hinauskam. Rutledge fragte sich, ob Dawlish Harvey mehr über das Frage-und-Antwortspiel verraten hatte, als er ihm erlaubt hatte. »Berichterstattung an den Vorgesetzten«, würde der Constable sich rechtfertigen. Rutledge hoffte, dass dem nicht so war. Schließlich hätte Harvey trotz seines schlichten Dickschädels zufällig zu den richtigen Schlüssen gelangen mögen. Ein guter Polizist, egal ob klug oder nicht, hatte oft das richtige Gespür. Man brauchte nicht unbedingt fantasiebegabt zu sein, um aus Erfahrung zu lernen. Das Problem war nur: Was würde Harvey mit der Wahrheit anfangen? An wen würde er sich wenden? Überstürzte Entscheidungen konnten die durchdachteste Untersuchung verderben. Zudem wollte Harvey, wenigstens nach außen, sicher nicht den Eindruck erwecken, dass er sich dem Willen eines Fremden aus London gebeugt, sondern vielmehr, dass er sein Revier voll und ganz im Griff hatte.

Als es Zeit zum Abendessen war, ließ Rutledge sich die gesammelten Aussagen aushändigen. Der Constable war sichtlich erschöpft und ging rasch nach Hause zu seiner Frau. Rutledge lief die Treppe hinauf und holte die kleinen Goldgegenstände aus Olivias Ankleidekammer. Eine Weile lang betrachtete er sie in seinen Händen. Sie glänzten und wirkten so sanft und schön, als hätten sie mit Tod und Teufel nichts zu tun.

So war es auch. Für sich genommen, waren sie unschuldig, dachte er traurig.

Unten blickte er zum Abschied noch einmal lange auf Rosamunds Bildnis und entschuldigte sich im Stillen bei ihr für das, was am heutigen Tag in ihrem Salon geschehen war. Stumm blickte sie zurück, die Augen auf einen Punkt in der Ferne gerichtet.

Nachdenklich ging er zum Dorf zurück.

Sadie war nicht erschienen, so hatte Dawlish gemeldet. Dafür war aber Dr. Penrith in Begleitung seiner Tochter, die ihn untergehakt hatte, zur vereinbarten Zeit gekommen. Ebenso Wilkins und Mary Otley. Später dann würde er auch Susannah, ihren Mann und den Familienanwalt, Tom Chambers, befragen. Zuletzt hatte Rutledge persönlich Dawlishs Aussage aufgenommen und hatte dabei so getan, als würde er den vorwurfsvollen Blick des Mannes nicht bemerken.

Der Constable war intelligent genug zu durchschauen, womit er den lieben langen Tag verbracht hatte. Aber inwieweit hatte er das Puzzle zusammensetzen können? Weit genug wahrscheinlich, um sich zu wundern, dachte Rutledge, aber nicht so weit, dass er sich wirklich einen Reim darauf hätte machen können.

Während er durch das Wäldchen ging, dachte Rutledge über Sadie nach. Wusste sie, was eine eidesstattliche Aussage war? Wohl oder übel musste er zu ihr gehen und hoffen, dass sie zum Zeitpunkt der Befragung bei klarem Verstand war.

Beim Haus der Otleys sah er jemanden im dunklen Hauseingang stehen. Rachel. Sie beobachtete ihn. Er spürte ihren Blick und die Aufgewühltheit, die Unsicherheit, die darin lagen. Sie rührte sich nicht von der Stelle. Rutledge fragte sich, was wohl in ihr gerade vorging, was sie als Nächstes tun würde, oder ob sie, anstatt etwas zu tun, lieber abwarten würde. Frauen setzten häufig andere Prioritäten. Wo Männer eifrig ihre Pflicht erfüllten, hörten Frauen zunächst einmal auf ihr Gefühl. Schon früh hatte er gelernt, dass es für einen Polizisten fatal sein konnte, diesen Unterschied zu missachten.

Als Nächstes kam er am Haus von Mrs. Trepol vorbei. Die alte Haushälterin trat heraus und rief nach ihm: »Inspektor Rutledge?«

Er stieß die Gartenpforte auf, trat hindurch und ging schweigend weiter, bis er für Rachel außer Hörweite war. Falls Mrs. Trepol noch Fragen hatte, war es besser, wenn nicht alle Welt dabei zuhören konnte.

Als er vor Mrs. Trepol stand, nickte sie ihm zu und sagte:

»Möchten Sie, dass ich im Haus sauber mache? Nach all diesen Leuten, die mit ihren dreckigen Schuhen durch die Halle in den Salon gelaufen sind?«

»Das wäre sehr freundlich«, sagte er. »Ja, danke sehr.«

»Miss Rosamund hätte das nie erlaubt«, sagte sie kopfschüttelnd. Zu den Zeiten, als Mrs. Trepol und Rosamund Trevelyan noch etwas zu sagen hatten in Borcombe, hätte es sich von selbst verboten, das halbe Dorf in dem teuren Sessel unter dem besten Bild des Hauses Platz nehmen zu lassen.

»Ich weiß«, sagte er, »aber manchmal geht das Gesetz seine eigenen Wege und denkt erst später über die Angemessenheit der Mittel nach. Ich denke, es war ganz in Rosamunds Sinn gewesen, sie an der Klärung der Familiengeschichte teilhaben zu lassen.«

»Ist es das, was Sie tun, Sir?« fragte Mrs. Trepol ernst, »Ihre Familiengeschichte aufklären?«

»Ja, ich versuche es zumindest. Ich möchte eine Erklärung für den Tod von Olivia Marlowe und Nicholas Cheney finden, Licht ins Dunkel bringen, die Familie rehabilitieren.«

Sie nickte.

»Danke, Sir«, sagte sie leise. »Ich will mich nicht für immer an ihr schlimmes Ende erinnern müssen. Es wäre unrecht, wenn sie es getan hätten. Ich habe mich die ganze Zeit schon nicht wohl gefühlt damit, ich sah keinen Sinn darin. Wir müssen das Leben leben, das uns geschenkt wird, ein zweites haben wir nicht. Gott lässt uns keine Wahl. Zumindest sagt das die Kirche. Aber das Leiden lehrt uns eine andere Sprache.«

»Ja, manchmal«, sagte er in vollem Bewusstsein darüber, wie nah er selbst mehr als einmal daran gewesen war, seinem Leiden ein Ende zu setzen.

Sie nickte ihm nochmals zu und sah sich dann nach ihrem Kätzchen um. Rutledge kehrte um und ging zur Straße zurück.

Mrs. Trepol rief ängstlich: »Sir?«

»Ja?« Er drehte sich nur halb um, weil er endlich zum Gasthof wollte, die Aussagen lesen.

»Nun, Sir, ich frage mich, ob Sie, wenn Sie hier fertig sind, mir nicht vielleicht sagen könnten, was ich am besten mit den Kartons mache, die Mr. Stephen mir zur Aufbewahrung gegeben hat.

Seit seinem Tod warte ich darauf, dass Mr. Chambers sie abholt, aber er ist noch nicht gekommen. Vielleicht will er sie nicht, jetzt, wo Mr. Stephen tot ist? Es seien nur ein paar alte Sachen drin, meinte Mr. Stephen, Andenken an die Familie, Erinnerungen, die er für sich behalten wollte. Die Lieblingssachen eines dummen Jungen, sagte er, er wollte sie nicht im Haus lassen, hatte aber nicht mehr genug Platz im Auto, wegen all der Sachen, die Miss Susannah und die anderen mit nach London nehmen wollten.«

Rutledge wandte sich nun doch ganz um und betrachtete das von der untergehenden Sonne beschienene, ernste und aufrichtige Gesicht der Frau, die darauf wartete, dass er ihr sagte, was sie zu tun habe.

»Eigentlich wollte ich es Miss Rachel sagen, aber dann dachte ich: Das sind schließlich Mr. Stephens Sachen. Miss Susannah habe ich nie allein angetroffen, Mr. Daniel war immer bei ihr, und … ich weiß nicht … irgendwie dachte ich auch, Mr. Stephen hätte nicht gewollt, dass ich sie ihr gebe. Er hatte ja gesagt, ich solle die Kartons für ihn aufbewahren, wissen Sie. Nur für ihn. Ich konnte ihm noch nie einen Gefallen abschlagen. Jedenfalls dachte ich, ich frage einfach Sie, was ich tun soll. Die Sachen gehören mir nicht … und ich will nichts falsch machen.«

Er konnte sich jetzt nicht erneut umdrehen, um nachzusehen, ob Rachel noch im Hauseingang stand, konnte nicht sicher sein, dass sie ihn nicht dabei beobachten würde, wenn er Kartons aus Mrs. Trepols Haus trüge.

Also nahm er die Katze, die gerade durch die offene Pforte hereingekommen war, auf den Arm, und sagte leise: »Zeigen Sie mir bitte die Kartons.«

Mrs. Trepol ging ins Haus. Rutledge folgte ihr mit der Katze auf dem Arm. In einer Kammer im Flur standen drei übereinander gestapelte Kartons. Gemeinsam mit zwei Mänteln, einem mit Gartenstiefeln voll gestopften Regal und zahlreichen Regenschirmen sorgten sie dafür, dass die Abstellkammer aus allen Nähten platzte.

Rutledge setzte die Katze, die sich seinem Griff entwinden wollte, auf den Boden und betrachtete die Kartons. Als er den obersten vom Stapel nahm und vorsichtig öffnete, sah Mrs. Trepol weg, als fürchte sie, durchs bloße Zuschauen schon Mr. Stephens Privatsphäre zu verletzen.

Ihn dagegen plagten keinerlei Gewissensbisse.

Der erste Karton enthielt die Arbeitsunterlagen zu Olivias Gedichten. Sie waren das Archiv ihres schöpferischen Denkens; in ihnen wurde der Prozess sichtbar, in dem sie sich die Worte gefügig gemacht hatte. Versonnen blickte er auf die sauber geschriebenen Zeilen. Er las sie nicht sofort, erwies ihnen aber seine stille Verehrung, indem er mit den Fingerspitzen ihren sanften Schwüngen folgte. Der zweite Karton enthielt Verträge, Briefe und Dokumente ihres Bankverkehrs. Im dritten Karton war ein Durcheinander verschiedenster Dinge, Fotografien, ein Stammbuch der Trevelyans, Privatbriefe, Texte aus Kinderzeiten, in denen man sicher das allmähliche Reifen ihres großen Talents beobachten konnte, und jede Menge Bücher, in denen in Schönschrift ihr Name stand.

Rutledge versuchte, seine Enttäuschung zu verbergen und Hamishs triumphierende Unkenrufe – »Ich hab's Dir doch gesagt« – zu überhören. Ein zweites Mal durchstöberte er die Kartons, als hoffe er, auf diese Weise doch noch die Antwort zu erhalten, die er sich von seinem Fund versprochen hatte. Mrs. Trepol gab in der Küche der Katze zu essen, während er auf dem Holzboden hockte und sich weigerte aufzugeben.

Erst jetzt bemerkte er, dass in einem der Kartons einer der ordentlich sortierten Stapel etwas höher herausschaute als die übrigen. Vorsichtig hob er den Stapel an, sah ein schmales Tagebuch unter ihm liegen und nahm es heraus.

Die Handschrift war kraftvoll geschwungen. Eindeutig hatte sie der Frau gehört, die den Großteil ihres Lebens mit Schreiben verbracht und ihre Worte sicher gesetzt hatte.

Doch es war gar kein Tagebuch, es war ein Brief an ihren Halbbruder. Rasch überflog er ihn.

Lieber Stephen,
ich muss Dir etwas sagen. Leider kann ich das nicht mehr persönlich tun. Es tut mir Leid, dass Du diese Zeilen in dem Moment liest, da Du um uns trauerst. Aber, nachdem ich bisher alles in meiner Macht Stehende getan habe, um Dich und Su-

sannah zu beschützen, will ich Dich nun auch für die Zukunft wappnen.
Zum einen hinterlasse ich das Haus in einem Zustand, der Euch keine andere Wahl lässt, als es zu verkaufen. Seit Jahren weißt Du, dass dies Nicholas' und mein Wunsch ist.
Zum anderen habe ich Dich, so lange es mir möglich war, über ihn im Unklaren gelassen und seine schwarzen Blitze während all der Jahre von Euch abgeleitet. Nun, durch meinen Tod, wird er frei.
Du bist vor ihm sicher. Du hast nichts von dem, wonach er trachtet. Das habe ich ihm versprochen.
Aber wer weiß, was die Zukunft bringt. Nichts bleibt, wie es ist, und ich kann nicht jede Eventualität voraussehen. Vielleicht kommt eine Zeit, in der Du nichts besitzt als diese Zeilen. Ob Du mir glaubst oder nicht, bitte vertraue mir und hüte zu Deinem eignen Besten das Geheimnis, das ich Dir nun anvertraue. Rache würde Dich, und auch Susannah, ins Verderben stürzen. Mein Tod wäre umsonst gewesen!
So lass mich also von dem Mörder berichten, der all diese Jahre unter uns weilte …

25

An dieser Stelle hörte Rutledge auf zu lesen, schloss das Büchlein und legte es zurück an seinen alten Platz. Hamish war vorerst zum Schweigen gebracht. Im Angesicht der Wahrheit verschwand selbst seine Existenz. Rutledges Herz klopfte. Er war hin- und hergerissen zwischen einem Gefühl höchsten Triumphes und tiefster Niedergeschlagenheit. Er triumphierte, weil er nun mehr in der Hand hatte als die paar Verse, auf die er seine Vermutungen gestützt hatte, und war niedergeschlagen, weil sich Olivia Marlowe für die Schwester, die noch lebte, und ihren jüngeren Halbbruder geopfert hatte. Hatte sie die Drohung: *entweder Stephens Leben oder deines* in den Selbstmord getrieben? War das der Pakt mit Luzifer, dem Teufel, gewesen?

Mrs. Trepol steckte den Kopf in den Flur und sagte: »Nehmen Sie Mr. Stephens Sachen mit, Sir?«

Rutledge erhob sich und stellte die Kartons in die Abstellkammer zurück.

»Halten Sie sie bitte vorerst weiter versteckt«, wies er sie an. »Lassen Sie sie an Ort und Stelle. Ich werde sie, bevor ich fahre, persönlich abholen. Vielleicht auch schon eher. Bitte erzählen Sie weder Miss Rachel noch Miss Susannah etwas von den Kartons. Sie haben so schon genug um die Ohren. Sie sollten sie nicht mit Mr. Stephens Angelegenheiten zusätzlich belasten.«

Sie dankte ihm mit ernstem Gesicht, brachte ihn zur Tür und schloss hinter ihm ab.

Hamish, der offenbar doch nicht so lange schwieg, wie Rutledge gehofft hatte, fand seine Stimme wieder: »Ich will dich nicht jubeln hören, weder jetzt noch später! Du hast die Kartons schließlich nicht gefunden, oder? Sie sind dir aus heiterem Himmel in die Hände gefallen. Es war nicht dein Verdienst!«

»Ich rechne mir den Verdienst ja auch gar nicht an«, sagte Rutledge, während er die Pforte hinter sich zuzog. Er wusste immer noch nicht, ob es besser war, die Kartons hier zu lassen oder sie mitzunehmen. Einmal mehr ging er Richtung Gasthof, wobei er nur flüchtig wahrnahm, wie leer die Straßen waren, wie ruhig es war – keine lärmenden Kinder, keine Nachbarn, die über ihre Gartenmauern hinweg tratschten, keine frisch verliebten Paare, die Hand in Hand im Abendlicht spazieren gingen. Das Phänomen war ihm bekannt: In Krisenzeiten zogen sich ganze Dorfgemeinschaften geschlossen zurück. »Ich lese die Aussagen und lasse Harvey später den Brief holen. Wenn alle Informationen schwarz auf weiß vor ihm liegen, wird sogar er einsehen, dass Olivias Brief meine Hypothese bestätigt. Und wenn er es einsieht, wird London es erst recht einsehen.«

»Meinst du, Stephen FitzHugh hat den Brief gelesen? Hat er deshalb die Kartons versteckt?«

»Ich bin sicher, dass er ihn noch gelesen hat«, sagte Rutledge matt. »Sie hat ihn zu ihrem Testamentsvollstrecker ernannt, weil sie ihm vertraute. Vielleicht hat sie damit ihren einzigen Fehler begangen. Stephen hatte sich im Krieg verändert. Rachel deutete es an – nach seiner Rückkehr war er nicht mehr derselbe. Mein Gott, wem ist es nicht so gegangen!« Seine Stimme klang bitter. In seinem Kopf hallten noch Rachels hasserfüllte Worte nach. Er verspürte keinen Triumph mehr über die Erfolge des heutigen Tages, nur noch Zweifel über die Art und Weise seines Vorgehens. Wie ein Leuchtfeuer strahlte über ihm die Kirchturmspitze in der untergehenden Sonne. Der Anblick tröstete ihn ein wenig.

Hamish ließ ein missmutiges Knurren vernehmen.

»Verdammt nochmal, sieh' dir doch die Fakten an! Er wollte aus dem Haus unbedingt eine Gedenkstätte machen und sträubte sich mit allen Kräften gegen den Verkauf. Damit verstieß er gegen Olivias ausdrücklichen Wunsch. Trotzdem versteckte er die Kartons, damit niemand zufällig die Wahrheit entdeckte. Ich glaube, Stephen hat seine Chance ergriffen. Er konnte den Mörder erpressen. Er konnte ihn dazu zwingen, dem Museum zuzustimmen. Das war nicht mutig von ihm, sondern hochmütig.«

Ein Fischer kam vom Strand nach Hause. Sobald er Rutledge sah, wechselte er demonstrativ die Straßenseite.

Tatsächlich, die Dörfler zogen ihre eigenen Schlüsse …

»Woher willst du wissen, was in ihm vorging?«

»Ich weiß es nicht genau, aber er hat die Kartons bei Mrs. Trepol versteckt, statt sie in seinem Auto zu verstauen. Er hat sie nicht im Haus gelassen, weil sie ein anderer dort hätte finden können. Er hat sie auch nicht Chambers, dem Anwalt übergeben. Er hat sie der Obhut einer Frau überlassen, bei der er sicher sein konnte, dass sie seinen Anweisungen folgen würde.«

»Ja, doch dann stürzte Stephen FitzHugh die Treppe hinunter. Es war ein Unfall, das hast du selbst zugegeben.«

»Und ich glaube es noch immer.«

Rutledge stieß die Tür zum Gasthof auf. Mit Ausnahme von ein paar schwachen Lampen am Ende des Küchenflurs war es vollkommen dunkel. Und still. Er brachte die aufgezeichneten Aussagen auf sein Zimmer, schloss sie in seinen Koffer und suchte Trask, dem er auftrug, ihm das Abendessen nach oben zu bringen. Zum ersten Mal schwieg der Wirt, als er ihm das Tablett aufs Zimmer brachte. Offenbar schnitt ihn das gesamte Dorf.

Kurze Zeit später wanderte Rutledge durch die Abenddämmerung zu Sadies Haus. Die Landspitze war noch vom goldenen Licht der untergehenden Sonne überzogen. In den engen Schluchten aber herrschte bereits das weiche, blaue Dämmerlicht, das der Erde beim Übergang vom Tag zur Nacht die Farbe stahl. Sadie jätete in ihrem Garten zwischen den Möhren das Unkraut. Sie richtete sich auf, als er auf dem Weg, der den Hang zu ihrem Haus hinabführte, auftauchte, und sah ihm schweigend entgegen.

Er hatte ein schlechtes Gewissen. Ihm war, als stünde ihm ins Gesicht geschrieben, dass er in der Nacht zuvor zwischen ihren Stiefmütterchen gegraben hatte. Andererseits wusste er, dass sie unmöglich etwas Genaueres gesehen oder gehört haben konnte.

»Sie braucht nichts zu sehen oder zu hören«, warf Hamish ein. »Ihr sechster Sinn …«

»Guten Abend«, sagte er möglichst unverdächtig. »Ich wollte einmal nachfragen, warum Sie nicht gekommen sind. Constable Dawlish hat gehofft, sich mit Ihnen unterhalten zu können.«

»Soll er doch hoffen«, sagte sie. »Ich habe ihm nichts zu sagen.«

»Aber vielleicht mir. Möchten Sie mit mir sprechen?«

»Ich sagte Ihnen doch ...«

»Dass Sie mit dem Hund Gabriels nichts zu tun haben wollen. Ich weiß. Darüber möchte ich gar nicht mit Ihnen reden, nicht direkt jedenfalls. Ich dachte, Sie könnten mir vielleicht noch etwas mehr über Olivia erzählen. Wie sie es geschafft hat, ihre Geheimnisse zu hüten, obwohl sie noch so jung war. Wie sie zu der Frau werden konnte, die sie war, ohne unter der Bürde ihres Wissens zusammenzubrechen. Warum sie sich im Frühjahr das Leben genommen hat. Ob sie hoffte, damit den Bösen mit sich hinabzuziehen, oder ob sie ihren Kampf schlicht aufgegeben hatte. Obwohl sie tot ist, brauche ich Olivias Unterstützung. Ihnen hat sie vertraut. Es wäre mir eine große Hilfe, Sie würden an Olivias Stelle mit mir sprechen. Inzwischen bin ich so weit, dass ich den Mörder vor Gericht bringen kann. Aber ich muss den Rest des Geheimnisses erfahren. Nicht seinen Namen. Der ist für mich kein Geheimnis mehr. Endlich.«

Sie legte den Kopf schräg und musterte ihn. »Ich möchte nicht in Ihrer Haut stecken. Er kennt keine Gnade.«

»Deshalb muss ich die Sache noch heute Nacht zu Ende bringen.« Seine Stimme war sanft.

»Waren Sie hier? Letzte Nacht?«

»Ja, war ich. Ich habe Richard entdeckt. Unter den Stiefmütterchen.«

Ein Muskel zuckte durch ihr faltiges Gesicht. Aber sie schwieg.

»Sie konnte die Hunde nicht aufhalten«, sagte er. »Sie konnte ihn nicht zur Rechenschaft ziehen. Das Einzige, was sie tun konnte, war, verdeckte Beweise auszustreuen und auf später zu hoffen. Enttäuschen Sie sie nicht! Helfen Sie mir, Olivias Mission zu vollenden.«

Sadie zog den schwarzen Schal, den sie um ihre schmalen Schultern gelegt hatte, fester, während sie Rutledge prüfend ansah. »All die Jahre ist er frei herumgelaufen. Er schüttelt alle Ketten ab, die man ihm anlegt. Er wird wiederkommen.«

»Niemand kehrt vom Galgen zurück.« Womit konnte er sie noch überzeugen? »Die Toten könnten endlich in Frieden ruhen.«

»Das gefällt mir«, sagte sie nach einer Weile. »Bevor ich sterbe, wäre ich dessen gerne *sicher.*«

Trotzdem würde sie sich weigern, ihm zu helfen, dachte er. Er hatte das Gefühl, dass der Ausdruck von Verwirrung in dem müden Gesicht und den hellsichtigen Augen zunahm.

Sie aber baute sich kerzengerade vor ihm auf und setzte sich in Richtung Haus in Bewegung. »Kommen Sie, ich will Tee machen. Und auf Ihre Fragen antworten.«

Sadie war die Einzige, über die Olivia nichts in ihren Gedichten verlautbart hatte, obwohl sie der Familie nahe stand. Erst in der vorigen Nacht war ihm das aufgefallen. Jetzt wusste er den Grund. Er hatte gut daran getan, der Sache nachzugehen.

Er folgte der alten Frau durch den niedrigen Eingang und zückte sein Notizbuch. Sie bedeutete ihm, sich zu setzen. Von ihrem Platz auf der Fensterbank aus beobachtete Sadies Katze schläfrig, wie er auf dem ihm zugewiesenen Stuhl Platz nahm. Schweigend setzte Sadie Wasser auf und nahm zwei Tassen und die Teedose aus dem Küchenschrank.

Er ließ ihr Zeit.

Erst als sie ihm aus der kleinen Teekanne eingoss, stellte er seine erste Frage. Sie reichte ihm seine Tasse, bevor sie antwortete.

Während der nächsten Stunde stellte sich bei Rutledge ein Gefühl großer Erleichterung ein, dass Sadie nicht zum Haus der Trevelyans gegangen war und vor Constable Dawlish ausgesagt hatte.

Anfangs redete sie mit zittriger Stimme. Sie hörte sich so zart und schwach an, dass er sich vornahm, sie nicht zu überanstrengen. Doch dann merkte er, wie sehr das Reden sie auch erleichterte. Als beichte sie einem Priester, bot die Schilderung des Vergangenen ihr einen tiefen und gründlichen Trost, der in langsamen Wellen ihr Bewusstsein erreichte und zeitweilig starke Gefühle freisetzte. Sie erzählte nicht einfach eine alte Geschichte, nein, sie durchlebte die lange verschütteten und sehr schmerzhaften Ereignisse buchstäblich von neuem. In Mark und Bein waren sie ihr gefahren, wie auch das Gefühl, bitterlich versagt zu haben, denn schließlich war sie – wie er schon früh erfahren hatte – von ganzem Herzen und von Berufs wegen eine Heilerin.

»Nein, niemand von uns dachte, dass Anne ermordet worden sein könnte«, antwortete sie zögerlich auf seine erste Frage. »Nur Miss Olivia litt unsägliche Qualen. Mr. Adrian – ihr Großvater – meinte, es rühre daher, dass Anne und Olivia eineiige Zwillinge gewesen waren. Aber die Ursachen lagen offenbar tiefer. Das Kind hatte schreckliche Albträume. Oft saß ich an ihrem Bett, verdunkelte die Lampe mit meinem Schal und hielt ihre Hand. Mr. Nicholas, er war noch klein, stand im Türrahmen und beobachtete seine Schwester aus seinen dunklen Augen. Es schien, als wüsste er, woran sie litt. Miss Olivia aber verriet uns nicht, was ihr Herz bewegte. Nicht einmal ihrer Mutter. Nach geraumer Zeit ging es ihr besser, aber sie war nicht mehr wie früher. Oftmals konnte sie vor einem aufgeschlagenen Buch sitzen und kein Wort von dem, was sie da las, aufnehmen, oder am Fenster stehen und nichts von dem sehen, was draußen war. Ich habe in meinem Leben viele verwundete Soldaten gesehen. Sie war ein verwundetes Kind.«

»Wann erwähnte sie erstmals die Hunde Gabriels? Oder waren Sie es, die von ihnen anfing?«

»Eines Tages entdeckte sie in der Bibliothek ihres Großvaters ein Buch, in dem etwas über die Hunde Gabriels geschrieben stand. Es war eine alte Geschichte. Sie wollte wissen, ob ich sie kannte. Natürlich kannte ich sie. Dann fragte sie, ob ich glaubte, dass sie wahr sei, und ich sagte: ›Kind, ich habe die Türken erlebt, wie sollte ich mich da vor Hunden fürchten!‹ Sie schaute mir tief in die Augen, wie sie es immer tat, und antwortete: ›Ich habe sie gehört. In der Nacht nach Annes Tod.‹ Mehr sagte sie nicht, aber danach lag ich nächtelang wach und spitzte die Ohren. Man musste Miss Olivias Fantasien ernst nehmen. Sie war eine *Eingeweihte.*«

»Warum hat sie nicht mit ihrer Mutter geredet? Oder mit Adrian Trevelyan? Sie hätten ihr doch sicher geglaubt.«

»Einmal fragte ich sie selbst. Sie sagte: ›Ich bin gewarnt worden.‹ Und so schwieg sie weiter.«

Er spürte den Zorn, der in ihm hoch stieg. Kein Wunder, dass Olivia so sehr in der Welt ihrer Träume gelebt hatte. Sie war bedroht worden, und notgedrungen hatte sie sich ein Schutzgebiet gesucht.

Sadies Augen füllten sich mit Tränen. Rasch wechselte er das Thema.

»Erzählen Sie mir von Richards Tod.«

Sie sah ihn über den Rand ihrer Tasse hinweg an und nahm einen großen Schluck.

»Sie wissen, wie er gestorben ist. Es ist die Beerdigung, die Sie interessiert, nicht wahr?«

Erstaunt sagte er: »Sie wussten, was sie getan hat?«

»Damals nicht. Nicht, als es passierte, nein. Doch einmal, als ich sie an dem Beet, das sie am Hang angelegt hatte, weinen sah, strich ich ihr übers Haar und sagte, ihr kleiner Bruder sei glücklich bei Gott. Da drehte sie sich um und sagte in einem schauerlichen Ton: ›Gott weiß doch nicht, wo er ist! Ich hätte ihn in der Gruft bei den anderen beerdigen lassen sollen, aber ich dachte … ich dachte, Mutter wäre glücklicher, wenn man ihn *nicht* fände. Wenn es noch Hoffnung gäbe. Ich dachte … ich dachte, sein Mörder würde vor Angst zittern, dass er eines Tages zurückkommt und mit dem Finger auf ihn zeigt. Ich dachte, er würde vielleicht alles gestehen, aber ich habe mich geirrt!‹ Ich höre sie noch so deutlich, als stünde sie vor mir. Es gab mir einen Stich ins Herz, was soll ich Ihnen sagen? Später erzählte sie mir die ganze Geschichte. Aber zu dem Zeitpunkt hatte sich Mr. James schon erschossen, und es war besser, Miss Rosamund einen Funken Hoffnung zu lassen, mochte er auch noch so klein sein. Und so hielten wir es beide.«

Rutledge blickte von seinem Notizbuch auf. Kein anderer der Dorfbewohner hätte Olivia auf ihrem Weg begleiten können. Nur Sadie war in der Lage gewesen, die große Not des kleinen Mädchens zu ermessen. »Wusste Nicholas Bescheid?«, fragte er.

»Nicholas wusste alles«, antwortete sie, »und schwieg, weil Miss Olivia nichts beweisen konnte. Verstehen Sie, er fürchtete, man würde ihr die Schuld geben und behaupten – da sie ihn schließlich versteckt hatte – sie selbst hätte den Jungen umgebracht. Sie steckte in einer schrecklichen Klemme. Ich fürchtete, dass am Ende sie beide daran zu Grunde gehen würden. Aber Miss Olivia war stark! Außerdem teilte er all seinen Mut mit ihr, und Nicholas hatte mehr Mut als die meisten Menschen. Er war der mutigste Junge, den ich je gesehen habe. Bedenken Sie, sie waren Kinder, die ein furchtbares Geheimnis hüteten. Ihr Wissen machte sie reifer, als es für ihr Alter normal gewesen wäre. Aber sie dachten ja, nachdem Miss Rosamund und Mr. FitzHugh geheiratet hatten, dass es nun vorbei sei! Mr. Cormac und Mr. Nicholas kamen in die Schule, für Miss Olivia wurde eine Hauslehrerin angestellt, die Zwillinge wurden geboren, und alle waren soweit wieder glücklich. Für zehn Jahre oder länger.«

»Er hatte Geduld. Er musste warten, bis die Zeit für ihn gekommen war.«

»Richtig«, sagte sie traurig. »Das Schlimmste sollte noch kommen. Mr. Brian wurde vom Pferd abgeworfen, so lautete es zumindest offiziell. Mr. Nicholas hatte sich kaum eine halbe Stunde vorher unten am Strand aufgehalten und noch mit ihm geredet. Danach war er Miss Rosamund, die sich irgendwo im Garten aufhielt, suchen gegangen, und da starb Mr. Brian. In dem Gespräch zuvor hatte er Mr. Nicholas erzählt, dass Mr. Cormac seinen Namen in Trevelyan ändern wollte, und ihn gebeten, Miss Rosamund davon zu erzählen. Auf Mr. Nicholas' Frage, warum er ihr das nicht selbst sage, hatte Mr. Brian geantwortet: ›Das ist nicht meine Sache. Ich bin kein Trevelyan, und Mr. Cormac ist kein FitzHugh.‹ Mr. Nicholas hatte nicht verstanden, was Mr. Brian damit gemeint hatte, doch der hatte nur den Kopf geschüttelt und gesagt: ›Nein, ich liebe deine Mutter zu sehr, um sie um einen solchen Gefallen zu bitten! Soll sie ihr Herz sprechen lassen und ihre Entscheidung nicht von Cormac oder mir abhängig machen.‹«

»Hat Nicholas seiner Mutter jemals von diesem Gespräch berichtet?«

»Um Gottes willen, nein! Noch bevor er sie im Garten gefunden hatte, rief jemand, Mr. Brian habe sich schwer verletzt. Mr. Nicholas wurde blass wie ein Gespenst. Er erzählte niemandem außer Miss Olivia von dem Gespräch, und auch das erst nach Mr. Brians Begräbnis. Vorher hatte man Mr. Brian ins Schlafzimmer, oben am Ende der Galerie, gebracht, damit ich ihn, vor allem für Miss Rosamund, vorzeigbar herrichten konnte. Als ich in einer der Schubladen nach einem sauberen Hemd suchte, fand ich unter den Hemden einen nicht abgeschickten Brief, der an Mr. Chambers adressiert war und in groben Worten Mr. Cormacs

Herkunft schilderte. Nachdem ich Miss Olivia davon erzählt hatte und wir ihn holen wollten, war er verschwunden. Mr. Chambers hat ihn nie bekommen.«

»Haben Sie ihn gelesen, als sie ihn fanden?«

Sie stand auf, ging zur Tür und entließ die Katze in die Nacht. Er spürte den Hauch des Meeres. Der Wind hatte seine Richtung geändert. »Haben Sie jemals in einem Haus mit Bediensteten gewohnt? Die sind nicht taub wie Holz oder blind wie die Fledermäuse. Der Brief hatte unter den Hemden gelegen, Sir, nicht auf dem Schreibtisch. Auf seinem Schreibtisch hätte ich *niemals* etwas angefasst, aber der Brief war nun mal aus der Schublade auf den Boden gefallen, der Umschlag hierhin, der Bogen dorthin. Also hob ich beides auf und las den Brief, bevor ich ihn in den Umschlag zurücksteckte und hinlegte, wo er hingehörte, auf den Schreibtisch. Aber tags darauf war er verschwunden.«

»Sind Sie sicher, dass nicht Mrs. FitzHugh selbst ihn an sich genommen hatte?«

»Heute können wir sie ja wohl schlecht noch fragen, nicht wahr, Sir? Erst als sie anfing, unruhig und schlaflos nächtens durchs Haus zu geistern, stellte ich mir dieselbe Frage. Ihr Vater, Mr. Adrian, war, das wusste sie, gegen die Heirat mit Mr. Brian gewesen. Aber Mr. Brian war ein netter Mann. Er brachte sie zum Lachen und war nicht hinter dem Geld her, das sie von Adrian erbte. Das Haus war an Miss Olivia gegangen. Sie waren glücklich und zeugten die Zwillinge, die Miss Rosamund über alles liebte. Nach meinem Geschmack war es keine schlechte Ehe. Als Mr. Brian gestorben und die Trauerzeit vorüber war, tauchte als Nächster Mr. Chambers auf. Für eine Weile schien sie wieder die Alte zu werden – rote Wangen und diese besondere Art, den Kopf schräg zu legen, als lausche sie einer süßen Melodie. So hat sie immer ausgesehen, wenn sie glücklich war.«

Sadie schloss die Tür, da die Katze wieder hereingekommen war, ging zum Kamin und stützte sich auf dem Sims ab. Sie war müde, ihre Falten waren tief. Doch selbst wenn er jetzt versuchen würde, sie zu stoppen, dachte Rutledge, würde sie nicht aufhören wollen zu erzählen.

»Das war im Juni. Im September war sie tot. Offiziell hieß es, sie habe sich umgebracht. Aber bei Gott, Sir, ich weiß, wie viel Laudanum sie für gewöhnlich nahm! Ich war diejenige, die sie bat, wenigstens die Hälfte der empfohlenen Dosis zu schlucken, damit die Verzweiflung sie weniger quäle. Sie aber schüttelte den Kopf und sagte: ›Nein, Sadie, ich muss bei klarem Verstand bleiben!‹ ›Wenn Sie sich nicht ausruhen, werden Sie noch den Verstand verlieren!‹, sagte ich gerade heraus, aber sie sagte: ›Es gibt da etwas, das ich erledigen muss. Ich weiß aber nicht, wie. Ich werde weder Mr. Chambers noch sonst jemanden heiraten. Ich will mich um meine Kinder kümmern, etwas Wichtigeres gibt es nicht in meinem Leben.‹ Sie ließ sich nicht umstimmen, dafür war sie viel zu dickköpfig.«

»Sie hat sich gegen die Heirat mit Thomas Chambers entschlossen? Hat sie ihm das selbst gesagt?«

»Gott, ja, aber trotzdem kam er weiter jedes Wochenende zum Abendessen. Einmal hörte ich, wie sie zu ihm sagte: ›Ich habe sie alle umgebracht. George und James und Brian. Ich würde es nicht ertragen, dich auch noch sterben zu sehen, und glaube mir, das werde ich auch nicht!‹ Er antwortete: ›Das ist doch Unsinn, meine Liebe, die Trauer hat dich verwirrt.‹ Sie sah ihn nur traurig an. ›Ich bringe nur Unglück, Tom. Lieber bleibe ich allein, als dass ich noch einmal Trauer trage.‹«

»Warum glaubte sie, am Tod ihrer Ehemänner schuld zu sein?« Er war von ihren Eröffnungen fasziniert. Während er vorgab, seinen Tee zu trinken, studierte er, über den Rand der Tasse hinweg, ihr altes Gesicht und versuchte, in ihren Augen zu lesen.

»Ja, aber trug sie denn Schuld? Ich habe mich das auch lange gefragt. Miss Olivia sagte, die Gründe lägen woanders. Sie dachte, Mr. Cormac wäre in Miss Rosamund verliebt. Aber sie wagte gar nicht daran zu denken, mit Miss Rosamund selbst darüber zu reden, um sie, was Mr. Chambers betraf, umzustimmen. Denn die hätte nur lächelnd geantwortet, sie habe entschieden, dass die Hochzeit die anschließende Trauer nicht wert sei.«

»Wie ist sie dann gestorben?«

»Das war merkwürdig, Sir. Eines Tages sagte sie zu Miss Olivia: ›Ich glaube, ich werde am Wochenende Tom einladen. Ich muss mit ihm sprechen. In erster Linie über rechtliche Angelegenheiten, danach aber vielleicht auch noch über etwas anderes.‹ Ich war gerade auf der Treppe und half Mr. Cormac und Mr. Nicholas, eine Kiste vom Dachboden heruntertragen, die Mr. Cormac in seine Londoner Wohnung bringen wollte. Man hörte ihre Stimmen im Salon. Miss Rosamund trat heraus und blickte mich an. Ihre Augen waren so kalt, dass ich fast angefangen hätte zu weinen. Finster wie der Tod. Miss Olivia fand später den Zettel, den sie Minuten vor ihrem Tod geschrieben hatte, und verbrannte ihn über Miss Rosamunds Grab.«

»Ein *Zettel?* Davon hat mir niemand etwas gesagt!«, rief Rutledge entrüstet.

Mühsam sank Sadie in den Sessel zurück und bat ihn matt, den selbst gemachten Wein zu holen, der sich in der Küche in dem kleinen Schrank neben dem Spülstein befände. Nachdem sie ein halbes Glas getrunken hatte und ihr das Atmen leichter fiel, fuhr sie fort: »Miss Olivia hat ihn, wie gesagt, verbrannt. Es war ein fast unleserliches Gekritzel. Er hatte unter ihrem Kissen gelegen. Bloß ein Name. Und eine Warnung. Mehr brauchte Miss Olivia aber nicht zu wissen. Sie wurde noch blasser, als sie es ohnehin war, und brach so jämmerlich über ihrer toten Mutter zusammen, dass ich den Anblick kaum ertragen konnte. Ich ging aus dem Zimmer und holte Mr. Nicholas. Vom Zettel sprach später niemand mehr. Aber man brauchte mir nichts zu sagen. Ich habe die Hunde gehört, seit der arme kleine Richard aus dem Leben schied. Ich wusste, wer die Überdosis in Miss Rosamunds Glas getan hatte. Nicht sie selbst, nicht sie, die so voller Leben und Liebe gewesen war – niemals wäre sie als Selbstmörderin vor Gott getreten!« Sie sprach so heftig, dass Zornesröte auf ihre Wangen trat. Mit ruhigerer Stimme fügte sie hinzu: »Die Zwillinge waren noch zu klein, als dass sie etwas begriffen hätten. Sie dachten, ihre Mutter sei in der Nacht krank geworden und habe eine Überdosis genommen. Mr. Chambers brach es das Herz. Man hätte glauben mögen, er wäre ihr trauernder Witwer und nicht der Anwalt der Familie. Die Hunde Gabriels haben ihr etwas ins Ohr geflüstert, haben sich über sie gebeugt, als sie in den letzten Schlaf fiel – sie wusste, *wusste*, von wem die Gefahr ausging!«

»Die Gefahr für ihr Leben?«

»O ja, zum einen das, zum anderen für Miss Olivias Leben. Denn in Wahrheit, wissen Sie, hatte Mr. Cormac sein Augenmerk schon auf Miss Olivia gerichtet. Da es ihm auf dem einen Weg nicht gelungen war, ein Trevelyan zu werden, musste er es auf einem anderen versuchen. Miss Rosamund hatte ihn abgewiesen. Nachdem er sie angefleht hatte, ihn zu heiraten, wie hätte er da noch Miss Olivia fragen können, ohne dass alles ans Tageslicht gekommen wäre? Miss Rosamund hätte am nächsten Wochenende Mr. Chambers von Cormacs Antrag erzählt, das war so sicher wie das Amen in der Kirche. Sie hatte es, nach all dem Kopfzerbrechen und den schlaflosen Nächten, fest beschlossen. Er steckte in der Klemme, und die einfachste Lösung für ihn war, sie, die Seele des Hauses, zu beseitigen. Miss Rosamund hatte Mr. Chambers zwar abgewiesen, aber er hatte sich nicht beirren lassen, er liebte sie weiter von ganzem Herzen und hätte alles für sie getan. Er hätte auch mit Olivia reden können, und dabei hätte sie ihm vielleicht all das erzählt, was ihr seit langem wie eine Zentnerlast auf den Schultern lag. Doch nach Miss Rosamunds Tod war Mr. Chambers in solch tiefer Trauer versunken, dass es keinen Weg mehr gab, an ihn heranzukommen. Miss Olivia beerdigte ihre Mutter und erzählte der Welt, Miss Rosamund sei in jener Nacht vom Schmerz überwältigt worden. Mr. Smedley, der der Familie seit jeher in Liebe verbunden war, wollte nicht an Selbstmord glauben. Ebenso wenig Dr. Penrith. Und doch sagte er der Polizei, da ihre Hände schon von all der Unruhe und Schlaflosigkeit gezittert hätten, habe sie leicht den tragischen Fehler begehen können, sich selbst die Dosierung zuzubemessen, statt einen von den Angestellten zu wecken, damit der es tue. Weil jeder gesehen hatte, wie zerstreut sie gewesen war, glaubten die Leute die Geschichte. Genau darauf hatte ihr Mörder gezählt. Wieder kam er ungeschoren davon! Wer hätte auch mit dem Finger auf ihn zeigen und ›Mörder!‹ schreien sollen? Miss Olivia? Wer hatte schließlich den Zettel verbrannt?«

»Wenn es Mord war …«

Sie sah ihn betrübt an. »Die Hälfte derer, die in diesem Dorf gestorben sind, habe ich gesehen. Unfalltote, Menschen, die von

Krankheiten dahingerafft wurden oder solche, die an gebrochenem Herzen starben – der Tod ist nichts Ungewöhnliches. Es gab auch manchen Mord. Aber Dr. Penrith war ein fähiger Mann, der fand eine Nadel im Heuhaufen. Wir alle kannten einander gut genug, um zu ahnen, wenn jemand Schicksal gespielt hatte: der Ehemann, der Geliebte, der eifersüchtige Nachbar. Aber in Rosamunds Fall war das anders. Es gab niemanden, der Miss Rosamund nicht innig geliebt hätte. Miss Olivia wusste, dass sich alle gegen sie stemmen würden, dass niemand ihr die Geschichte glauben würde. Er war vorsichtig und sehr gerissen. *Es gab keine Beweise!*

In der Folge strichen Miss Olivia und Mr. Nicholas Mr. Brians Kinder aus ihrem Testament. Kein Haus. Das Geld für die Stiftung. Wie lange und laut der Hund noch kläffen mochte, jedenfalls würde er es nicht auf Olivia abgesehen haben. Trotzdem kam er am Ende auch zu ihr. Wegen ihrer Gedichte. Schließlich hatte er inzwischen selber Geld genug, um tun und lassen zu können, was ihm gefiel. Er kam, weil sie alles über ihn wusste, und weil es für ihn an der Zeit war zu heiraten. Sie ließ eine neue Klausel in die Dokumente einfügen, nach der Cormac FitzHugh nicht verheiratet sein durfte, wenn er einst im Haus der Trevelyans wohnen wollte. Mr. Chambers hatte gedacht, der Grund dafür wäre, dass Miss Olivia in Mr. Cormac verliebt sei und nicht wolle, dass er eine fremde Frau mit ins Haus brächte. Sie sagte, es sei ihr Haus, sie könne damit machen, was sie wolle. Womit sie durchaus Recht hatte. Mr. Cormac hat nie geheiratet. Aber er wird in dem Haus wohnen, und ich bete, dass die Hunde ihm dort auflauern, im Dunkeln, wenn ihm niemand helfen kann!«

Sie weinte. Die Tränen flossen in schiefen Rinnsalen, so als wären sie dort noch nie geflossen und müssten sich ihren Weg erst bahnen, an ihrem blassen, verwitterten Gesicht hinab.

Rutledge keuchte. Sein Körper verkrampfte sich vor unbändiger Wut. Er reichte ihr sein Taschentuch. Sie tastete danach, blind von dem Schleier ihrer Tränen, und tupfte ihre Wangen mit einer zu Herzen gehenden Würde ab. Denn sie weinte nicht um ihrer selbst willen.

26

Nach langem Schweigen sagte Rutledge: »Ich verstehe aber noch immer nicht ganz, warum Olivia Hand an sich legen musste. Und warum tat Nicholas es ihr gleich?«

Sadie schüttelte den Kopf »Wenn sie gewollte hätte, dass Sie den Grund erfahren, hätte sie ihn Ihnen genannt. In ihren Gedichten. Auf ihre Art.«

Bei Gott. Ihm ging ein Licht auf. Das hatte sie.

Dennoch fragte Rutledge trocken: »Etwas genauer bitte, hat sie es Ihnen verraten?«

»Das brauchte sie nicht. Jetzt mag ich zwar alt, verbraucht und zu nichts mehr nütze sein, aber früher war ich nicht gerade auf den Kopf gefallen, und ich hatte ein Herz. Ich wusste es, ohne dass es mir jemand erklären musste.«

»War Cormac jemals in Olivia verliebt?«

»So wie ich es sehe, hatte er eine Heidenangst vor ihr. Sie war die Einzige, vor der er Angst hatte. Seine Furcht grenzte schon an Aberglauben! Daher war Miss Olivia überzeugt davon, dass ihr Tod auch seiner sein würde, und das, obwohl er nicht an Gott glaubte.«

Erstmals in dieser sehr langen Stunde rührte sich Hamish. Er sprach mit klarer Stimme, als säße er bei ihnen am Tisch. Oder hatte Rutledge in der Anspannung, die ihn wie ein Schraubstock gefangen hielt, seine Worte laut ausgesprochen? Später war er sich dessen nicht mehr sicher.

»Sie lag falsch. Nicht ihr Tod war sein Untergang, sondern der von Nicholas Cheney. Aber seine Liebste hat es nicht begriffen und Scotland Yard herbeizitiert.«

Sadie sah Rutledge an. Über ihren Augen lag seit einigen Minuten ein undeutlicher Schleier. »Ja, das ist wohl wahr«, antwortete sie. »Im Grunde war es der Tod von Mr. Nicholas.

Aber hätte er Mr. Nicholas überleben lassen können? All die Jahre musste Mr. Cormac davon ausgehen, dass in dem Moment, in dem Miss Olivia etwas zustieße, Mr. Nicholas ihn ohne Rücksicht auf die Folgen eigenhändig erwürgen würde. Allein die Tatsache, dass Miss Olivia eine Verurteilung Mr. Nicholas' verhindern wollte, hat Mr. Cormac zwanzig Jahre lang gerettet! Nein, sie mussten gemeinsam sterben. Das war Mr. Cormacs einzige Chance.«

Rutledge hatte ihre Worte sorgfältig notiert. Nachdem er noch einen Tee gemacht und sie aus dem Zustand ermatteten Vergessens geweckt hatte, las sie mit seiner Hilfe ihre Aussage durch und unterschrieb kopfschüttelnd am Fuß der letzten Seite.

Jetzt konnte er ihn endlich vor Gericht stellen. Er hatte genügend Beweise von der Art, die ein Staatsanwalt verlangte. Mit Ausnahme dessen, was Stephen nicht in die Kartons mit Olivias Nachlass gesteckt hatte: der Familiengeschichte der FitzHughs.

Zu weit vorgerückter Stunde ging Rutledge durch den Wald zurück und versuchte, seiner Gefühle Herr zu werden. Die Sohlen seiner Schuhe knirschten auf dem groben, steinigen Boden. Die Mühlen Gottes mahlen langsam, aber stetig ... aber er wollte keine Langsamkeit mehr, jetzt sollte die Abrechnung erfolgen, die gnadenlose, endgültige Vergeltung.

Hamish, der sich verzweifelt bemühte, die Lage unter Kontrolle zu halten, stand auf verlorenem Posten.

Rutledge ließ die letzte Krümmung des Waldwegs hinter sich. Vor ihm tauchten die Lichter Borcombes auf. Am Himmel, weit oberhalb der hell erleuchteten Fenster, brauten sich schwarze Gewitterwolken zusammen. Rotgoldene Blitze zuckten durch die Nacht und durchtanzten die turmhohen Wolken, während es in der Ferne, über dem Meer, grollte wie von tausend Gewehrsalven. Rutledges Magen zog sich zusammen.

»Bereits lange vor der Schlacht«, erinnerte ihn Hamish, »hört man die Gewehre, nicht wahr? Aber denk' daran, du bist hier nicht in Frankreich! Ein mächtiger Sturm zieht auf, das Haus der

Trevelyans und der Mann darin können warten! Deine Arbeit ist getan. Den Rest der Schlacht sollen andere austragen!«

Rutledge blieb im Schutze der Dunkelheit stehen und sah auf das Haus der Trevelyans. In mehreren Zimmern brannte Licht. Im Salon. Im Arbeitszimmer, in dem Olivia und Nicholas gestorben waren. Im Schlafzimmer, das einst Rosamunds gewesen war …

Es war eine Einladung. »Ich bin da. Ich weiß, wo du warst. Komm, und zeig dich, wenn du dich traust!«

»Nicht in deiner Stimmung!«, sagte Hamish. »Nicht bei Nacht! Es lohnt sich nicht zu sterben, bloß weil du ihm seine Niederlage ins Gesicht schreien willst!«

»Ich werde hier nicht sterben. Ebenso wenig er, wenn es sich verhindern lässt. Er hat mich zum Duell gefordert. Und ich werde, wie Olivia, nicht weichen.«

Er wusste, dass es die rasende Wut war, die ihn so reden ließ.

»Darf ich dich daran erinnern«, erwiderte Hamish, »dass du ein Gesetzeshüter und kein Racheengel bist? Und das alles ihretwegen … alles wegen dieser verdammten Frau?«

Er antwortete nicht, zu sehr war er damit beschäftigt, die Lage zu sondieren …

Der Wind nahm zu, ließ die Blätter rascheln und trug einen Hauch von Pfeifentabak zu ihm herüber. Schwach, aber wahrnehmbar. Dann näherten sich Schritte.

Rutledge drehte sich um. Vom Weg hinter ihm erklang im Dunkeln leise, aber eindringlich, die Stimme des Pfarrers.

»Die Borcomber mögen zwar ein schlichtes Gemüt haben, aber dumm sind sie nicht. Sie haben geredet und sich mittlerweile einen Großteil der Geschichte zusammengereimt. Ich habe den Tag damit verbringen müssen, die Schäden zu reparieren, die Sie angerichtet haben. Sie haben die Dorfbewohner in ihrem Glauben erschüttert. Denn rückblickend werden sie sich die Schuld an den Todesfällen geben. Sie werden zu Kreuze gehen wegen der fünfundzwanzig Jahre, in denen sie gesündigt haben, weil sie nichts bemerkt oder verhindert haben.«

Rutledge sagte: »Das habe ich schon bei anderen Mordfällen erlebt. ›Ich hätte es verhindern können.‹ Aber nicht diesmal. Nicht bei diesem Mörder. Sagen Sie ihnen das.«

»Wenn ich nur wüsste, *warum* ...«

Rutledge blickte zur Landspitze, um die Stärke des Sturms zu ermessen. Was erwartete ihn im Haus? Die Lichter brannten noch immer.

»Mein Glaube gründet auf dem Seelenheil. Ein jeder wird errettet. Der Mensch trägt den Kern des Guten in sich. Man muss ihn finden und zu Tage fördern«, flüsterte Smedley. »Ich will Ihnen helfen.«

»Nein. Das Gute werden Sie hier nicht finden. Gehen Sie ins Dorf und überlassen Sie die Sache mir. Hier, nehmen Sie das mit.« Er reichte Smedley die Aussage der Alten. »Verwahren Sie es für mich.«

»Was ist das?«

»Geben Sie es Harvey. Es ist vorbei. Es wird zumindest bald vorbei sein.«

»Genau das macht mir Angst. Wie wird es enden? Olivia hätte nicht gewollt, dass es mit Gewalt endet. Als Mann Gottes ersuche ich Sie, den Trost und die Gnade der Kirche anzunehmen.«

Rutledge war gereizt. Er wünschte sich den Pfarrer zurück in die Kirche. Barsch entgegnete er ihm: »Um es noch einmal deutlich zu sagen: Dieser Mann hat aus reiner Mordlust getötet. Was immer er Ihnen erzählen mag, gleich welche Argumente er Ihnen zu seiner Verteidigung vorbringen wird, er hat gemordet, weil es ihm so in den Kram passte! Und zwar jedes Mal, wenn sich eine Gelegenheit dazu ergab. Es amüsierte ihn, Schicksal zu spielen. Was immer in seinem Leben schief gelaufen ist, weder die Kirche noch Sie persönlich werden ihm das Böse austreiben können.«

»Nein! In jedem existiert das Gute. Davon bin ich fest überzeugt!«

»Dann beten Sie vor Ihrem Altar um Beistand. Ich kann ihn gebrauchen! Oder, wenn Sie etwas Sinnvolleres tun wollen, suchen Sie Inspektor Harvey auf, sagen ihm, er soll einen Haftbefehl erlassen und Constable Dawlish mit einem Boot zum Strand schicken. Es könnte sein, dass er versuchen wird, auf dem Seeweg zu entkommen.«

»Mit einem Boot? Ein Sturm zieht auf.«

»Ich weiß. Beeilen Sie sich, Mann! Wir haben keine Zeit zu verlieren.«

Während seiner letzten Worte war Rutledge schon losgegangen. Smedley verharrte in der Dunkelheit des Wäldchens und sah dem Londoner hinterher, wie er das Ende des Waldwegs erreichte und sich anschickte, ohne sein Kommen zu verbergen oder seinen Schritt zu verlangsamen, die Auffahrt hinaufzugehen.

Hamish sagte streng: »Also gut, du weißt, dass du zugleich die Finsternis in ihm und in dir selbst bekämpfst? Dann sei auch so klug, keine Schwächen zu zeigen, denn darauf wartet er nur. Lass ihn nur reden und seine Worte an dir abprallen.«

Doch Rutledge hörte nicht.

Nacheinander erloschen die Lichter. Mit Ausnahme eines Schimmers, der, offenbar vom Salon ausgehend, durch die hohen Fenster der Eingangshalle fiel, versank das Haus in Dunkelheit.

Ein Donnerkrachen ließ ihn zusammenfahren. Seine Nerven lagen blank. Seine Muskeln waren zum Zerreißen gespannt. Ein Blitz zuckte vom Himmel und führte in den Fensterscheiben von Olivias Zimmer einen kurzen Tanz auf, was ihrer ehemaligen Wohnstatt einen Anflug von Lebendigkeit verlieh.

Auf der Eingangstreppe verharrte Rutledge. Die Haustür war verschlossen. Er griff zu dem Schlüssel, der sich noch immer in seiner Hosentasche befand.

Nach der Dunkelheit draußen blendete ihn das Licht aus dem Salon. Blinzelnd blieb er stehen und horchte, ob sich in der finsteren Halle etwas regte. Nichts. Er wandte sich zum Salon. Seine Schritte verhallten in der Stille.

Trotz der hohen Decken und der offenen Eingangstür war es so stickig, dass ihm die Luft wegblieb.

Die Schützengräben, die Erde, die unter seinen Füßen schwankte. Das Sperrfeuer begann. Die Grenadiere lagen in ihren Stellungen. Würden sie es rechtzeitig hinaus schaffen ... oder bei lebendigem Leibe begraben, wie damals, als ihm tausende Zentner aufspritzender Erde den Atem raubten, als seine Kameraden senkrecht in den Nachthimmel flogen und auf ihn niederstürzten ... alles war weg, die Sicht, die Geräusche, die Luft ...

Hamish rief ihm etwas zu.

Rutledge zwang sich in die Gegenwart zurück und konzentrierte sich statt auf die Dunkelheit aufs Licht.

An der Tür zum Salon blieb er stehen. Auf dem Tisch vor dem Kamin standen zwei Gläser und eine Karaffe, direkt unterhalb von Rosamunds Porträt. Eins der Gläser war zur Hälfte gefüllt. Das andere war leer.

Als hätte er auf ihn gewartet ... beide hatten sie Recht gehabt, Hamish und er ...

Er unterdrückte die Wut, die in ihm aufstieg, und trat in den stillen Raum. Eine Weile betrachtete er das Porträt. Seine Augen waren auf das Bild gerichtet, während seine Ohren auf die Geräusche des Hauses lauschten.

Und dann stand Cormac FitzHugh im Türrahmen.

»Sie gehört in dieses Zimmer, nicht wahr? Ich fand es sehr schade, dass Susannah darauf bestand, ihr Bild abzuhängen.«

Als wäre Rutledge ein gewöhnlicher Gast, den Cormac vor dem Essen ein wenig unterhalten wollte. Rutledge wandte sich um und blickte dem Mann ins Gesicht. Das Blut gefror ihm in den Adern.

Nichts an seinem Gegenüber verriet die geringste Wut oder sein Verlangen zu töten. Nur seine strahlend blauen Augen blitzten kurz gefährlich auf.

Um zu antworten, sagte Rutledge: »Ja. Sie war die Seele des Hauses.«

Cormac lächelte. »Das klingt ja fast irisch.«

»Tut es das?«

Cormac ging zum Tisch, ergriff ein Glas und machte Rutledge ein Zeichen. »Wollen Sie mir nicht Gesellschaft leisten?«

Rutledge schwieg. Cormac fuhr scheinbar unbekümmert fort: »Nur zu, ich habe kein Laudanum hineingetan. Machen Sie demnächst bei der Fahndung nach diesem neuen *Jack The Ripper* mit?«

»Er war mir von Anfang an gleichgültig. Dafür interessiert mich Olivia Marlowe umso mehr.«

»Ah.« Wieder erhob er sein Glas, diesmal, um damit auf das Porträt zu zeigen. »Sie kannten Sie nicht so, wie ich sie kannte. Olivia war nur ein schwacher Abklatsch von Rosamund.«

»Olivia besaß ein ungewöhnlich großes Talent.«

»Ihre Gedichte? Talent ist vergänglich. Ruhm ist vergänglich. Aber eines Tages müssen wir alle sterben, so Leid es uns tut. Es scheint, als könne der Mensch fast alles erfinden, nur das ewige Leben nicht. Erst, wenn wir irdische Unsterblichkeit erlangen, besitzen wir göttliche Macht.«

»Ich glaube nicht, dass ich die Unsterblichkeit wünschenswert finde. Ewig zu leben könnte sehr ... ermüdend sein. Ewige Jugend, das wäre schon besser.«

Cormac lachte. Sein hübsches Gesicht strahlte. »Was würden Sie wählen, die Gegenwart oder die Zeit vor 1914?«

»Das Letztere. Mit dem Krieg verbinde ich eher unschöne Erinnerungen.«

»Das kann ich mir denken. Ich habe die medizinischen Gutachten über Sie gelesen. Die Verbindungen zu den Leuten, für die ich während des Krieges gearbeitet habe, sind noch nicht abgerissen. Außerdem bekommt man für Geld fast alles. Eine faszinierende Akte. Erstaunlich, dass Sie Ihre Verletzungen überlebt haben. Aber seien Sie getrost, von mir haben Sie nichts zu befürchten. Ich habe nicht vor, Sie öffentlich bloßzustellen.«

Nein, dachte Rutledge. Viel lieber willst du mich umbringen. Laut sagte er: »Es würde mir nichts ausmachen. Um mein Privatleben habe ich nie viel Aufhebens gemacht. Wenn mir meine ach so dunklen Seiten beruflich schaden sollten, wird mir schon etwas einfallen, was ich mit meinem Leben anstellen kann.« Ihm war bewusst, dass dies eine himmelschreiende Lüge war ...

»Sie könnten Ihr Leben auch beenden«, sagte Cormac sanft, als habe er Rutledges Gedanken gelesen.

»Sie können ja dafür beten. Bleiben Sie noch bis zu meiner Abfahrt?«

»Das kommt darauf an, was Sie herausgefunden haben.« Zum ersten Mal schwang etwas Bedrohliches in seiner ruhigen Stimme mit.

Nach kurzem Zögern sagte Rutledge: »Warum sollte ich es Ihnen so leicht machen?«, und ging an Cormac vorbei in die Halle. Zu seiner Überraschung ließ Cormac ihn passieren. Aber er spürte, wie sich die Augen des Mannes in seinen Nacken bohrten. Er blieb auf der Hut.

Rasch ging er die Treppe hinauf, auf der – Hamishs Stimme überschlug sich fast – Stephen Stufe für Stufe zu Tode gestürzt war. Auf dem obersten Treppenabsatz traf er seine Entscheidung. Er nahm die Öllampe, die noch auf dem Tisch stand, und entzündete sie. Er wartete. Wie es schien, auf verlorenem Posten. Um ihn herum undurchdringliche Finsternis.

Dann rannte er die Galerie nach links hinunter, vorbei an den verschlossenen Türen. Das Licht der Lampe zog einen orangefarbenen Kreis um ihn. Das Öl war heiß und wärmte seine Hand. Er dachte an Olivia und Nicholas. War jemals ein Mensch von den Toten auferstanden? Eine schwierige Frage. Er hoffte, die Antwort nicht in allzu naher Zukunft zu erfahren.

In Stephens Zimmer war es erdrückend still. Die Möbel sahen im Schein der Lampe kahl und erschreckend leer aus. An den Wänden flackerten ihre schweren Schatten.

Er blieb kurz an der Tür stehen und lauschte seinem Atem und der zittrigen Stimme Hamishs.

»Hau ab!«, flüsterte er wieder und wieder in seinem schottischen Singsang. »Sofort!«

Rutledge jedoch ging hinüber zum Bett, kniete sich davor und tastete mit beiden Händen über den Lattenrost. Sachte glitten seine Fingerspitzen die staubigen Holzleisten entlang.

Da war es. Einer seiner Fingernägel hatte den Buchrücken berührt. Mit zwei Fingern zog er das Buch Zentimeter für Zentimeter hervor. Dann hielt er es in der Hand.

Er stand auf. Die Dunkelheit schien vor Spannung zu vibrieren.

Von Ferne drang ein Geräusch an sein Ohr. Es klang wie das Heulen eines Hundes. Sofort sträubten sich seine Nackenhaare.

Ihm blieb wenig Zeit.

Er schlug das schmale Büchlein auf, blätterte es mit dem Daumen durch, einmal, zwei Mal, und fand den Stammbaum der FitzHughs. Seit Jahrhunderten hatten sie ihn penibel geführt. Seit einst einem FitzHugh zur Konfirmation dieses Gebetbuch in die Hände gegeben worden war. Vor langer Zeit, in Irland. Eine andere Zeit, eine andere Welt …

Das Geräusch wurde lauter. Sein Körper war in höchster

Alarmbereitschaft. Mochten die deutschen Barbaren doch auf dem Hügel erscheinen, aber ... Halt. Es donnerte in nächster Nähe, das Haus bebte, sein Puls raste. War die erste Granate eingeschlagen?

»Schnell!«, flüsterte Hamish.

Rasch klappte er sein Taschenmesser auf und trennte die handbeschrieben Seiten heraus.

Die Treppendielen knarrten unter seinen Füßen. Er kam näher, schon näherte er sich auf der Galerie.

Ja. Er hatte alles. Den Stammbaum, an dessen Ende eine einzige Zeile stand: »Cormac FitzHugh. Mutter unbekannt. Vater unbekannt. Aufgelesen in einem Straßengraben bei Kilamey. FitzHugh per Beschluss, nicht adoptiert.« Und das Datum. Der Hund Gabriels, ungetauft, dem Widersacher überlassen. Ohne Namen und Ahnen.

Rutledge nahm ein Buch über irische Pferde von Stephens Schreibtisch, tat die Stammbaum-Seiten hinein und legte den schweren Einband wieder an seinen alten Platz. Dann klappte er das Messer zu und steckte es in die Tasche.

Bildete er es sich ein, oder verdoppelte, ja verdreifachte sich der Hall der Schritte? Stürmte gar eine Meute über den Gang auf ihn zu?

Plötzlich überfiel ihn Panik und schnürte ihm die Kehle zu. Er kämpfte gegen sie an. *Er saß in der Falle.* Verdammt, er war nicht in Frankreich. Er war in Cornwall!

Er starrte zur offenen Tür. Das Gebetbuch umklammerte er mit der Linken; ihm schwindelte. Er wartete auf das, was da kommen mochte.

Und wieder trat Cormac FitzHugh Lässigkeit vortäuschend aus dem Dunkeln ins Licht. Sein Blick fiel auf das Buch in Rutledges Hand.

»Ich wusste nicht, ob mein Vater es weitergeführt hat oder nicht, nachdem er Rosamund zuliebe zu den Anglikanern übergetreten war. Stephen schwor, dass er es habe. Aber er wollte mir bis zu seinem Tod nicht verraten, wo es war. Ich nahm an, dass er log, habe aber natürlich trotzdem weiter gesucht. Vielen Dank, dass Sie mir weitere Mühe ersparen.«

»An jenem Morgen hatte er es sicher zwischen Olivias Sachen gefunden – und versteckt. Haben Sie ihn umgebracht?«

»Er wäre ohnehin an dem Sturz gestorben. Aber ich gab ihm ein gnädigeres Ende. Ob er sich das Genick schon gebrochen hatte oder nur ohnmächtig war, kann ich nicht sagen, jedenfalls rührte er sich nicht mehr, und ich drehte ihm den Hals um, bis es knackte. Dann rief ich Susannah und Rachel zu mir. Wenn Sie mir jetzt bitte das Gebetbuch geben würden ...«

»Interessante Lektüre«, sagte Rutledge, während er es flüchtig durchblätterte. »Offensichtlich waren Sie ein außereheliches Kind. Das steht zwar nicht mehr ganz so in üblem Geruch wie früher, aber Sie sind schließlich seit Jahren eine Figur des öffentlichen Lebens, nicht wahr? Ein Stiefsohn der Trevelyans. Auch heutzutage noch würde das Bekanntwerden Ihrer Herkunft in den Geschäftskreisen Londons, wo man dem Wort eines Ehrenmannes vertraut, nicht gerade auf Wohlgefallen stoßen, habe ich Recht? Erst recht nicht, wenn das Gerücht zur rechten Zeit und am rechten Ort von Stephen Trevelyan, der selbst ein Bankier war, ausgestreut worden wäre. Sie wären ruiniert gewesen.« Er klappte das Buch zu. »Kennen Sie Ihre leiblichen Eltern?«

»Nein. Brian FitzHugh fand mich halb verhungert, dreckig und krank neben einer Landstraße, wo sie mich ausgesetzt hatten. Ich tat ihm Leid. Sie haben völlig Recht, was London angeht. Besonders seit den Dubliner Unruhen und dem Aufstand von 1916, der für England, inmitten des Krieges, eine zusätzliche, unerträgliche Schmach war, bedeutet ein Ire zu sein heutzutage so viel wie ein Wortbrecher zu sein. Ein irischer Bastard ... ein Emporkömmling, ein Niemand ... Stephen drohte, mich in der Londoner City zu verraten, falls ich ihm nicht helfen würde, das Trevelyan-Haus in ein Mausoleum für Olivia zu verwandeln. *Rosamunds Haus!* Das Haus war das Einzige, was ich auf dieser Welt jemals wirklich haben wollte. All mein Geld habe ich zu dem einzigen Zweck angehäuft, es eines Tages besitzen zu können. Ich will sein rechtmäßiger Besitzer sein und nicht länger wie ein Hund mit eingeklemmtem Schwanz hierher schleichen!«

Kaum hatte Rutledge das schmale Grinsen seines Gegenübers bemerkt, hatte dieser schon ausgeholt, blitzschnell, wie eine Schlange, und ohne Vorwarnung zugeschlagen.

Obwohl Rutledge mit dem Angriff des Iren gerechnet hatte, konnte er dem Schlag nicht mehr ausweichen. Sein Kiefer war von Cormacs gestrecktem Arm getroffen und er prallte zurück. Er schlug mit dem Hinterkopf gegen die Wand, und seine darauf folgende Orientierungslosigkeit nutzte Cormac mit all der Kraft, die in seinen breiten Schultern steckte, um den nächsten Treffer zu landen.

Rutledges Knie sackten weg. Ihm schwanden die Sinne. Hamish schrie verzweifelt, er solle bei Bewusstsein bleiben. Doch nach Cormacs drittem und letztem Schlag senkte sich ein schwarzer Vorhang auf Rutledge herab.

27

Er erwachte in einem schwarzen Nichts. Zunächst versuchte er in der archaischen Angst, erblindet zu sein, die Dunkelheit mit den Händen zu verscheuchen, bis ihm bewusst wurde, dass die Lampe fort und er allein war. Draußen zuckte ein Blitz vom nächtlichen Himmel, und er konnte sehen, dass er sich noch immer in Stephens Zimmer befand. Warum hatte Cormac ihn verschont? Vorsichtig sortierte er seine Gliedmaßen.

Um wach zu werden, schüttelte er den Kopf, wobei ihn ein solcher Schwindel überkam, dass er sich. an der Tischkante abstützen musste, wo er ein paar kostbare Sekunden lang verharrte, bis er seine Sinne wieder annähernd beisammen hatte. Das Erstaunlichste war, dachte er benommen, dass er noch lebte.

Rutledge schwankte durchs Zimmer und fand nach dem nächsten Blitz den Weg hinaus, während der Donnerschlag hinter ihm die Fensterscheiben erzittern ließ.

Auf der Galerie war es stockfinster. Erst auf der Treppe kam ihm das Licht aus dem Salon zu Hilfe. Schnell lief er durch die Halle und blickte in den Salon.

Das Porträt hing an seinem Platz, aber Cormac war fort.

Wo hatte der Mann sein Auto gelassen? Oder war er mit dem Boot gekommen, wie er, Rutledge, es vorhergesagt hatte? Das Meer wäre der geräuschloseste und unauffälligste Fluchtweg. War es noch da? Das Boot?

Fluchend, da sich die schwere Eingangstür bei dem Sturm nur mühsam öffnen ließ, ging Rutledge in die Nacht hinaus, lief die Stufen hinab und weiter in Richtung Strand.

Ganz in der Nähe entdeckte er die Umrisse Cormac FitzHughs. Demnach konnte Rutledge nicht sehr lange ohne Bewusstsein gewesen sein.

Er rief seinen Gegner beim Namen.

Cormac drehte sich um und hob spottend einen Arm.

»Er will, dass du ihm folgst! Deswegen hat er dich nicht schon im Haus erledigt!«, rief Hamish. »Bleib stehen. Denk nach, Mann!«

Rutledge antwortete nicht. Er strengte seine Augen an, um zu sehen, was der Mann vor ihm machte. Cormac steuerte nicht länger auf den Strand zu, sondern bog, sein Tempo erhöhend, zur Landspitze ab. Abermals fluchend nahm Rutledge die Verfolgung auf. Der Sturm zerrte ihm an Gesicht und Kleidern und drückte ihn seitwärts. Bei jedem Schritt drohte sein Schädel zu platzen, aber er biss die Zähne aufeinander und ignorierte den Schmerz.

An der Stelle, wo der Pfad in einem steilen Bogen in den höchsten Punkt der Landspitze mündete, wandte Cormac sich um. Ein Blitz fuhr vom Himmel, und Rutledge sah, wie sein helles Haar und sein weißes Hemd sich vor den schwarzen Wolken im Hintergrund abhoben. Sie flatterten im Wind. Der Leibhaftige selbst schien vor ihm zu stehen.

»Luzifer …!«, stieß Hamish hervor.

Rutledge schöpfte kurz Atem und lief weiter, bis er auf wenige Meter an seinen Widersacher herangekommen war.

»Die Leute werden denken«, brüllte Cormac, »dass Sie heute Nacht endgültig unter Ihrer Belastung zusammengebrochen sind; dass Sie schlaflos und verwirrt hierher zur Landspitze gegangen sind, um sich das Gewitter anzusehen, und sich in einem gewaltigen Anfall von Selbstzweifel hinabgestürzt haben. Der Donner hat Sie an die Gewehrsalven erinnert, und all Ihre Schuldgefühle und Albträume sind mit einem Schlag zurückgekehrt.«

»Haben Sie Olivia getötet? Oder ist Sie Ihnen zuvorgekommen?«

»Ach, Olivia. Sie haben sich von ihr betören lassen, so wie Rosamund vormals mich betörte. Mir war es ernst mit dem, was ich ihr an ihrem vorletzten Wochenende sagte: dass ich nicht zögern würde, in London zu verbreiten, dass sie und Nicholas ein Liebespaar sind. Die *Luzifer*-Gedichte hatten für viel Wirbel gesorgt, und ich ahnte, dass bald eine weitere Gedichtsammlung erscheinen würde, dass sie noch immer nicht mit mir abgeschlossen hatte. Ich wusste zwar nicht, ob ich auch O. A. Manning vernichten konnte, aber ich wusste, dass ich zumindest Olivia Marlowe töten konnte.«

»Was hat sie geantwortet?«

»Sie lachte mir ins Gesicht und sagte, sie würde die Ewigkeit willkommen heißen, wenn sie mir damit nur schaden könne. Trotzdem versprach sie, alle neuen Gedichte zu verbrennen. Seit ich zwölf war, war sie mir ein Dorn im Auge. Wie Liebende waren wir aneinander gekettet – mit den Fesseln unserer gegenseitigen Furcht. Doch die Ebbe setzt ein. Ich muss gehen.« Sehr beherrscht fügte er hinzu: »Sie waren noch nicht gestorben, als ich mich ins Haus schlich. Ich denke, sie hat gewusst, dass ich kommen würde ...«

Der Sturm schnitt das Ende seines Satzes ab, doch Rutledge las ihm die Worte von den Lippen ab und hasste den Mann aus tiefstem Herzen.

Cormac hatte sich zum zweiten Mal in seinem Leben verrechnet.

Diesmal schlug Rutledge wutentbrannt zuerst zu und erwischte Cormac mit solcher Wucht, dass sie beide das Gleichgewicht verloren und von der Klippe stürzten.

Es war kein senkrechter Fall. Der Felsen war mit Grasbüscheln und dornigen Sträuchern bewachsen; Erde und zerklüftetes Gestein wechselten sich mit kleineren Büschen ab. Ein langer Steilhang, der ihnen auf dem Weg hinab viel abverlangte. Die schwere Brandung wurde lauter und lauter und vermischte sich mit dem Donnergrollen zu einem endlosen, ohrenbetäubenden Getöse.

Rutledge schlug hart mit der Schulter auf, ächzte und vergaß den Schmerz sofort wieder, als Cormac auf ihn fiel. Ihre Körper verschlangen sich, vergebens suchten sie nach einem Halt, rollten und rutschten immer weiter, schrien und fluchten. Wütend hieben sie mit Fäusten und Knien aufeinander ein. Rutledge hatte den Geschmack von Salz und Blut auf den Lippen, das warm und feucht auch unter einer Rippe, die sich durch seine Haut gebohrt hatte, hervorsickerte. Auch Cormac, nicht weniger auf Haut und

Haar geprüft, ignorierte die Schmerzen mit der größten Anstrengung seines Lebens.

Rutledge kämpfte mit der Erfahrung, Geschicklichkeit und Kraft, die das Schlachtfeld ihn im rücksichtslosen, erbarmungslosen Kampf Mann gegen Mann gelehrt hatte. Er wünschte sich ein Bajonett herbei, einen Gewehrkolben, irgendeine Waffe. Er hörte, ja spürte das Keuchen Cormacs, mit dem dieser jeden seiner Griffe und Schläge begleitete. Rutledge hatte Sand im Mund, sein rechtes Auge hatte sich halb geschlossen und sein linker Ellbogen war taub, als sie schlagartig am Ende des Steilhangs ankamen und mit ungebremstem Schwung aus großer Höhe in das kalte, wild schäumende Wasser stürzten. Der Aufprall war ein Schock.

Cormac, der sich noch immer fest in Rutledges Umklammerung befand, erschlaffte und leistete keinen Widerstand mehr.

Rutledge kämpfte sich durch die schwere See und zog den anderen hinter sich her.

»Du bist nicht tot ... ich lasse ... ich lasse nicht zu, dass du stirbst!«, rief er nach Luft schnappend. Cormac zeigte keine Reaktion. »Verdammt, du sollst noch hängen!«

Er sah einen dunkelroten Blutstreifen auf Cormacs Stirn. Sein Kopf war unter Wasser auf eine Klippe geprallt. Die Haut war aufgeplatzt. Die Wunde begann heftiger zu bluten.

Rutledge strengte sich nach Leibeskräften an. Er versuchte um die Klippen herumzuschwimmen, während der Sturm Wellen hinter ihnen auftürmte, die pausenlos krachend über ihnen zusammenstürzten. Zudem trieben die Fallwinde von der Landspitze Rutledge eine dicke Schicht groben Sandes und Schlamms ins Gesicht.

Vor Anstrengung biss er die Zähne zusammen. Seine Muskeln ermüdeten in dem eiskalten Wasser und drohten zu verkrampfen. Die Strömung zerrte an ihm, die scharfkantigen Klippen setzten ihm zu, aber er mühte sich weiter mit der schweren Last des anderen Körpers ab.

Hamish schrie ihm etwas zu, das er ignorierte. Er konzentrierte sich darauf, Cormacs Kopf über Wasser zu halten, auch wenn sein eigener dabei unter die Oberfläche sank. Er schluckte Salz, konnte nicht atmen, erstickte fast, spuckte und prustete. Seine Kräfte verließen ihn. Irgendwo in der wirbelnden Dunkelheit rief Hamish seinen Namen und untersagte ihm zu sterben.

»Nicht jetzt – noch nicht – bei Gott, so leicht sollst du mir nicht entkommen!«

Oder schrie er das Cormac entgegen?

Zusammen mit Cormac tauchte er wieder an der Wasseroberfläche auf, hustete und pumpte Sauerstoff in seine Lunge. Der andere Mann schien leichter geworden zu sein, so als sei er wieder bei Sinnen, machte aber keinerlei Anstalten zu schwimmen oder erneut mit Rutledge zu ringen.

Mit letzter Kraft hielt Rutledge Cormac mit einer Hand am Hemdkragen fest, während er sich mit der anderen die Klippen vom Leibe zu halten suchte und, strampelnd gegen die Strömung auf den Strand zuschwamm. Mal versagte sein ohnehin tauber Ellbogen den Dienst und beide krachten gegen die Felsen und wurden in die hereinbrechende Brandung zurückgeworfen, dann versanken sie wieder in der Gischt, die von den überhängenden Felsen zurückströmte, aber Rutledge gab nicht auf. Mit schierer Willenskraft hielt er sie beide über Wasser.

Ich habe diesen verdammten Krieg nicht überlebt, um im Meer vor Cornwall zu ertrinken, sagte er sich wieder und wieder. Ich will überleben und diesen Bastard hängen sehen!

So beansprucht war er von seinem Todeskampf, dass er den steinigen Grund unter den Füßen zunächst gar nicht bemerkte. Er war bis zu der Stelle gekommen, wo der Strand ins tiefe Gewässer überging. Aber auf die nächste Welle war er nicht vorbereitet.

Sie brach über ihm zusammen und schleuderte ihn derart, dass er Cormac loslassen musste. Sie wurden auf eine Sandbank geworfen. Sand und Wasser strömten über ihre Hände und Gesichter, unerträglich brannte das Salz in ihren offenen Fleischwunden.

Rutledge krallte sich mit den Fingerspitzen in den Sand, stemmte sich mit den Zehen gegen die Fluten, die ihn mit sich hinausziehen wollten. Dann war es vorbei. Er schnappte nach Luft, versuchte seine zitternden Lungenflügel und sein wild klopfendes Herz zu beruhigen.

Neben sich hörte er Cormac atmen, zunächst stockend, dann tiefer. Und schon kniete der Mann auf ihm. Er hielt etwas in den Händen, hob es hoch über den Kopf und ließ es mit aller Kraft auf Rutledge niedersausen, der ihm eben noch mit letzter Mühe das Leben gerettet hatte.

Hamish schrie auf, Rutledge rollte sich zur Seite, und der Stein grub sich mit einem dumpfen Geräusch tief in den Sand.

Es reicht, verdammt nochmal, *es reicht!*

Rutledge trat aus und traf Cormacs Unterleib. Er hatte nur noch einen Schuh an, aber dessen Absatz versank mit der Macht unbändiger Wut in dem weichen Fleisch. Cormac schrie auf. Aus seinem Mund kam ein lang gezogener, hoher Schrei, der die tosende Brandung und das Pfeifen des Sturms übertönte, sich in ein gurgelndes, ersticktes Geheul steigerte, und verebbte in einem Sprudeln und Blubbern, als die nächste Woge über seinem gekrümmten Körper zusammenbrach.

Das fühllose Element, dachte Rutledge keuchend, mit verzweifelter Freude, am Ende stand es doch auf seiner Seite …

Und reduzierte Olivias *Luzifer* auf die sterbliche Ebene allzu menschlichen Leids.

Er lag rücklings auf dem nassen Kiessand. Der Regen klatschte ihm ins Gesicht, und er spürte immer deutlicher all die schmerzhaften Schnittwunden und Prellungen, die er davongetragen hatte. Er fragte sich, ob sein heftig pochender Ellbogen gebrochen oder nur verstaucht war. Unter seinem Brustkorb brannte es wie Feuer und Eis. Sein Kopf wollte vor Schmerz bersten. Jeder Muskel tat höllisch weh, vor Erschöpfung. Er wollte schlafen.

Nach langem, qualvollem Schweigen brachte Cormac schwach hervor: »Ich wusste es – von Anfang an –, dass Sie aus einem anderen Holz geschnitzt sind.«

»Warum haben Sie sie umgebracht?«

»Sie sind der Inspektor«, sagte er nach einer Weile, »sagen Sie es mir.«

Wieder trat Schweigen ein.

Dann sprach Cormac mit seltsam bewegter, gebrochener Stimme: »Vom ersten Tag an … seit ich es zum ersten Mal sah, hat mich das Trevelyan-Haus unwiderstehlich angezogen. Solch eine

Wärme war darin … aber … Anne lachte mich aus, als sie hörte, wie ich zu einem Knecht sagte, ich würde alles geben, um in einem solchen Haus zu wohnen. Wäre sie doch an ihrem Lachen erstickt! Stattdessen musste ich so tun, als macht es mir nichts aus. Als sie vom Baum gefallen war … weil ich an ihrer Schärpe gezogen hatte … und sie sterbend vor mir im Gras lag, merkte ich, dass ich einen Weg entdeckt hatte, auf dem ich alles bekommen konnte, was ich haben wollte … wenn ich nur vorsichtig und geduldig vorgehen würde. Danach, nach diesem Tag, war keiner von ihnen mehr vor mir sicher.«

»Was geschah mit dem Mann im Moor? Haben Sie den auch umgebracht?«, fiel Rutledge plötzlich ein.

»Den Landstreicher. Die Gelegenheit bot sich … wissen Sie, Richard wurde nie gefunden … ich dachte, vielleicht kommt er eines Tages zurück … ah.« Cormac krümmte sich vor Schmerzen, schlang die Arme um seinen Körper und verzog das Gesicht.

In der Ferne wurden Stimmen laut.

Cormac hob im Dunkeln den Kopf und starrte Rutledge an.

»Es wäre günstiger für Sie, mich auf der Stelle zu töten. Wenn Sie es nicht tun, werde ich Sie vor Gericht auseinander nehmen. Bevor sie mich erledigen … wird man Ihnen die Schuld an allem geben …«

Für einen Augenblick verspürte Rutledge das überwältigende Verlangen, ihn beim Wort zu nehmen. Aber er rang es nieder, der Polizist in ihm bezwang den Soldaten, der sich rasch seine Chancen ausgerechnet hatte, und Hamish brummelte – zufrieden, oder aus Bedauern? – als der Polizist gewonnen hatte. Er war zu erschöpft, um darüber nachzudenken.

»Vielleicht wird das Gericht seine helle Freude daran haben, den irischen Bastard zu verurteilen, der die halbe Londoner Geschäftswelt hereingelegt hat«, gab Rutledge zurück, während er langsam und unter Schmerzen aufstand. Er streckte seine Hand aus, überlegte es sich aber dann anders, packte Cormac am Kragen und zog ihn auf die Knie.

Cormac konnte zunächst nur vornübergebeugt stehen, nahm sich dann aber zusammen, richtete sich auf und stand Rutledge Auge in Auge gegenüber.

Luzifer stand still. Aber er war noch nicht besiegt.

Weiter unten tauchte Constable Dawlish im strömenden Regen auf und rief. »Ich glaube, da drüben sind sie!«

Inspektor Harvey lief mit Smedley und Rachel den Weg am Hang hinab. Sie trug etwas – Decken möglicherweise, dachte er – und stolperte rutschend hinab.

Cormac schaute Harvey ins Gesicht und lächelte, als dieser ihm Handschellen anlegte. Rutledge beobachtete die Szene und begann sich innerlich zu wappnen. Mit Sicherheit würde es eine grauenhafte Gerichtsverhandlung geben. Das Tragische daran würde sein – wie immer, nach Rutledges Meinung –, dass der Mörder sich nicht für die Verwüstung, die er über das Leben der Hinterbliebenen gebracht hatte, würde verantworten müssen, sondern einzig für die Toten, die auf sein Konto gingen. Smedley hatte Recht – für die Bewohner Borcombes war es noch lange nicht vorbei. Nicht für Rachel und nicht für Susannah. Nicht einmal für Olivia und Nicholas und Rosamund …

»Und nicht für dich. Dich werden Sie versuchen im Zeugenstand klein zu kriegen«, warf Hamish ein.

»Sollen sie es nur versuchen«, sagte er leise.

Rachel sah zu ihm auf, berührte seinen Arm mit vom Regen eiskalten Fingern und presste mit gedämpfter Stimme hervor: »Ich muss es wissen. Wen hat Nicholas geliebt, mich – oder Olivia?« Die Worte klangen so, als habe sie ihnen erlaubt, zum ersten Mal in ihrem Leben aus den Tiefen ihrer angstgeplagten Seele aufzusteigen.

Rutledge schüttelte den Kopf Und er belog sie, aus dem großen Mitleid heraus, das er für sie empfand, bewusst.

»Er wollte sie nicht allein in den Tod gehen lassen«, sagte er. »Es braucht Mut, eine solche Entscheidung zu treffen. Vergeben Sie ihm.«

Sie senkte ihren Kopf und weinte.

Nachdem man Cormac abgeführt hatte und Rachel, blass, aber gefasst, mit Smedley zurück ins Dorf gegangen war, blieb Rutledge allein auf der Landspitze zurück. Nach dem Sturm war die

Luft kälter geworden. Er schlang eine der Decken, die sie mitgebracht hatte, enger um seinen Körper und ging humpelnd zu der Stelle, wo einst der schwarze Flecken verbrannten Grases gewesen war, dessen Umrisse inzwischen gänzlich nachgegrünt waren. Auch die Aschereste hatte der Regen längst fortgespült.

Er wusste, was Nicholas hier den Flammen übergeben hatte. Und warum Olivia und Nicholas jene wunderschöne, mondbeschienene Nacht gewählt hatten, um ihrem Leben ein Ende zu setzen.

Einer Liebe, die nicht sein durfte.

»Ich beneide euch«, sprach er leise in die Nacht, hob den Kopf und blickte zu dem Zimmer hinauf, in dem sie gestorben waren.

Als Rutledge den Weg nach Borcombe antrat, folgte ihm der Wind, ohne dass er es merkte. Am Ende der Auffahrt blieb er stehen und betrachtete ein letztes Mal das Haus der Trevelyans, wie es majestätisch vor der Landspitze lag. Einsam, von Menschenhand und nicht für die Ewigkeit erbaut, trotzte es in der ihm eigenen Würde der Nacht.

In diesem Augenblick wurde ihm bewusst, dass Olivia endlich ihren Frieden gefunden hatte. Zugleich ahnte er, dass er von heute an und für eine sehr lange Zeit von dieser Frau träumen würde.